Zu diesem Buch

Georgette Heyer hat hier keine ihrer idyllisch-amourösen Biedermeier-Romanzen geschrieben, sondern sie entführt uns in die saftig-derbe Welt des Räuber- und Postkutschenmilieus, in die es ihren Helden John Staple verschlagen hat. Dem verabschiedeten Captain der Dragoon Guards, der mit Ruhm bedeckt aus der Schlacht von Waterloo zurückkehrt, wird das Zivilleben zu langweilig: er schlüpft in die Rolle eines Zollwärters. In dieser Tarnung macht er sich auf die abenteuerliche Suche nach einem geraubten Staatsschatz und findet in der hübschen, aber eigenwilligen Nell Stornaway den Schatz seines Herzens.

Die Engländerin Georgette Heyer, geboren am 16. August 1902, schrieb mit siebzehn Jahren ihren ersten Roman, der zwei Jahre später, 1921, veröffentlicht wurde. Seit dieser Zeit hat sie eine lange Reihe unterhaltender historischer Romane verfaßt, die weit über die Grenzen Englands hinaus Widerhall fanden. Ihre Bücher erreichten Auflagen von mehreren Millionen. 1925 heiratete Georgette Heyer und ging mit ihrem Mann nach Ostafrika. Dort lebte sie bis 1928 und reiste dann für ein Jahr nach Jugoslawien. Heute lebt sie in London. Zu ihren bekanntesten Werken gehören die Romane «Die bezaubernde Arabella» (rororo Nr. 357; unter der Regie Axel von Ambessers mit Johanna von Koczian und Josef Meinrad verfilmt), «Die Vernunftehe» (rororo Nr. 477), «Die drei Ehen der Grand Sophy» (rororo Nr. 531), «Geliebte Hasardeurin» (rororo Nr. 569), «Der Page und die Herzogin» (rororo Nr. 643), «Die spanische Braut» (rororo Nr. 698), «Venetia und der Wüstling» (rororo Nr. 728), «Penelope und der Dandy» (rororo Nr. 736), «Die widerspenstige Witwe» (rororo Nr. 757), «Frühlingsluft» (rororo Nr. 790), «April Lady» (rororo Nr. 854), «Falsches Spiel» (rororo Nr. 881), «Serena und das Ungeheuer» (rororo Nr. 892), «Lord ‹Sherry›» (rororo Nr. 910), «Ehevertrag» (rororo Nr. 949), «Barbara und die Schlacht von Waterloo» (rororo Nr. 1003), «Der schweigsame Gentleman» (rororo Nr. 1053), «Heiratsmarkt» (rororo Nr. 1104), «Die galante Entführung» (rororo Nr. 1170), «Verführung zur Ehe» (rororo Nr. 1212), «Die Jungfernfalle» (rororo Nr. 1289), «Brautjagd» (rororo Nr. 1370), «Verlobung zu dritt» (rororo Nr. 1416), «Damenwahl» (rororo Nr. 1480) und «Die Liebesschule» (rororo Nr. 1515).

Gesamtauflage der Werke von Georgette Heyer in den rororo-Taschenbüchern: Über 2,6 Millionen Exemplare.

Georgette Heyer

Liebe unverzollt

Roman

rororo

Rowohlt

Titel der Originalausgabe «The Toll-Gate»
Berechtigte Übertragung aus dem Englischen von Emi Ehm
Umschlagentwurf Eva Kausche-Kongsbak

1.–35. Tausend	Oktober 1967
36.–45. Tausend	Juli 1968
46.–55. Tausend	Juli 1969
56.–68. Tausend	Juli 1970
69.–78. Tausend	November 1971
79.–90. Tausend	Oktober 1972

Ungekürzte Ausgabe
Veröffentlicht im Rowohlt Taschenbuch Verlag GmbH,
Reinbek bei Hamburg, Oktober 1967

Gesetzt aus der Linotype-Aldus-Buchschrift
und der Palatino (D. Stempel AG)
Gesamtherstellung Clausen & Bosse, Leck/Schleswig
Printed in Germany
ISBN 3 499 10979 4

Georgette Heyer · Liebe unverzollt

1

Der Sechste Earl of Saltash ließ den Blick um die riesige Tafel schweifen und empfand ein warmes Gefühl der Befriedigung. Ein Gefühl, das allerdings weder sein Butler noch sein Haushofmeister teilten. Sie hatten beide noch unter dem Fünften Earl gedient und erinnerten sich wehmütig bis in die kleinsten Einzelheiten der verschiedenen Gelegenheiten, zu denen im großen Speisesaal für Angehörige des Königshauses, ausländische Gesandte und für die elegante Welt glänzende Gesellschaften gegeben worden waren. Der Fünfte Earl war eben ein Mann der Öffentlichkeit gewesen. Mit seinem Sohn verhielt sich das jedoch ganz anders; er hatte weder das Verlangen, noch besaß er die Fähigkeiten, ein hohes Amt zu bekleiden. Ja, er hatte so wenig Aussicht, auch nur den belanglosesten Sprößling eines Königshauses zu bewirten, daß die Galaräume in Easterby überhaupt nicht mehr benutzt worden wären, hätte er sich nicht im Alter von dreißig Jahren mit Lady Charlotte Calne verlobt.

Da er jedoch der einzige überlebende Sohn des Fünften Earl war, konnte er nicht umhin, dieses Ereignis als eine Sache von beträchtlicher Bedeutung für die Familie anzusehen. Um dies zu unterstreichen, hatte er demnach alle erreichbaren Angehörigen des Hauses Staple nach Easterby geladen, damit sie seine zukünftige Frau kennenlernten. Ein schneller Überblick über seine mütterlichen Verwandten hatte genügt ihn zu überzeugen, daß deren Anwesenheit bei diesem triumphalen Treffen sowohl unnötig wie auch unerwünscht gewesen wäre. Für die Staples war er als Chef der Familie ein Mann von Bedeutung, und nicht einmal seine herrische Schwester Albinia hätte ihm – zumindest nicht vor allen Leuten – den Respekt versagt, der ihm dank seiner Stellung zukam. Anders verhielt es sich mit den Timbercombes, die ihm gegenüber zu keiner Lehenstreue verpflichtet waren. Er brauchte daher nur wenige Minuten zu der Entscheidung, daß sie seine Verheiratung nichts anging.

Demnach setzten sich also unter der bemalten Decke des großen

Speisesaals nur zwanzig Personen zum Diner. Und so kam es, daß der Earl am Kopfende einer Tafel, die sich unter der Last des Silbers bog und als Mittelstück einen ungeheuren, von irgendeinem fremden Potentaten dem Fünften Earl verehrten Tafelaufsatz trug, mit Genugtuung um sich blicken konnte.

Es machte ihm nichts aus, daß der Saal viel zu groß für die Gesellschaft war und um zwei Herren mehr als Damen anwesend waren. Denn die Staples hatten in höchst befriedigender Weise auf seine Einladung reagiert und benahmen sich – einschließlich seiner furchterregenden Tante Caroline – durchaus so, wie sie sollten. Er konnte sehen, daß Lady Melksham, seine zukünftige Schwiegermutter, beeindruckt war. Die meisten Staples waren ihr schon bekannt, aber seinen Onkel Trevor, den Archidiakon, der neben ihr saß, hatte sie erst heute kennengelernt, ebenso des Earls hünenhaften Vetter John. Saltash' unverheiratete Tante Maria, die ihm das Haus führte, hatte etwas Gewissensbisse gehabt, weil John einen geringeren Platz an der Tafel erhalten hatte, als seinem Rang zukam, hatte aber dem diesbezüglichen Wunsch des Earls nachgegeben. Sie wußte natürlich, daß ein Archidiakon Vorrang vor einem Captain der Dragoon Guards hatte, aber der Archidiakon war ihr jüngerer Bruder, und es fiel ihr daher schwer einzusehen, daß er eine besondere Stellung in der Welt einnahm. John hingegen war der einzige Sohn ihres zweiten Bruders und der voraussichtliche Erbe des Earl-Titels, womit er in ihren Augen eine wichtige Persönlichkeit war. Sie wagte das dem Earl zu sagen, und er war nicht unangenehm berührt; er meinte, dies sei eine sehr gerechtfertigte Bemerkung.

«Aber ich bin überzeugt, dem lieben John ist es gleichgültig, wo er sitzt!» hatte Lady Maria tröstend hinzugefügt.

Der Earl hatte das Gefühl, daß das leider Gottes stimmte. Er hatte John sehr gern, war jedoch der Meinung, daß er viel zu wenig Gewicht auf seine Würde legte. Wahrscheinlich war er durch seine jahrelangen Feldzüge auf der spanischen Halbinsel etwas vergeßlich in bezug auf das geworden, was ihm und dem Namen, den er trug, zukam. Seine Manieren waren fast allzu ungezwungen, und er hatte sehr oft solche Schrullen, daß es seinen noblen Verwandten ernstlich entsetzte. Seine Taten auf der Halbinsel hatten ihn bei seinen Offizierskameraden sprichwörtlich gemacht, und zumindest eine seiner Handlungen seit seinem Ausscheiden aus der Armee im Jahre 1814 erschien dem Earl bis zur Ungehörigkeit wunderlich: Kaum hatte John erfahren, daß Napoleon wieder in Freiheit war, als er sich auch schon als gewöhnlicher Freiwilliger zur Armee zurückmeldete. Und als ihm der Earl vorhielt, daß die Pflicht ein solches Opfer seiner Würde nicht verlangte, war er in Gelächter ausgebrochen und hatte ausgerufen: «O Bevis, Bevis! Du wirst doch nicht annehmen, daß ich mir diesen Feldzug entgehen lasse – oder? Nicht um ein Vermögen! Zum Teufel mit ‹Pflicht›!»

Und damit war John wieder in den Krieg gezogen. Er war aber nicht lange in der bescheidenen Stellung eines Freiwilligen geblieben. Kaum hatte Colonel Clifton, der Kommandeur des 1. Dragonerregiments, gehört, daß der «Verrückte Jack» zurück sei, als er sich ihn auch schon als Sonderadjutanten holte. John ging aus der Schlacht bei Waterloo sehr angeregt und mit keiner ernsteren Verwundung als einem Säbelhieb und dem Streifschuß einer verirrten Kugel hervor. Der Earl freute sich sehr, ihn wieder sicher daheim zu sehen, und dachte, es sei allmählich Zeit, daß John sich niederlasse und eine standesgemäße Frauensperson heirate. John hatte einen kleinen Besitz von seinem Vater geerbt, war neunundzwanzig Jahre alt und hatte keine Brüder.

Daran dachte seine Lordschaft, als er um die Tafel blickte und seine Augen auf seiner angeheirateten Tante, der Ehrenwerten Mrs. Staple, haftenblieben. Er wunderte sich, daß sie ihren Sohn John noch immer nicht mit einer passenden Frau versorgt hatte, und nahm sich vor, die Sache vielleicht nachher ihr gegenüber aufs Tapet zu bringen. Er war zwar nicht ganz zwei Jahre älter als John, aber als Chef des Hauses fühlte er sich für seine Vettern verantwortlich. Das half ihm, das Gefühl der Unterlegenheit zu bewältigen, das ihn allzuoft ergriff, wenn er sich vor diese überwältigend hochgewachsenen Leute gestellt sah. Eine mächtige Rasse, diese Staples: Er war ja selbst groß, aber schmalschultrig, und ging gern leicht vorgeneigt. John natürlich war ein Riese; und dessen Schwester, Lady Lichfield, die sich mit entschlossener Liebenswürdigkeit mit dem sehr langweiligen Schwager des Earls, Mr. Tackenham, unterhielt, maß barfuß einen Meter fünfundsiebzig. Auch Lucius Staple, das einzige Kind des dritten Sohnes des Vierten Earls, war groß; ebenso Arthur, der Älteste des Archidiakons, der sich soeben bemühte, seine Cousine Lettice zu unterhalten, die John über die Tafel hinweg mit Kalbsaugen anhimmelte. Selbst Lettices Bruder, der junge Geoffrey Yatton, versprach, obwohl er noch leicht schlenkrig war, dem Earl über den Kopf zu wachsen; und beider Mutter, Lady Caroline, konnte man nur als massig bezeichnen.

Die Verlobte des Earls, Lady Charlotte Calne, war über die prächtigen Ausmaße der Staples derart verblüfft, daß sie sich zu einer spontanen Bemerkung hinreißen ließ. «Wie riesig doch deine Vettern sind!» sagte sie. «Sie sehen alle sehr gut aus; ungewöhnlich gut, glaube ich.»

Er war erfreut und sagte eifrig: «Meinst du wirklich? Aber weißt du, Lucius hat rotes Haar. Geoffrey sieht ja wirklich gut aus, aber Arthur ist meiner Meinung nach nicht überdurchschnittlich. Hingegen ist John wirklich ein schöner Mensch, nicht? Ich hoffe, du wirst ihn gern haben – alle mögen John gern! Ich selbst habe sehr viel für ihn übrig.»

«Wenn dem so ist, dann hat er auch auf meine Zuneigung Anspruch. Ich versichere dir, ich werde ihn äußerst gern haben», erwiderte die Dame pflichtbewußt.

Es war nicht das erste Mal, daß er sich zu der Wahl seiner Braut gratulierte. Da er nicht übermäßig sensibel war, fand er an der farblosen Art seiner Charlotte nichts auszusetzen; ja, es hätte ihn ziemlich überrascht, hätte er gewußt, daß sie von seiner Familie nicht allgemein gebilligt wurde. Zwar meinte Lady Maria, sie würde Bevis eine vortreffliche Frau sein, der Archidiakon, sie sei ein Mädchen mit hübschen Manieren, und Lady Caroline, ihr einziger Fehler sei der Mangel an Mitgift; jedoch war zu merken, daß sich Mrs. Staple zurückhielt, eine Meinung zu äußern, und Mr. Yatton ging sogar so weit zu sagen – allerdings nicht in Hörweite seiner Gemahlin –, für seinen Geschmack hänge sie viel zu sehr an ihrer Mutter.

Die jüngere Generation sprach sich viel offener aus. Nur die Schwester des Earls, die sehr wesentlich am Zustandekommen der Verbindung beteiligt gewesen war, billigte Lady Charlotte voll und ganz. Miss Yatton verkündete mit der ganzen Selbstsicherheit einer jungen Dame, die eine erfolgreiche Londoner Season hinter sich hatte, Charlotte sei ein altmodisches Ding. Ihr Bruder Geoffrey vertraute seinem Vetter Arthur an, er persönlich würde lieber einen kalten Breiumschlag heiraten; und Captain Staple, der sich Lady Charlottes liebenswürdiger Entschlossenheit, ihn gut leiden zu wollen, nicht bewußt war, erwiderte das spöttische Heben von Lucius' sandfarbenen Brauen mit einer ausdrucksvollen Grimasse.

Beide standen nach dem Diner an einem Ende des Roten Salons beisammen. Lucius kicherte und sagte: «Oh, sie paßt Bevis recht gut.»

«Hoffentlich. Mir würde sie nicht passen!» sagte der Captain. Er schaute sich in dem prunkvollen Raum um. «Eine gräßliche Gesellschaft!» entschied er. «Was, zum Teufel, hat Saltash veranlaßt, alle seine Verwandten aufzutischen? Es genügt, um das Mädchen zur Auflösung der Verlobung zu treiben. Himmel, und da kommt auch noch mein Onkel auf uns zu! Wäre ich doch bloß nicht so dumm gewesen, herzukommen!»

«Na, mein lieber Junge!» sagte der Archidiakon honigsüß und legte dem Captain liebreich eine Hand auf die breite Schulter. «Wie geht's, wie steht's? Aber da muß man nicht erst fragen – es geht dir natürlich glänzend! Ein frohes Ereignis hier, nicht?»

«Ja, falls Bevis dieser Ansicht ist», erwiderte der Captain.

Der Archidiakon hielt es für das beste, den tieferen Sinn dieser Antwort zu überhören. Er sagte: «Ein junges Frauenzimmer bester Herkunft! Aber jetzt heraus damit – wann werden wir denn deine bevorstehende Verehelichung feiern, du Riesengeschöpf?»

«Noch nicht, Sir – ich bin noch nicht auf Brautschau. Und sollte ich mich je verloben», fügte er hinzu, und seine blauen Augen schweiften nachdenklich durch das Zimmer, «dann würde ich, beim Jupiter, das Ereignis bestimmt nicht so feiern!»

«Na, Jack», bemerkte Lucius, als ihr Onkel mit einem mechanisch liebenswürdigen Lächeln weiterging, «du verstehst es, den Feind zurückzutreiben, wie?»

«Das wollte ich nicht. Glaubst du, daß er beleidigt ist?» Captain Staple brach ab, und seine Augen weiteten sich vor Mißtrauen und Bestürzung. «Großer Gott, Lucius, sieh dir das bloß an!» stieß er hervor.

Lucius folgte dem entsetzten Blick. Ein Lakai hatte vorsichtig eine vergoldete Harfe in den Salon hereingetragen, und Lady Charlotte wurde dringend gebeten, ihr Haupttalent zu entfalten, während ihre Mama Mrs. Staple selbstgefällig informierte, daß die Stimme ihres Töchterchens von den ersten Meistern geschult worden war. Während Lord Saltash eifrig, die älteren Damen der Gesellschaft höflich

Charlotte baten, doch ihre Schüchternheit zu überwinden, schlich sich der Bruder der Dame, Lord Melksham, durch den Salon und schlug Lucius vor, sie sollten Ralph Tackenham schnappen – wie er sich ausdrückte – und sich mit Captain Staple zu einer ruhigen Whistpartie aus dem Salon zurückziehen.

«Mit Freuden!» antwortete Lucius. «Aber du wirst draufkommen, daß Ralphs Frau ihm nicht erlaubt, mitzukommen, soweit ich meine Cousine Albinia kenne!»

«Dann schnapp ihn eben, wenn sie nicht herschaut», sagte Lord Melksham hoffnungsfroh. «Ralph hat eine stille Partie sehr gern!»

«Nein, das geht nicht.» Captain Staple sprach sehr entschieden. «Wir müssen – und werden! – hierbleiben und dem Vortrag deiner Schwester zuhören.»

«Aber die wird doch ewig weitersingen!» wandte Seine Lordschaft ein. «Außerdem lauter fades Zeug, kann ich euch versichern!»

Aber Captain Staple schüttelte den Kopf, ging zu der Gruppe, die sich um die schöne Harfenistin sammelte, und setzte sich, einem einladenden Lächeln seiner Cousine Lettice folgend, auf ein kleines Sofa neben sie.

«Das wird ja gräßlich werden!» flüsterte Miss Yatton.

«Sehr wahrscheinlich», sagte er zustimmend. Er wandte sich zu ihr und schaute mit einem Lächeln in den Augen auf sie herab. «Du bist aber sehr groß geworden, seit ich dich das letzte Mal gesehen habe, Letty. Ich nehme an, du hast debütiert?»

«Heiliger Himmel, natürlich! Gleich zu Beginn der Saison! Wärst du in London gewesen, dann wüßtest du, daß ich einen ganz beträchtlichen Erfolg hatte!» sagte Miss Yatton, die ihr Licht nie unter den Scheffel stellte. «Stell dir bloß vor – Papa erhielt drei Heiratsanträge für mich! Natürlich ganz unstandesgemäß, aber immerhin – denk nur, gleich drei, und in meiner allerersten Saison!»

Er amüsierte sich, gebot ihr jedoch Stille, weil sich Lady Charlotte nunmehr an der Harfe niedergelassen hatte. Er legte seine große Hand auf die seiner lebhaften jungen Cousine und drückte sie ermahnend. Miss Yatton, die ein vollendet kokettes Persönchen zu werden versprach, gehorchte dem unausgesprochenen Befehl, warf ihm aber einen so spitzbübischen Blick zu, daß seine Schwester, die ihn und das Lächeln bemerkt hatte, mit dem es aufgenommen wurde, sofort erschrak und beschloß, bei der ersten Gelegenheit die Aufmerksamkeit ihrer Mutter auf eine Gefahr zu lenken, die dieser vielleicht entgangen war.

Aber Mrs. Staple, der ihre Tochter ungefähr zwei Stunden später einen Besuch abstattete, hörte sich die Warnung mit unerschütterlicher Gelassenheit an und sagte nur: «Heiliger Himmel, habe ich nur deshalb meine Zofe wegschicken müssen, weil du mir das zu sagen hast, Fanny?»

«Aber Mama, sie hat das ganze Diner hindurch mit ihm geliebäugelt! Und die Art, wie er ihre Hand genommen und sie angelächelt hat! Ich versichere dir –»

«Das alles habe ich bemerkt, mein Liebes, und es hat mich stark daran erinnert, wie er mit seinen Hundejungen umgeht.»

«Hundejungen!» rief Lady Lichfield aus. «Letty ist aber kein Hundejunges, Mama. Ja, ich halte sie für eine abgefeimte kokette Person, und mir ist einfach unbehaglich zumute. Du wirst zugeben, daß sie für meinen Bruder nicht das Passende ist.»

«Rege dich doch nicht auf, meine Liebe», antwortete Mrs. Staple und band sich die Bänder ihrer Nachthaube unter dem Kinn fest. «Ich hoffe nur, sie unterhält ihn genügend, um ihn hier über das Wochenende festzuhalten, obwohl ich gestehen muß, daß ich das sehr bezweifle. Meine liebe Fanny, hat man je schon einmal eine so fade Angelegenheit erlebt?»

«Oh, noch nie!» stimmte ihr die Tochter bereitwillig zu. «Aber Mama, wie gräßlich, wenn John sich in Letty Yatton verlieben würde!»

«Das befürchte ich durchaus nicht», erwiderte Mrs. Staple ruhig.

«Er schien aber ganz angetan von ihr zu sein», sagte Fanny. «Ich frage mich nur, ob Lettys Lebhaftigkeit ihm vielleicht das sanftere Betragen der lieben Elizabeth – nun, zahm erscheinen läßt!»

«Du machst aus einer Mücke einen Elefanten», sagte Mrs. Staple. «Sollte er für Elizabeth etwas empfinden, dann wäre ich äußerst glücklich. Aber ich hoffe, ich bin nicht so dumm, daß ich mein ganzes Herz an diese Verbindung hänge. Verlasse dich darauf, dein Bruder ist sehr gut imstande, sich selbst eine Frau zu suchen.»

«Mama! Wie kannst du nur so aufreizend sein?» rief Fanny aus. «Wenn wir beide uns doch soviel Mühe gegeben haben, John und Elizabeth zusammenzubringen, und du sie sogar für nächste Woche nach Mildenhurst eingeladen hast!»

«Das stimmt schon», erwiderte Mrs. Staple unerschütterlich. «Und es würde mich nicht wundern, wenn John Elizas ruhige Vernunft nach drei in Lettys Gesellschaft verbrachten Tagen willkommen wäre – falls es der kleinen Range überhaupt gelingt, ihn so lange hierzuhalten.»

Fanny schaute etwas zweifelnd drein, aber ein Klopfen an der Tür hinderte sie, etwas zu erwidern. Mrs. Staple hieß den späten Besucher hereinkommen, fügte dabei aber leise hinzu: «Vorsicht! Das ist John – ich kenne sein Klopfen.»

Es war tatsächlich Captain Staple; er trat ein und sagte: «Darf ich hereinkommen, Mama? Hallo, Fan! Habt ihr Geheimnisse miteinander?»

«Heiliger Himmel, nein! Falls du es nicht für ein Geheimnis hältst, daß das die langweiligste Gesellschaft war, die je gegeben wurde!»

«Genau das», sagte John vertraulich. «Wenn du nichts dagegen hast, Mama, glaube ich, reite ich morgen früh lieber ab.»

«Du bleibst nicht bis Montag?!» rief Fanny. «Aber du kannst doch nicht einfach so verschwinden!»

«Ich verschwinde ja gar nicht. Ich wurde eingeladen, um die Braut kennenzulernen, und das habe ich getan.»

«Aber du kannst doch Bevis nicht sagen, daß du nicht mehr hierbleiben willst!»

«Praktisch habe ich es ihm schon gesagt», sagte John etwas schuldbewußt. «Ich habe ihm erzählt, daß ich eine Verabredung mit Freunden habe, weil ich das nicht so aufgefaßt hätte, daß ich länger als eine Nacht hierbleiben sollte. Aber Fan, mach doch kein solches Gesicht! Wenn du glaubst, daß Bevis beleidigt war, dann irrst du dich gewaltig!»

«Na schön, mein Junge», schaltete sich seine Mutter ein, bevor Fanny noch etwas sagen konnte. «Gedenkst du heimzureiten? Ich muß dir ja gestehen, daß mir auch nichts lieber wäre, als meinen Besuch ebenfalls schon morgen zu beenden, aber ich kann das nicht, ohne Tante Maria zu verstimmen.»

«Nein, nein, Mama, ich denke nicht daran, dich mit fortzuschleppen!» versicherte er ihr. «Um die Wahrheit zu gestehen, ich habe daran gedacht, ich könnte einen Abstecher ins Leicestershire machen, um Wilfred Babbacombe zu besuchen. Er müßte jetzt dort sein, weil doch die Fuchsjagd begonnen hat.» Er las Mißbilligung in den Augen seiner Schwester und fügte hastig hinzu: «Es wäre ein Jammer, wenn ich's nicht täte, da ich schon einmal in der Gegend bin.»

«In der Gegend! Easterby muß an die sechzig Meilen von Leicester entfernt liegen, wenn nicht noch weiter!»

«Nun also, wenn ich schon im Norden bin», verbesserte sich der Captain.

«Aber du wirst doch Mama nicht ohne Begleitung nach Mildenhurst zurückfahren lassen!»

«Nein, natürlich nicht. Mein Kammerdiener wird sie begleiten. Du hast doch nichts dagegen, daß Cocking statt meiner neben der Chaise reitet, oder, Mama? Du bist bei ihm gut aufgehoben.»

«Durchaus nicht, mein Junge. Aber solltest du ihn nicht lieber selbst mitnehmen?»

«Himmel, nein! Ich nehme alles, was ich brauche, in einer Satteltasche mit und brauche ihn nicht im geringsten.»

«Wann», fragte Fanny mit einem unheilschwangeren Ausdruck in den Augen, «hast du vor, nach Mildenhurst zurückzukehren?»

«Oh, ich weiß nicht!» sagte ihr Bruder, der einen rasend machen konnte. «Ungefähr in einer Woche, vermutlich. Warum?»

Ein zwingender Blick von Mama verbot es Fanny, diese Frage zu beantworten, daher ließ sie sich ihre Mißbilligung nur ansehen. Mrs. Staple sagte: «Es ist völlig unwichtig. Ich habe nächste Woche ohnehin Freunde in Mildenhurst zu Gast, also brauchst du nicht zu fürchten, daß ich mich einsam fühlen könnte, John.»

«Oh, dann ist das ja großartig!» sagte er erleichtert. «Weißt du, Mama, ich weiß nicht, wie das kommt – ob es mein Onkel ist mit seiner bombastischen Art, oder Tante Caroline, oder das Lachen von Lucius, oder Ralph Tackenham mit seinem ewigen langweiligen Gerede, oder der junge Geoffrey, der den Stutzer spielt, oder einfach nur dieses teuflische Schicklichkeitsgetue auf Easterby – aber ich halte es hier einfach nicht aus!»

«Ich verstehe dich», versicherte ihm die Mutter.

Er beugte sich zu ihr hinunter, umarmte sie und gab ihr einen Kuß. «Du bist doch die beste Mutter der Welt!» sagte er. «Und außerdem ist das ein ganz reizendes Nachthäubchen, Ma'am. Ich muß gehen: Melksham will jetzt eine Pharo-Bank eröffnen, und Bevis mag das überhaupt nicht. Der arme alte Junge! Der wird Melksham nie richtig behandeln können, wenn Melksham einen

Schwips hat, und den hat er von sieben Tagen der Woche sechs. Den Burschen hat man auch nicht mit Wasser getauft. Der ist noch vor Tagesanbruch betrunken wie ein Artillerist.»

Mit dieser unheilschwangeren Prophezeiung zog sich der Captain zurück und ließ seine Mutter unerschüttert, seine Schwester schäumend vor Zorn zurück. Kaum hatte sich die Tür hinter ihm geschlossen, als Fanny auch schon ausrief: «John ist doch das ärgerlichste Geschöpf auf Erden! Wie hast du ihn nur gehen lassen können, Mama? Du weißt doch, wie er ist! Wetten, du siehst ihn einen Monat lang nicht wieder. Und jetzt wird er nicht einmal Elizabeth kennenlernen.»

«Das ist zwar ein Pech, aber ich verzweifle nicht», erwiderte Mrs. Staple und lächelte leicht. «Und was das Fortlassen betrifft – einen Mann von neunundzwanzig Jahren, Liebes, kann man nicht mehr am Gängelband halten. Außerdem – hätte ich ihn gezwungen, heimzukommen, damit er Elizabeth kennenlerne, so bin ich überzeugt, daß sie ihm von vornherein verleidet gewesen wäre.»

«Nun», sagte Fanny verärgert, «meiner Meinung nach ist er einfach unausstehlich, Ma'am!»

«Sehr richtig, Liebes – alle Männer sind einfach unausstehlich», sagte Mrs. Staple zustimmend. «Ich gehe jetzt zu Bett, und du tust am besten das gleiche.»

«Ja, sonst fragt sich Lichfield, was aus mir geworden ist», sagte Fanny und stand auf.

«Das tut er keineswegs», antwortete ihre Mutter kühl. «Lichfield, mein liebes Kind, ist nicht weniger unausstehlich als jeder andere Mann und spielt ohne Zweifel in diesem Augenblick unten Pharo.»

Fanny gab die treffende Wahrscheinlichkeit dieser Äußerung damit zu, daß sie ihrer Mutter würdevoll gute Nacht wünschte.

2

Captain Staple sollte es nicht bestimmt sein, Easterby am folgenden Morgen schon zu früher Stunde zu verlassen. Dank den nächtlichen Gewohnheiten Lord Melkshams war es heller Tag, als er zu Bett ging. Nachdem man diesen liebenswürdigen, aber sprunghaften Aristokraten davon abgebracht hatte, eine Pharo-Bank zu eröffnen, hatte er die Gesellschaft zu einem stillen Lu-Spiel aufgefordert. Und da die älteren Mitglieder der Gesellschaft, zu denen außer dem Archidiakon, seinem Schwager, Mr. Yatton, auch der Kaplan des Earls, Mr. Merridge, gehörten, sich bald nach den Damen zurückgezogen hatten und der Earl offenkundig nicht imstande war, das Spiel in Grenzen zu halten, hatte es Captain Staple nicht übers Herz gebracht, ihn im Stich zu lassen. Der Earl war ihm dankbar, wollte es aber nicht zulassen, daß John die Gesellschaft bewege, Schluß zu machen, was er durchaus zu tun bereit war. Der Earl sagte: «Nein, nein, wenn Melksham einmal zu etwas entschlossen ist – er ist mein Gast, und außerdem – na ja, du verstehst ja, wie das ist!»

«Nein, das verstehe ich nicht», sagte John rundheraus. «Wenn ich an deiner Stelle wäre, alter Junge, dann würde ich es in meinem eigenen Haus so zugehen lassen, wie ich es wünsche!»

Nach einem einzigen Blick auf das zwar gutmütige, aber energische Gesicht des Captains hätte niemand daran gezweifelt. Der Earl sagte verdrießlich: «Ja, aber das verstehst du nicht! Du hast gut reden – aber es ist ja egal. Die Hauptsache ist – du weißt ja, wie Lucius ist, und dieser stupide Schwager von mir. Und Onkel Yatton ist einfach verschwunden, und der junge Geoffrey kann tun, was ihm paßt! Ich wollte, du bliebest und hilfst mir, drauf zu schauen, daß sie die Grenze wahren!»

Also blieb Captain Staple, obwohl er kein Spieler war; und wenn es ihm auch nicht gelang, die Einsätze so niedrig zu halten, wie sich das sein nobler Vetter von ihm gewünscht hatte, so gelang es ihm doch, zu verhindern, daß das ruhige Lu-Spiel zu einem äußerst lautstarken Lu-Spiel wurde. Als Lord Melksham dieser Belustigung müde geworden war und ein Brag-Spiel begann, war der junge Mr. Yatton seinen Getränken erlegen, was, wie der Captain den Earl heiter informierte, ein sehr glücklicher Umstand war, denn damit war es mit seinen Verlusten aus. Nachdem er Geoffrey ins Bett hinaufgebracht hatte, hielt er gleich darauf seinem eigenen Schwager den Kopf unter die Pumpe im Waschhaus, lenkte die schwankenden Schritte seines Vetters Arthur die Treppe empor und überzeugte Lord Melksham sanft, aber fest, daß es besser wäre, sich ins Bett zurückzuziehen, als die Lautstärke eines Jagdhorns auszuprobieren, das dieser in der Großen Halle entdeckt hatte.

Nach einer so anstrengenden Nacht war es nicht überraschend, daß der Captain bis tief in den Morgen hinein schlief. Er verließ Easterby erst nach Mittag, und hätte er auf die Vorhaltungen seines Gastgebers und seiner Schwester gehört, dann hätte er es an jenem Tag überhaupt nicht verlassen. Man wies ihn darauf hin, daß der Himmel schlechtes Wetter androhe, daß er nicht hoffen konnte, mehr als nur einige Meilen seiner Reise hinter sich zu bringen, und daß er gut daran täte, den ganzen Plan, ins Leicestershire zu reiten, überhaupt aufzugeben. Aber ein zu erwartender Regen verwirrte einen Mann nicht sehr, der daran gewöhnt gewesen war, auf der spanischen Halbinsel und in den Pyrenäen unter schlimmsten Umständen zu biwakieren; und die Aussicht, irgendwo unterwegs in einem Gasthof übernachten zu müssen, erschien ihm wünschenswerter als ein weiterer von Lord Melkshams geselligen Abenden. Daher führte Cocking, der ihn als sein privater Diener auf allen seinen Feldzügen begleitet hatte, seinen großen Goldfuchs mit der römischen Nase vor, schnallte einen schweren Friesmantel und die Tasche mit allem, was der Captain für seine Reise für nötig hielt, an den Sattel. Sein übriges Gepäck bestand aus zwei Koffern, und diese sollte Cocking über Johns Anweisung mit dem Lohnfuhrmann nach Edenhope, dem Jagdhaus Mr. Babbacombes im Leicestershire, senden. Der Anblick zweier so bescheidener Gepäckstücke veranlaßte Lord Melkshams Diener, eine sehr überlegene Persönlichkeit, zu staunen, daß ein Gentleman so spärlich ausgerüstet über Land reiste. Sein Herr, sagte er, rühre sich nie ohne mehrere Koffer, einen Toilettekoffer und ihn, einen höchst talentierten Kammerdiener, von zu Hause fort. Aber seiner Aufgeblasenheit wurde schnell ein Hieb versetzt. Cocking antwortete sofort, da gebe es nichts zum Naserümpfen. «Wenn der Captain ein bleicher Nichtstuer auf zwei Zahnstochern wäre, dann brauchte er natürlich einen Wicht wie dich, der ihm die Waden ausstopft und ihn herausputzt», sagte er. «Nur ist er das eben nicht! Möchtest du vielleicht sonst noch was über den Captain verlauten lassen?»

Lord Melkshams Diener beschloß vorsichtigerweise, daß er nichts mehr zu sagen wünschte und erklärte diese Enthaltsamkeit seinen Kollegen später damit, sie sei auf sein Widerstreben zurückzuführen, mit einem ordinären Stänkerer einen Wortwechsel zu führen. Cocking, dem das Feld geräumt worden war, lud sorgfältig die Pistolen des Captains, steckte sie in die Sattelhalfter und führte den Goldfuchs zum Haus. Der Captain in Lederreithose und Stiefeln und einem Mantel von leicht militärischem Schnitt gab ihm einige letzte Anweisungen und bestieg das große Pferd. Cocking, eine Hand am Zügel, schaute zu ihm auf und fragte, ob er zu ihm nach Edenhope kommen solle, sowie er die Herrin sicher heimgeleitet haben würde.

«Nein, es könnte sein, daß du mich dort nicht antriffst. Außerdem werde ich dich nicht brauchen.»

«Nun ja, Sir, möglich, aber eigentlich möchte ich gern wissen, wer Ihr Lederzeug reinigen soll?» fragte sein getreuer Knappe.

«Ich weiß nicht. Mr. Babbacombes Diener vermutlich.»

«Ho!» sagte Cocking. «Das wird Mr. Babbacombes Diener schön aufbringen, bestimmt! Aber natürlich, ganz wie Sie wünschen, Sir!»

Als sein Herr die Allee hinunterritt, sah er ihm nach und schüttelte den Kopf. Einem Spatzen, der einige Meter weit vor ihm herumhüpfte, vertraute er seine nächsten, etwas undurchsichtigen Bemerkungen an. «Nervös, sehr nervös!» sagte er und schaute den Vogel streng an. «Wenn du mich fragst, so würde ich sagen, wir werden ihn im Handumdrehen mitten in irgendeinem Wirbel haben!»

Der Captain hatte zwar nicht die geringste Absicht, in irgendeinen Wirbel zu geraten, war aber herzlich froh, aus Easterby entkommen zu sein. Es gab dort nichts, was die Langeweile unterbrach, als die milden Exzesse Lord Melkshams, und die fand John nicht unterhaltsam. Das Leben seines Vetters war umhegt von all der Wohlanständigkeit, die den Captain vor acht Jahren dazu getrieben hatte, seinen Vater zu überreden, ihn in die Armee einzukaufen. Er hatte das starke Gefühl, daß eine kriegführende Armee genau das Richtige für ihn sein würde, und die Ereignisse hatten ihm recht gegeben. Das Leben auf der Halbinsel war voll Ungewißheit gewesen, unbequem und häufig dem Zufall ausgeliefert, aber es hatte alle möglichen Abenteuer geboten, und John hatte sich keinem entzogen. Er hatte es ungeheuer genossen, und am intensivsten dann, wenn er an irgendeinem gefährlichen Unternehmen teilnahm. Aber als der Krieg 1814 zu Ende war, wußte er bei aller Freude über den Sturz Bonapartes, die er mit allen teilte, daß damit die Lebensweise, die er liebte, ebenfalls zu Ende war. Das langweilige Soldatenleben in Friedenszeiten war nichts für einen John Staple. Er gab schließlich den Bitten seiner Mutter nach und quittierte den Dienst. Da sein Vater ein Jahr zuvor gestorben war, würde er, so meinte sie, eine Menge mit der Verwaltung seines Gutes zu tun haben. John Staple der Ältere war ein träger Mann gewesen, und einige Monate lang mußte sein Sohn tatsächlich viel arbeiten. Dann aber war die Nachricht von Bonapartes Flucht aus Elba und damit wieder eine kurze Periode aufregender Beschäftigung für John gekommen. Nun jedoch war Bonaparte schon seit zwei Jahren Gefangener auf St. Helena, und jedermann schien das Gefühl zu haben, daß sich John zu einem Leben ziviler Ehrbarkeit niederlassen sollte. Er selbst hatte das gleiche Gefühl und versuchte, zufrieden zu sein, aber von Zeit zu Zeit packte ihn Rastlosigkeit. Wenn das geschah, konnte man nie voraussagen, was er unternehmen würde. Nur eines konnte man mit Sicherheit annehmen, wie sein Schwager düster sagte: daß es etwas Schrullenhaftes und möglicherweise unerhört Skandalöses sein würde. Lord Lichfield hatte allen Grund zu vermuten, daß John einmal einige Wochen lang mit einer Zigeunergruppe umhergewandert sei; und er würde nicht so leicht Johns plötzliche Ankunft um Mitternacht in seinem Haus in Lincolnshire vergessen, in fremdartiger, schandbarer Kleidung. «Guter Gott, was hast du getrieben?» hatte der Lord ausgerufen.

«Schmuggel!» hatte John geantwortet und ihn angegrinst. «Ich bin froh, daß du daheim bist. Ich brauche ein Bad und reine Kleider.»

Lord Lichfield war zu entsetzt gewesen, um mehr zu tun, als ihn eine volle Minute lang anzuglotzen. Natürlich war es nicht so schlimm gewesen, wie John es hatte klingen lassen. Die ganze Sache hatte sich aus einem Unglücksfall ergeben. «Aber ich sage dir folgendes, Fanny», hatte Seine Lordschaft später geklagt: «Wenn ich segeln gehe und in eine Bö gerate und ums Leben schwimmen muß, werde *ich* dann von einem Schmugglerschiff aufgefischt? Natürlich nicht! Niemandem außer John würde so was passieren! Außerdem – niemand außer John würde die Reise mit einer Bande schurkischer Räuber fortsetzen oder gar ihnen helfen, ihre Branntweinfässer an Land zu bringen! Aber selbst wenn mir so etwas passiert wäre, dann wäre ich nicht am Leben geblieben, um die Geschichte erzählen zu können. Mir hätten sie eins über den Kopf gehauen und mich über Bord geworfen.»

«Ich begreife nicht, wie es zugegangen ist, daß sie ihn verschont haben!» hatte Fanny gesagt. «Oh, ich wünsche mir sehnlichst, daß er keine solchen Sachen machte!»

«Ja», sagte ihr Herr und Gebieter zustimmend. «Obwohl er, wohlgemerkt, sehr gut imstande ist, auf sich selbst aufzupassen.»

«Aber in der Gewalt einer ganzen Schmugglerbande!»

«Ich vermute, daß sie ihn gern hatten.»

«Ihn gern hatten?!»

«Na ja, man muß ihn einfach gern haben!» erklärte Seine Lordschaft. «Er ist ein sehr charmanter Bursche – und ich wünschte zu Gott, daß er sich endlich niederließe und aufhörte, diese tollen Streiche anzustellen!»

«Mama hat recht», erklärte Fanny, «wir müssen eine passende Frau für ihn finden.»

Fanny und ihre Mama fanden auch tatsächlich eine Anwärterin um die andere für diesen Posten und stellten sie listig John in den Weg. Scheinbar gefielen sie ihm – aber leider alle. Mit der einen konnte man sich sehr nett unterhalten, die andere schien ihm ein recht lebhaftes Mädchen zu sein, eine dritte bemerkenswert hübsch – aber keine bat er um ihre Hand. Als ihn seine Schwester einmal zu fragen wagte, ob er denn je verliebt gewesen sei, hatte er ganz ernst geantwortet, ja, er glaube schon, daß er die Frau des Pförtners verzweifelt geliebt habe, die ihm immer Pfefferkuchen gegeben und ihm erlaubt hatte, die Frettchen, die Mama so sehr verabscheut hatte, in einem Ställchen vor ihrer Küchentür zu halten. Nein, in Lissabon hatte es ein Mädchen gegeben, als er das erste Mal bei der Armee war. Juanita – oder hieß sie Conchita? Er konnte sich nicht mehr erinnern, aber jedenfalls war es das lieblichste Geschöpf gewesen, das man je gesehen hatte. Dunkel, natürlich, mit den größten Augen und wohlgedrechselten Fesseln! War er in sie verliebt gewesen? «Himmel, ja!» antwortete John. «Alle waren wir in sie verliebt.»

Er gab zu, daß es für ihn an der Zeit sei, ans Heiraten zu denken. Natürlich nicht Fanny gegenüber, aber Mama gegenüber. «Nun ja, ich weiß, Mama», sagte er entschuldigend. «Aber die Sache ist die, daß ich keinen Geschmack an diesen verflixten sogenannten passenden Partien finde, wo man sich in Wirklichkeit keinen Deut aus dem Mädchen macht und umgekehrt. Ich habe nicht vor, um ein Mädchen anzuhalten, das mich nicht einfach umschmeißt. Daher werde ich vermutlich Junggeselle bleiben, denn sie tun's einfach nicht – keine von ihnen! Und wenn doch eine käme», fügte er nachdenklich hinzu, «dann ist eins zu zehn zu wetten, daß sie dir nicht gefallen würde!»

«Mein liebster Junge, mir würde jedes Mädchen gefallen, das du liebst», erklärte Mrs. Staple.

Er grinste anerkennend über diese tapfere Verlogenheit und sagte: «Das war eine Bombenlüge!»

Sie gab ihm einen Klaps. «Abscheulicher Bub! Jammerschade jedenfalls, daß wir nicht in archaischen Zeiten leben. Was dir gefiele, mein Sohn, wäre, irgendein Frauenzimmer vor einem Drachen oder Menschenfresser zu retten!»

«Ein famoser Spaß, Streit mit einem Drachen zu bekommen», sagte er zustimmend. «Solange man nachher das Mädchen nicht für immer am Hals hat, was aber, wie ich vermute, bei den Burschen damals der Fall war.»

«Solche Mädchen», erinnerte ihn seine Mutter, «waren immer sehr schön.»

«Und ob! Aber außerdem tödlich langweilig, verlaß dich drauf! Ja, ich wäre gar nicht überrascht, wenn die Drachen sehr froh gewesen wären, sie wieder los zu sein», sagte John.

Das klang ja nun nicht sehr vielversprechend. Aber Fanny hatte Elizabeth Kelfield entdeckt, und Mrs. Staple hatte nach einem sorgfältigen und kritischen Studium der Miss Kelfield zur Kenntnis genommen, daß es endlich eine junge Dame war, die Johns Gefallen durchaus erregen konnte. Sie war dunkel; sie war entschieden schön; sie besaß ein ansehnliches Vermögen; und obwohl sie noch nicht ganz zwanzig Jahre alt war, erschien sie älter, da sie durch den Umstand, daß sie die Last eines Haushalts von der kränkelnden Mutter übernommen hatte, eine Selbstsicherheit besaß, die über ihre Jahre hinausging. Mrs. Staple meinte, sie habe Qualität, und begann die Freundschaft der kränkelnden Mrs. Kelfield zu kultivieren.

Und jetzt, da man Mutter und Tochter dafür gewonnen hatte, nach Mildenhurst zu kommen, ging John einfach ins Leicestershire auf und davon, so daß alles so sorgfältig um seinetwillen unternommene Pläneschmieden sehr wahrscheinlich umsonst gewesen war.

In glücklicher Unkenntnis alles dessen befand sich Captain Staple, nachdem er die Abhänge der Pennines erklommen hatte, in einer wilden Moorlandschaft, und sie gefiel ihm. Da er einen guten Orientierungssinn besaß, hatte er so bald wie möglich die Mautstraße und damit in ganz kurzer Zeit alle Anzeichen der Zivilisation verlassen. Das paßte genau zu seiner Stimmung, und er ritt in bequemem

Tempo in südöstlicher Richtung über die Moore. Ursprünglich hatte er vorgehabt, die Nacht in Derby zu verbringen, aber sein später Aufbruch hatte das unmöglich gemacht. So wurde Chesterfield sein Ziel. Das war aber noch, bevor sein Goldfuchs ein Hufeisen verlor. Als das geschah, hatte der Captain massenhaft Zeit, zu bereuen, daß er die Landstraße verlassen hatte, denn nun schien er sich mitten in einer riesigen Einöde zu befinden. Die wenigen Behausungen über Meilen hin waren gelegentlich ein Bauernhaus und einige derbe Schuppen, die zum Schutz der Hirten über die Moore verstreut dalagen. Es dämmerte schon, als der Captain, Beau am Zügel führend, vom Moor in ein kleines Dorf gelangte, das stolz nicht nur eine Schmiede, sondern sogar eine Schenke sein eigen nannte. Der Schmied war schon heimgegangen. Und als man ihn schließlich von zu Hause geholt und das Feuer wieder angefacht hatte, war nicht nur der letzte Funke Tageslicht verschwunden, sondern es hatte auch der Regen, der den ganzen Tag gedroht hatte, zu fallen begonnen. Es gab zwar keine Übernachtungsmöglichkeit in der Schenke, wohl aber für Mann und Tier Essen. Captain Staple nahm ein herzhaftes Mahl aus Schinken und Eiern zu sich, zündete einen seiner spanischen Cigarillos an und trat ins Freie, um zu schauen, ob Aussicht bestand, daß das Wetter aufklarte. Es bestand nicht die geringste. Der Regen fiel mit hartnäckiger Gleichmäßigkeit, und es war kein Stern zu sehen. Der Captain machte sich auf einen nassen Ritt gefaßt und fragte den Wirt um Rat. Das aber wurde zu seinem Verhängnis. Der würdige Mann kannte nicht nur einen einige Meilen entfernten gemütlichen Gasthof, sondern, eifrig bemüht, sich hilfreich zu erweisen, dirigierte er den Captain auf dem, wie er ihm versicherte, kürzesten Weg hin. Er sagte, er könne ihn nicht verfehlen, und zweifellos hätte ihn der Captain auch nicht verfehlt, wenn der Wirt es nicht unterlassen hätte, ihm zu sagen, daß er bei seinem Rat, den ersten Weg rechts zu nehmen, nicht die Wagenspur meinte, die, wie jeder Einheimische jener Gegend wußte, sich aufwärts zum Moor wand und dort an einem kleinen Bauernhaus endete. Erst eine Stunde später fand der Captain, auf seinen Instinkt vertrauend und ständig südwärts reitend, einen Feldweg, der, so wenig begangen er war, sehr wahrscheinlich zu einem Dorf oder einer Mautstraße führte. Er folgte ihm, bemerkte mit Genugtuung, daß er leicht abwärts führte, und fand in kurzer Zeit seine Vermutung bestätigt. Der Feldweg mündete in eine breitere Straße, die ihn im rechten Winkel kreuzte. Captain Staple wußte zwar nicht genau, wo er sich befand, war aber ziemlich sicher, daß Sheffield im Osten lag, wahrscheinlich nicht mehr weit. Also bog er nach links in die größere Straße ein. Der Regen tropfte vom Rand seines Hutes, seine Reitstiefel waren über und über schmutzbespritzt, aber der schwere Friesmantel hatte ihn ziemlich trockengehalten. Er lehnte sich vor, um Beaus regenüberströmten Hals abzuklopfen, und sagte ermutigend: «Jetzt dauerts nicht mehr lang, alter Junge!»

Eine Straßenkrümmung bot einen hoffnungsvollen Anblick: Ein kleines Licht glomm in einiger Entfernung, nach dessen Stellung zu urteilen es die Laterne an einer Mautschranke sein mußte. «Schau, Beau», sagte er aufmunternd, «jedenfalls sind wir auf dem richtigen Weg. Wenn das eine Mautstraße ist, führt sie zu irgendeiner Stadt.»

Er ritt weiter und kam bald an die Mautschranke. So trüb das Licht auch war, konnte er doch sehen, daß das Tor geschlossen und an der Nordseite der Straße von einem Zollhaus bewacht war. Im Haus selbst war kein Licht und die Tür geschlossen. «Eine Überlandstraße, nicht sehr benützt», informierte der Captain Beau. Er hob die Stimme und rief herrisch: «Tor!»

Nichts geschah. «Soll ich absteigen und die Schranke selbst öffnen?» fragte der Captain. «Nein, verdammt noch einmal. Tor, sage ich! Tor! Heraus mit dir da drin, und schnell!»

Die Tür in der Mitte des Mauthauses öffnete sich einen Spalt, und der schwache Schimmer eines Laternenlichts fiel quer über die Straße. «Na also, komm schon!» sagte der Captain ungeduldig. «Mach auf, Menschenskind!»

Nach einigem Zögern wurde dieser Aufforderung Folge geleistet. Der Zollwärter trat auf die Straße heraus, und im Licht der Laterne, die er trug, zeigte sich, daß er von winziger Gestalt war. Der Captain, der einigermaßen überrascht auf ihn hinunterblickte, als der Kleine an den Mautzetteln herumfingerte, entdeckte, daß es ein magerer Knirps war, sicher nicht älter als dreizehn Jahre, wenn nicht sogar noch jünger. Die Laterne enthüllte ein sommersprossiges und leicht verweintes, verschrecktes Gesicht. Staple sagte: «Hallo, was ist denn das? Bist du der Zollwärter?»

«N-nein, Sir. Mein Vater ist's!» antwortete der Junge und schluckte.

«Na, und wo ist dein Vater?»

Wieder ein Schlucken. «Weiß nich.» Ein Zettel wurde hochgehalten. «Threepence, bitte, Euer Gnaden, und er gilt gleich für die nächsten zwei Schranken.»

Aber nun hatte den Captain seine Gewohnheitssünde, die heftige Vorliebe für die Erforschung des Ungewöhnlichen, gepackt. Er übersah den Zettel und sagte: «Läßt dich dein Vater an seiner Stelle auf die Schranke aufpassen?»

«Ja, Herr», sagte der Junge mit einem etwas feuchten Aufschnupfen. «Bitte, Herr, es macht Threepence und –»

«– gilt für die nächsten beiden Schranken», ergänzte der Captain. «Wie heißt du?»

«Ben», antwortete der Jüngling.

«Wohin führt diese Straße? Nach Sheffield?»

Nach einiger Überlegung bejahte es Ben.

«Wie weit ist das noch?» fragte der Captain.

«Weiß nich. Zehn Meilen, wahrscheinlich. Bitte, Herr –»

«So weit? Zum Teufel!»

«Es können aber auch zwölf sein. Weiß nich. Aber der Zettel macht Threepence, bitte, Herr.»

Der Captain schaute in das nicht sehr einnehmende Gesicht hinunter, das ängstlich zu ihm aufschaute. Der Junge sah verschreckt und übermüdet aus. Staple sagte: «Wann ist denn dein Vater weggegangen?» Er wartete und fügte nach einer Weile hinzu: «Hab keine Angst, ich tu dir nichts. Paßt du schon lange auf die Schranke auf?»

«Ja – nein! Vater ist gestern weg. Er hat gesagt, er kommt zurück, is aber nich, und bitte, Herr, erzählen Sie das niemandem, sonst bekomm ich eine Mordstracht Prügel vom Vater», bat der Jüngling flehentlich.

Jezt war die Neugierde des Captains endgültig geweckt. Zollwärter mochten ihre Fehler haben, aber gewöhnlich verließen sie ihre Posten, die nur von kleinen Jungen bewacht, nicht für ununterbrochene vierundzwanzig Stunden. Außerdem hatte Ben eine Riesenangst, und nach den Blicken zu schließen, die er verstohlen um sich warf, fürchtete er sich noch vor etwas anderem als nur der Dunkelheit und dem Alleinsein.

Der Captain schwang sich aus dem Sattel und zog die Zügel Beaus über dessen Kopf. «Mir scheint, es ist besser, ich bleibe lieber hier und leiste dir in der Nacht Gesellschaft», sagte er heiter. «Na, wo kann ich mein Pferd unterbringen?»

Ben war so erstaunt, daß er nur dastehen und den Captain offenen Mundes und mit vorquellenden Augen anstarren konnte. Der Captain wußte, daß hinter den meisten ländlichen Mauthäusern kleine Gärten lagen und häufig auch ein roh gezimmerter Schuppen für Werkzeug und Holz. «Habt ihr einen Schuppen?» fragte er.

«Ja», stieß Ben hervor, der immer noch fasziniert diesen riesigen phantastischen Reisenden anstarrte.

«Was ist drin?»

«Mistkratzer.»

Der Captain erkannte diese Sprache. Er hatte in seiner Truppe mehrere der Landstreicher gehabt, aus denen, wie Seine Gnaden, der Herzog von Wellington, mit verdrießlichem Humor mehr als einmal versichert hatte, seine tapfere Armee zum großen Teil bestand. «Hennen?» fragte er. «Na schön, macht nichts! Führ mich hin. Ist er groß genug für mein Pferd?»

«Ja», sagte Ben zweifelnd.

«Dann geh also voraus!»

Anscheinend hatte Ben das Gefühl, daß es unklug wäre, Einwendungen zu machen, wozu er anscheinend sehr neigte. Nachdem er noch einmal geschluckt hatte, hob er seine Laterne auf und führte den Captain zu einer Nebenpforte hinter dem Mauthaus.

Der Schuppen erwies sich als überraschend groß, und als die Laterne an einem vorstehenden Nagel aufgehängt wurde, enthüllte ihr Licht nicht nur eine Reihe Federvieh auf der Stange, sondern auch etwas Stroh und einen Ballen Heu in einer Ecke. Es waren unverkennbar Zeichen, daß Beau nicht das erste Pferd war, das hier eingestellt wurde, ein Umstand, den John interessant fand; aber er hielt es für das Klügste, keine Bemerkung darüber zu machen. Ben betrachtete ihn mit einer Mischung aus Ehrfurcht und Mißtrauen, daher lächelte er auf den Jungen hinunter und sagte: «Du brauchst keine Angst zu haben – ich tu dir nichts. Aber jetzt – mein Mantel ist zu naß, als daß ich ihn Beau auflegen könnte – hast du irgendeine Decke?»

«Ja. Aber wenn Mr. Chirk kommt – aber ich vermute, er kommt ohnehin nich!» sagte Ben. «Jö, ist das ein großer Gaul!»

Dann nahm er die Satteltasche, die John abgeschnallt hatte, und ging mit ihr fort. Als er wiederkam, brachte er einen Eimer Wasser und eine Pferdedecke mit. Da der Captain, der seinen Rock ausgezogen hatte, dabei war, Beau abzureiben, nahm er sofort einen Strohwisch und begann die Beine des großen Pferdes zu bearbeiten. Ben schien entschieden zu haben, daß sein ungeladener Gast zwar erschreckend groß war, ihm aber wirklich nichts Böses wollte, denn er schaute viel heiterer drein und ließ verlauten, daß er den Kessel zum Kochen aufgesetzt hatte. «Rum is noch da», sagte er.

«Der wird gleich weg sein», antwortete John und beobachtete, wie der Junge furchtlos mit seinem Pferd umging. Der milde Witz kam gut an, ein freundliches Grinsen wurde ihm kurz zugeworfen. John fragte sachlich: «Arbeitest du in einem Stall?»

«Manchmal ja. Meistens aber tu ich alles mögliche», sagte Ben. «Am meisten stellt mich Mr. Sopworthy an.»

«Wer ist das?»

«Der Büffeter in Crowford. Im ‹Blauen Eber›», sagte Ben und begann, die Steigbügel mit einem Stück Sackleinwand zu reinigen.

«Der Wirt?» riet John aufs Geratewohl.

«Ja.»

«Hat dein Vater ein Pferd?»

Der vorsichtige Ausdruck kehrte in Bens Gesicht zurück. «Nein.» Er sah John von der Seite an. «Die Pferdedecke gehört nicht meinem Vater – sie – sie gehört einem Freund. Der kommt manchmal her. Vielleicht möcht er nicht, daß Sie sie benutzen, drum – drum werden Sie auch nichts davon verraten, bitte, Herr! Und auch nichts von ihm, weil – weil er nicht gern Fremde trifft!»

«Menschenscheu, ja? Ich werde nichts sagen», versprach John und fragte sich, ob das vielleicht der Mann war, vor dem sich Ben fürchtete. Er war jetzt überzeugt, daß irgendein Geheimnis über dem Mauthaus lag, mit dem zweifellos das Verschwinden seines Wärters zusammenhing; aber er war klug genug, diese Überlegung für sich zu behalten, da Ben offenkundig ihm nicht ganz traute und immer noch bereit war, wie ein Fohlen in panischer Angst vor ihm zu scheuen.

Als Beau zugedeckt war und sie ihn mit einem Armvoll Heu zurückließen, führte Ben den Captain den Garten hinauf zur Rückseite des Mauthauses, wo eine Mitteltür in eine kleine Küche führte. Das

Haus war, wie John mit einem Blick sah, nach dem üblichen Schema gebaut. Es bestand aus zwei genügend großen Räumen, von einem dritten getrennt, der durch eine Holzwand in zwei Teile abgeteilt war. Die hintere Hälfte war die Küche, die vordere die Mautkanzlei. Die Küche war klein, überheizt und in großer Unordnung. Sie wurde von einigen Talgkerzen in Zinnhaltern erleuchtet, und ein unangenehmer Geruch nach heißem Talg lag in der Luft. Aber der Captain wußte aus früheren Erfahrungen in den primitiveren Teilen Portugals, daß sich die menschliche Nase sehr schnell selbst an die übelsten Gerüche gewöhnen kann, und betrat daher den Raum ohne Widerwillen. Ben schloß und verriegelte die Tür, setzte die Laterne nieder und brachte aus dem Küchenschrank eine schwarze Flasche und einen dicken Glasbecher. «Ich mische Ihnen einen Grog», erbot er sich.

Der Captain, der sich in den Windsorstuhl am Herd gesetzt hatte, grinste, sagte aber: «Vielen Dank, aber ich glaube, ich mische ihn mir lieber selbst. Wenn du dich schon nützlich machen willst, schau zu, ob du mir diese Stiefel da abziehen kannst!»

Dieser Vorgang, der Zeit und alle Kraft Bens brauchte, trug viel dazu bei, das Eis zu brechen. Ben fand es äußerst lustig, daß er, einen schmutzigen Reitstiefel an die Brust gepreßt, fast nach hinten geplumpst wäre. Er begann zu kichern, vergaß alle Ehrfurcht und sah plötzlich viel jünger aus, als John zuerst angenommen hatte. Er offenbarte John auf dessen Frage, daß er demnächst elf würde.

Nachdem John ein Paar Hausschuhe in seiner Satteltasche gefunden hatte, mischte er sich ein Glas heißen Wassers mit Rum und setzte sich wieder hin, die Beine weit von sich gestreckt; seine Stiefel standen neben dem Herd zum Trocknen. «So ist's schon besser», sagte er, lehnte den blonden Kopf gegen die hohe Stuhllehne und lächelte seinem Gastgeber schläfrig zu. «Sag, werden wir zum Schrankenöffnen sehr oft hinausgerufen?»

Ben schüttelte den Kopf. «Nach Dunkelwerden kommt keiner viel her», sagte er. «Außerdem gießt's.»

«Fein!» sagte John. «Und wo werde ich schlafen?»

«Sie könnten das Bett von meinem Vater haben», schlug Ben etwas zweifelnd vor.

«Danke, nehm ich. Wohin könnte dein Vater wohl gegangen sein?»

«Weiß nich», sagte Ben schlicht.

«Geht er oft so fort?»

«Nein. Das hat er noch nie getan – nicht so. Und er ist nicht auf eine Sauftour gegangen, weil er kein Säufer ist, nicht mein Vater. Und wenn er nicht zurückkommt, übergeben sie mich der Fürsorge.»

«Er wird schon zurückkommen», sagte John beruhigend. «Hast du Verwandte? Brüder, Onkel?»

«Ich hab einen Bruder. Das heißt, wenn er nicht ertrunken ist. Er ist in den Militärdienst gepreßt worden. Ich tät mich nicht wundern, wenn ich ihn nie wiedersehen würde.»

«Himmel, doch, natürlich wirst du ihn wiedersehen!»

«Na ja, ich will ja gar nicht», sagte Ben freimütig. «Er ist ein richtiger Tölpel, das is er. Denn sonst hätten sie ihn nie geschnappt, sagt mein Vater.»

Falls Ben andere Verwandte besaß, wußte er nichts von ihnen. Seine Mutter war anscheinend vor einigen Jahren gestorben, und es zeigte sich bald, daß er an seinem Vater weniger aus Liebe hing, als aus einer heftigen Angst, der Fürsorge übergeben zu werden. Er war überzeugt, daß er, sollte ihm das zustoßen, in eine der Gießereien in Sheffield geschickt würde. Er lebte genügend nahe dieser Stadt, um zu wissen, was für ein Elend die Scharen verkümmerter Kinder erdulden mußten, die vom Alter von sieben Jahren an in den großen Industriestädten arbeiten mußten. Es war daher nicht überraschend, daß ihm dieses Schicksal so schrecklich erschien. Es gab nur noch ein einziges schlimmeres Schicksal, das er kannte, und das sollte er John bald anvertrauen.

Während er erzählte und John dasaß und seinen Grog schlürfte, hatte sich der Wind etwas erhoben und trug andere Geräusche herbei als das stete Tropfen des Regens. Die Nebenpforte für Fußreisende knarrte und schlug leise ein-, zweimal zu; und als dies geschah, wurde Bens Gesicht plötzlich angespannt, und er brach mitten im Reden ab, um angestrengt zu lauschen. John bemerkte, daß seine Augen ständig zu der Hintertür wanderten und daß die Geräusche, die von der Rückseite des Hauses kamen, ihn mehr als das Knarren der Pforte aufzuregen schienen. Ein Windstoß blies etwas um, und es klapperte. Für John klang es, als sei ein Besen oder ein Rechen umgefallen, aber Ben brachte es blitzartig auf die Beine und trieb ihn instinktiv neben John.

«Was ist denn?» sagte John ruhig.

«Er!» sagte Ben atemlos, den Blick auf die Tür geheftet.

John stand auf, überhörte einen jammernden Einspruch und ging zur Tür. Er stieß die Riegel zurück, öffnete und trat in den Garten hinaus. «Es ist niemand da», sagte er über die Schulter zurück. «Du hast einen Besen an die Wand gelehnt stehengelassen, und der Wind hat ihn umgeblasen. Das ist alles. Komm und schau selbst!» Er wartete einen Augenblick und wiederholte dann in befehlendem Ton: «Komm her!»

Zögernd kam Ben näher.

«Das Wetter klart auf», bemerkte John, lehnte sich an den Türrahmen und schaute zum Himmel hinauf. «Es wird lichter. Morgen haben wir einen schönen Tag. Na, siehst du jemanden?»

«N-nein», gab Ben mit einem kleinen Schauer zu. Er schaute zu John auf und fügte hoffnungsvoll hinzu: «Er kann mich nicht holen, nicht wahr? Nicht, wenn ein so großer Bursche wie Sie da ist.»

«Natürlich. Niemand kann dich holen», antwortete John, schloß die Tür und ging zum Fenster zurück. «Du kannst die Tür verriegeln, aber nötig ist es nicht.»

«Doch, weil er meinen Vater besuchen kommen könnte, und ich darf ihn nicht sehen, und er mich auch nicht», erklärte Ben.

«Himmel, ist der gar so scheu? Was ist denn mit ihm los? Ist er so häßlich?»

«Weiß nich. Hab ihn noch nie gesehen. Nur seinen Schatten – einmal!»

«Aber du hast ihm doch sein Pferd abgerieben, nicht?»

«Nein!» sagte Ben und starrte John an.

«War das nicht seine Decke, die du mir für Beau gebracht hast?»

«Aber nein! Die gehört doch Mr. Chirk!» sagte Ben. «Das ist ein –» Er unterbrach sich, hielt den Atem an und fügte schnell hinzu: «Der ist so gut wie immer in der Zwickmühle! Sie werden niemandem von ihm erzählen, o bitte, Herr –»

«Aber nein, kein Wörtchen werde ich über ihn sagen! Sind eigentlich alle deine Freunde so scheu?»

«Der ist nicht scheu. Der mag nur keine Fremden.»

«Aha. Und mag dieser andere Mann, der, vor dem du Angst hast – Fremde auch nicht?»

«Weiß nicht. Er kann Jungen nicht leiden. Mein Vater sagt, wenn er mich dabei erwischt, daß ich ihn anschaue, nimmt er mich mit, zur Arbeit in den Kohlengruben.» Er sagte das Wort ganz leise und erschauerte dabei so heftig, daß es leicht zu erraten war: Kohlengruben waren für ihn noch entsetzlicher als Gießereien.

John lachte. «Das ist ja eine schöne Schauergeschichte! Dein Vater hat dich gefoppt, mein Sohn!»

Ben schaute ungläubig drein. «Aber er könnte mich mitnehmen, mir einen Sack über den Kopf binden und –»

«So, könnte er das, ja? Und was meinst du, würde denn ich tun, wenn jemand hereinkäme und versuchen würde, dir einen Sack über den Kopf zu binden?»

«Was denn?» fragte Ben mit großen, staunenden Augen.

«Ihm selbst einen Sack über den Kopf binden, natürlich, und ihn dem nächsten Polizisten übergeben.»

«Das täten Sie wirklich?» Ben hielt hörbar den Atem an.

«Aber bestimmt! Kommt er oft her?»

«N-nein. Wenigstens, ich weiß nich. Nachdem es dunkel ist, kommt er. Ich weiß nich, wie oft. Einmal waren zwei da. Ich bin aufgewacht und hab sie mit meinem Vater reden gehört.»

«Worüber haben sie denn geredet?»

Ben schüttelte den Kopf. «Ich hab nichts gehört, nur gerade Stimmen. Ich bin gleich unter die Decke, weil ich gewußt hab, daß es er ist.»

Es war inzwischen für John ziemlich sicher geworden, daß das Verschwinden des Zollwärters irgendwie mit Bens geheimnisvollem Popanz zusammenhing; und noch sicherer war, daß der Vater mit irgendeiner ruchlosen Sache zu tun hatte. John hatte nicht die leiseste Vermutung, was das sein konnte, und es war offensichtlich nutzlos, Ben weiter zu befragen. Also stand er auf und sagte: «Höchste Zeit, daß du wieder unter die Decke kommst. Wenn jemand Tor schreit, werde ich mich darum kümmern, also zeig mir, wo das Bett deines Vaters ist, und dann fort mit dir in dein eigenes.»

«Sie können doch nicht die Schranke öffnen!» sagte Ben entsetzt. «Sie sind doch ein Nobler!»

«Kümmere dich nicht darum, was ich bin. Tu, was ich dir sage!»

So ermahnt, geleitete ihn Ben in die Mautkanzlei, von der aus man die beiden anderen Zimmer betrat. Das eine, in dem Ben auf einem Feldbett schlief, war ein Vorratsraum, das andere aber war einigermaßen behaglich eingerichtet, das Bett sogar mit Baumwolllaken und einer verblaßten Steppdecke ausgestattet. Der Captain hatte keine Lust, in dem Bettzeug des Zollwärters zu schlafen, zog es also kühl vom Bett, rollte es zu einem Bündel zusammen und warf es in einen Winkel. Dann streckte er sich auf den Decken aus, zog sich die Steppdecke über und blies die Kerze aus. Kurz bevor er einschlief, fragte er sich, was er wohl tun werde, falls der Zollwärter auch in dieser Nacht nicht zurückkäme. Das Richtige wäre gewesen, das Verschwinden des Mannes zu melden; das aber erschien John als ein unerfreulicher Verrat an Ben; etwas anderes aber fiel ihm nicht ein. Da der Captain jedoch stets ruhig alles an sich herankommen ließ, hörte er sehr bald auf, sich den Kopf über dieses Problem zu zerbrechen. Höchstwahrscheinlich würde der Zollwärter ohnehin noch vor Morgengrauen auf seinem Posten zurück sein. Und stockbesoffen dazu, dachte John, denn er verließ sich wenig auf Bens Versicherung, sein Vater sei keiner, der auf Sauftour gehe.

3

Der Captain schlief fest und erwachte erst, als schon heller Tag war und von draußen Stimmen kamen. Als er aufstand und aus dem kleinen vergitterten Fenster hinausschaute, sah er, daß Ben das Tor einer Herde Kühe offenhielt und Höflichkeiten mit dem Hüterjungen austauschte. Dem Regenguß der Nacht war ein schöner Herbsttag gefolgt; über den Feldern jenseits der Straße lagen immer noch Nebelschleier. Ein Blick auf die Uhr, die er auf den Stuhl neben dem Bett gelegt hatte, informierte John, daß es halb sieben war. Er schlenderte in die Mautkanzlei, als Ben eben die Schranke schloß und hereinkam.

Das Tageslicht hatte auch die Ängste Bens beschwichtigt. Es war ein anderer Knabe als der zermürbte Knirps des Vorabends, der da pfeifend hereinkam und den Captain mit einem Grinsen begrüßte.

«Dein Vater noch nicht da?» fragte John.

Das Grinsen verschwand. «Nein. Wahrscheinlich ist er abgehaut.»

«Fortgelaufen? Warum sollte er denn?»

«Na ja, wenn er nicht davon ist, is er vielleicht tot», meinte Ben anpassungsfähig. «Weil, wie er weg ist, hat er mir gesagt, ich soll eine Stunde auf die Schranke aufpassen, dann wär er zurück. Was fange ich jetzt an, Chef?»

Diese Frage wurde nicht etwa im Ton der Befürchtung, sondern voll heiteren Vertrauens gestellt. Ben blickte fragend zu John auf, und dieser erkannte kläglich, daß sich sein kleiner Schützling voll und ganz auf seine Bereitwilligkeit und Fähigkeit verließ, die Zukunft befriedigend für ihn zu regeln.

«Na ja, das ist ein Problem, das anscheinend noch ein bißchen in der Luft hängt. Wir werden das besprechen müssen. Aber erst will ich mich waschen und frühstücken.»

«Ich habe einige Speckscheiben, und Eier sind da und ein bißchen Rindfleisch», bot Ben seinem Gast an und überging das erstere Bedürfnis des Captains als einen frivolen Scherz.

«Ausgezeichnet. Wo ist die Pumpe?»

«Draußen, hinten. Aber –»

«Na, dann komm mit und pumpe für mich», sagte John. «Ich brauche ein Handtuch und Seife.»

Sehr verblüfft – denn der Captain sah ganz rein aus, dachte Ben – nahm er ein Stück derber, von der Stange geschnittener Seife und ein grobes Leinenhandtuch und folgte seinem Gast in den Garten. Als er aber entdeckte, daß sich der Captain nicht damit zufriedengab, nur Kopf und Nacken ins Wasser zu tauchen, sondern seinen ganzen mächtigen Oberkörper waschen wollte, bewog ihn das zu einem entsetzten Protest: «Sie werden sich den Tod holen!» stieß er atemlos hervor.

Der Captain verrieb munter die Seife über Brust und Arme und lachte. «Keine Spur!»

«Aber Sie brauchen sich doch nicht ganz zu waschen!»

«Was – nachdem ich die ganze Nacht in den Kleidern geschlafen habe? Und ob ich es brauche!» John maß Ben kritisch und fügte hinzu: «Dir täte es auch nicht schaden, unter die Pumpe zu gehen.»

Instinktiv trat Ben aus Johns Reichweite, wurde aber zurückgerufen, um den Pumpenschwengel zu bedienen. Dann wollte er sich hastig zurückziehen, das aber wurde vereitelt; eine große Hand fing ihn ein und hielt ihn fest. Erschrocken schaute er auf und sah in lachende blaue Augen. «Ich habe mich doch erst letzten Sonntag gewaschen!» sagte er flehend. «Ich lüge wirklich nicht. Ehrenwort, nicht!»

«Wirklich nicht? Beim Jupiter! Dann ist es eine Woche her, seit du rein warst, wie? Zieh dich aus, Bürschchen!»

«Nein!» sagte Ben weinerlich und wand sich, um dem Griff an seiner Schulter zu entkommen. «Ich will nicht!»

Der Captain gab ihm einen festen, ermahnenden Klaps. «Ich tät's lieber doch!»

Seine Stimme klang durchaus gutgelaunt, aber Ben war nicht dumm, und mit einem verzweifelten Aufschnupfen kapitulierte er. Es war zweifelhaft, ob er je zuvor gezwungen worden war, seine hagere Person so gründlich zu schrubben; und sicher hatte ihn noch nie ein ihm Wohlgesinnter so unbarmherzig unter die Pumpe gehalten und sie mit einer solchen Energie bearbeitet. Er tauchte prustend und fröstelnd aus der Prozedur hervor und beäugte seinen Verfolger mit einer Mischung aus Respekt und Trotz. John warf ihm das Handtuch zu und sagte: «So ist's schon besser! Wenn du ein zweites Hemd besitzt, dann zieh es an!»

«Was – auch ein reines Hemd?!» sagte Ben atemlos.

«Ja – und kämm dir das Haar!» sagte John. «Beeil dich jetzt! Ich hab Hunger.»

Als er eine halbe Stunde später Ben über den Küchentisch hinweg prüfend betrachtete, zeigte er sich befriedigt. Er sagte, Ben sehe jetzt viel ordentlicher aus, eine Bemerkung, die den Busen dieses jungen Herrn vor Empörung schwellen ließ. Seine Augen waren rotgerändert und wässerten von der Berührung mit Seife, und seine Haut brannte, als sei sie gepeitscht worden. Er hielt den Captain zwar immer noch für eine faszinierende und Ehrfurcht einflößende Persönlichkeit, aber da er gesehen hatte, wie er sich kräftig die Zähne bürstete, hatte er den Verdacht, daß er einen Vogel haben müsse. Vollends überzeugt davon war er, als man ein herzhaftes Frühstück verdrückt hatte und der Captain darauf bestand, daß nicht nur alles Geschirr gewaschen, sondern auch der Fußboden von Schmutz, Bröseln, Speckschwarten und einigen verfaulten Kohlstrünken reingefegt werden sollte. Ben erklärte, Mrs. Skeffling von unten von der Straße komme doch jeden Mittwoch aufräumen, aber der Captain kümmerte sich nicht darum und sagte ihm nur, er solle einen Besen holen, und schnell noch dazu. John selbst nahm, nachdem er Schuhwichse und eine Bürste im Schrank entdeckt hatte, seine Stiefel in den Garten und machte sich an die ungewohnte Aufgabe, den getrockneten Schmutz von ihnen zu entfernen. Er versuchte auch, freilich nicht sehr erfolgreich, den Reiseschmutz von seiner Wildlederhose loszuwerden. Während er sie bearbeitete, dachte er an Cockings Worte und erkannte, daß an der Pflege von Lederzeug doch mehr war, als er angenommen hatte. Ja, die Instandhaltung der Garderobe eines Gentleman schien sogar sehr viel unvorhergesehene Mühe nach sich zu ziehen, deren nicht geringste darin bestand, Beaus Haare von den Rockschößen zu entfernen, an denen sie hartnäckig hängenblieben und allen Anstrengungen, sie abzubürsten, widerstanden.

Als diese Aufgabe beendet war, mußte Beau getränkt, gefüttert und geputzt, das Gebiß gereinigt, die Sattelgurten reingebürstet werden, und als das verrichtet war, war es schon später Vormittag geworden. Während John alle diese Arbeiten verrichtete, versuchte er, irgendeine Lösung für Bens Problem zu ersinnen. Er dachte an mehrere, aber nicht eine von ihnen sah danach aus, daß sie auf Zustimmung stoßen würde. Es sah vielmehr ganz danach aus, daß er, statt seine Reise ins Leicestershire fortzusetzen, gezwungen sein würde, den Tag damit zu verbringen, vorsichtige Nachforschungen über den möglichen Aufenthalt des Zollwärters anzustellen.

Er kam mit gefurchter Stirn in das Mauthaus zurück. Das entging Ben nicht. Er beeilte sich, darauf hinzuweisen, daß er die Küche gründlich gefegt hatte; und als dies nichts als ein Nicken erzielte, wagte er die Frage, ob der Captain böse sei.

John, der ziemlich geistesabwesend mit einer Kelle Wasser in den Eisenkessel füllte, der von einem Haken über dem altmodischen Herd hing, hielt inne, den Schöpfer in der Hand, und schaute auf ihn hinab. «Böse? Nein. Warum?»

«Ich meinte, Sie schauten drein, als zwickte Sie was – sozusagen ein bißchen in der Enge», erklärte Ben.

«Ich habe nachgedacht, was man mit dir anfangen soll, wenn dein Vater heute nicht zurückkommt. Weißt du, wo er etwas zu tun hatte? Hat er zum Beispiel je mal jemanden in Sheffield aufgesucht?»

«Mein Vater hat nie jemanden aufgesucht – nicht der. Und wenn er in die Stadt gegangen ist, dann hat er immer seinen besten Anzug angezogen und einen Deckel auf den Kopf gesetzt, und das hat er diesmal nicht gemacht», antwortete Ben scharfsinnig. «Er is einfach so davongegangen, so wie er immer zum ‹Blauen Eber› gegangen is. Vielleicht is er in den Militärdienst gepreßt worden, wie Simmy!»

Da diese Lösung Ben in keiner Weise zu verstören schien, hielt sich der Captain zurück, ihn zu überzeugen, daß die Banden der Zwangsrekrutierungen weder in ferngelegenen Bezirken im Landesinneren arbeiteten noch Leute wie Zollwärter in den Militärdienst holten. Er schöpfte also weiter Wasser in den Kessel. Und Ben, der sich plötzlich erinnerte, daß er das Schwein nicht gefüttert hatte, das ein etwas eingeschränktes Leben in einem Schweinekoben hinten auf dem Grundstück führte, verschwand, um diese Vergeßlichkeit gutzumachen.

Als der Kessel zu singen begann, goß der Captain etwas Wasser in einen Zinnkrug und trug ihn in das Schlafzimmer des Zollwärters. Er hatte sein Rasierzeug herausgelegt und wollte eben sein Gesicht einseifen, als er das Geräusch eines Fahrzeugs hörte, das die Straße herunterkam. Der Ruf «Tor!» folgte, und John mußte seinen Rasierpinsel hinlegen. Unterwegs nahm er die Mautzettel auf, schlenderte aus dem Zollhaus und sah, daß östlich davon ein Gig angehalten hatte. Mit einem flüchtigen Blick stellte er fest, daß die Zügel von einer Frau gehalten wurden und ein Reitknecht mittleren Alters neben ihr saß; schnell informierte er sich an der Mautliste an einem Brett neben dem Haus, daß die Maut an dieser Schranke für ein einspänniges Fahrzeug Threepence betrug. Er ging zu dem Gig; der Reitknecht, der etwas überrascht zu ihm heruntersah, sagte: «Na, rühr dich ein bißchen! Wer bist denn du? Was tust denn du hier?»

John hob den Blick von dem Zettelblock. «Tor hüten. Die Maut beträgt –»

Die Worte erstarben ihm auf den Lippen. Er stand unbeweglich da und starrte nicht den Reitknecht, sondern das Mädchen neben ihm an.

Es war ein sehr großes, edel gebautes Mädchen in einem grünen Mantel, der eher praktisch als modisch war; die kräftigen, wohlgeformten Hände staken in lohfarbenen, nicht mehr in ihrer ersten Jugendblüte stehenden Handschuhen, und eine schlichte Haube ohne jeden anderen Aufputz als eine Schleife saß auf dichtem kastanienbraunem Haar, das im Sonnenlicht rötlich schimmerte. Humorvolle graue Augen schauten in Johns blaue herab, die hochgewölbten Augenbrauen waren leicht gehoben; ein amüsiertes Lächeln schwebte um einen Mund, der zu voll war, um schön zu sein. Aber das Lächeln verschwand, als John zu der Frau aufblickte. Sie starrte auf ihn herab und sah einen unrasierten jungen Riesen in fleckigen Lederreithosen und einem Hemd, das am Hals offenstand, gewelltes Blondhaar, das von der Brise zerzaust wurde, und intensiv blaue Augen, die unverwandt auf ihr Gesicht geheftet waren.

«Himmel, Mensch!» sagte der Reitknecht ungeduldig. «So mach doch schon die Schranke auf!»

Sollte John ihn überhaupt gehört haben, so beachtete er ihn nicht. Er stand wie benommen da, denn endlich hatte es ihn «umgeschmissen».

Die Wangen der Dame röteten sich leicht; sie sagte mit einem unsicheren Lachen: «Ich nehme an, du bist Breans Ältester. Bist du ein großer Bursche! Bitte, mach die Schranke auf! Weißt du, Kirchgänger brauchen keine Maut zu zahlen.»

Ihre Stimme brachte John zu sich. Er wurde blutrot, murmelte eine unverständliche Entschuldigung und beeilte sich, die Schranke zu öffnen. Es war ein einfacher Flügel, und er hielt ihn neben der Straße stehend auf, während das Gig vorbeifuhr. Die Dame nickte ihm sehr freundlich, aber mit der Zurückhaltung einer unendlich Höherstehenden zu und fuhr in schnellem Trab davon.

John blieb, wo er war, hielt immer noch das Tor offen und schaute dem Gig nach, bis es um die Straßenkrümmung bog und seinem Blick entschwunden war.

Endlich bemerkte er Ben, der aus dem Mauthaus gekommen war und ihn einigermaßen überrascht betrachtete. Er schloß das Tor und sagte: «Hast du das Gig gesehen, Ben?»

«Ja doch. Ich hab Ihrem großen Gaul eine Karotte gegeben. Jöö, der ist aber –»

«Wer war die Dame, die ihn kutschierte? Kennst du sie?»

«'türlich! Wenn ich Mr. Chirks Mollie eine Karotte gib, dann –»

«Also – wer ist sie?»

«Aber ich sag's Ihnen ja gerade! Es ist die Stute von Mr. Chirk, und sie gibt die Hand, wenn sie Karotten bekommt! Man fragt sie, was sie tut, wenn sie eine kriegt, und sie hebt die rechte Vorhand –»

«Der Teufel soll Mr. Chirks Stute holen! Wer war die Dame in dem Gig?»

«Och, die!» sagte Ben völlig uninteressiert. «Das war bloß Miss Nell. Die wird wahrscheinlich in die Kirche gefahren sein.»

«Wo wohnt sie? Wird sie diesen Weg zurückkommen?»

«Aber natürlich, ja! Es gibt keinen anderen Weg, auf dem sie von Crowford mit dem Gig heimfahren könnte.»

«Wo wohnt sie?»

Ben deutete mit dem Kinn vage in östliche Richtung. «Dort drüben. Mr. Chirk hat Mollie alle möglichen Tricks beigebracht. Sie –»

«Dann soll er sie am besten Astley verkaufen. Lebt Miss Nell hier in der Nähe?»

«Ich hab's Ihnen doch schon gesagt!» sagte Ben ungeduldig. «Im Schloß drüben!»

«In was für einem Schloß? Wo liegt das?»

Es war offenkundig, daß Ben nicht viel von Leuten hielt, die so dumm waren, daß sie nicht wußten, wo das größte Haus der Umgebung stand. «Das weiß doch jeder, wo das Haus vom Squire steht!» sagte er verächtlich.

«Der Squire, so? Ist das der Vater von Miss Nell?»

«Der Squire? Aber nein! Ihr Großvater. Er ist schon ein alter Tattergreis. Niemand hat ihn mehr gesehen, seit ich weiß nicht wann. Sie sagen, er ist total verrückt, schon seit er ganz plötzlich krank geworden is. Er kann nicht mehr gehen. Die Leute sagen, jetz is Miss Nell der Squire.»

«Wie weit ist es von hier zum Schloß?»

«Nach Kellands? Eine Meile, so ungefähr.»

«Wer ist er? Wie heißt er?»

Dieses Katechismus-Verhörs müde, seufzte Ben und antwortete: «Sir Peter Stornaway, natürlich!»

«Siehst du sie – siehst du Miss Nell oft?»

«Ja, fast alle Tage», antwortete Ben gleichgültig.

Der Captain holte tief Atem, stand eine Weile da und starrte die Straße hinab, wo er das Gig zuletzt gesehen hatte. Plötzlich erwachte er aus seinem Trancezustand, stieß hervor: «Heiliger Himmel, ich muß mich rasieren!» und ging eilig in das Mauthaus zurück.

Als Miss Stornaway heimwärts fuhr, brauchte sie den neuen Zollwärter nicht zu rufen, damit er ihr öffne. Captain Staple stand auf Wache und kam aus dem Mauthaus, sowie er das Geräusch der Wagenräder hörte. Er war immer noch in Hemdsärmeln, gefiel sich aber jetzt in einem säuberlich gefalteten Halstuch und hatte seine Reitstiefel angezogen. Auch hatte er sich von seiner Betäubung erholt, so daß Miss Stornaway, als sie herankam, entdeckte, daß sie nicht mehr auf einen hünenhaften Tölpel hinunterblickte, der ebenso stumm wie schön war, sondern auf einen völlig selbstsicheren Mann, der ohne eine Spur Schüchternheit zu ihr emporlächelte und sagte: «Verzeihen Sie, daß ich ungesetzlich Maut von Ihnen verlangte! Ich bin ein neuer Gehilfe – gräßlich ignorant!»

Miss Stornaway machte große Augen. Sie rief unwillkürlich aus: «Heiliger Himmel, Sie können nicht Breans Sohn sein!»

«Nein, nein, ich vermute, der fährt zur See. Der arme Bursche wurde in den Militärdienst gepreßt, müssen Sie wissen.»

«Aber was tun denn Sie hier?» fragte sie.

«Torhüten», antwortete er prompt.

Sie war verblüfft, aber auch amüsiert. «Unsinn! Wie können wohl Sie Torhüter sein?»

«Wenn Sie damit meinen, daß ich ein schlechter bin, dann müssen Sie bedenken, daß ich ein Neuling bin. Ich werde es lernen.»

«Das meine ich ja gar nicht! Ich meine – oh, ich glaube, Sie ziehen mich auf!»

«Aber wirklich nicht!»

«Wo ist Brean?» fragte sie.

«Sehen Sie – da haben Sie mich schon», bekannte er, «genauso wie Ben – kennen Sie Ben? – weiß auch ich das nicht. Und deshalb bin ich hier.»

Sie runzelte die Stirn. «Wollen Sie damit sagen, daß Brean fortgegangen ist? Aber warum nehmen Sie dann seine Stelle ein? Tun Sie es um Lohn?»

«Nein, aber da Sie das eben erwähnen, sehe ich, daß das gar keine schlechte Idee wäre», sagte er.

«Ach bitte, seien Sie doch ernst!» bat sie und versuchte, die Stirn zu runzeln, es gelang ihr aber nur, zu lachen.

«Es ist mir sogar sehr ernst . . . Übrigens glaube ich, es wird besser sein, ich gebe mich für einen Vetter von Brean aus.»

«Ich versichere Ihnen, kein Mensch würde eine solche Geschichte glauben.»

«Meinen Sie nicht? Ich kann großartig Dialekt reden, müssen Sie wissen.»

Sie machte eine verzweifelte Geste, als gäbe sie es auf. «Ich verstehe kein Wort von alldem!»

Der Reitknecht, der John sehr eindringlich gemustert hatte, sagte:

«Mir scheint, hier geht irgendwas Schummriges vor. Wenn Sie sich, Sir, keinen Aprilscherz machen oder Schwindel treiben –»

«Das tue ich zwar nicht, bin aber Seiner Meinung, daß da irgend etwas Undurchsichtiges vor sich geht», unterbrach ihn John. «Der Zollwärter ist vorgestern abends fortgegangen und seither nicht mehr gesehen worden.»

«Das ist zwar sehr schlimm», sagte Miss Stornaway, «aber ich sehe nicht ein, warum Sie seine Stelle einnehmen sollten!»

«Aber Sie müssen wenigstens einsehen, daß Ben viel zu jung ist, um allein hier zu bleiben!» erklärte John.

«Sie sind doch ein seltsamer Kauz! Wie sind Sie hergekommen? Warum – ach, erklären Sie mir das doch endlich!»

«Werde ich», versprach er. «Es ist jedoch eine ziemlich lange Geschichte. Wollen Sie nicht absteigen! Ich will Sie nicht bitten, in das Mauthaus mitzukommen, denn ich habe zwar Ben veranlaßt, die Küche zu fegen, aber sie ist keineswegs ordentlich aufgeräumt. Wir könnten uns aber auf die Bank setzen.»

Ihre Augen tanzten; es schien, als neigte sie halb dazu, diesem Vorschlag zuzustimmen, aber in diesem Augenblick sagte ihr der Reitknecht leise etwas ins Ohr und lenkte ihre Aufmerksamkeit auf die Straße vor ihnen.

Auf einem auffallenden Pferd kam ein untersetzter Mann auf das Tor zugeritten, der für seine ländliche Umgebung viel zu modisch angezogen war. Er trug Jagdreitstiefel aus weißem Leder, eine geblümte Weste mit mehreren Berlocken und Siegeln an der Uhrkette, einen blauen Rock mit langen Schößen und sehr großen Knöpfen und einen Biberhut mit einem übertrieben aufgebogenen Rand.

Das Lachen verschwand aus den Augen von Miss Stornaway. Sie sagte ziemlich hastig: «Vielleicht ein andermal. Bitte jetzt das Tor zu öffnen!»

John tat es unverzüglich. Es war fünf Meter breit, und der Mann auf dem Apfelschimmel zügelte ihn kurz vor dem Schwung des Torflügels in seine Richtung. Er schaute John einen Augenblick lang scharf an, ritt aber, sowie das Tor weit genug offenstand, durch und zog neben dem Gig die Zügel an. Der Biberhut wurde mit schwungvoller Geste gelüpft und enthüllte stutzerhaft pomadisierte und gekräuselte schwarze Locken.

«Ah, Miss Nell – Sie sind uns zuvorgekommen, was?» sagte der

Gentleman mit jovialem Tadel. «Aber ich habe Sie ja doch gefunden, wie Sie sehen, und bin Ihnen entgegengeritten!»

«Ich war in der Kirche, Sir, falls Sie das meinen sollten», erwiderte Miss Stornaway kalt.

«Süße Frömmigkeit! Sie werden erlauben, daß ich Sie heimgeleite!

«Ich kann Sie nicht daran hindern, Sir, aber es tut mir leid, daß Sie sich die Mühe gemacht haben, mir entgegenzureiten. Es war unnötig», sagte Miss Stornaway und trieb ihr Pferd an.

John schloß das Tor und ging in das Mauthaus zurück. Ein starker Zwiebelgeruch flog ihn an, aus dem er schloß, daß Ben es an der Zeit hielt, das Mittagessen zu kochen. Er ging in die Küche und sagte unvermittelt: «Ben, hast du mir nicht erzählt, daß eine Frau zum Aufräumen herkommt?»

«Ja doch, die Mrs. Skeffling. Sie kommt immer Mittwoch. Sie wäscht auch die Klamotten», erwiderte Ben. «Es gibt Braten, immer mittwochs, und einen Pudding und so. Jöö, das is eine prima Köchin, die!»

«Sie muß täglich kommen», sagte John nachdrücklich.

«Täglich?!» sagte Ben atemlos und kippte fast die Pfanne um, die er über das Feuer hielt. «Wozu denn, Chef?»

«Um das Haus reinzuhalten und Mittagessen zu kochen, natürlich. Wo wohnt sie?»

«Unten an der Straße. Aber sie muß jedesmal ein Ferkel kriegen.»

«In diesem Fall werde ich auf den Markt gehen und einen Wurf Ferkel kaufen müssen», sagte John. Er sah, daß Ben völlig verblüfft dreinsah und lachte. «Ist schon gut. Wieviel ist denn ein Ferkel?»

«Ein halber Silberling – Sixpence! Da wären wir aber bald bankrott!»

«Darüber zerbrich du dir nicht den Kopf», empfahl ihm John.

Ben betrachtete ihn mit beträchtlichem Respekt. «Sie haben wohl eine Menge Zaster, Chef, was?»

«Ich bin erträglich bei Kasse», erwiderte John ernst. «Und jetzt hör zu, Ben! Ich bleibe hier –»

«Oh – wirklich?» schrie Ben freudig.

«Bis dein Vater zurückkommt, oder jedenfalls –»

«Jöö, hoffentlich kommt er nie wieder!»

«Still, du widerlicher Balg! Wenn er nicht zurückkommt – Himmel, ich soll verflixt sein, wenn ich weiß, was ich dann mit dir anfangen soll, aber jedenfalls werde ich dich nicht der Fürsorge aufbürden. Tatsache aber ist – wenn ich hierbleiben soll, muß ich einige Einkäufe machen. Wie weit ist es zur nächsten Stadt und wie heißt sie?»

Nach einiger Überlegung sagte Ben, er glaube, Tideswell sei bloß etwa fünf Meilen weit. Er fügte hinzu, sein Vater habe dort das Schwein und einen neuen Wintermantel gekauft. Das klang verheißungsvoll. «Ich reite morgen hin», sagte John. «Du wirst keine Angst haben, auf das Tor aufzupassen, während ich fort bin, oder?»

«Ich hab doch keine Angst! Wenigstens nicht bei Tag», sagte Ben. «Aber denken Sie dran, daß ich Mr. Sopworthys Hühnerstall ausmisten muß. Er gibt mir immer einen Groschen Trinkgeld und will sehr wahrscheinlich, daß ich auch sonst noch bei was mithelf. Ich weiß nich, wann ich zurück bin.»

«Na, dann mußt du ihm eben sagen, daß du hier gebraucht wirst. Was ist das für ein Mr. Sopworthy?»

«Ein schlauer Bursche ist das, sagt mein Vater. Er ist keiner, der einen verpetzen tät, aber bei ihm heißt's redlich mit dem Pfund wuchern, sonst wird er fuchsteufelswild – wirklich, das wird er!»

«Wenn das bedeuten soll, daß er ein anständiger Mensch ist, dann stelle ich mir vor, es ist am besten, ich lerne ihn kennen. Soweit ich dich verstehe, glaubst du nicht, daß er deinen Vater anzeigt, also werden wir ihm sagen, daß dein Vater auf einige Tage weggerufen wurde und mich an seiner Stelle dagelassen hat. Ich bin ein Vetter von dir», sagte der Captain.

«Eine solche faustdicke Lüge schluckt der nie im Leben!» wandte Ben ein. «Der ist nicht auf den Kopf gefallen. Der erkennt gleich, daß Sie ein Nobler sind!»

«Wird er schon nicht!» grinste John.

«Sobald Sie Ihre Klappe auftun, tut er's!» beharrte Ben. «Weil Sie noblich reden und eine Menge geschraubter Wörter haben, wie alle Nobligen.»

«Ich passe schon auf, daß ich keine verwende», versprach John.

«Ja, und was is mit dem feinen Zeug, das Sie anhaben, und denen Stiebeln?» fragte Ben, nicht überzeugt.

«Wenn du mein Hemd meinst, dann kaufe ich mir in Tideswell einige andere und dazu ein Paar fester, derber Schuhe. Schüttle du nur nicht den Kopf über mich! Ich bin aus der Armee entlassen, verstanden? Kavallerist, 3. Regiment Dragoon Guards – und Offiziersbursche; das bedeutet Diener bei einem Offizier. Und daher kommt's, daß ich ein bißchen geschraubt rede. Merk dir das, und wir kommen recht gut damit durch!»

Ben schaute zwar zweifelnd drein, aber er sagte nur: «Und wie soll ich Sie nennen, Chef?»

«Jack. Was ich haben muß, ist eine anständige Unterkunft für Beau. Er kann nicht in einem Hühnerstall eingesperrt bleiben, und mir scheint, der ‹Blaue Eber› ist der beste Platz für ihn.»

«Warum können Sie ihn nicht in der Scheune vom Bauer Huggate unterbringen?» fragte Ben, nicht ohne persönliches Interesse.

«Könnte ich, wenn ich wüßte, wo die ist», erwiderte John.

«Nur einen Schritt von hier, dort hinten», sagte Ben. «Der Bauer Huggate und mein Vater sind dicke Freunde. Wenn Sie ihn ein bissel schmieren, dann gibt er Ihnen wahrscheinlich auch Futter für Beau, weil er selber zwei große Gäule hat.»

Dieser Vorschlag gefiel dem Captain so gut, daß er Ben zum Bauer Huggate losschickte, sowie er zu Mittag gegessen hatte. Er selbst blieb auf seinem Posten, wurde aber nur zweimal ans Tor gerufen. Was immer im Lauf der Woche vor sich gehen mochte, an Sonntagen schien die Straße kaum benützt zu werden. Als John in einer Truhe einige reine Bettlaken fand, konnte er sein Bett machen. Er verrichtete energisch einige Arbeit mit dem Besen, räumte schwungvoll die Küche auf und setzte sich dann hin, um eine Liste der verschiedenen Dinge aufzustellen, die man braucht, um das Leben in einem Mauthaus erträglich zu machen. Er saß gerade über dieser Aufgabe, als eine herrische Stimme ihn zum Tor rief. Er stand schnell auf, denn er erkannte die Stimme, und ging hinaus.

Miss Stornaway, auf einem schönen Reitpferd und ohne Begleitung, sagte mit einem leichten Lächeln: «Nun, Sir, ich bin gekommen, um mir Ihre lange Geschichte anzuhören, bitte sehr! Sie müssen wissen, daß man mich in dieser Gegend den Squire nennt – das muß Ihnen als Ausrede für meine Neugierde dienen.»

«Sie brauchen keine», sagte er und öffnete das Tor einen Spalt.

Sie berührte ihr Pferd mit dem Absatz und sagte, als sie an John vorbeiritt: «Haben Sie vor, Maut von mir zu verlangen? Ich warne Sie, ich zeige Sie an, wenn Sie das tun. Ich reite nicht hundert Meter über das Tor hinaus – nicht einmal so weit!»

«Ist das die Vorschrift?» fragte er und trat an den Kopf ihres Tieres.

«Natürlich!» Sie nahm die Zügel in die rechte Hand, schwang ein Bein behende über den Sattelknopf und glitt zu Boden. Während sie die Falten ihres schäbigen Reitkostüms ordnete, schaute sie zu John auf: «Himmel, sind Sie groß!»

Er lächelte. «Nun ja. Das haben Sie mir schon heute morgen gesagt.»

Sie lachte, errötete leicht und erwiderte: «Ich habe bis jetzt nicht erkannt, wie groß wirklich, erst jetzt, da ich auf einer Ebene mit Ihnen stehe. Sie müssen wissen, daß ich im allgemeinen über die Köpfe der Männer hinwegsehe.»

Er konnte sehen, daß das stimmen mußte. Ihm erschien sie jedoch um keinen Zoll zu groß, aber er erkannte, daß sie sogar größer als selbst seine Schwester war, nur schöner gebaut. Er band ihr Pferd an den Torpfosten und sagte mitfühlend: «Das ist schwierig, was? Ich kenne das selbst, und meine Schwester erzählt mir, daß es ihr das Dasein vergällt hat. Reiten Sie immer ohne Begleitung, Miss Stornaway?»

Sie hatte sich auf die Bank von dem Mauthaus gesetzt, unter dem Schild, das in starren schwarzen Großbuchstaben den Namen Edward Breans trug. «Ja, immer! Beleidigt das Ihren Sinn für Anstand? Wissen Sie – ich bin nicht gerade mehr ein Schulmädchen.»

«O nein!» antwortete er ernst und setzte sich neben sie. «Deshalb gefallen Sie mir ja – wenn Sie es nicht für frech halten, daß ich es Ihnen sage. Ich habe, seit ich heimgekommen bin, immer gedacht, daß in England viel zuviel auf Anstand gehalten wird.»

Sie hob die Brauen. «Heimgekommen?»

«Ja. Ich bin Soldat – das heißt, ich war es.»

«Waren Sie auf der Halbinsel?» Er nickte. «Mein Bruder auch», sagte sie unvermittelt. «Er ist gefallen.»

«Das tut mir leid», sagte er. «Wo?»

«Bei Albuera. Er war im 7. Regiment.»

«Darauf sollten Sie stolz sein», sagte er. «Ich war auch bei Albuera. Ich habe die Füsiliere in den Kampf gehen sehen.»

Sie hob das Kinn. «Ich bin auch stolz auf ihn. Aber er war der Erbe meines Großvaters und – nun ja. In welchem Regiment waren Sie?»

«3. Dragoon Guards. Ich quittierte nach Toulouse.»

«Sie heißen?»

«John Staple. Ich habe Ben gesagt, er solle unter die Leute bringen, daß ich ein Kavallerist war – Offiziersbursche. Er behauptet, ich rede ‹noblich›, müssen Sie wissen.»

Sie lachte. «Stimmt! Aber wie spreche ich Sie an?»

«Im allgemeinen nennen mich meine Freunde Jack.»

«Das kann ich allerdings wohl kaum tun.»

«Nun, wenn Sie mich Captain Staple nennen, werden Sie mir schaden», erklärte er ihr. «Ich bin nur ein Torhüter. Keine Angst, daß ich mir Frechheiten herausnehme. Das werde ich nicht – Miss Nell!»

«Sie sind einfach verrückt!» sagte sie. «Ich bitte Sie – wie kommt es, daß Sie Zollwärter geworden sind?»

«Oh, ganz durch Zufall. Ich war bei einem meiner Vettern auf Besuch im Norden oben – praktisch beim Chef des Hauses und einem sehr langweiligen Hund, der arme Kerl! Ich habe es einfach nicht ausgehalten, also habe ich mich beurlaubt und bin ins Leicestershire geritten, um einen meiner Freunde zu besuchen. Dann hat mein Pferd oben in den Mooren ein Hufeisen verloren, ich kam vom Weg ab, geriet in schlechtes Wetter und erreichte dieses Mauttor in der Dunkelheit und bei strömendem Regen. Ben kam heraus, um es mir zu öffnen. Das kam mir seltsam vor. Außerdem war leicht zu erkennen, daß er Angst hatte. Er erzählte mir, sein Vater sei schon Freitag abends weggegangen und nicht wiedergekommen. Daher dachte ich, am besten bliebe ich und übernachtete hier.»

«Ah – das war gütig von Ihnen!» sagte sie herzlich.

«Aber keine Spur!» sagte er. «Ich hatte das Wetter verdammt satt und war froh, ein Dach über dem Kopf zu haben. Außerdem bin ich von Natur aus neugierig. Ich will wissen, was aus Edward Brean geworden ist.»

«Es ist ja wirklich seltsam», stimmte sie ihm stirnrunzelnd bei. «Er ist zwar ein derber Michel, aber ich habe es noch nie erlebt, daß er seinen Posten verlassen hätte. Sie haben aber doch nicht vor, weiterhin das Tor zu hüten!»

«Oh, nicht für ewige Zeiten», versicherte er ihr. «Es ist zwar recht unterhaltsam, aber ich vermute, es würde mir doch bald todlangweilig werden. Für den Augenblick jedoch bleibe ich hier – falls mich natürlich nicht die Kuratoren der Zollbehörden entdecken und fortjagen.»

«Aber Ihre Familie – Ihre Freunde! Die wissen doch nicht, was aus Ihnen geworden ist!»

«Darüber werden sie sich schon nicht den Kopf zerbrechen. Ich habe das schon öfter gemacht.»

«Tor gehütet?» rief sie aus.

«Nein, das noch nicht. Einfach auf ein, zwei Wochen zu verschwinden. Ich weiß nicht, wie das zugeht, aber es langweilt mich teuflisch, den Rüben beim Wachsen zuzuschauen und den Nachbarn gegenüber den Höflichen zu spielen», sagte er entschuldigend.

Sie seufzte. «Wie glücklich Sie sind, daß Sie entfliehen können! Ich wollte, ich wäre ein Mann!»

Er sah sie sehr gütig an. «Wollen Sie entfliehen?»

«Ja – nein! Ich könnte meinen Großvater nicht verlassen. Er ist fast hilflos und sehr alt.»

«Haben Sie Ihr ganzes Leben hier verbracht?»

«Fast. Mein Vater starb, als ich noch ein Kind war, und wir sind zu Großpapa gezogen. Als ich sechzehn war, starb meine Mutter. Dann ging Jermyn in den Krieg und fiel.» Sie schwieg und fügte dann etwas weniger ernst hinzu: «Aber das alles ist ja jetzt längst vorbei. Stellen Sie sich ja nicht vor, daß mich der arme Großpapa etwa gegen meinen Willen hier zurückgehalten hätte – weit davon entfernt! Er beharrte darauf, mich in die Gesellschaft einzuführen, obwohl ich ihm im voraus sagte, wie das ausgehen würde.»

«Und wie ging das aus?» fragte John.

Sie verzog den Mund zu einer strengen Grimasse, aber ihre Augen lachten. «Ich bin nicht angekommen!» sagte sie feierlich. «Jetzt spielen Sie, bitte, ja nicht den Unschuldigen und fragen mich, wie das zugegangen sei! Sie müssen sich doch den Grund vorstellen können! Ich bin viel zu groß. Großpapa zwang meine Tante Sophia, mich für eine ganze Saison bei sich aufzunehmen und mich sogar bei Hof vorzustellen. Als sie mich aber in einem Reifrock erblickte, mußten wir sie mit Hirschhorn und angesengten Federn wieder zu sich bringen. Ich mag sie zwar beim besten Willen nicht, aber da tat sie mir wirklich leid. Es kann ihr noch nie eine Saison derart verleidet worden sein. Es war für sie so kränkend! Ich hatte keine Ahnung, wie ich mich benehmen sollte, und als sie mich zu Almack's mitnahm, konnte sie mir trotz aller Bemühungen keine Tanzpartner herbeizaubern. Ich weiß nicht, wer von uns beiden froher war, als mein Besuch zu Ende war.»

«Da dürfte ich gerade in Spanien gewesen sein», sagte er nachdenklich. «Ich bin früher nie bei Almack's gewesen, erst nachdem ich quittiert hatte und meine Schwester mich hinschleppte. Um der Wahrheit die Ehre zu geben, ich habe es verteufelt langweilig gefunden, und es war nicht eine einzige Frau dort, die mir auch nur bis zur Schulter gereicht hätte. Das gab mir das Gefühl, daß ich verflixt auffallend sei. Wären Sie dortgewesen und hätten wir miteinander getanzt, wäre das etwas ganz anderes gewesen.»

«Ich fühle mich im Sattel mehr daheim als im Ballsaal.«

«Wirklich? Ich auch! Aber meine Schwester kann es die ganze Nacht aushalten.»

«Ist Ihre Schwester verheiratet?»

«Ja, sie heiratete George Lichfield, einen sehr netten Burschen», antwortete er.

«Ich glaube, ich habe ihn einmal kennengelernt – aber es kann sein, daß ich mich irre. Seit meiner Londoner Saison sind es sieben Jahre her. Haben Sie das Gefühl, daß Lady Lichfield Ihren gegenwärtigen Beruf billigen würde?»

«O nein, nicht ein bißchen!» sagte er. «Sie und George billigen nichts, das ich tue. Ich werde ihr nichts davon erzählen.»

«Ich glaube, sie tut mir ein bißchen leid. Aber ich verstehe noch immer nicht, warum Sie hierzubleiben gedenken.»

«Nein», sagte er, «ich nehme auch gar nicht an, daß Sie es verstehen. Gestern abend hatte ich es auch noch nicht vor, aber heute passierte etwas, das mich meinen Sinn ändern ließ.»

«Heiliger Himmel, was in aller Welt war das?»

«Das kann ich Ihnen jetzt noch nicht verraten, aber eines Tages werde ich es.»

«Nein, das ist zu aufreizend!» protestierte sie. «Ist es die Sache mit Brean? Haben Sie etwas entdeckt?»

«Nein, nichts. Das war es auch nicht», antwortete John.

«Was dann, bitte –»

«Ich muß gestehen, ich wäre froh, wenn ich entdecken könnte, was dem Burschen zugestoßen ist», bemerkte er, als hätte sie gar nichts gesagt. «Wenn ihm ein Unglück zugestoßen ist, dann müßte man meinen, man hätte es jetzt schon erfahren. Er muß doch in diesem Distrikt recht gut bekannt sein, nicht?»

Sie nickte. «Ja, gewiß. Außerdem ist er rothaarig, woran man ihn leicht erkennt. Sie glauben nicht, daß er vielleicht nach Sheffield gegangen ist und sich bis zur Bewußtlosigkeit betrunken hat?»

«Das habe ich zuerst geglaubt», gab er zu, «aber Ben versicherte mir, sein Vater mache keine Sauftouren. Er ist ganz überzeugt davon, und ich stelle mir vor, er müßte das ja wissen. Seiner Erzählung nach ging Brean am Freitag abend hinaus und sagte, er würde in etwa ein, zwei Stunden zurück sein. Er hatte keinen Hut auf, auch nicht den besten Rock an, was nach Bens Ansicht ausschließt, daß er die Absicht gehabt hätte, in die Stadt zu gehen.»

«Er würde sich jedenfalls kaum nach Einbruch der Dunkelheit nach Sheffield aufgemacht haben. Es liegt immerhin mehr als zehn Meilen entfernt. Wie äußerst seltsam das alles doch ist! Sind Sie sicher, daß Ben Ihnen die Wahrheit erzählt, wenn er sagt, er wisse nicht, wohin sein Vater gegangen sei?»

«O ja, ganz sicher. Ben hat äußerste Angst – teils vor dem Gedanken, daß er der Fürsorge der Pfarre übergeben werden könnte, viel mehr jedoch vor einem geheimnisvollen Fremden, der es sich anscheinend angewöhnt hat, das Mauthaus nach Einbruch der Dunkelheit und äußerst heimlich zu besuchen.»

Sie sah erschrocken drein. «Wer –?»

«Das weiß ich nicht. Aber ich habe einen starken Verdacht, daß es irgendwie mit Breans Verschwinden zusammenhängt», sagte John. «Und ich habe noch einen zweiten, sogar stärkeren – daß sich hier irgend etwas verteufelt Undurchsichtiges abspielt!»

4

«Was für einen Grund haben Sie, das zu sagen?» fragte sie schnell, die Augen sehr eindringlich auf sein Gesicht gerichtet.

Er schaute etwas amüsiert drein. «Nun, Ma'am, wenn ein Mann seine Besuche bei Nacht absolviert und die kompliziertesten Vorsichtsmaßnahmen dagegen trifft, gesehen zu werden, kann er nichts Redliches vorhaben!»

«Nein, nein, das kann er natürlich nicht. Aber was könnte er denn ausgerechnet hier zu tun haben? Das ist absurd! Das muß einfach absurd sein!»

Er wandte den Kopf. «Das klingt, als hätten Sie das gedacht, was ich ausgesprochen habe», bemerkte er scharfsinnig.

Sie blickte ihn an und dann wieder weg. «Unsinn! Lassen Sie mich Ihnen sagen, daß Sie viel zuviel Phantasie haben, Captain Staple!»

Er lächelte sie sehr herzlich an. «Oh, Sie dürfen mir alles sagen!» sagte er. «Sie haben natürlich ganz recht, Fremden kann man nichts anvertrauen.»

Sie hielt kurz den Atem an und erwiderte dann: «Sehr richtig – wenn ich etwas anzuvertrauen hätte. Ich versichere Ihnen, das ist ganz und gar nicht der Fall.»

«Nein, versichern Sie nichts», sagte er. «Ich habe ja gar nicht vor, Sie mit Fragen zu quälen, die Sie nicht beantworten wollen. Aber wann immer Sie meinen, daß ich Ihnen zu Diensten sein könnte, nun, dann sagen Sie es mir.»

«Sie – sind Sie doch ein seltsamer Kauz!» sagte sie und lachte etwas unsicher. «Bitte, was für einen Dienst sollte ich wohl nötig haben?»

«Das weiß ich nicht – wie sollte ich denn auch? Aber etwas bekümmert Sie. Ich glaube, es wurde mir klar», fügte er nachdenklich hinzu, «als dieser Modegeck Sie heute morgen so sehr verärgert hat.»

Sie hob das Kinn und sagte mit verächtlich gekräuselten Lippen: «Glauben Sie, daß ich Angst vor diesem Ladenschwengel habe?»

«Himmel, nein, warum denn auch?»

Sie sah etwas verwirrt drein und sagte trotzig: «Ich habe keine!»

«Wer ist das überhaupt?» fragte er.

«Er heißt Nathaniel Coate und ist ein Freund meines Vetters.»

«Ihres Vetters?»

«Henry Stornaways, des Erben meines Großvaters. Er ist gegenwärtig auf Kellands und Mr. Coate mit ihm.»

«Lieber Himmel!» sagte John sanft. «Das genügt natürlich, einen aufzuregen. Was führt einen so schicken Burschen in diese Gegend?»

«Wenn ich das bloß wüßte!» sagte sie unwillkürlich.

«Oh, ich glaube, ich weiß es», sagte John.

Sie warf ihm einen verächtlichen Blick zu. «Wenn Sie meinen, weil er sein Interesse auf mich gerichtet hat, dann sind Sie auf dem

Holzweg! Bevor er nach Kellands kam, wußte er vermutlich nicht einmal, daß ich existiere. Gesehen jedenfalls hatte er mich gewiß noch nie!»

«Vielleicht ist er zur Erholung aufs Land gegangen», schlug John gleichmütig vor. «Wenn er Sie quält, dann gehen Sie nicht zu förmlich mit ihm um! Geben Sie ihm Marschbefehl! Ich bin überzeugt, daß seine Weste zwar der letzte Schrei ist, aber er sollte sie nicht gerade mitten im Derbyshire tragen wollen.»

«Unglücklicherweise steht es nicht in meiner Macht, ihm Marschbefehl zu erteilen.»

«Nein? Nun dann aber durchaus in der meinen. Wenn Sie ihn also los zu sein wünschen, dann schicken Sie mir einfach Post!» sagte John.

Sie brach in Lachen aus.

«Ich glaube allmählich, Sie sind dem Irrenhaus entsprungen, Captain Staple! Kommen Sie, lassen wir's genug sein. Ich weiß gar nicht, wieso ich überhaupt hier sitze und mit Ihnen in dieser ungehörigen Art plaudere. Sie müssen mich für ein seltsames Frauenzimmer halten!»

Sie stand auf, während sie sprach, und auch er erhob sich. Er gab darauf keine Antwort, denn Ben hatte just diesen Augenblick gewählt, um mit der Ankündigung auf dem Schauplatz zu erscheinen, Bauer Huggate habe gesagt, John könne gern Beau in der großen Scheune unterbringen.

«Na, das ist ja großartig», sagte John. «Du zeigst mir gleich, wo das ist, aber geh zuerst und sieh zu, ob du Mrs. Skeffling dazubringen kannst, morgen ins Mauthaus zu kommen. Versprich ihr so viele Ferkel, wie du für nötig hältst, aber laß dir kein Nein als Antwort gefallen!»

«Was soll ich ihr denn sagen?» fragte Ben. «Sie wird das für komisch halten, Chef, denn wer kann schon von ihr wollen, daß sie täglich aufräumen kommt?»

«Du kannst ihr sagen, daß sich dein Vetter, der außerdem der schlechteste Koch in der Armee war, einige zimperliche Launen im Ausland zugelegt hat. Fort mit dir!»

«Warte!» schaltete sich Miss Stornaway ein, die sehr amüsiert zugehört hatte. «Vielleicht kann ich Ihnen helfen. Ich nehme an, Sie wollen, daß Mrs. Skeffling jeden Tag ins Mauthaus kommt. Sehr gut! Ich glaube, das kann ich für Sie arrangieren. Geh und frage sie, Ben, und auch wenn sie nein sagt – macht nichts!»

«Bewunderungswürdiges Weib!» sagte John, als Ben die Straße hinunterging. «Ich bin tief in Ihrer Schuld! Was werden Sie ihr erzählen?»

«Nun, daß Sie anscheinend eine recht gute Sorte Mann sind, aber jämmerlich hilflos! Keine Angst, sie kommt. Habe ich Ihnen denn nicht gesagt, daß man mich den Squire nennt? Ich werde sofort die Straße hinabreiten, um sie zu besuchen, was ich ohnehin oft tue. Sie wird mir, und ausführlich außerdem, von Ihrer Aufforderung erzählen und bestimmt meinen Rat haben wollen. Das übrige überlassen Sie mir!»

«Danke! Wollen Sie mir noch in einer zweiten Sache beistehen? Ich muß morgen irgendwie nach Tideswell kommen, um einige nötige Einkäufe zu machen, und das Verflixte daran ist, daß ich keine Ahnung habe, was genau ich verlangen soll. Ich muß zum Beispiel irgendeine erträgliche Seife haben, aber wahrscheinlich kann man nicht einfach nur Seife verlangen, oder? Zehn zu eins gewettet, hängen sie mir etwas an, das nach Veilchen oder noch Schlimmerem riecht. Dann der Kaffee. Ich habe einfach nicht die Absicht, Bier zum Frühstück zu trinken, und mit Ausnahme von etwas Portwein sind die letzten Tropfen einer Flasche Rum und eine Flasche schlechten Schankbiers alles, was ich im Haus finden kann. Sagen Sie mir, was für einen Kaffee ich kaufen soll. Ich notiere es mir auf meiner Liste.»

Ihre Augen leuchteten. «Ich glaube, ich schaue mir lieber Ihre Liste an», entschied sie.

«Wirklich? Ich wäre Ihnen sehr verbunden! Ich hole sie», sagte er.

Sie folgte ihm in das Mauthaus, und als er sich umwandte, stand sie in der Küchentür und schaute kritisch um sich. «Die arme Mrs. Brean würde sich im Grab umdrehen, wenn sie das sähe!» bemerkte sie. «Sie war eine äußerst adrette Person. Aber Mrs. Skeffling wird das schon in Ordnung bringen, wenn sie jeden Tag herkommt. Ist das Ihre Liste?»

Sie streckte die Hand aus, und er reichte sie ihr. Sie mußte lachen. «Heiliger Himmel, Sie scheinen aber viel zu brauchen. Kerzen? Sind denn keine im Vorratsschrank?»

«Doch, Talgfunzeln. Sind Sie, Ma'am, je in einem kleinen Raum gesessen, der von Talgfunzeln erleuchtet wurde?»

«Nein, noch nie!»

«Dann lassen Sie sich raten: tun Sie es nicht.»

«Schön. Aber Wachskerzen in einer Küche! Mrs. Skeffling wird das im ganzen Dorf herumerzählen. Seife – Schuhwichse – Bürsten – Tee –» Sie hob den Blick von der Liste. «Ich bitte Sie, wie wollen Sie das alles von Tideswell herüberbringen, Captain Staple?»

«Ich vermute, es gibt einen Lohnfuhrmann?»

«Aber das geht auf keinen Fall! Stellen Sie sich das allgemeine Erstaunen vor, wenn eine solche Menge Waren beim Zollwärter von Crowford abgeliefert wird! Verlassen Sie sich darauf, die Neuigkeit würde bald in der ganzen Grafschaft die Runde gemacht haben, daß hier ein äußerst seltsamer Kauz die Stelle Breans einnimmt. Das muß ja den Kuratoren zu Ohren kommen, und die kommen über Sie, schneller, als Sie sich auch nur einmal umdrehen.»

«Ich fürchte, ich bin wirklich etwas vernagelt», sagte John sanftmütig. «Und was soll ich statt dessen wirklich tun?»

Sie warf wieder einen Blick auf die Liste und sah dann zu ihm auf. «Ich glaube, am besten ist es, ich besorge das alles für Sie», schlug sie vor. «Verstehen Sie, das wird nicht weiter überraschen, denn ich fahre sehr oft nach Tideswell einkaufen.»

«Danke», sagte er lächelnd. «Aber ich muß auch einige Hemden und Schuhe und Strümpfe kaufen, und das können wohl kaum Sie für mich tun, Ma'am!»

«Nein, da haben Sie recht», stimmte sie ihm zu. Sie betrachtete ihn neuerlich und fügte offenherzig hinzu: «Und es wird das reinste Wunder sein, wenn Sie welche finden, die Ihnen passen.»

«Oh, daran zweifle ich nicht! Es muß doch eine ganze Menge großer Burschen im Distrikt geben, und irgend jemand muß doch Kleider für sie machen!» sagte der Captain heiter. «Tatsache ist, ich habe erst knapp vor einer Stunde ein kräftiges Exemplar gesehen. Ein Kuhhirte war's, glaube ich. Wenn ich daran gedacht hätte, dann hätte ich ihn gefragt, bei wem er arbeiten läßt.»

Sie lachte glucksend. «Oh, wenn Sie mit einem Flanellhemd zufrieden sind oder vielleicht mit einem Bauernkittel –!»

Er grinste sie an. «Warum nicht? Halten Sie mich für einen Bond-Street-Beau? Nein, nein, zu denen habe ich nie gehört!»

«Ich halte Sie für verrückt», sagte sie streng.

«Nun, in Spanien pflegten sie mich wirklich den Verrückten Jack zu nennen», gab er zu. «Aber ich bin keiner von den gefährlichen Fällen, müssen Sie wissen – nicht im geringsten!»

«Schön, dann nehme ich allen Mut in meine Hände und fahre Sie morgen mit dem Gig nach Tideswell – das heißt, wenn Sie das Tor in Bens Obhut lassen können!»

«Das Teuflische daran ist, daß ich das wirklich nicht kann», sagte er kläglich. «Der elende Knabe hat mich informiert, daß er morgen den Hühnerstall von Mr. Sopworthy ausmisten muß.»

«Oh!» Sie dachte einen Augenblick stirnrunzelnd nach und sagte dann: «Es macht nichts. Joseph – das ist mein Reitknecht – soll das Tor in Ihrer Abwesenheit hüten. Das einzige ist –» Sie hielt inne, fingerte an ihrer Reitgerte herum, und wieder stand die Falte zwischen ihren Brauen. Ihr freimütiger Blick hob sich wieder zu seinem Gesicht. «Das einzige ist, daß es manchmal für mich schwierig ist – jetzt –, einer Begleitung zu entkommen, die ich nicht brauche und an die ich überhaupt nicht gewöhnt bin. Aber ich glaube – ich bin nicht ganz sicher –, daß mein Vetter und Mr. Coate die Absicht haben, morgen nach Sheffield zu fahren. Sie verstehen – wenn ich nicht kommen sollte, dann konnte ich wirklich nicht!» Er nickte, und sie streckte ihm die Hand hin. «Auf Wiedersehen! Ich reite jetzt zu Mrs. Skeffling. Oh – muß ich Maut zahlen? Ich bin ohne Börse fortgeritten!»

Er nahm ihre Hand und hielt sie einen Augenblick fest. «Unter keinen Umständen!»

Sie wurde rot, sagte aber spöttisch: «Sehr gut für Sie, daß man es nicht der Mühe wert hält, auf dieser Straße Spitzel zu postieren!»

Sie hob die Schleppe auf und ging auf die Straße hinaus. Captain Staple folgte ihr, band ihr Pferd vom Torpfosten los und führte es ihr vor. Sie nahm den Zügel, setzte ihren Fuß in seine hohlen Hände und wurde in den Sattel gehoben. Als das Pferd beiseite rückte, beugte sie sich vor, um die Falten ihres Rocks zu richten, und sagte: «Ich habe vor, einen der Pächter meines Großvaters zu besuchen, also erwarten Sie mich heute nicht mehr. Mein Weg geht über den Berg.»

Ein Nicken, ein Lächeln, sie trabte die Straße hinunter und ließ John zurück, der ihr nachschaute, bis die Wegkrümmung sie vor seinen Blicken verbarg.

Sie war nicht sein einziger Besucher an diesem Tag. Kurz vor acht

Uhr klappte die Nebenpforte, und es wurde hart an die Mauthaustür geklopft. Ben, der eben ein Stück Holz zu dem Porträt eines Vierbeiners zurechtschnitzte, in dem einzig sein Schöpfer die entfernteste Ähnlichkeit mit Beau entdecken konnte, fuhr zusammen, zeigte jedoch kein Zeichen jenes Entsetzens, das ihn noch am Abend zuvor beherrscht hatte. Entweder brachte er den geheimnisvollen Besucher seines Vaters nicht mit einem offenen Eintritt durch die Kanzleitür in Zusammenhang oder aber er verließ sich völlig auf den Schutz Captain Staples.

John ging in die Kanzleistube. Er hatte die Laterne auf dem Tisch stehenlassen, und in ihrem Licht konnte er den Mann erkennen, der in der offenen Tür stand. Er sagte: «Hallo! Was kann ich für Ihn tun?»

«Habe mir nur gedacht, ich komm vorbei und schmauche eins mit Ihnen», antwortete Miss Stornaways Reitknecht. «Sozusagen etwas die Beine unter den Tisch strecken. Mein Name ist Lydd – Joe Lydd.»

«Komm Er herein», lud John ihn ein. «Er ist sehr willkommen!»

«Danke, Sir!»

«Mein Name ist Jack», sagte John und stieß die Tür in die Küche weit auf.

Mr. Lydd, der klein und mager war, schaute unter seinen graumelierten Brauen zu ihm auf. «So, so? Ganz wie du wünschst, Jack – nichts für ungut.»

«Und wird auch nicht ungut aufgefaßt», sagte John sofort. «Setz dich! Habe dich schon heute morgen gesehen, nicht?»

«Also man stelle sich vor, daß du dich daran erinnerst!» staunte Mr. Lydd. «Weil ich nämlich nicht geglaubt hätte, daß du mich überhaupt bemerkt hast – nicht im besonderen.»

John war zum Schrank gegangen, drehte sich aber daraufhin um und starrte seinen Gast quer über die Küche an. Mr. Lydd begegnete seinem etwas grimmigen Blick sekundenlang äußerst milde und wandte dann seine Aufmerksamkeit Ben zu. «Na, Bürschchen, dann hat sich also dein Vater davongemacht, wie? Hinter was ist er denn her? Auf Sauftour gegangen, vermutlich?»

«Nach Lunnon gefahren, meinen Bruder besuchen», sagte Ben wie geölt, «weil er gehört hat, daß Simmy nicht mehr bei der Marine ist.»

«Ei, da schau an!» sagte Mr. Lydd bewundernd. «Hat sein Glück zur See gemacht, würde mich nicht wundern, und hat um seinen Vater geschickt, daß er kommt und es mit ihm teilt. Es geht nichts übers dick Auftragen, Ben!»

John, der aus dem Faß neben dem Küchenschrank zwei Bierkrüge füllte, sprach über die Schulter zu Ben und sandte seinen einfallsreichen Schützling zu Bett. Ben zeigte leise Anzeichen von Widerborstigkeit, aber als er einem entschieden strengen Blick begegnete, stieß er die Luft durch die Nase und ging zögernden Schrittes zur Tür.

«So ist's recht», sagte Mr. Lydd aufmunternd. «Du geh lieber kein Risiko ein – nicht, wenn dein Chef dreinschaut wie ein gereizter Stier. Ich jedenfalls tät's nicht.»

John grinste und reichte ihm einen der Krüge. «Schau ich wirklich so drein? Hier – auf deine Gesundheit! Bist du gekommen, um zu entdecken, wo Brean ist? Ich kann's dir leider auch nicht sagen.»

Mr. Lydd legte die Tonpfeife, die er eben gestopft hatte, vorsichtig hin, nahm den Krug, blies den Schaum fort und trank feierlich seinem Gastgeber zu. Nach einem langen Zug seufzte er, wischte sich mit dem Handrücken über den Mund und nahm seine Pfeife wieder auf. Erst als er sie mit einem Fidibus, den er an einem der glimmenden Scheite entzündete, in Brand gesteckt hatte, beantwortete er Johns Frage. Während er abwechselnd an der Pfeife sog und den Tabak mit dem Daumenballen niederdrückte, blieben seine Augen unverwandt in einer nachdenklichen und seltsam schlauen Prüfung auf Johns Gesicht geheftet. Als die Pfeife endlich zu seiner Zufriedenheit zog, war er anscheinend zu gewissen Schlüssen gekommen, denn er wandte seinen Blick ab und sagte im Ton der Unterhaltung: «Aufrichtig gesagt, interessiert mich nicht, wo Ned Brean steckt. Wenn Sie es in Umlauf setzen wollen, daß er den jungen Simmy besuchen ging, dann ist mir das auch alles eins.»

«Das will ich gar nicht», unterbrach ihn John.

«Schön, auch das geht mich nichts an, aber wenn Sie schon eine Lüge erzählen wollen, dann soll's eine gute sein. Doch ich bin nicht hergekommen, um über Brean zu reden.»

«Und worüber will Er denn reden?» fragte John liebenswürdig.

«Ich weiß nicht, ob ich überhaupt hergekommen bin, um über was Bestimmtes zu reden. Bin einfach vorbeigekommen, wie eben unter Nachbarn. Heutzutage ist es da oben im Schloß ruhig. Ganz anders als seinerzeit, als ich noch ein junger Bursche war. Das war, bevor es Sir Peter niedergeworfen hat, sozusagen. Ein sehr wohlhabender Herr war das, der mit dem Geld nur so herumgeschmissen hat. Ah, und erstklassige Rösser hatten wir damals in den Ställen! Das Beste vom Besten hatte der Squire, und dazu die schönsten, leichtesten Reiterhände! Mr. Frank genauso und Master Jermyn nach ihm – richtige Staatskerle! Tot jetzt, natürlich. Nur Miss Nell ist übriggeblieben.» Er hielt inne, trank einen Schluck Bier und beobachtete John über den Rand des Kruges hinweg. John begegnete diesem Blick mit einer Andeutung von Lächeln in den Augen, sagte aber nichts. Mr. Lydd blickte zum Feuer hinüber. «Es wird jetzt bald vierzig Jahre her sein, daß ich nach Kellands kam», sagte er, in Erinnerung versunken. «Kam als Stalljunge her und bin zum Stallmeister aufgestiegen, mit vier Reitknechten unter mir, die Jungen nicht mitgerechnet. Habe Master Jermyn das Reiten beigebracht, und auch Miss Nell. Auf Biegen oder Brechen, das war Master Jermyn, und die erstklassigsten Vollblüter pflegte der Squire für ihn zu kaufen. Ein gewöhnliches Pferd hätte der nicht angeschaut, nicht der Squire! ‹Richtiges Vollblut, Joe!› hat er immer zu mir gesagt. ‹Richtiges Vollblut für den Jungen, und wenn ich bankrott gehe› – und so weit kam es ja dann auch fast», sagte Mr. Lydd und klopfte bedächtig etwas Asche aus der Pfeife. «Mit seinem Spielen und Wetten ging's dann mit den Gläubigern los. Aber der Squire sagte immer, er würde das schon wieder wettmachen. Und das hätte er auch bestimmt getan, wenn er nicht krank geworden wäre. Er hatte einen Schlaganfall, müssen Sie wissen. Mr. Winkfield – das ist sein Kammerdiener, schon seit dreißig Jahren – behauptete, es war Master Jermyns Tod im Krieg, was dem Squire den Rest gegeben hat. Ich weiß nicht, wie das zugegangen sein soll, weil ihn der Schlag ja nicht sofort getroffen hat – noch einige Jahre lang nicht. Aber nachdem die Nachricht kam, war er nie wieder der alte. Er verläßt jetzt sein Zimmer nicht mehr. Das geht schon drei Jahre so, daß ich ihn nicht mehr auf den Beinen gesehen habe. Ein schöner, großer Mann war er früher – nicht ganz so groß wie Sie, aber fast, und fidel! Geflucht hat er auf Teufel-komm-raus, das konnte er! Aber jeder konnte ihn gut leiden, weil er sehr jovial war und öfter lachte, als er bös war. Man würde das nicht für möglich halten, wenn man ihn heute sieht. Nichts als Haut und Knochen von ihm übrig. Hie und da schickt er nach mir, nur um über alte

Zeiten zu reden. Mr. Winkfield sagt mir, er erinnere sich besser an das, was vor fünfzig Jahren geschehen ist, als an das, was gestern war. Sagt immer ein und dasselbe zu mir ‹Noch nicht abgeschrieben, Joe!› sagt er, denn er macht gern seinen Witz. Und ‹Kümmere dich gut um Miss Nell!› sagt er. Was ich natürlich immer getan habe – soweit wie möglich eben.»

John stand auf und trug die beiden leeren Bierkrüge zum Faß. Nachdem er sie frisch gefüllt hatte, reichte er wieder einen Mr. Lydd, hob den seinen in stummem Zutrunk und sagte: «Er ist ein sehr guter Kerl, Joe, und ich hoffe, Er kümmert sich auch weiterhin um Miss Nell. Ich jedenfalls werde Ihn nicht daran hindern.»

«Nun ja, ich hatte so eine Idee, daß Sie das vielleicht nicht würden», gestand Mr. Lydd. «Ich hab mich zu meiner Zeit zwar in dem einen oder anderen geirrt, aber nicht oft. Sie mögen ja vielleicht das sein, was sie einen Noblen nennen, oder Sie mögen in diese Hinterwäldlergegend gekommen sein, weil Sie Angst haben, daß Ihnen einer die Hand auf die Schulter legt – aber irgendwie glaub ich das nicht. Wenn ich so frei sein darf, es zu sagen, mir gefällt Ihr Gesicht. Ich weiß nicht, was für einen Aprilscherz Sie im Schilde führen, weil Sie – nichts für ungut! – mir einfach nicht vormachen können, daß Sie nicht zu den Vornehmen gehören. Vielleicht spielen Sie sozusagen einen tollen Streich. Aber trotzdem schauen Sie mir nicht danach aus, daß Sie einer von den jungen Lebemännern sind, die der Hafer sticht, wie man so sagt.»

«Als mich noch der Hafer gestochen hat», sagte John, «war ich Lieutnant der Dragoon Guards. Ich bin zwar durch Zufall hierher geraten, aber bleibe absichtlich. Ein Polizist ist mir nicht auf der Spur, aber ein Nobler bin ich auch nicht. Mehr will ich Ihm nicht erzählen – außer, daß ich Seiner Herrin bestimmt keinen Schaden zufügen werde.»

Nachdem Mr. Lydd ihn wieder mit seinem bewußten starren Blick fixiert hatte, war er anscheinend befriedigt, denn er nickte und wiederholte, er habe es nicht böse gemeint. «Nur in Anbetracht dessen, daß ich Befehl habe, morgen auf das Tor aufzupassen, während Sie mit Miss Nell nach Tideswell abziehen – ganz abgesehen davon, daß Rose Wind davon bekommen und mir so zugeredet hat, herauszukriegen, was Sie eigentlich treiben, daß ich ihre Stimme schon nicht mehr hören konnte –»

«Wer ist Rose?» unterbrach ihn John.

«Miss Durward», sagte Mr. Lydd mit verbittertem Nachdruck. «Nicht daß sie sich einbilden soll, ich tät sie so nennen, und wenn sie sich noch so aufspielt. Ha, ich erinnere mich noch, wie sie als Kindermädel für Miss Nell nach Kellands kam! Ein Nichts von Frauenzimmer war sie, außerdem! Wohlgemerkt, ich habe nichts gegen sie, außer daß sie dicklich geworden ist und ein bißchen zu oft hochnäsig wird, aber ich sage nicht, daß ich ihr einen Vorwurf mache, weil sie Fremden gegenüber mißtrauisch ist – weil doch Miss Nell außer dem Squire niemanden hat, der sich um sie kümmert, und da es doch nun einmal mit ihm zu Ende geht.»

John war es mittlerweile klargeworden, daß Miss Stornaway zwar eine Waise sein mochte, es ihr aber an Beschützern nicht fehlte, und es überraschte ihn daher nicht, als er am nächsten Morgen kurz nach acht Uhr einen Besuch von Miss Durward über sich ergehen lassen mußte. Er genoß eben eine temperamentvolle Auseinandersetzung mit einem Fuhrmann, als sie munter die Straße herabgegangen kam. Dieser einfallsreiche Gentleman hatte in John einen Neuling erkannt und versuchte nun lebhaft, ihn zu überzeugen, daß die richtige Maut für das zweite seiner beiden Fahrzeuge, das an das erste angehängt war, Threepence betrug. Captain Staple aber, der sich nutzbringend dem Studium der Literatur gewidmet hatte, mit der die Kuratoren der Mautschranken des Derbyshire seinen Vorgänger versorgt hatten, war imstande, ihn darauf hinzuweisen, daß das Fahrzeug, da es auf vier Rädern montiert war, mit der Gebühr für zwei Pferde, nicht für eines, zu belegen war. «Und außerdem ist es beladen», fügte er hinzu und unterbrach damit eine wenig schmeichelhafte Beschreibung seiner persönlichen Erscheinung und geistigen Verworfenheit, «deshalb ist die doppelte Maut einzuheben. Und daher kassiere ich von dir, mein lieber Grobian, einen Knopf und Tenpence!»

«Du wirst dir eine in deinen Brotkorb kassieren!» sagte der Fuhrmann wild.

«So, so?» erwiderte der Captain. «Das wird für dich zwar eine Reparatur deines Blasebalgs bedeuten, solltest du an eine Rauferei denken, aber ich habe durchaus nichts dagegen. Nur hübsch los mit deinen Fäusten!»

«Einen Mann wie dich hab ich einmal auf einem Jahrmarkt gesehen», sagte der Fuhrmann und überging die Einladung. «Zumindest haben sie behauptet, das sei ein Mann. Aber die arme Kreatur war wahrscheinlich gar kein Mensch!»

«Und wenn ich mir's jetzt richtig überlege», sagte der Captain, «habe ich dich nicht auf der Deichsel hocken gesehen? Das ist ungesetzlich, und ich muß es melden.»

Der Fuhrmann schwoll vor Empörung und sagte, was er sich dachte, mit einer Flüssigkeit und einem Umfang an Vokabular, der die Bewunderung des Captains erregte. Dann erlegte er die Summe von einem Shilling und Tenpence, kletterte trotzig wieder auf die Deichsel und fuhr seines Wegs mit dem Gefühl, seine Niederlage sei immerhin eine ehrenvolle gewesen.

Als der Captain das Tor schloß, entdeckte er, daß er von einer stattlichen Frau kritisch betrachtet wurde, die mit einem Korb am Arm vor dem Mauthaus stand. Ihre ziemlich rundliche Gestalt war säuberlich in ein Gewand von nüchternem Grau gekleidet, hochgeschlossen, ohne Bänder oder Rüschen. Darüber trug sie einen Mantel, und das hübsche braune Haar war unter einem schlichten Basthut von einer gestärkten Musselinkappe gebändigt, die unter dem Kinn mit einer steifen Masche gebunden war. Sie war keineswegs jung, aber entschieden hübsch, mit großen grauen Augen, einer kecken Nase und einem festen Mund, der ziemlich viel Energie verriet. Nachdem sie ohne Verlegenheit den Wortwechsel Johns mit dem Fuhrmann mitangehört hatte, sagte sie, als er ihrer ansichtig wurde, scharf: «Na, junger Mann, das nenn ich eine sehr hübsche Redeweise vor Frauenzimmern führen!»

«Ich wußte nicht, daß Ihr da seid», entschuldigte sich John.

«Das ist keine Entschuldigung. Was fällt Euch ein, mit einem ordinären Geschöpf wie dem Kerl überhaupt einen Wortwechsel zu führen? Was habt Ihr außerdem mit Eurem Hemd getrieben?»

John schaute schuldbewußt auf einen ausgefransten Riß in einem Ärmel. «Ich bin an einem Nagel hängengeblieben», sagte er.

Sie schnalzte mit der Zunge und sagte streng: «So ein gutes Hemd trägt man auch nicht wochentags. Gebt es lieber mir, wenn Ihr es auszieht, und ich flicke es Euch.» «Dank auch schön!» sagte John.

«Schluß jetzt mit dieser Redeweise!» sagte sie, und einen Augenblick zeigte sich ein nicht zu unterdrückendes Grübchen. «Versucht nur ja nicht, mir aufzubinden, daß Ihr kein geborener Aristokrat seid – weil Euch das einfach nicht gelingt!»

«Werde ich nicht», versprach er. «Und versucht Ihr nur ja nicht, mir aufzubinden, daß Ihr nicht Miss Stornaways Kindermädchen seid, weil ich Euch das nicht glauben würde. Ihr erinnert mich zu stark an das meine.»

«Ich wette, das arme Ding hatte allerhand zu tun, um mit Euch fertigzuwerden!» erwiderte sie. «Wenn Ihr wirklich heute vormittag in die Stadt fahrt, dann schaut dazu, daß Ihr Euch ein paar derbe Hemden kauft! Sünd und Schad, ein so feines wie das hier zu tragen, mit dem Ihr sehr wahrscheinlich Holz hackt und ich weiß nicht was sonst noch treibt! Was Ihre Mutter dazu sagen würde, wenn sie Sie sehen könnte, Sir – !»

John schloß aus dieser Rede, daß er Gnade vor ihren Augen gefunden hatte, und sagte mit einem Lächeln: «Die Hemden besorge ich. Und ich werde auch gut auf Ihre Herrin aufpassen; in diesem Punkt kann Sie beruhigt sein.»

«Na, Zeit wär's, daß das jemand anderer tut als ich und Joseph – wozu der allerdings nütze wäre, kann ich mir nur schwer denken», sagte sie. «Ich weiß nicht, wer Sie sind, noch was Sie hier tun, aber ich merke, daß Sie achtbar sind, und falls Sie sich zufällig wirklich mit einem widerlichen Gentleman mit viereckigem Gesicht, schwarzem Haar und den bösesten Augen, die ich je gesehen habe, überwerfen, dann zweifle ich nicht, daß es schlimm mit ihm ausginge. Wenn Sie erlauben, Sir, gehe ich jetzt hinein, um etwas mit Mrs. Skeffling zu besprechen, falls das sie ist, die ich da in der Küche höre. Ich habe etwas von unserer Butter für sie mit, die ihr Miss Nell versprochen hat. Und ich soll Ihnen, Mr. Jack, ausrichten – wenn Sie schon so genannt zu werden wünschen –, daß Miss Nell mit dem Gig hier sein wird, sowie sich jene zwei feinen Herren da oben nach Sheffield verzogen haben!»

Mit diesen Worten marschierte sie durch die Kanzlei in die Küche, wo sie Mrs. Skeffling vorfand, eine Witwe seit vielen Jahren, die eifrig damit beschäftigt war, den Inhalt der Anrichte auszuräumen und die Bretter zu scheuern: etwas, das sie, wie sie Miss Durward unterrichtete, schon lange vorgehabt habe. Nachdem beide Damen mit großem Freimut ihre Ansichten über die schmutzigen, unordentlichen Gewohnheiten des abwesenden Mr. Brean zum Ausdruck gebracht hatten, hielt Mrs. Skeffling in ihrer schweren Arbeit inne, um einen gemütlichen Klatsch über den neuen Zollwärter zu genießen.

«Miss Durward, Ma'am» sagte sie ernst, «ich war einfach platt, als ich ihn sah, gleich heute zum erstenmal, da Montag mein Tag ist, wo ich Mrs. Sopworthy beim Wäschewaschen helfe, und Mr. Jack kommt in den ‹Blauen Eber› herein und kauft ein Faß Bier. Selbst Mr. Sopworthy war ziemlich von den Socken, als Mr. Jack sagt, daß er ein Soldat und Vetter von Mr. Brean ist und hergekommen, damit er an seiner Stelle eine Zeitlang auf das Tor aufpaßt. ‹Himmel!› sagt Mr. Sopworthy, ‹ich hab rein gemeint, der Kirchturm persönlich ist in meinen Schankraum getreten!› Worüber Mr. Jack herzlich lachen mußte, obwohl Mrs. Sopworthy ganz verlegen war, weil sie zuerst meinte, es sei ein Gentleman, der hereingekommen ist, zu dem der Wirt nicht hätte so frei reden dürfen. Dann kamen sie ins Reden, Mr. Jack und der Wirt, und keiner von uns wußte wahrhaftig, was er davon halten sollte, denn er hat nicht so geredet, als wär er ein Aristokrat, nicht ein bißchen! Und trotzdem sah es auch wieder nicht so aus, als ob er ein gewöhnlicher Soldat wär, nicht mit diesen Händen und mit der Art, die er so an sich hat, ganz abgesehen von den Kleidern, die er trägt. Miss Durward, Ma'am, ich habe gerade in diesem Augenblick eines seiner Hemden im Waschhaus, mit einem Halstuch und einigen Taschentüchern, und ich erkläre Ihnen, so was hab ich noch mein Lebtag nicht gesehen! Schön genug für Sir Peter persönlich, wahrhaftig, und was würde ein Armer mit solchen Sachen anfangen?»

«Oh, der ist kein Armer! Wo haben Sie nur das her?» sagte Rose obenhin. «Hat Ihnen denn Mr. Brean nie erzählt, daß eine seiner Tanten einen Mann geheiratet hat, der sehr gut im Geschäft war? Ich habe vergessen, wie er hieß, aber er war recht gut situiert, wie man hört, und dieser junge Bursche ist sein Sohn.»

Mrs. Skeffling schüttelte verwundert den Kopf. «Er hat mir nie nichts von keiner Tante erzählt.»

«Ah, ganz gewiß nicht, denn als aus ihr eine Dame geworden war, hatte sie nichts mehr für ihre eigene Familie übrig», sagte die erfinderische Rose. Sie fügte völlig wahrheitsgemäß hinzu: «Ich habe vergessen, wie es gekommen ist, daß er sie mir gegenüber erwähnt hat. Aber dieser Mr. Jack hat es sich in den Kopf gesetzt – weil er aus der Armee ausgeschieden ist und keiner von denen ist, die auf ihre Familie herunterschauen –, Mr. Brean zu besuchen. Er hat es mir gerade erzählt.»

«Aber was hat Mr. Brean veranlaßt, einfach so wegzugehen?» fragte Mrs. Skeffling verdutzt.

«Darum war es ja so ein glücklicher Zufall, daß sein Vetter gerade zu Besuch gekommen ist», sagte Rose, großzügig aus dem Stegreif dichtend. «Anscheinend wollte er wegen irgendeines Geschäfts weg – fragen Sie mich nicht, weswegen, weil ich das nicht weiß! Nur, weil er eben ein Witwer ist und niemanden Passenden hat, der sich an seiner Stelle um das Tor kümmert, konnte er das bisher nicht. So also hat sich das ergeben – weil Mr. Jack, wie Sie sehen können, ein gutmütiger junger Bursche ist und gern jemandem eine Gefälligkeit tut.»

Diese zungenfertige Erklärung schien Mrs. Skeffling zu befriedigen. Sie sagte: «Oh, so war das? Mr. Sopworthy bildete sich ein, daß uns Mr. Jack hochgenommen hat. ‹Denkt an meine Worte!› hat er gesagt. ‹Das ist ein Schwindel! Ich persönlich glaube›, hat er gesagt, ‹daß er einer dieser jungen Tröpfe ist, die sich in Schwierigkeiten bringen.› Was er vermutet, ist, daß vielleicht ein Haftbefehl gegen Mr. Jack läuft, sehr wahrscheinlich wegen Schulden, oder daß er einfach losgegangen ist und irgendwen umgebracht hat in einem von diesen mörderischen Duellen.»

«Nichts dergleichen!» sagte Rose scharf. «Er ist ein sehr respektabler junger Mann, und wenn Mr. Sopworthy solche Geschichten über ihn in Umlauf bringt, wird er sich bald selbst in Ungelegenheiten befinden!»

«Oh, das wird er nicht tun!» versicherte ihr Mrs. Skeffling. «Was er gesagt hat, war, wie dem auch immer sein mag, ihn gehe es nichts an, und die, die sich in die Angelegenheiten anderer Leute mischen, fallen selbst auf die Nase. Ganz abgesehen davon, daß er eine Vorliebe für Mr. Jack gefaßt hat. ‹Was immer er angestellt hat, ein Straßenräuber ist der nicht›, sagte er sehr überzeugend, ‹das könnt ich beschwören.› Was, wie ich ihm gesagt habe, so sicher wie nur was ist, denn Miss Nell kennt ihn als einen achtbaren Herrn und hat mir das mit ihren eigenen Lippen gesagt. Daraufhin», fuhr Mrs. Skeffling fort und senkte verschwörerisch die Stimme, «schaute mich Mr. Sopworthy fest an und sagte mir, sozusagen ganz langsam, wenn es sich so verhält und Mr. Jack ein Freund der Miss Nell ist, dann kommt es keinem Menschen zu, über ihn herumzuklatschen, weil jeder Mensch, der ihr gutgesinnt ist, nur froh sein könnte, wenn es tatsächlich passiert, daß ein schöner, kräftiger Bursche wie dieser Mr. Jack ihr den Hof macht, und zweifellos hat er seine Gründe – so wie die Dinge oben im Schloß stehen –, daß er heimlich herkommt. Natürlich, darüber weiß ich nichts, was ich auch Mr. Sopworthy gesagt habe.»

Sie schloß mit einem deutlich fragenden Tonfall und hielt den sanften Blick hoffnungsvoll auf das Gesicht ihrer Besucherin gerichtet. Miss Durward, die blitzschnell überlegt hatte, stand auf, tat schrecklich eilig und ersuchte sie, nicht vielleicht zu erzählen, daß sie persönlich je so etwas gesagt hätte. «Ich weiß überhaupt nicht, woran Mr. Sopworthy dabei gedacht haben könnte, und ich hoffe zu Gott, daß er keinen solchen Unsinn herumerzählt! Und denken Sie daran, Mrs. Skeffling – ich jedenfalls habe kein Wort davon verlauten lassen, und ich hoffe und bete, daß es auch sonst niemand tut!»

«Nein, nein!» versicherte ihr Mrs. Skeffling, aber ihre Augen glitzerten vor Aufregung. «Nicht ein Sterbenswörtchen, Miss Durward, Ma'am!»

Sehr befriedigt von dem Wissen, daß nicht ein einziger Angehöriger einer so kleinen Gemeinde, der der Enkelin des Squire wohlwollend gesinnt war, die Anwesenheit des neuen Zollwärters und seine Fahrt in ihrem Gig bemerkenswert finden würde, bevor noch viele Stunden verstrichen sein würden, und möglichen Folgen daraus völlig gleichgültig gegenüber, verabschiedete sich Miss Durward von der größten Klatschbase Crowfords und ging. Sie traf John dabei an, daß er sich die Zeit mit dem Lohnfuhrmann des Orts vertrieb, und schloß aus den Bruchstücken des Zwiegesprächs, das sie mitanzuhören den Vorzug hatte, daß er in seinem Studium der Sprache des schlichten Volks vorzügliche Fortschritte machte. Sie sagte ihm, sowie der Fuhrmann durch das Tor gefahren war, er solle sich was schämen, da er aber diesen Tadel mit Recht als reine Gewohnheit auffaßte, grinste er sie bloß mit einem so entwaffnenden Zwinkern an, daß alle Befürchtungen, die noch in ihrem ängstlichen Herzen leben mochten, endgültig in die Flucht geschlagen wurden. Dann setzte sie ihn schnell in Kenntnis jener Einzelheiten seiner Abstammung, die ihre fruchtbare Phantasie hervorgebracht hatte, und beschwor ihn, sie Ben gut einzuhämmern.

«Das werde ich», versprach er ihr, drückte sie fest an sich und pflanzte ihr einen Kuß auf die runde Wange. «Sie ist ganz einfach ein Schatz. Eine Frau wie Sie findet man nur einmal unter tausend, Rose!»

«Schauen Sie, daß Sie weiterkommen, Mr. Jack!» kommandierte sie, wurde rot und zeigte Grübchen. «Beträgt sich wie die Vornehmen und versucht dann, jedem aufzubinden, daß er Breans Vetter sei! Behaltet Eure Küsse für die, denen etwas daran liegt!»

«Ich kenne aber niemanden, dem etwas daran läge», sagte er kläglich.

«Na, darüber weiß jedenfalls ich nichts!» erwiderte sie schroff. «Also vergessen Sie nicht, was ich Ihnen sagte!»

«Bestimmt nicht. Übrigens, wie heißt mein Vater?»

«Himmel, ich kann doch nicht an alles denken!»

«Hat Sie mir keinen verliehen? Dann werde ich meinen eigenen behalten. Ich bin überzeugt, in England gibt es mehr Staples, als ich je erfahren habe. Sagen Sie mir aber eines – wie kann ich Ihrer Herrin von Nutzen sein?»

Die Grübchen verschwanden, und ihre Lippen wurden schmal. Eine Weile antwortete sie nichts, sondern stand da, den Blick starr auf den Torpfosten gerichtet und das Gesicht seltsam verbissen. Plötzlich sah sie ihn prüfend an. «Sie wollen ihr wirklich helfen?» fragte sie eindringlich.

«Ich habe mir noch nie im Leben etwas inniger gewünscht.»

Er sagte das völlig ruhig, aber sie hörte sofort die Aufrichtigkeit aus seiner tiefen, eher trägen Stimme. Ihre Lippen zitterten, und sie blinzelte ein paarmal schnell. «Ich weiß nicht, was aus ihr werden soll, wenn der gnädige Herr stirbt!» sagte sie. «Sie und Mr. Henry sind die letzten Stornaways, und er wird Kellands bekommen und nicht sie, die sich die letzten sechs Jahre darum gekümmert hat! Noch lange bevor der gnädige Herr den Schlaganfall hatte, war Miss Nell so gut wie ein Gutsverwalter für ihn, und sogar besser! Sie war es, die alle die faulen Taugenichtse von Dienstboten hinausgeworfen hat, die dem gnädigen Herrn Heim und Herd aufgefressen haben, nicht zu reden davon, daß sie ihn betrogen haben, daß es eine Schande war, es mitansehen zu müssen. Sie kratzte alles zusammen und sparte und züchtete Schweine für den Markt und verpachtete das eine und andere Stück Land und handelte höchstpersönlich den besten Preis aus, als sei sie ein Mann. Und als der gnädige Herr krank wurde, verkaufte sie die Perlen, die ihr ihre arme Mutter hinterlassen hatte, und jedes Stückchen Schmuck, das sie von Sir Peter bekommen hatte in den Zeiten, als er noch auf der Höhe stand, und kein einziger von uns hatte gewußt, wie schwer er wirklich verschuldet war. Sie verkaufte alles, was sie nur konnte, um die Hyänen abzuhalten, die daherkamen, sowie bekannt wurde, daß Sir Peter erledigt war. Alle schönen Pferde Sir Peters – und ich kann Ihnen sagen, der hatte Jagdpferde, für die er Hunderte von Guineen bezahlt hatte, und ein Gespann, das er persönlich kutschierte, um das ihn alle Sportleute beneideten! – und ihre eigenen Jagdpferde dazu, samt ihrem Phaeton, und Sir Peters Rennwagen und den eleganten Landauer, den er ihr für ihre Besuche gekauft hatte – alles! Heute ist in den Ställen nichts mehr als ihr Reitpferd und der Dicke und ein Paar stämmiger Kutschenpferde, die sie in erster Linie für die Feldarbeit behalten hat. Es war keine Menschenseele da, die ihr geholfen hätte, außer dem alten Mr. Birkin, der ein Stück weiter in Tideswell draußen lebte und ein Freund des gnädigen Herrn war, aber der ist auch schon seit achtzehn Monaten tot. Mr. Henry ist uns nie auch nur in die Nähe gekommen. Er wußte recht gut, daß es nichts zu erben gab außer dem Titel und einem Haufen Schulden! Aber jetzt ist er hier, Mr. Jack, und es sieht so aus, als habe er vor, zu bleiben. Hätte er mehr Mut als eine Henne, würde ich ihn einen Aasgeier nennen – außer daß ich noch nie einen Geier dort herumhüpfen gesehen habe, wo es nichts als einen Haufen trockener Knochen abzupicken gibt! Ich weiß nicht, was ihn herführt, und es wäre mir auch gleichgültig, wenn er nicht diesen Mr. Coate mitgebracht hätte. Aber das ist ein ganz Schlechter, wenn ich je einen gesehen habe, Sir, und er lebt oben im Schloß, als gehörte es ihm, und läßt seine bösen Augen prüfend über Miss Nell gleiten, daß es mir in den Nägeln juckt, sie ihm aus dem häßlichen Gesicht zu kratzen. Miss Nell freilich fürchtet sich vor nichts und niemandem – aber ich, Mr. Jack –, ich fürchte mich!»

Er hatte stumm allem zugehört, was vermutlich lange angestaute Ängste waren, die nun überflossen. Als sie aber schwieg und unbewußt sich an seine Hemdsärmeln klammerte, nahm er ihre Hand von seinem Arm, hielt sie mit einem warmen Druck fest und sagte ruhig: «Warum?»

«Weil sie, wenn der gnädige Herr stirbt, allein sein wird! Und keinen Pfennig in der Welt haben wird außer dem bißchen, das ihr ihre Mutter hinterlassen hat, und das reicht nicht einmal für Kleider.»

«Aber sie hat doch sicher andere Verwandte! Sie erzählte mir von einer Tante –»

«Wenn es Mylady Rivington ist, die Sie meinen, Sir, die wird sich wenig den Kopf über Miss Nell zerbrechen, und genausowenig die Familie der armen Mrs. Stornaway. Als sie noch ein ganz junges Ding war und der gnädige Herr die Lady dazu überredete, sie in die Gesellschaft einzuführen, da hat alles er bezahlt, und ich jedenfalls weiß, wie die Lady und die jungen Damen auf sie herunterschauten, weil sie so groß war und mehr wie ein Junge als ein Mädchen!»

«Ich verstehe.» John tätschelte ihr die Hand und ließ sie dann los. «Sie geht jetzt heim, Rose, und ängstigt sich ja nicht um Miss Nell!»

Sie fuhr in die Tasche um ein Taschentuch und schneuzte sich heftig. «Ich hätte nichts sagen sollen!» stieß sie mit etwas belegter Stimme hervor.

«Das macht nichts. Ich hätte es ohnehin entdeckt.»

Sie schneuzte sich abschließend und stopfte das Tuch wieder in die Tasche. «Ich weiß wirklich nicht, was mich da überkommen hat, außer weil Sie eben *so* groß sind, Sir!»

Er mußte lachen. «Was hat denn das damit zu tun?»

«Das verstehen Sie nicht – weil Sie eben kein Frauenzimmer sind», erwiderte sie seufzend. «Ich muß jetzt gehen, Sir – und danke!»

5

Eine Stunde später fuhr Miss Stornaways schäbiges Gig an der Mautschranke vor, ihr Reitknecht sprang ab, streckte John drei Münzen hin und verlangte mit einem breiten Zwinkern einen Mautzettel, der auch das zweite Tor öffnete, das noch zwischen Crowford und Tideswell lag. Aber John hatte sich schon mit ihm versehen und winkte die Münzen ab, worauf Nell vorwurfsvoll ausrief, er betrüge die Kuratoren.

«Keineswegs!» erwiderte er und kletterte in das Gig. «Ich gehöre zwar nicht zu denen, die – wie es so schön heißt – imstande sind, eine ganze Abtei aufzukaufen, aber ich bin in eine bescheidene Unabhängigkeit hineingeboren worden und hielte es unter meiner Würde, die Kuratoren zu betrügen.»

«Aber Sie sollen sich nicht verpflichtet fühlen, die Maut für mein Fahrzeug zu entrichten», wandte sie ein.

«Oh, von Verpflichtung ist keine Rede. Ich habe gehofft, Sie mit einer so schönen Geste zu beeindrucken», sagte er ernst.

«Den Geldigen spielen», gab sie zurück und warf ihm einen herausfordernden Blick zu, um zu sehen, wie er dieses Modewort aufnahm.

«Stimmt», sagte er.

Ein glucksendes Lachen entschlüpfte ihr. «Wie albern Sie sind! Können Sie eigentlich nie ernst sein, Captain Staple?»

«Aber sicher – manchmal, Miss Stornaway!»

Sie lächelte und kutschierte eine Zeitlang schweigend dahin. Er hielt sie nicht für schüchtern, aber ihr Verhalten war etwas gezwungener als am Vortag. Nach einer Pause sagte sie, als sei sie verpflichtet, eine Bemerkung zu machen: «Ich hoffe, es ist Ihnen nicht unangenehm, von einem Frauenzimmer kutschiert zu werden, Sir?»

«Nicht, wenn das Frauenzimmer die Zügel so gut handhabt wie Sie, Ma'am», erwiderte er.

«Danke! Es bedarf keiner großen Kunst, Squirrel zu kutschieren, aber man hielt mich immer für eine gute Fahrerin. Ich kann auch ein Tandem kutschieren», fügte sie mit einer Spur Stolz hinzu. «Mein Großvater hat es mich gelehrt.»

«Hat Ihr Großvater nicht einmal ein Wettfahren im Rennwagen gegen Sir John Lade gewonnen?»

«Ja, tatsächlich! Aber das ist schon lange her.» Ein winziger Seufzer begleitete die Worte, und als wollte sie ihn überdecken, sagte sie leicht spöttisch: «Ich wollte Sie für den Stalljungen ausgeben, müssen Sie wissen, aber Sie sind heute so schick, daß ich sehe, es wird nicht gehen!»

Er trug seine Reitjacke und Reitstiefel, und die Falten seines Halstuches waren mit militärischer Genauigkeit gelegt. Zwar war durchaus nichts Geckenhaftes an seiner Erscheinung, aber seine Jacke war gut geschnitten und stand in auffallendem Gegensatz zum Anzug von Henry Stornaways stutzerhaftem Freund. John sah sehr nach Gentleman aus.

Er streckte ein Bein vor und betrachtete es mit einer Grimasse. «Ich habe zwar mein Bestes getan», gab er zu, «aber der Himmel weiß, wie recht mein Kammerdiener hatte, was mein Lederzeug betrifft! Er gab mir zu verstehen, daß niemand außer ihm es zu reinigen verstehe. Ich weiß nicht, wie das zugeht, aber ich bringe es jedenfalls nicht zuwege. Meine Stiefel sind ebenfalls eine Schande, aber daran ist vielleicht die Schuhwichse Breans schuld.»

Sie lachte. «Unsinn! Ich wollte nur, Rose könnte Sie sehen. Sie haben Rose ja kennengelernt, also werden Sie nicht überrascht sein, wenn Sie erfahren, daß sie es nicht billigen kann, wenn sich ein Gentleman in Hemdsärmeln auf der Landstraße sehen läßt.»

«Und zerrissenen außerdem, aber sie hat versprochen, sie mir zu flicken. Ich bin ihr sehr verbunden, und nicht nur aus diesem Grund. Sie kam nachschauen, ob ich ein passender und anständiger Mensch sei, der mit Ihnen nach Tideswell fahren dürfe, und sie entschied, daß ich es bin.»

«Ja, das hat sie. Ich bitte um Entschuldigung – aber wissen Sie, sie war so daran gewöhnt, mein Kindermädchen zu sein, daß sie nicht davon zu überzeugen ist, daß ich schon sechsundzwanzig und sehr gut imstande bin, auf mich selbst aufzupassen. Sie ist das netteste Geschöpf, das man sich vorstellen kann, aber sie predigt mir ewig Anstand.»

«Ich glaube, Sie hat tatsächlich einige sehr rigorose Begriffe von Anstand», sagte er zustimmend.

«Ach, die arme Rose, die hat sie tatsächlich, und sie sind alle miteinander über den Haufen geworfen worden!»

Er betrachtete ihr Profil und dachte, wie bezaubernd sie doch lächelte und wie genau doch ihr ausdrucksvolles Gesicht jede ihrer Stimmungen widerspiegelte. «So? Wie ist denn das zugegangen?» fragte er.

Sie schaute spitzbübisch drein und lachte glucksend. «Sie ist in einen berittenen Straßenräuber verliebt.»

«Was? Nein – unmöglich!»

«Doch, doch! Sie gibt es nicht zu, spricht nie darüber, aber es stimmt wirklich. Ich weiß natürlich nichts davon. Wenn ich es schon wage, sie auszufragen, ernte ich für meine Mühe nichts als fürchterliche Schelte, und als ich keck genug war, sie zu fragen, ob er sie denn nicht heimlich in Kellands besuchen komme, hätte sie mich fast geohrfeigt, wenn sie heraufgelangt hätte! Aber ich bin ganz sicher, daß er es tut. Und das Lächerliche daran ist, daß sie das ehrbarste Geschöpf der Welt und schon knapp an die Vierzig ist! Ich bin überzeugt, daß niemand entsetzter sein könnte, als sie selbst es ist, aber ihn nie mehr wiederzusehen, dazu kann sie sich doch nicht entschließen. Aber merken Sie sich – kein Wort darüber zu ihr!»

«Guter Gott, das würde ich nicht wagen! Aber wie ist denn das gekommen?»

«Oh, er hat uns vor mehr als einem Jahr überfallen. Es war die denkbar komischste Posse, die man sich vorstellen kann. Sie fuhr mit mir nach Tinsley, das hinter Sheffield liegt. Es drehte sich um eine Färse, die ich kaufen wollte, und da Joseph mit Hexenschuß im Bett lag, begleitete mich Rose an seiner Statt. In diesem Gig hier. Wir wurden länger aufgehalten, als ich gedacht hatte, daher konnte ich erst nach Einbruch der Dunkelheit heimfahren. Nicht daß mir das etwas ausgemacht hätte, und auch Rose nicht, denn es war mondhell, und ich glaube, wir hätten im Leben nicht daran gedacht, daß man uns überfallen könnte. Wir wurden es aber doch, und noch dazu von einer maskierten Gestalt mit einem Paar Reiterpistolen in den Händen, alles höchst dramatisch. Er befahl mir anzuhalten und das Geld herzugeben. Sie können sich darauf verlassen, daß ich dem ersten Befehl gehorchte, aber was ich außer den paar Shillingen hätte hergeben sollen, die ich in meinem Retikül hatte, weiß ich ebensowenig wie der Mann im Mond. Das wagte ich ihm auch zu sagen. Und hier wurde aus dem Drama die Posse. Er schien ziemlich verblüfft zu sein und ritt ganz nahe heran, um mich genau zu betrachten. Na – und Rose ist sehr temperamentvoll, und Frechheit duldet sie unter keinen Umständen. Also fuhr sie ihn an: ‹Wie wagen Sie nur?› ohne eine Spur von Ängstlichkeit. Und dann sagte sie ihm, er solle aber schon augenblicklich seine Pistolen wegstecken, und als er nicht gehorchte, wollte sie wissen, ob er denn nicht gehört hätte? Wäre das alles nicht so absurd gewesen, hätte ich am ganzen Leib gezittert. Aber das war gar nicht erst nötig – er steckte doch tatsächlich seine Pistolen weg, begann sich bei ihr zu entschuldigen und sagte, er habe mich für einen Mann gehalten. Sie war jedoch keineswegs besänftigt, sondern schalt ihn aus, als sei er ein ungezogenes Kind. Statt aber unsere Handtäschchen zu packen oder davonzureiten, blieb er stehen, hörte ihr zu und versuchte, Frieden mit ihr zu schließen. Und das gelang ihm schließlich auch. Rose kann nie lange wütend bleiben, und er war so reumütig, daß sie weich werden mußte. Liebenswürdigerweise beschenkte er uns mit einem Losungswort, falls wir je wieder einmal überfallen werden sollten, was ich sehr schön von ihm fand. ‹Die Musik ist schon bezahlt!› muß man sagen. Leider hatte ich seither nie wieder Gelegenheit, es auszuprobieren, aber ich glaube, es steckt ein mächtiger Zauber drin. Danach fuhren wir heim, und ich erfuhr wochenlang nicht, daß er uns den ganzen Weg gefolgt war, nur um herauszubekommen, wo Rose wohnt! Es war ein Fall von Liebe auf den ersten Blick. Was halten Sie von einer solchen Romanze?»

«Großartig!» antwortete er sehr amüsiert. «Für mich hat sie nur einen Fehler: Ich kann das Happy-End dabei nicht sehen. Wie heißt dieser König der Landstraße?»

Sie schüttelte den Kopf. «Das weiß ich nicht», sagte sie.

«Aber ich glaube, ich weiß es.»

Sie schaute rasch zu ihm auf, und Überraschung malte sich in ihrem Gesicht. «Wirklich? Wieso?»

«Ich glaube, er heißt Chirk. Ich glaube weiter, daß er eine Stute namens Mollie reitet», sagte er kühl.

«Aber wie sind Sie daraufgekommen?»

«Tja . . .»

«Nein, seien Sie doch, bitte, nicht so aufreizend!»

Er lächelte. «Nun, als ich vorgestern abend an der Mautschranke ankam, stellte ich mein Pferd im Hühnerstall ein. Es war zu sehen, daß hier schon vorher ein Pferd eingestellt worden war, und vor nicht allzulanger Zeit außerdem. Mein Vorgänger besitzt kein Pferd, aber er besitzt eine Pferdedecke und Pferdefutter. Praktisch gehört das aber, wie mich Ben informierte, einem Mr. Chirk. Natürlich kann Mr. Chirk ein höchst ehrenwerter Mann sein, aber da man mir zu verstehen gab, daß er eine starke Abneigung gegen Fremde hat und es durchaus nicht gern hätte, würde es bekannt, daß er das Zollhaus zu besuchen pflegt, erlaube ich mir das doch sehr zu bezweifeln.»

«Du guter Gott!» Sie kutschierte eine Weile dahin, die Augen auf die Straße gerichtet. «Wollen Sie damit sagen, daß sich Brean mit Straßenräubern verbündet haben könnte?»

«Den Verdacht habe ich gehabt», gab er zu. «Wie weit jedoch, habe ich keine Ahnung. Ich könnte mir vorstellen, daß er diesem Chirk nur Unterkunft gewährt. Denn ich sehe zwar durchaus ein, daß ein unredlicher Zollwärter auf einer vielbefahrenen Straße von unschätzbarer Hilfe für die Zunft sein kann – wegen der Auskünfte, die er ihnen geben könnte –, aber ich kann nicht glauben, daß eine so wenig benutzte Straße wie die unsere ein dankbarer Jagdgrund für Straßenräuber ist.»

«Nein, bestimmt nicht – ich habe noch nie gehört, daß jemand auf ihr überfallen worden wäre.» Ihre Augen funkelten. «Wie entsetzlich, wirklich – und wie unglaublich aufregend! Natürlich, wenn Ihr Mr. Chirk wirklich der Verehrer der armen Rose ist, dann läßt sich seine Anwesenheit in der Gegend leicht erklären. Wenn aber nicht – was führt ihn dann eigentlich her? Ist es möglich, daß Breans Verschwinden irgendwie damit in Zusammenhang steht?»

«Dieser Gedanke ist mir auch schon gekommen», gestand er. «Auch, daß irgendeine Verbindung zwischen ihm und dem unbekannten Fremden bestehen könnte, vor dem sich Ben so gräßlich fürchtet. Falls sie besteht, dann hat Ben jedoch keine Ahnung davon. Er schätzt Chirk ungemein – ja, er sagt, er sei so ziemlich immer fein in Schale, was vermutlich ein Lob nicht geringen Grades ist! Ich hoffe jedenfalls, daß ich vielleicht das Privileg habe, Chirk kennenzulernen. Er dürfte ein sehr häufiger Besucher sein. Wenn aber Brean mit ihm zusammenarbeitet, dann muß Chirk auch wissen, wo er ist, und wird so lange nicht zum Mauthaus kommen, so lange ich dort bin.»

«Und der andere? Der Geheimnisvolle?»

«Von dem habe ich keinerlei Anzeichen gesehen.»

Es entstand eine Pause. Sie schaute mit leicht gerunzelter Stirn geradeaus. Plötzlich hielt sie den Atem an und sagte dann unvermittelt: «Captain Staple!»

Er wartete und sagte, als sie verlegen zu sein schien, ermutigend: «Ja?»

«Es ist unwichtig. Ich habe vergessen, was ich eben sagen wollte!» antwortete sie zwar, aber ziemlich brüsk. Das Gezwungene ihres Benehmens, das verschwunden war, während sie Roses Romanze erzählte, kam wieder. Nach einem unbehaglichen Schweigen fragte sie ihn wie jemand, der sich verpflichtet fühlt, höfliche Konversation zu machen, ob ihm die Landschaft von Derbyshire gefalle. Seine Lippen zuckten, aber er antwortete völlig ernst, er sei von der wilden Schönheit der Gegend sehr beeindruckt: Da er von Nordwesten her nach Crowford gekommen sei, habe ihn sein Weg über unwegsames Moorland geführt, wo er immer wieder eine prachtvolle Aussicht genossen habe. Das lieferte Miss Stornaway ein unverfängliches Gesprächsthema. Sie erwiderte, da müsse er nahe am Peak vorbeigekommen sein, und wie schade, daß er die Höhle dort nicht besichtigt habe. «Es gibt viele Höhlen in den Bergen», informierte sie ihn. «Viel mehr, als die allgemein bekannten, vermute ich, aber diese eine ist geradezu eine Sehenswürdigkeit. Sie sollten sie besuchen, bevor Sie Derbyshire verlassen. Stellen Sie sich nur vor, an ihrem Eingang, der riesig ist, hat man doch tatsächlich ein Dorf erbaut. Der Fels ist Kalkstein, und wenn Sie in die Höhle vordringen, sehen Sie die phantastischsten Erosionsformen. Durch die Höhle fließt ein Strom, und der Führer nimmt einen in einem kleinen Boot mit. Die Höhle ist höchst romantisch, kann ich Ihnen versichern – aber entsetzlich kalt!»

Er antwortete äußerst höflich; und Miss Stornaway, die ihr Gehirn nach weiteren Themen topographischen Interesses zermarterte, erinnerte sich, daß die Quelle von Tideswell mit ihren ungewissen Gezeiten ebenfalls zu den Wundern des Peak gerechnet wurde.

Dieses Thema hielt vor, bis die Mautschranke erreicht war. Tideswell lag knapp dahinter, und der Rest des Weges wurde durch die Erörterung dessen, was alles in der Stadt besorgt werden sollte, verkürzt. Miss Stornaway informierte den Captain, daß sie üblicherweise Squirrel im «Old George» unterstelle, während sie ihren Besorgungen nachginge, und wäre auch geradewegs hingefahren. Aber sowie die ersten Häuser der Stadt in Sicht kamen, hielt John sie auf und sagte, es wäre am besten, wenn sie ihn hier absetzte. «Sie können mich auf der Straße wieder einholen, wenn jeder von uns seine Einkäufe besorgt hat», sagte er. «Wissen Sie, es geht nicht an, daß man Sie einen Zollwärter kutschieren sieht.»

«Lieber Himmel, das ist doch mir egal!» sagte sie verächtlich.

«Dann darf es aber mir nicht egal sein», erwiderte er.

«Unsinn! Sie schauen überhaupt nicht wie ein Zollwärter aus. Außerdem kennt Sie ja niemand.»

«Man wird mich bald kennen. Einer der Nachteile dessen, daß man größer als der Durchschnitt ist, Ma'am, ist der, daß man auch leichter zu erkennen ist. Nein, bitte, halten Sie an!»

Ihr trotziges Kinnheben war das einzige Zeichen, daß sie ihn gehört hatte. Nach einer Weile lehnte er sich vor, nahm ihr die Zügel aus den Händen und brachte Squirrel zum Stehen. Jähzornig rief sie aus: «Wie unterstehen Sie sich? Nehmen Sie bitte zur Kenntnis, Sir, daß ich es nicht gewöhnt bin, mir diktieren zu lassen!»

«Das weiß ich», sagte er und lächelte sie an. «Macht nichts. Sie können mich leicht bestrafen, indem Sie mich nachher nicht wieder aufsteigen lassen. Meinen Sie, daß wir in einer Stunde alles besorgt haben werden?»

Er sprang vom Gig. Einen Augenblick lang betrachtete sie ihn unsicher. In seinem Gesicht stand so viel amüsiertes Verständnis, daß ihre kleine zornige Anwandlung verflog und sie sagte: «Oh, wenn Sie durchaus so unvernünftig sein wollen –! Ja, eine Stunde – und es geschähe Ihnen recht, wenn ich Sie den ganzen Weg nach Crowford zurücktraben ließe!»

Sie fuhr weiter, und er folgte ihr zu Fuß in die Stadt.

Mit etwas Glück fand er ein Paar praktischer Schuhe in einem Laden für die Bedürfnisse der Landarbeiter, aber einen Rock, in den er hätte seine mächtigen Schultern zwängen können, fand er trotz aller Bemühungen nicht. Er mußte die Suche aufgeben und erwarb statt dessen eine Lederweste. Als er derbe Wollstrümpfe, Flanellhemden und bunte Halstücher erstanden hatte, blieben ihm nur noch einige Minuten, um einen Brief an den Ehrenwerten Wilfred Babbacombe in Edenhope bei Melton Mowbray zu schreiben und abzusenden. Diese Nachricht war notgedrungenerweise nur kurz; Mr. Babbacombe wurde darin in dickflüssiger Tinte und auf einem einzelnen Blatt groben Papiers ersucht, zwei Gepäckstücke, die zu seinen Händen abgesandt worden waren, zu durchwühlen und aus ihnen Hemden, Halstücher, Nachthemden und Unterwäsche zu zerren, soweit sie sie enthielten, und diese in einem gewöhnlichen Postpaket an – vielmals unterstrichen – Mr. Staple, Mauthaus von Crowford bei Tideswell in der Grafschaft Derbyshire zu expedieren. Nachdem er diese Mitteilung mit einer Oblate gesiegelt und sie am Postamt abgeliefert hatte, sammelte Captain Staple seine verschiedenen Päckchen und begab sich auf den Heimweg.

Er war noch nicht weit auf der Straße außerhalb der Stadt gekommen, als ihn Miss Stornaway einholte. Sie hielt an, er saß auf, und bald rollten sie wieder in Richtung Crowford dahin.

«Ich muß Ihnen lieber gleich sagen, daß ich Ihre Anweisungen überschritten und für Sie außer Wachskerzen auch eine Lampe gekauft habe, die Sie auf den Tisch stellen können und die viel eher das Richtige für Sie ist», sagte sie. «Sie haben mich informiert, daß Sie im Besitz eines kleinen Vermögens sind, also hatte ich keine Gewissensbisse, weitere sechs Shilling Ihres Geldes auszulegen. Ist es Ihnen gelungen, Kleidung zu bekommen, die Ihrem Beruf angemessener ist als diejenige, die Sie jetzt tragen?»

«Ja, aber ich wollte unbedingt einen Friesrock haben und konnte keinen finden, der gepaßt hätte.»

«Sie meinen, vermute ich, in den Sie sich hätten zwängen können?» erwiderte sie. «Nun, gewarnt habe ich Sie, wie das ausfallen würde. Tideswell ist schließlich keine große Stadt.»

«Das stimmt», pflichtete er ihr bei, «und weist betrüblich wenig Punkte von historischem Interesse auf. Außer seiner Quelle gibt es hier anscheinend nichts, das der Rede wert wäre, was mich sehr in Verlegenheit bringt.»

«Oh?» sagte sie verblüfft und leicht mißtrauisch.

«Natürlich könnten wir auch über das Wetter reden», sagte er nachdenklich. «Oder ich könnte Ihnen einige Orte beschreiben, die ich im Ausland besucht habe.»

Sie biß sich auf die Lippen, aber als er sich in harmlosester Weise über die Großartigkeit der Pyrenäen zu verbreiten begann, unterbrach sie ihn und rief heftig: «Wenn Sie bloß nicht so närrisch wären! Mir sind die Pyrenäen total gleichgültig!»

«Sie wären Ihnen noch gleichgültiger, hätten Sie dort je einmal überwintern müssen», bemerkte er. «Wählen also Sie das Thema, über das wir reden sollen. Nur sagen Sie nicht wieder ‹Captain Staple!› und entscheiden dann nachher, daß ich schließlich doch kein Mensch bin, dem man etwas anvertrauen könnte.»

Völlig ungewohnt, so ohne Umschweife behandelt zu werden, stammelte sie: «D-das hab ich gar n-nicht! Warum sollte ich – woher soll ich wissen, daß man Ihnen trauen kann? Ich habe Sie doch erst gestern zum erstenmal gesehen!»

«Da, fürchte ich, kann ich Ihnen wirklich nicht helfen», sagte er. «Es würde sehr wenig nützen, wollte ich Ihnen erzählen, daß man mir durchaus vertrauen kann, also diskutieren wir lieber doch die Pyrenäen.»

Es herrschte betretenes Schweigen. «Entschuldigen Sie!» sagte Nell steif.

«Aber was soll ich denn entschuldigen?» fragte John.

«Ich wollte Sie nicht verletzen.»

«Natürlich wollten Sie das nicht. Ich bin auch nicht verletzt», sagte er vergnügt. «Im Gegenteil, ich bin Ihnen sogar sehr verbunden, daß Sie die Einkäufe für mich gemacht haben. Übrigens, wieviel haben Sie für mich ausgelegt, Ma'am?»

Sie errötete und sagte: «Sie brauchen mir nicht noch weiter Ohrfeigen zu versetzen, Captain Staple!»

Darüber mußte er lachen. Ein schneller, empörter Blick zu ihm herüber zeigte ihr jedoch, daß in seinen Augen ein warmer, gütiger Ausdruck stand. Noch nie hatte sie jemand so angesehen, so daß sie, vielleicht zum erstenmal in ihrem Leben, den starken Wunsch verspürte, die Bürde ihrer Sorgen auf jemandes anderen Schultern zu laden. Des Captains Schultern waren aber auch breit genug, um sie zu tragen.

«Das wenigstens ist etwas, das ich nie täte, Miss Stornaway», sagte er. «Ich glaube, das Leben hat Ihnen schon allzu viele Ohrfeigen versetzt.»

«Nein – o nein!» sagte sie mit bebender Stimme. «Im Gegenteil, man war immer sehr nachsichtig zu mir!»

«Ja, möglich, solange noch Ihr Großvater ein gesunder Mann war. Jetzt aber hängt zuviel an Ihnen, und ich sehe weit und breit niemanden, der Ihnen beistünde oder Sie beriete.»

Sie sagte mit dem Aufblitzen eines verzerrten Lächelns: «Captain Staple, wenn Sie so weiterreden, bringen Sie mich in eine Stimmung, daß ich mir selbst leid tue, so daß ich sehr wahrscheinlich noch in rührselige Tränen ausbreche. Und das würde Ihnen bestimmt ganz und gar nicht gefallen!»

«Ich muß zugeben, mir wäre lieber, Sie brächen nicht gerade auf offener Straße in Tränen aus», gab er zu. «Bestimmt käme just in dem Augenblick irgendein anderes Vehikel daher.»

Wider Willen mußte sie lachen. «Sehr wahr! Ich werde es also lieber nicht tun.»

«Ich habe das Gefühl, daß Sie keinen großen Hang zum Tränenvergießen haben», sagte er lächelnd.

«Ich habe einen größeren Hang zum Fluchen», gestand sie und

fügte entschuldigend hinzu: «Das kommt daher, daß ich immer mit Großvater zusammengelebt und mich viel in den Ställen herumgetrieben habe.»

«Halten Sie sich nicht aus Rücksicht auf mich zurück», bat er, und seine Augen tanzten.

«Ah, *Sie* werden mich bestimmt nicht zum Fluchen provozieren.»

«Wer denn? Vielleicht der Herr mit der schmucken Weste?»

Sie zögerte.

«Und jetzt ist der Augenblick für ‹Captain Staple!› da», murmelte er. «Geben Sie mir lieber die Zügel.»

Sie übergab sie ihm widerspruchslos, und das Pferd, einem leisen Zeichen gehorchend, verfiel in Schritt. «So ist's schon besser», sagte John. «Was tut der Bursche hier, wenn er nicht gekommen ist, um Ihnen nachzulaufen?»

«Ich weiß nicht. Ich weiß nicht, was die beiden überhaupt hergeführt hat! Seit mein Großvater krank geworden ist, ist es auf Kellands sehr still geworden. Wir haben keine Gäste und – und in den Ställen gibt es keine Jagdpferde mehr. Nicht daß meinem Vetter daran etwas läge – er ist kein Jäger. Aber Coate redet sehr viel von den Hetzjagden, die er mit den besten Meuten mitgemacht hat. Ich weiß nicht, wie das zugegangen sein soll.»

«Ich wirklich auch nicht, und es wäre wahrscheinlich ungerecht, wollte man eine Vermutung wagen», sagte der Captain heiter.

«Nun, nach einem Melton-Mann schaut er nicht aus, oder?»

«Nein. Wie kommt es, daß sich Ihr Vetter mit ihm angefreundet hat?»

Sie verzog verächtlich die Lippen. «Wahrscheinlich hat er niemanden Besseren gefunden. Henry ist die erbärmlichste Kreatur, die man sich vorstellen kann. Mein Großvater pflegte ihn einen Rumtreiber zu nennen. Jermyn erzählte mir einmal, daß er außerdem ein ziemlicher Liederjan sei.» Sie sah, daß in der Wange des Captains ein Muskel zuckte. «Lachen Sie mich nicht aus. Ich habe Sie gewarnt, daß meine Redeweise nicht damenhaft ist.»

«Das haben Sie. In welcher Beziehung ist Henry ein Liederjan? Wenn er eine erbärmliche Kreatur ist, dann vermute ich, daß er die Stadt nicht gerade als Roué unsicher macht?»

«O nein, aber die Leute, die er kennt, sind einfach nicht das Wahre, und Jermyn sagte, es sei zu schlimm, daß man wußte, daß er sein Vetter ist, denn er hatte den Verdacht, daß Henry es in bezug auf Spielschulden nicht sehr genau nehme.»

«Das ist freilich schlimm», sagte John. «Hat er irgendeine einträgliche Beschäftigung oder ist er begütert?»

«Nun, ich glaube nicht, daß seine Taschen wohlgefüllt sind, nehme aber an, daß er eine Apanage haben dürfte, denn mein Onkel heiratete eine Dame mit bescheidenem Vermögen, und Henry ist das einzige Kind. Für einen Beruf ist er jedenfalls nicht erzogen worden.»

«Treibt sich in der Stadt herum, wie? Ein Spieler?»

«O ja, und das mißfiel ja Jermyn so sehr! Er hielt ihn für einen ganz schäbigen Burschen, weil er seine Tage damit verbrachte, daß man ihm bei Tattersall die Haut über die Ohren zog, wo er doch so wenig von Pferden versteht! Wenn er ein Pferd kauft, kann man sich darauf verlassen, daß es sicher schwach auf der Lunge ist oder jeden Augenblick lahmt. Außerdem spielt er nicht in den Klubs, sondern in den Spielsälen von Pall Mall, wo sich die wirklichen Spieler nie blicken lassen. Praktisch», sagte Miss Stornaway und faßte die Sache in einem Wort zusammen, «ist der Kerl ein Herumtreiber.»

«Ich verstehe», sagte John, und seine Stimme zitterte nur ganz leicht.

«Bis zu Jermyns Tod kannte ich ihn kaum, weil sich Großpapa mit meinem Onkel anläßlich seiner Heirat zerstritten hatte», fuhr Nell fort. «Sie war die Tochter eines Börsenmannes, und ich glaube, eine ziemlich ordinäre Person. Großpapa hat Henry nie gern gemocht», fügte sie nachdenklich hinzu, «soweit mir das Huby erzählt hat. Huby ist unser Butler, und er ist schon so lange auf Kellands, daß er viel mehr über Großpapa weiß als ich. Aber als Jermyn starb, wurde Henry der Erbe, und Großpapa fühlte sich verpflichtet, ihn zu empfangen. Er kam hie und da her, denn damals fürchtete er Großpapa, aber man konnte es ihm ansehen, daß es ihn zu Tod langweilte. Als Großpapa den gräßlichen Schlaganfall hatte, kam Henry nicht mehr, worüber ich sehr froh war. Ich hatte nie wieder etwas von ihm gehört, bis vor zehn Tagen, als er plötzlich auf Kellands erschien.» Ihre Augen funkelten. «Er hatte die Frechheit, mir zu sagen, daß er es für seine Pflicht halte! Sie können sich denken, wie mir das gefiel!»

«Ich stelle mir vor, Sie müssen ihm doch gesagt haben, er könne sofort wieder seine Koffer packen!»

«Das habe ich», sagte sie bitter. «Dann – dann aber wurde mir beigebracht, daß es nicht in meiner Macht stehe, ihn loszuwerden. Er ist schlau genug, zu wissen, daß ich ihm um keinen Preis der Welt erlauben würde, meinen Großvater aufzuregen. Ich war gezwungen, mich in sein Bleiben zu fügen, besonders als er davon sprach, daß er sich eine Zeitlang auf dem Lande aufhalten müsse, weil er abgebrannt sei. Daß Großpapa ein Mann nachfolgt – was jederzeit eintreten kann –, der wegen Schulden ins Gefängnis müßte, das wäre zuviel! Außerdem bin ich sehr gut imstande, mit Henry fertigzuwerden. Aber sehen Sie, dann traf Coate auf Kellands ein. Zu meinem Erstaunen teilte mir Henry mit, er habe ihn eingeladen. Und seit jenem Tag ist mit Henry nichts mehr anzufangen – er wird von dieser Kreatur vollkommen beherrscht, und ich glaube, ja ich bin sicher, daß er sich vor ihm fürchtet. Coate befiehlt, wie es ihm paßt, oder täte es zumindest, wenn ich nicht da wäre, ihn daran zu hindern!»

«Gelingt Ihnen das?»

«Ja, im allgemeinen schon, weil ich das zweifelhafte Glück habe, ihm zu gefallen», sagte sie verächtlich. «Ich bin seit einer Woche der Gegenstand seiner Huldigungen. Er hat mir sogar die Ehre erwiesen, mir mitzuteilen, daß er es gern hat, wenn ein Frauenzimmer temperamentvoll ist: es macht größeren Spaß, müssen Sie wissen.»

An diesem Punkt wurde sie unterbrochen, da Captain Staple den starken Wunsch verlauten ließ, die Bekanntschaft Mr. Coates zu machen. Sie lachte, schüttelte jedoch den Kopf. «Nein, nein, bitte nicht! Ich bin sehr gut imstande, auf mich aufzupassen, und selbst wenn ich das nicht wäre, so habe ich ja Joseph und Winkfield bei der Hand. Wollte ich das Ganze meinem Großvater erzählen, dann hätte er Coate und Henry hinausgeschmissen. Dr. Bacup aber ist der Meinung, daß jede Aufregung tödlich für ihn sein könnte, und meine Hauptsorge ist, ihn von allem, was vorgeht, abzuschirmen.»

«Das ist sehr schön, aber mich brauchen Sie davor nicht abzuschirmen. Was also geht wirklich vor?» fragte John.

«Ich weiß es nicht.» Nervös ballte und öffnete sie die Hände. «Das ist es ja gerade, was mich so beunruhigt – auf mein Wort, nicht etwa Coates freche Aufdringlichkeit. Er und Henry sind zu irgendeinem Zweck hier, und ich komme nicht darauf, was das sein könnte. Etwas Gutes bestimmt nicht. Henry fürchtet sich vor etwas, und Coate fürchtet sich davor, daß Henry irgend etwas ausplaudern könnte, wenn er betrunken ist. Er belauert ihn wie eine Katze die Maus, und einmal hörte ich, wie er ihm drohte, er würde ihm den Hals umdrehen, wenn er den Mund nicht hielte.»

«So? Beim Jupiter! – Können Sie nichts aus Ihrem Vetter herausbekommen?»

«Nein. Wenn er nüchtern ist, wäre es nutzlos, ihn zu fragen, und wenn er betrunken ist, paßt Coate sehr gut auf und läßt ihn nicht aus den Augen. Er hat fast jeden Abend einen leichten Schwips, aber er sagt nichts, was von Aufschluß sein könnte!»

«Soll das heißen, daß Sie bei diesen – hm – Zechereien anwesend sind?» fragte John.

«Natürlich nicht! Huby erzählte es mir. Er ist sehr alt und tut so, als sei er taub, denn sowie er Coate zu Gesicht bekam, war er überzeugt, daß er nichts Gutes im Schilde führt. Nur kann Huby genausowenig wie ich begreifen, was es sein könnte, das ihn in die Gegend des Peak führt, oder warum er sich mit einer so kläglichen Kreatur wie Henry zusammentut.»

«Ich kenne Henry nicht, aber halten Sie es nicht für möglich, daß er Coate für irgendeinen ruchlosen Zweck gedungen hat? Der Bursche sieht mir sehr nach einem bezahlten Banditen aus.»

Sie überlegte eine Weile, verneinte es dann aber entschieden. «Denn Coate ist der Herr und Meister, nicht Henry. Außerdem – wozu könnte er ausgerechnet hier einen gedungenen Banditen verwenden?»

«Nun, wenn Ihr Vetter Henry tatsächlich der Wicht ist, für den Sie ihn halten, dann kann ich nur annehmen, daß er Coate aus irgendeinem Grund von Nutzen ist, der uns derzeit noch verborgen ist. Vielleicht ist er Mitwisser irgendeines wichtigen Geheimnisses, das für den Erfolg der Pläne Coates nötig ist.»

Sie schaute ihn zweifelnd an. «Das glauben Sie doch selbst nicht!»

«Ich bin nicht so sicher. Es muß doch einen Grund für den Bund eines so schlecht zusammenpassenden Pärchens geben!»

«Ich glaube, Sie halten mich zum Narren. Eine solche Vermutung ist einfach zu phantastisch!»

«Sehr wahrscheinlich, aber dasselbe könnte ich von Ihren Befürchtungen sagen. O nein – fressen Sie mich nur nicht gleich auf! Ich habe es ja nicht gesagt, und ich schwöre, ich halte sie auch nicht dafür!»

Sie warf ihm einen flammenden Blick zu. «Vielleicht glauben Sie gar, Sir, daß ich an einer bloßen Nervenüberreizung leide?»

«Keine Spur! Ich glaube, daß Sie eine Frau von bewundernswerter Vernunft sind, und ich verlasse mich ganz und gar auf das, was Sie mir erzählen. Aber selbst wenn Sie das denkbar hysterischste Frauenzimmer wären, so müßte ich Ihrer Geschichte trotzdem ein aufmerksames Ohr leihen – vergessen wir nicht, daß ein Zollwärter, fast vor Ihrer Tür postiert, unter Umständen verschwunden ist, die man wirklich nur geheimnisvoll nennen kann. Das ist doch genauso phantastisch wie alles, was Sie mir erzählt haben!»

Etwas besänftigt sagte sie: «Es erscheint absurd, aber vermuten Sie, daß Breans Verschwinden irgendwie mit dem zusammenhängen könnte, das diese beiden planen?»

«Aber gewiß – obwohl ich zugeben muß, daß ich nicht die leiseste Ahnung habe, wie es zusammenhängt. Die Grundsätze der Vernunft auf eine Situation anwenden, die, wie wir deutlich sehen, immerhin vom Gewöhnlichen abweicht, ist jedoch nutzlos, daher erzählen Sie mir nicht, Ma'am, daß es phantastisch sei, anzunehmen, Ihr Vetter und sein Freund könnten etwas mit einem Zollwärter zu tun haben!»

Sie lächelte, freilich etwas geistesabwesend, und sagte nach einer Weile: «Ich dachte, ich bildete mir nur etwas ein, aber – die Sache ist nämlich die, Captain Staple: Ich bin überzeugt, mein Vetter mißtraut Ihnen. Ich weiß nicht, wer ihm erzählt hat, daß an der Mautschranke von Crowford ein neuer Zollwärter ist, aber er weiß es und fragt mich immer wieder, wer Sie seien und was aus Brean geworden sei.»

«Nun, das berechtigt uns noch nicht zu der Annahme, Brean arbeite mit ihm zusammen», gab John zu. «Andererseits aber könnte er so tun, verstehen Sie, als wüßte er nichts von Brean. Oder sogar sich davor fürchten, was Brean möglicherweise tut.»

«Nein, ich glaube nicht, daß es das ist», erwiderte sie und runzelte nachdenklich die Brauen. «Coate scheint sich keine Sorgen darüber zu machen. Er kam ins Zimmer, als Henry mich gerade ausfragte, und alles, was er sagte, war nur, es sei ihm so vorgekommen, als wären Sie nicht der Mann gewesen, der ihm vorher aufgetan hätte, aber er habe Ihnen wenig Beachtung geschenkt.»

«Nun, es wird nicht allzu lange mehr dauern, bis er mir sehr viel Beachtung wird schenken müssen», bemerkte John. «Aber es war sehr richtig, daß Sie ihm das nicht gesagt haben. Er ist zu sicher, und eine Überraschung wird ihm guttun. Es ist auch durchaus möglich, daß Brean und er beschlossen haben, Vetter Henry zu hintergehen, oder – aber die Möglichkeiten erstrecken sich ins Unendliche.»

«Scherzen Sie schon wieder?» fragte sie. «Ich vermute, daß Sie alles zusammen für unglaubwürdig halten!»

«Keine Spur! Sie werden jedoch zugeben, daß es in diesem prosaischen Zeitalter sicherlich ungewöhnlich ist, wenn man sich plötzlich mitten in einer Sache sieht, die ein treffliches Abenteuer zu werden verspricht. Ich habe den größten Teil meines bisherigen Lebens damit verbracht, Abenteuer zu suchen, daran also können Sie meine Begeisterung über die Situation ermessen. Ich frage mich einzig das, ob es klug von mir war, mich in einen Zollwärter zu verwandeln. Ich sehe nur, daß es meine Bewegungsfreiheit einschränkt.»

«Ich muß sagen, ich begreife nicht, was Sie dazu verführt hat, etwas so Ausgefallenes zu tun», sagte sie freimütig.

«Oh, es war gar nicht so ausgefallen», erwiderte er. «Nachdem ich Sie gesehen hatte, mußte ich mir eine Ausrede verschaffen, um in Crowford bleiben zu können, und da war sie auch schon, direkt bei der Hand!»

Sie hielt den Atem an. «C-Captain Staple!»

«Andererseits», fuhr er fort, scheinbar taub für diese Unterbrechung, «konnte ich kaum hoffen, unbeachtet zu bleiben, hätte ich auf meine wahre Identität zurückgegriffen. Nein – zehn zu eins gewettet, ist es am besten so, wie die Dinge jetzt stehen – zumindest für den Augenblick.»

«Ja», gab sie unsicher zu und blickte ihn verstohlen von der Seite an.

Er trieb das Pferd wieder zum Trab an. «Was ich herausfinden muß, ist, warum Coate wirklich hier ist. Ehrlich gestanden, kann ich mir nicht vorstellen, was, zum Teufel, er hier sucht. Wenn das hier Lincolnshire oder Sussex wäre, dann würde ich stark vermuten, daß das Pärchen in irgendeinen ausgedehnten Schmuggel verwickelt sei und Ihr Haus als ihr Hauptquartier benütze. Aber wir sind im Derbyshire und etwa sechzig, siebzig Meilen von der Küste entfernt, also kann das nicht stimmen.»

«Und verstecken Brandy-Fässer in unseren Kellern?» fragte sie lachend. «Oder lagern sie vielleicht in einer unserer Kalksteinhöhlen?»

«Eine sehr gute Idee», nickte er beifällig. «Aber meine Phantasie sträubt sich bei der Vorstellung, daß ein Zug Trägerponys ganz kaltblütig hin und her geführt wird und dabei nicht mehr Interesse erregt, als seien es Postkutschen!» Crowford war in Sicht gekommen, also übergab er ihr Zügel und Peitsche und sagte: «Und wir beide werden vielleicht weniger Interesse erregen, wenn Sie kutschieren und ich mit gekreuzten Armen vor der Brust wie ein Stallbursche danebensitze.»

Diese Vorsichtsmaßnahme stellte sich als überflüssig heraus. Die einzigen Personen, die sich auf der Dorfstraße zeigten, waren eine kurzsichtige alte Frau und Mister Sopworthy, der vor dem «Blauen Eber» stand, sich aber anscheinend plötzlich irgendeiner Angelegenheit entsann, die seine Aufmerksamkeit erforderte, und schon im Haus verschwunden war, als das Gig an ihm vorüberfuhr. Als sie vor dem Mauthaus hielten, wunderte sich Miss Stornaway immer noch, warum er nicht gewartet hatte, um ein paar Begrüßungsworte mit ihr auszutauschen.

Der Captain sprang ab; die Waren wurden abgeladen und seine Schulden getreulich beglichen. Joseph Lydd berichtete, daß während seiner Abwesenheit nur Fremde durch das Tor gefahren seien, und setzte sich wieder neben seine Herrin. Der Captain hielt das Tor auf, und Miss Stornaway fuhr langsam durch. Hinter dem Tor hielt sie noch einmal an, denn er hatte den Flügel losgelassen, war auf die Straße getreten und reichte ihr seine Hand hinauf. Zögernd nahm sie die Peitsche in die Linke und legte die Rechte in die seine. Seine Finger schlossen sich kräftig um die ihren und hielten sie so eine Weile, während ihre Augen suchend sein Gesicht anblickten, halb fragend, halb in scheuem Zweifel. In den seinen stand ein kleines Lächeln: «Ich habe gemeint, was ich Ihnen sagte.» Dann küßte er ihre Hand, ließ sie los, und mit sehr roten Wangen fuhr sie weiter.

6

Mr. Lydd, der das alles aus dem Augenwinkel beobachtet hatte, bewahrte etwa zwei Minuten lang Schweigen und ein eisernes Gesicht. Dann aber, als das Gig um die Krümmung gefahren und in einen holprigen Wiesenweg eingebogen war, der zu den Mooren hinaufführte, hüstelte er diskret und sagte: «Ein schöner junger Bursche, unser neuer Zollwärter, Miss. Ich kann mich nicht erinnern, daß ich je einen Kerl mit besseren Schultern gesehen hätte, und außerdem durch und durch ein Gentleman – selbst wenn er der Vetter Ned Breans sein sollte.»

«Du weißt sehr gut, daß er das nicht ist, Joseph», sagte Miss Stornaway ruhig. «Er ist ein Captain der Dragoon Guards – oder war es zumindest, bevor er quittierte.»

«Ein Captain, so?» sagte Joseph interessiert. «Na, das überrascht mich nicht ein bißchen. Er hat mir selbst erzählt, daß er beim Militär war, Miss, und auch das hat mich nicht überrascht, weil er ganz danach ausschaut. Ja, ich hab schon den Verdacht gehabt, daß er ein Offizier war, wegen der Art, die er so hat, so daß man meint, er ist daran gewöhnt, Befehle zu geben – und auch, daß sie befolgt werden, und keine Widerrede, außerdem!»

«Wann hat er dir erzählt, daß er beim Militär war?»

Unter dem vorwurfsvollen Blick, der ihm zugeworfen wurde, geriet Mr. Lydd etwas aus der Fassung. Er flehte seine junge Herrin an, die Augen auf dem Weg zu halten.

«Joseph – wann hat Captain Staple die Gelegenheit gehabt, dir etwas über sich zu erzählen – und warum hat er das getan?»

«Nein, wenn man denkt», sagte Mr. Lydd staunend, «daß ich einfach vergessen habe, es Ihnen gegenüber zu erwähnen, Fräuleinchen! Ich werde alt, das ist es, und vergeßlich, unzurechnungsfähig, sozusagen.»

«Falls du im Zollhaus warst und dich in die Angelegenheiten des Captain Staple gemischt haben solltest –»

«Nein, nein», widersprach Joseph schwach. «Nur so vorbeigekommen, auf ein Pfeifchen, auf meinem Weg zum ‹Blauen Eber›! Gestern abend war's, und sehr nett war der Captain, wirklich sehr liebenswürdig. Wir sind so ins Reden gekommen, und eines führte zum anderen, und so erwähnte er rein zufällig, daß er beim Militär war.»

«Du bist absichtlich hingegangen!» sagte Nell hitzig. «Weil er – weil du gemeint hast –. Ich wünschte zum Himmel, du und Rose dächtet daran, daß ich kein Kind mehr bin!»

«Nein, Miss Nell, aber eine junge Dame sind Sie, und in Anbetracht dessen, daß Sir Peter nicht mehr auf Sie aufpassen kann, so wie man das bei Ihnen eben müßte – und Rose ein ängstliches Frauenzimmer ist», fügte er niederträchtigerweise hinzu, «ist es sozusagen meine Pflicht, ein Auge auf die Dinge zu halten, wie man so sagt!»

«Ich weiß, ihr tut es nur aus Güte», sagte Nell, «aber ich versichere dir, es ist unnötig! Ihr braucht euch nicht um mich zu ängstigen.»

«Aber genau das, was ich auch Rose sage, Fräuleinchen! Genau meine Worte! ‹Wir brauchen uns nicht um Miss Nell zu ängstigen›, sage ich ihr immer. ‹Jetzt nicht mehr.› Das war natürlich, wie ich aus dem Zollhaus wieder heimgekommen bin.»

Miss Stornaway, die sich mit Empörung voll und ganz bewußt war, wie unklug es gewesen wäre, einen Übergriff einem Diener klarzumachen, der sie auf ihr erstes Pony gesetzt und sie aus Schwierigkeiten in Apfelbäumen erlöst und bei so mancher Gelegenheit vor den Folgen ihrer jugendlichen Missetaten bewahrt hatte, legte den Rest der kurzen Fahrt in würdevollem Schweigen zurück.

Das Herrenhaus von Kellands war ein alter, weitläufiger Bau, der nicht weit von der Mautstraße entfernt stand, die praktisch durch den Grund des Squires lief. Seine Lustgärten, zwar gut angelegt, waren vernachlässigt, die Büsche nicht beschnitten, die Blumenbeete überwuchert, und die Wildnis durfte sich Jahr um Jahr über Rasen ausbreiten, die einst geschoren und frei von Unkraut waren. Im Gegensatz zu dem einzigen noch verbliebenen Gärtner betrachtete Nell diesen Verfall mit Gleichgültigkeit. Hinter einer zerbröckelnden Steinmauer lag ein ausgedehnter, sorgfältig gepflegter Gemüsegarten, im Obstgarten waren neue Bäume gepflanzt worden, und die Meiereiwirtschaft gedieh.

Miss Stornaway, die Schleppe ihres abgenützten Reitkostüms über den Arm geworfen, ging in ihrem ziemlich männlichen Schritt von den Ställen zum Haus, das sie durch eine Seitentür betrat, und weiter einen mit Steinplatten belegten Gang zur großen Halle. Von hier führte eine Eichentreppe in zwei anmutig geschwungenen Aufgängen zu den Galerien des oberen Stockwerks. Sie wollte eben hinaufgehen, als sich eine Tür zur Halle öffnete und ihr Vetter aus der Bibliothek trat. «Ah, da bist du ja, Cousine!» sagte er in dem mürrischen Tonfall, der bei ihm üblich war. «Ich bin seit zwanzig Minuten zurück und wollte mit dir reden.»

Sie blieb stehen, eine Hand auf dem Geländer und einen Fuß im Reitstiefel schon auf der ersten Treppenstufe. «So?» sagte sie und schaute mit leicht erhobenen Brauen von ihrer überlegenen Höhe auf ihn hinunter.

Er war an sich keine eindrucksvolle Gestalt und war sich dessen nie so sehr bewußt wie in der Gegenwart seiner majestätischen Cousine. Er besaß weder leibliche Größe noch Persönlichkeit, und eine starke Neigung zum Geckenhaften diente nur dazu, die Mängel seiner Person zu unterstreichen. Hautenge Kniehosen in einer eleganten Nuance von Gelb brachten seine dünnen Beine durchaus nicht günstig zur Geltung, und alle Bemühungen seines Schneiders konnten nicht die Tatsache verkleiden, daß seine schmalen Schultern abfielen und er einen leichten Ansatz zu Fettleibigkeit zeigte. Sein Gesicht sah ganz gut aus, wurde aber durch einen bleichen Teint und die unverkennbaren Zeichen der Genußsucht verdorben; und seine stark blutunterlaufenen Augen schienen nie imstande zu sein, ruhig dreinzuschauen. Er gefiel sich darin, mehrere Berlocken und Siegel und übertrieben hohe Kragenspitzen zu tragen, und fingerte unaufhörlich an einer Schnupftabakdose, einem Monokel und einem Taschentuch herum.

«Ich weiß einfach nicht, wo du gesteckt haben kannst», beklagte er sich. «Und Huby und diese deine Kammerjungfer waren einfach nicht in der Lage, es mir zu sagen. Ich muß schon sagen, ich halte das durchaus nicht für richtig.»

«Vielleicht meinten sie auch nur, es gehe dich nichts an?» schlug Nell vor. «Ich hatte etwas in Tideswell zu tun. Was wünschst du mir zu sagen?»

Statt einer Antwort begann er an ihrem selbständigen Betragen herumzunörgeln. «Ich kann dir nur das eine sagen, Cousine, du machst einen sehr seltsamen Eindruck, wenn du so im Land herumziehst, wie du das tust. Ich staune, daß mein Großvater das duldet, obwohl ich annehme, der alte Herr ist in einer so schlechten Verfassung, daß er nicht erkennt, was für eine Figur du aus dir machst. Nat hat mir erst heute morgen gesagt –»

«Ich bitte dich, mir einen Bericht über Mr. Coates Bemerkungen zu ersparen!» unterbrach sie ihn. «Falls mein seltsames Betragen ihm eine Abneigung gegen mich verursacht hat, kann ich nur sagen, daß ich darüber herzlich froh bin!»

«Da haben wir's ja!» rief er bitter aus. «Ich hätte angenommen, daß du dich bemühst, einem Gast gegenüber höflich zu sein, aber nein! Du benimmst dich –»

«Laß mich dich daran erinnern, Henry, daß Mr. Coate weder auf meinen Wunsch noch meine Einladung Gast in diesem Haus ist.»

«Nun, er ist hier auf meinen, und wenn du kein so unberechenbares Mädchen wärst, dann würdest du froh darüber sein. Ein schöner Bursche, oder nicht? Genau das Wahre außerdem, wie du selbst sagen mußt!»

«So würde ich Mr. Coate niemals beschreiben.»

«Oh, tu doch nur mir gegenüber nicht so gespreizt, Nell! Der Himmel weiß, daß ich dich schon allen möglichen Sportjargon benützen gehört habe!»

«Sicher. Aber ich bin überzeugt, daß ich im allgemeinen recht wahrheitsliebend bin!» erwiderte sie.

«Mich jedenfalls überrascht es nicht, daß diese noble Tante von dir keinen Gatten für dich einfangen konnte», sagte er gereizt. «Du hast eine verdammt boshafte Zunge! Ich kann dir nur das eine sagen, eine lange Grete wie du kann es sich nicht leisten, die Leute vor den Kopf zu stoßen, wie du das tust!»

«Das ist also das zweite, was du mir liebenswürdigerweise zu sagen hast, und genauso uninteressant für mich wie das erste. Hast du sonst noch etwas auf dem Herzen?»

«Ja, das habe ich! Ich wünsche, daß du Nat gegenüber etwas mehr Höflichkeit aufbringst. Es ist nicht sehr angenehm für mich, wenn sich meine Cousine wie ein Weibsteufel benimmt. Man hätte meinen können, daß du dich über die sehr schmeichelhafte Auszeichnung freust, die er dir zuteil werden läßt. Ich weiß nicht, was du meinst, daß aus dir wird, wenn der Alte seinen Geist aufgibt. Du brauchst nicht darauf zu bauen, daß ich für dich sorge, denn wenn er mehr zu hinterlassen hat als den Titel und einen Besitz, der bis zum Rand verschuldet ist –»

«Hast du die Frechheit, damit anzudeuten, daß ich – ich, Nell Stornaway! – etwa die Annäherungsversuche eines Coate ermutigen soll?» fragte sie. «Vielleicht meinst du gar, er wäre eine passende Partie für mich?»

«Na ja!» murmelte er, und seine Augen wichen den ihren aus. «Du könntest es schlechter treffen, und es ist unwahrscheinlich, daß du es besser triffst. Ich sage nicht – ich jedenfalls habe schließlich nie von Heirat gesprochen! Das einzige, woran mir liegt, ist, daß du ihm seinen Aufenthalt hier angenehm machst. Du kümmerst dich keinen Deut darum, wie peinlich meine Lage ist. Wenn du bei Tisch den Mund auftust, dann ist zehn zu eins zu wetten, nur, um Nat etwas Verletzendes zu sagen.»

«Ja, stimmt! Man könnte meinen, daß ihm jetzt schon aufgegangen sein muß, daß seine Anwesenheit auf Kellands mir kaum weniger ekelhaft ist als der höchst ungehörige Stil seiner Annäherungsversuche. Aber nein!»

«Eine gebildete Frau würde sie abzuwehren wissen, ohne in üble Laune zu geraten!»

«Ja, und einige Frauen sind zweifellos glücklicher als ich mit jenen männlichen Verwandten dran, deren Pflicht es, wie man annehmen könnte, wäre, sie vor solchen unerwünschten Aufmerksamkeiten zu schützen.»

Er errötete und warf ihr einen verärgerten Blick zu. «Was für ein Wetter du wegen einer Kleinigkeit machst! Ich nehme an, du erwartest, daß Nat vor dir herumkriecht, alles von dir schluckt, obwohl es mir ein Rätsel ist, wie du das kannst, wenn du ein gestopftes Kleid trägst – das denkbar schäbigste! Ich werde rot vor Scham, wenn ich es nur sehe, kann ich dir sagen! –, und wenn du so gewöhnliche Mahlzeiten servieren läßt – nur einen Gang, und der ist schlecht zubereitet! Und dann als Krone alles dessen gehst du nachher einfach weg und kommst nie in den Salon, wie sich das gehört. Es wird kein Teetablett hereingebracht, nichts ist so, wie es sich schickt! Meiner Seel, ich weiß nicht, wie du erwarten kannst, daß man dich mit außergewöhnlicher Höflichkeit behandeln soll!»

«Heiliger Himmel, wünscht Mr. Coate abends etwa gar Tee?» rief sie aus. «Ich habe gemeint, was er wünscht, sei Brandy! Ich werde nicht versäumen, Huby zu sagen, daß er und ich die Sache total mißverstanden haben – es wird dir Tee gebracht werden. Auf meine Anwesenheit jedoch mußt du verzichten. Ich halte mich abends bei meinem Großvater auf.»

«Ja, wenn Nat das Glück hätte, dir zu gefallen, dann würdest du es nicht vorziehen, deine Zeit mit einem alten Tapergreis zu verbringen, der ohnehin schon seinen Abschied bekommen hat und am Abkratzen ist!»

Sie machte einen schnellen Schritt auf ihn zu. Er schrak instinktiv zurück, jedoch nicht schnell genug, um einer schwungvollen Ohrfeige ausweichen zu können, die ihn taumeln ließ. «Du wirst in diesem Haus von meinem Großvater mit Achtung reden, Henry! Verstanden?!»

Herzhaftes Gelächter von der Haustür her ließ sie sich umdrehen, erschrocken und wütend zugleich. Nathaniel Coate stand lachend auf der Schwelle und schwang den Hut wie ein Jäger, der die Hunde zu einer Witterung anfeuert. «Bravo, bravo! Das war gekonnt, bei Gott! Du hast draufgezahlt, Henry – die salzt dir's, bei Gott, die ja!» Er warf Hut und Peitsche auf einen Stuhl, kam herbei und sagte: «Was hast du denn angestellt, du stupider Kerl? Warum räumst du dein belämmertes Gesicht nicht aus dem Weg, bevor Miss Nell noch einmal zuschlägt?»

Henry nahm sich diese deutliche Anspielung zu Herzen und zog sich wieder in die Bibliothek zurück, wobei er die Tür wütend hinter sich zuwarf, worüber sein Freund noch einmal laut herauslachte und sagte: «Tölpel, der! Jetzt wird er schmollen. Ach, laufen Sie doch nicht so schnell weg, Miss Nell! Verdammich, wenn das nicht das erste Mal ist, daß ich Sie heute zu Gesicht bekomme!»

Da es ihm gelungen war, zwischen sie und die Treppe zu treten, konnte sie unmöglich davonschlüpfen. Er schaute sie in einer Art von oben bis unten an, daß sie das unerfreuliche Gefühl hatte, es würden ihr die Kleider vom Leib gerissen. Sie sagte kühl: «Sie hätten mich beim Frühstück sehen können, aber Sie sind ja kein Frühaufsteher. Nun aber, bitte, muß ich zu meinem Großvater!»

Er rührte sich nicht von der Treppe. «Ah, das ist jetzt eine Ohrfeige für mich, was? Ich werde mich bessern müssen, wie? Warum nehmen Sie mich nicht in die Hand, ha? Ich soll verdammt sein, wenn es mir nicht Freude machte, von Ihnen erzogen zu werden! Ich weiß nicht, wann ich je schon einmal eine solche Zuneigung zu einem Mädel gefaßt habe wie zu Ihnen. Jawohl, Sie können ja Ihre hochwohlgeborene Nase über mich rümpfen, Mädel, und versuchen, mir vorzuschwindeln, daß Sie aus Stein sind, aber ich weiß das besser! Voller Temperament, das sind Sie, und so hab ich die Frauen gern – die Frauen und die Pferde, und beide sind einander verteufelt ähnlich! Sie sind ein wunderschöner Gänger und außerdem ein Rotfuchs, und das ist genau das Richtige für mich!»

«Wenn wir schon die Sprache der Ställe verwenden wollen, Mr. Coate», antwortete sie, starr vor Wut, «dann informiere ich Sie, daß ich mein ganzes Leben mit einem Unvergleichlichen verbracht habe und daher bloße Zirkusgäule nur verachte. Und wenn Sie mich jetzt liebenswürdigerweise vorbeilassen wollen!»

Sie hatte einen Augenblick die Genugtuung, zu wissen, daß sie ihn im Innersten getroffen hatte, denn er wurde dunkelrot, aber schon einen Augenblick später bereute sie es. Er ging mit einem niederträchtigen Ausdruck auf sie zu und sagte mit rauher Stimme: «Verachtung, wie? Das werden wir ja sehen!» Mit einem höhnischen Lachen, das tief aus der Brust kam, warf er die Arme um sie, bevor sie ihm noch ausweichen konnte.

Sie war kräftig und genauso groß wie er, fand sich aber hilflos gefangen. Er war ungeheuer stark und schien ihren Widerstand ohne besondere Mühe zu bändigen. «Küsse mich und sei wieder nett!» sagte er, und sein Atem schlug ihr heiß ins Gesicht.

Ein trockenes Hüsteln erklang von der Treppe. Eine völlig ausdruckslose Stimme sagte: «Verzeihung, gnädiges Fräulein – kann ich Sie sprechen, wenn es Ihnen gelegen ist?»

Coate stieß einen Fluch aus und ließ Nell los. Einen Augenblick stand sie, immer noch unerschrocken, aber weiß vor Zorn, mit funkensprühenden Augen vor ihm. Dann stob sie an ihm vorbei und lief die Treppe hinauf, wo sie der Kammerdiener ihres Großvaters erwartete. Er trat beiseite, verbeugte sich höflich und folgte ihr zu der Galerie, an der ihre Räume und die ihres Großvaters lagen.

«Danke», sagte sie kurz. «Ich bin Ihnen sehr verbunden!»

«Bitte sehr, Miss», sagte Winkfield, als seien solche Interventionen ein gewohnter Teil seiner Pflichten. «Es war ein Glück, daß ich zufällig gerade zur Hand war. Wenn ich so sagen darf, habe ich das Gefühl, daß sich Mr. Coate in einem Haus anderer Sorte wohler fühlen würde. Vielleicht würde eine Andeutung Mr. Henry gegenüber –?»

«Völlig nutzlos. Regen Sie sich nicht auf, Winkfield. Ich werde mich gut vorsehen, nie wieder mit ihm allein zu sein.»

«Gewiß, Miss, es wäre tatsächlich klüger, nehme ich an. Aber wenn Sir Peter wüßte –»

«Winkfield, allen Ernstes, ich verbiete Ihnen, auch nur ein Wörtchen ihm gegenüber verlauten zu lassen.»

«Sicher, Miss, und ich habe auch wirklich bisher nichts verlauten lassen. Aber er weiß mehr, als wir denken, und ich glaube, daß er sich darüber aufregt. Er fragt mich ständig aus und will wissen, wo Sie sind, und an dem Tag, als er nach Mr. Henry schickte, damit er zu ihm komme, war er ganz sein altes Ich – wenn Sie mich richtig verstehen.»

«Wir hätten es nicht zulassen dürfen. Es hat ihn in Wut gebracht, nicht?»

«Nun, Miss, er konnte Mr. Henry nie leiden, aber Sie wissen ebensogut wie ich, daß es nicht geht, Sir Peters Willen zu durchkreuzen. Was mir nicht gefiel, war, daß Sir Peter, als er Mr. Henry sah, seine eigene Hilflosigkeit mehr spürte als seit langem. Mehrmals hat er mir schon gesagt, daß er uns noch allen klarmachen würde, wer Herr auf Kellands ist, bevor er – hm, abkratzt. Dann wird er unruhig und reizbar, und ich weiß, daß er darüber nachbrütet und innerlich wütet, weil er nicht die Kraft hat, auch nur vom Sessel allein aufzustehen, wenn ich ihn nicht hochhebe.»

Sie sagte mit versagender Stimme: «Oh, wenn er bloß gestorben wäre, als er den Schlaganfall hatte!»

«Ja, Miss, ich habe oft das gleiche gedacht. Es ist hart für einen Herrn wie Sir Peter, in einem solchen Zustand zu sein.»

«Winkfield, Sie haben ihm nicht erzählt, daß mein Vetter einen Freund zu Besuch hier hat?»

«Niemand hat ihm das erzählt, Miss, falls es nicht Mr. Henry selbst getan hat, aber er weiß es trotzdem.»

«Er darf unter keinen Umständen diese Kreatur zu Gesicht bekommen. Wir müssen – wir müssen einfach dieses Paar loswerden!»

«Ja, Miss, das habe ich mir auch schon gedacht. Aber ohne Sir Peter das Ganze zu erzählen, können wir nicht viel tun. Wenn es nur Mr. Henry wäre, dann würde es genügen, wenn Sir Peter ihm sagen würde, daß er sich zum Teufel schere – das übrige könnten dann wir besorgen, wenn ich mir die Kühnheit erlauben darf, das zu sagen, Miss Nell! Aber dieser andere! Ich zweifle nicht, daß Sir Peter ihn draußen hätte, und wenn er um den Polizisten schicken müßte, es zu bewerkstelligen. Aber wie Dr. Bacup sagt, es würde wieder einen Schlaganfall hervorrufen, wenn er sich aufregen sollte.»

«Nein, nur das nicht!» sagte Nell und fuhr sich über die Augen.

«Nein, Miss, das ist auch mein Gefühl. Ich könnte es nicht tun –

nach all diesen Jahren. Wir müssen hoffen, daß wir Mr. Coate aus dem Haus bringen können, ohne Sir Peter mit hineinzuziehen.» Er fügte nachdenklich hinzu: «Betty hat gestern abend vergessen, einen heißen Ziegel in sein Bett zu legen. Aber er hat sich nicht beschwert. Seine Bettücher feucht machen, wie ich Rose gesagt habe, geht nicht, weil wir nicht wollen, daß wir ihn dann krank am Hals haben. Aber ich würde sagen, er ist einer, der gutem Essen sehr zugetan ist, und der Hammel, den Sie gestern zum Abendessen hatten, Miss Nell – na ja! Ganz abgesehen von Mrs. Parbold und daß sie ihn am Spieß anbrennen ließ, was sie getan hat, und die Tränen liefen ihr dabei über das Gesicht, erzählte mir Rose, denn schließlich haben wir alle unseren Stolz, und niemand kann ein besser zubereitetes Abendessen heraufschicken als sie!»

«Aber Winkfield!» stieß Nell zwischen Tränen und Lachen hervor. «Es war gräßlich! Ich war völlig entsetzt!»

«Sicher. Aber Sir Peter hatte einen poschierten Hühnerflügel, genauso, wie er es gern mag, und einen Quarkpudding mit Weinsoße», sagte Winkfield tröstend. «Und Huby hat sich den ganzen Morgen im Keller zu schaffen gemacht, und zweifellos wird er Sie warnen, Miss, beim Diner den Burgunder anzurühren. Wenn Sie jetzt Zeit haben – Sir Peter hat in der letzten Stunde ständig nach Ihnen gefragt.»

«Ich gehe sofort zu ihm. Ich muß nur dieses alte Reitkostüm ablegen – Sie wissen, wie sehr er es nicht mag, mich schäbig angezogen zu sehen.»

Sie eilte in ihr Schlafzimmer, um das sehr abgetragene Kleid abzustreifen, in dem sie den größten Teil ihrer Tage verbrachte, und statt dessen ein Morgenkleid aus grünem Samt anzulegen, vielleicht nicht ganz nach der letzten Mode, das aber noch nicht so abgetragen war, daß es ihrem Großvater aufgefallen wäre. Zehn Minuten später betrat sie den Ankleideraum, der ein Vorzimmer zu Sir Peters großem Schlafzimmer bildete, und klopfte leise an die Tür zwischen den beiden Räumen. Sie wurde ihr von Winkfield geöffnet, der ihr einen bedeutsamen Blick zuwarf, aber nichts sagte und sie sofort mit dem Großvater allein ließ.

«Nell?»

Sie ging zu dem Ohrensessel, der neben dem großen Kamin stand. «Ja, Sir! Jetzt aber bitte, bitte, schilt mich nicht, denn ich habe einen höchst amüsanten Vormittag hinter mir!» sagte sie, beugte sich nieder und küßte Sir Peter auf die Stirn.

Er hob den Kopf nicht, der auf die Brust gesunken war, sondern schaute unter den Brauen hervor zu ihr auf und hob die rechte Hand. Die linke lag kraftlos und leicht geballt auf dem Knie. «Nun?» sagte er.

Seine Aussprache war etwas undeutlich, und das Sprechen schien ihm einigermaßen schwerzufallen. Er war das Wrack eines einst großen Mannes, aber das Fleisch war von den starken Knochen geschwunden. Seine linke Seite war halb gelähmt, und er konnte sich nur mit Hilfe seines Kammerdieners vom Bett zum Stuhl bewegen. Er trug ständig einen Morgenrock aus Brokat, aber es war Winkfields Pflicht, ihm täglich ein frisches Halstuch in dem Stil zu binden, den er vor Jahren angenommen hatte.

Nell ergriff die zu ihr emporgehobene Hand und setzte sich neben ihn nieder. «Also – ich transportierte unseren neuen Zollwärter nach Tideswell, wie du weißt, während sich Joseph um die Schranke kümmerte.»

«Hm. Ich hoffe, er hat sich anständig benommen.»

«Mit allem nur denkbaren Anstand, Sir! Du brauchst nicht so mißtrauisch dreinzuschauen – er ist wirklich und wahrhaftig ein Gentleman.»

«Was du schon davon verstehst!» knurrte er. «Hat vermutlich die Stutzertour ablaufen lassen.»

«O nein, keine Spur! Er ist Soldat, kein Tändler, Liebster. Ich glaube, seine Jacke hat einen sehr guten Schnitt, ist aber ganz einfach und erinnerte mich an die Röcke, die Jermyn immer trug.»

«Scott», sagte Sir Peter, «falls er wirklich Captain war und dich nicht anschwindelt. Die meisten Militärs gehen zu ihm – und gingen schon zu meiner Zeit zu ihm.»

«Sehr wahrscheinlich. Jedenfalls war nichts an seinem Betragen oder seiner Rede zu tadeln, und ich glaube, du würdest sagen, daß er die Leichtigkeit der Manieren Wohlerzogener hat. Ich fand in ihm einen vortrefflichen Gesellschafter und bin sicher, daß er grundsätzlich sehr taktvoll ist, denn er blieb höchst beharrlich bei seiner Weigerung, nicht mit mir zusammen in die Stadt einzufahren. Er sagte, es gehöre sich einfach nicht, und zwang mich, ihn abzusetzen, bevor wir sie erreichten.»

Sir Peter knurrte wieder. «Worüber habt ihr gesprochen?» fragte er.

«Oh, über alles mögliche!» antwortete sie leichthin. «Er erzählte mir viele – interessante Dinge, zum Beispiel über die Pyrenäen.»

«Soso, hat er das? Der Kerl scheint mir doch ein verdammter Einfaltspinsel zu sein!» sagte Sir Peter gereizt.

Sie lachte, errötete aber dabei. «O nein! Ja, ich fürchte, er verursacht seiner Familie die ernsteste Sorge mit seinen launenhaften Einfällen. Dir aber, glaube ich, würde er gefallen. Ich habe ihn natürlich nicht mit einem Gespann umgehen sehen, stelle mir aber vor, daß er gute, ruhige Hände hat.»

«Kann sein. Aber was, zum Teufel, tut er im Mauthaus?»

«Oh, sich unterhalten. Ich glaube, er findet das Leben sehr eintönig.»

Sir Peter sagte nichts mehr, und sie nahm eine Zeitung auf und sah sie durch, da sie wußte, daß er zwar leicht ermüdete, jedoch gern spürte, daß sie im Zimmer war. Sie meinte, er sei in einen leichten Schlaf gefallen, fuhr aber plötzlich auf, als er in abruptem Ton sagte: «Wer ist der Kerl, den du hier im Haus zu Besuch hast?»

«Henry, Großpapa?»

«Sei nicht dumm, Mädchen – und halte mich nicht dafür! Du solltest mich nicht anschwindeln. Wer ist das?»

«Ach – Coate!» sagte sie gleichgültig. «Ein Freund meines Vetters.»

«Warum wurde er nicht zu mir heraufgebracht, um mich zu besuchen?»

«Weil ich überzeugt bin, daß du dem armen Menschen eine deiner berühmten Abfuhren verpaßt hättest», antwortete sie mit großer Kühle. «Weißt du, er ist nicht ganz sattelfest in seinem Benehmen.»

«Was hat sich dann, zum Teufel, Henry gedacht, daß er ihn in mein Haus bringt? Henry ist zur Hälfte überspannt und zur Hälfte blitzdumm, und jeder seiner Freunde ist ein lockerer Vogel.»

Sie war bestürzt, denn er war ziemlich rot geworden, und in seiner Stimme lag ein Ton, der ihr seinen aufsteigenden Zorn verriet. Sie sagte: «O bitte, schicke ihn nicht fort! Es würde mir durchaus nicht passen, wäre ich gezwungen, mich als Gastgeberin um meinen Vetter zu kümmern. Ich bin Coate dankbar, daß er ihm Gesellschaft leistet, und sehe die beiden außer beim Diner nie.»

«Was hat Henry hergeführt? Was geht in meinem Haus vor, Nell? Bei Gott, ich will mich nicht anschwindeln und vernebeln lassen! Hältst du mich für ein Kind oder für einen Irren?»

«Nein, aber ich weiß wirklich nicht, was hier vorgehen sollte. Du weißt, daß wir unter uns festgestellt haben, Henry dürfte sich seinen Gläubigern entziehen. Das war deine Idee, erinnerst du dich? Und ich bin ziemlich sicher, daß du recht hattest.»

Er starrte sie an, die Augen wild unter den vorstehenden Brauen. «Lüg mich nicht an, Nell! Lüg mich ja nicht an! Du bist nervös – gehetzt. Die beiden zusammen haben deinen Frieden gestört, wie? Verdammich, ich hätte darauf sehen sollen, daß du ein anständiges Frauenzimmer als Gesellschafterin bekommst!»

«Also das hätte meinen Frieden tatsächlich empfindlich gestört!» sagte sie lachend. «Mein Lieber, ich kann nicht entscheiden, wer von uns beiden mehr Mitleid verdient hätte – ich oder dein anständiges Frauenzimmer! Eine Witwe natürlich, und ältlich, mit den allerstrengsten Anschauungen über Anstand. Ich wäre ihr Tod geworden!»

Er schlug in einer Geste ohnmächtigen Zorns mit der Hand auf die Armlehne. «Es ist niemand da, der sich um dich kümmern kann. Ich könnte schon so gut wie begraben sein!»

Es gelang ihr, seine Hand zu fassen, und sie hielt sie zwischen ihren beiden. «Liebster, das sind nichts als überreizte Nerven! Ich bin von Beschützern besessen!»

Ungeduldig bewegte er den Kopf. «Diener, Diener! Das nützt nichts.»

Sie sagte schmeichelnd: «Du mußt dich nicht so ärgern. Wirklich, es ist kein Grund vorhanden, daß du dich aufregst. Wenn ich einen Beschützer brauchte – den ich aber, wie ich dir versichere, nicht brauche! –, dann würde ich eine Post ins Mauthaus schicken und meinen militärischen Riesen zu meiner Hilfe herbeiholen. Ich bin überzeugt, er wäre sehr glücklich, jeden aus deinem Haus hinauszuwerfen, den du ihm zu bezeichnen wünschst.»

Er schien abgelenkt zu sein. Er schaute sie intensiv an, und sie war froh, als sie sah, daß die zornigen roten Flecken auf seinem Gesicht verblaßten. «Das täte er, ja?»

«Bestimmt! Er ist ein sehr gefälliger Mensch und hat seine Bereitwilligkeit zum Ausdruck gebracht, mir jederzeit zu dienen!» sagte sie mit einem spitzbübischen Blick. «Und sollten wir einen Mann nötig haben, der imstande ist, unser Haus von Eindringlingen zu befreien – was ich jedoch durchaus nicht voraussehe –, dann ist er gerade der Richtige für diese Aufgabe! Ich bin überzeugt, mein Lieber, daß er mit aller Heiterkeit der Welt den größten Wirbel inszeniert, nur damit sich ein bißchen was tut. Wie Heißsporn, du weißt ja, an der Stelle, die dich immer zum Lachen bringt. ‹Pfui über das ruhige Leben! Ich brauche Arbeit!› würde er sagen.»

Er lächelte etwas grimmig. «Freches Ding!» sagte er. «Habe denn eigentlich ich dir diese Redeweise beigebracht?»

«Ja, aber sicher – und noch viel mehr!» sagte sie heiter. Das entlockte ihm ein Lachen, und eine geschickte Frage ließ ihn sich eines Wettbewerbs entsinnen, dem er einmal zugesehen hatte. Bald hatte sie die Genugtuung, ihn wieder ruhig zu sehen. Er fiel gleich darauf in ein Nickerchen, und das Wissen, daß sein Gedächtnis sprunghaft geworden war, ermutigte sie zu der Hoffnung, daß er die Episode vergessen haben würde, wenn er wieder erwachte.

Es schien, als sei sie tatsächlich seinem Geist entschwunden. Er sprach nicht mehr davon, und sie hatte, als sie sich zum Diner umkleiden ging, den Trost, daß er sich in ruhiger Stimmung zu seinem Abendessen setzte.

Diese Erleichterung war jedoch von kurzer Dauer. Ihr eigenes Diner nahm sie in der Gesellschaft ihres Vetters und Mr. Coates ein. Sie saß am Kopfende der großen Tafel, völlig Herrin der Situation, und hielt mit dämpfender Gelassenheit ein derart geistloses Anstandsgespräch im Gange, daß es, wie sie hoffte, ihren unerwünschten Verehrer dazu bringen mußte, seine Meinung über ihren Charme zu revidieren. Es war ihm anscheinend etwas peinlich, ihr wieder entgegenzutreten, und er schien ängstlich bestrebt, wieder ihre Gunst zu gewinnen. Aber es dauerte nicht lange, ehe er abermals mit ihr zu liebäugeln versuchte und ihr plumpe Komplimente in Ausdrücken machte, die sie nur anwidern konnten. Sie war fast froh, als er durch einen Ausruf ihres Vetters unterbrochen wurde, der mit einem zornigen Blick auf Huby den Burgunder für gewässert erklärte. Die Höflichkeit zwang sie, sehr gegen ihren Willen Huby aufzutragen, daß er eine neue Flasche heraufhole. Dann aber sah sie das Gesicht des Butlers, und ihr Ärger gab einem fast überwältigenden Wunsch nach, in Lachen auszubrechen. Man hatte ihn tief getroffen – er sah so empört drein, als hätte er wirklich nichts mit diesem Verbrechen zu tun gehabt.

Die unbehagliche Mahlzeit zog sich mühsam dahin; endlich konnte sich Nell von der Tafel erheben und wollte sich eben in das Heiligtum Sir Peters zurückziehen, als ihre Hoffnung durch den Eintritt Winkfields in den Speisesaal zerschlagen wurde. Er kam im Auftrag seines Herrn. Sir Peter, verkündete er, bat Mr. Coate, ihm die Ehre zu erweisen, ein Glas Brandy mit ihm zu trinken.

Nell schaute den Kammerdiener entgeistert an, aber er schüttelte fast unmerklich den Kopf. Sie kannte ihren Großvater gut genug, um zu erraten, daß Winkfield es für gefährlicher hielt, sich seinem Willen zu widersetzen, als zuzulassen, daß Coate von ihm empfangen wurde. Sie wandte sich also Coate zu und sagte so ruhig, wie sie nur konnte: «Ich muß Sie ersuchen, Sir, sich nicht lange bei meinem Großvater aufzuhalten. Ich brauche Sie wohl nicht daran zu erinnern, daß er krank ist.»

«Oh, nur keine Angst!» sagte er mit lautem Gelächter. «Ich bin sehr glücklich, Sir Peter meine Aufwartung zu machen – war doch ein berühmter Sportler, nicht? Wir werden uns großartig verstehen!»

In Todesangst sah sie ihm nach, als er vor Winkfield aus dem Zimmer ging. Die Stimme ihres Vetters brach in ihre aufgeregten Gedanken ein: «Ich muß schon sagen, ich bin verdammt froh, daß der alte Herr um Nat geschickt hat», sagte Henry und füllte sein Glas nach. «Ich staune, daß er das nicht schon früher getan hat, denn es ist schließlich nur ein Gebot der Höflichkeit. Außerdem – es wird ihm guttun. Nat wird ihm gefallen – wetten? Nat ist ein verteufelt guter Gesellschafter – genau der Mann, der den alten Herrn aufheitern kann.»

«Genau der Mann, der ihn umbringen kann!» sagte sie mit schwankender Stimme. «Ein Blick auf ihn wird genügen, ihn in höchste Wut zu bringen. Wie hast du bloß eine derartige Kreatur in dieses Haus bringen können? Wie konntest du nur?!»

«Pah, das verstehst du nicht! Mein Großvater mag einen guten Sportler, und Nat ist ein erstklassiger! Und außerdem jedem eleganten Menschen in der Stadt gewachsen. Die werden sich blendend vertragen!»

Sie konnte nicht für sich einstehen, was sie darauf antworten würde, und floh lieber aus dem Zimmer, um Rose davor zu warnen, was jeden Augenblick eintreten konnte. Ihr Weg führte sie an dem Zimmer ihres Großvaters vorbei; sie zögerte einen Augenblick, öffnete dann leise die Tür in den Ankleideraum und schaute hinein. Winkfield war da und begrüßte sie mit einem beruhigenden Lächeln. Er sagte leise: «Sie brauchen keine Angst zu haben. Ich vermute, Sir Peter gerät bei diesem Menschen nicht aus der Fassung. Er ist bemerkenswert ruhig.»

«Aber es muß ihm doch schaden!» flüsterte sie. «Sie wissen doch, wie sehr er Leute von Coates Sorte haßt! Ich fürchte mich vor den Folgen, die das möglicherweise haben kann. Konnten Sie denn das nicht verhindern?»

«Mir schien es klüger, Miss, sowie der gnädige Herr einmal entschlossen war, Mr. Coate zu empfangen, das zu tun, was er mir befohlen hat. Er duldet keinen Widerspruch. Und ihm mit Ausreden abzuwehren, hätte genau die Nervenüberreizung herbeigeführt, vor der uns Doktor Bacup gewarnt hat.»

Sie seufzte und horchte ängstlich auf den Klang der Stimmen im Nebenzimmer. «Sie gehen bestimmt nicht außer Hörweite, Winkfield?»

«Ich verlasse dieses Zimmer nicht, Miss. Natürlich ist das Ganze unbehaglich für uns, aber ich vermute, Mister Coate beträgt sich so gut, wie er es versteht, ganz abgesehen davon, daß er vor dem gnädigen Herrn großen Respekt hat.»

Das stimmte. Coate, den man sehr förmlich in das Zimmer Sir Peters geführt hatte, war tatsächlich mehr als beeindruckt. Er hatte das unbehagliche Gefühl, daß man ihm eine Audienz gewährte, und die unbewegliche hagere Gestalt in dem Ohrensessel trug nicht dazu bei, es zu zerstreuen. Als er einen Augenblick auf der Schwelle stand, wurde er ganz gegen seine Gewohnheit seiner selbst unsicher und spürte, wie er von einem tiefliegenden, aber adlerscharfen Paar Augen von Kopf bis Fuß gemessen wurde. Er begann unbewußt an den kunstvollen Falten seines Halstuchs herumzufingern. Eine pergamentfarbene Hand tastete nach dem Monokel und hob es zu einem Auge. Als es sich auf ihn richtete, hatte er plötzlich das Gefühl, daß das Zimmer überheizt war. Das Einglas wurde lässig fallen gelassen. *«How do you do?»* sagte Sir Peter höflich. «Sie müssen meine Unfähigkeit entschuldigen, mich von diesem Stuhl zu erheben, Mr. Coate.»

«Aber ich bitte Sie, kümmern Sie sich nicht darum! Habe nie zu denen gehört, die Wert auf Förmlichkeiten legen. Tut mir leid, daß Sie in einem so miserablen Zustand sind, Sir!»

«Danke», sagte Sir Peter in einer dünnen Stimme. «Bitte, nehmen Sie Platz. Es tut mir leid, daß die Umstände mich daran gehindert haben, Sie schon früher kennenzulernen, Mr. Coate. Ich ahne, daß ich die Ehre hatte, Sie schon einige Tage lang zu Gast zu haben. Ich hoffe, meine Leute haben sich bemüht, es Ihnen angenehm zu machen!»

Mr. Coate dachte zwar flüchtig an ungelüftete Betten, schlecht abgehangenes Hammelfleisch und verwässerten Wein, sagte aber, er habe keinen Grund zur Beschwerde. Ein leichtes Heben der Augenbrauen seines Gastgebers ließ ihn daraufhin den Wunsch verspüren, er hätte diese Versicherung anders formuliert.

Sir Peter machte seinem Kammerdiener ein Zeichen und sagte: «Haben Sie vor, lange im Derbyshire zu bleiben, Sir?»

«Och, was das betrifft –» sagte Coate und sah zu, wie Winkfield Brandy in zwei Gläser goß. «Wetten, Sie wissen, wie das ist! Man muß hie und da aufs Land gehen, auf einen Erholungsurlaub, und weil mich mein Freund Stornaway gebeten hat, ihm Gesellschaft zu leisten – kurz gesagt, ich habe zu Mawdesley gesagt – Sie kennen Seine Lordschaft? – ich kann schon sagen: ein großartiger Bursche! Einer von den Melton-Leuten! –, er darf nicht sofort mit mir rechnen. ‹Ja, aber was soll das heißen?› schreit er. ‹Du wirst doch nicht die Fuchsjagd versäumen wollen! Ich hab mich doch drauf verlassen, daß du uns alle anführst!› Aber ich war eisern. ‹Mein Freund Stornaway hat ein Anrecht auf mich›, hab ich gesagt. ‹Ich hab's ihm versprochen, und damit hat sich's!»

«Ach, Sie jagen in den Shires?» sagte Sir Peter.

«Och, Himmel, wo soll unsereins schon jagen? Ein Nat Coate doch nicht auf leichterem Boden! ‹Der Halsbrecher-Nat› – so heiß ich bei denen! Kein Zaun zu hoch für unsereins, sag ich immer!»

Sir Peter, der meinte, darin einen der Aussprüche von Mr. Asheson Smith zu hören, lächelte und nippte an seinem Brandy. Er ermutigte seinen Gast, weiterzureden, und als er sah, daß dessen Glas leer war, bat er ihn, sich doch nachzuschenken. Unter diesem anregenden Einfluß blühte Mr. Coate auf wie eine Pfingstrose an einem heißen Sommertag und meinte, er hätte ein derart vortreffliches Einvernehmen mit seinem Gastgeber erzielt, daß er sich unglücklicherweise dazu erkühnte, ihn über die Erscheinung seiner Enkelin und deren Temperament zu beglückwünschen. Er sagte, er stehe nicht an, zuzugeben, daß er nicht erwartet hätte, in der Cousine seines Freundes ein so tolles Mädel zu entdecken, und beschloß seinen Tribut damit, daß er Sir Peter verstehen ließ, es sei ihm zwar bis dato gelungen, jeder Heirat auszuweichen und man ihn nicht für einen Burschen halte, der es auf eine Ehefrau abgesehen habe, er aber verflucht sein wolle, wenn er nicht begänne, seinen Sinn zu ändern.

Gerade da aber betrat Winkfield das Zimmer. Er sagte, er vermute, Mr. Henry erwarte Mr. Coate in der Bibliothek; und weil er dastand und die Tür in der offenkundigen Erwartung offenhielt, den Gast seines Herrn unverzüglich aus dem Zimmer hinauszugeleiten, blieb Coate nichts anderes übrig, als Sir Peter gute Nacht zu wünschen und sich hinunter zu begeben. Das führte er allerdings nicht aus, ohne Sir Peters Hand zu schütteln und ihm mit einem Zwinkern zu sagen, daß er glücklich sei, ihn kennengelernt zu haben, denn er meine durchaus, sie verstünden sich letzten Endes recht gut.

Nachdem Winkfield die Tür des Ankleidezimmers hinter dem Gast geschlossen hatte, kehrte er in das Schlafzimmer zurück und begann still die Gläser wegzuräumen.

«Winkfield!»

«Ja, Sir?»

«Er kann mich zu Bett bringen!» sagte Sir Peter barsch.

Er sprach erst wieder, als er unter den Decken lag und der Kammerdiener die Vorhänge um sein Bett zusammenzog. Dann aber sagte er mit erstaunlich kräftiger Stimme: «Schicke Er mir in der Früh Joseph herauf!»

«Jawohl, Sir», sagte Winkfield und drehte den Docht der Lampe, die er ins Zimmer gebracht hatte, sorgfältig herunter.

Sir Peter sah ihm zu, und ein grimmiges Lächeln verzog seine Lippen. «Ich habe zwar meine Kündigung bekommen, Winkfield, aber ich kann bei Gott immer noch die Zügel halten!»

7

Nachdem Captain Staple von Miss Stornaway am Mauthaus abgesetzt worden war, tauschte er unverzüglich seinen Anzug gegen die Kleidung aus, die seinem neuen Beruf angemessener war. Er empfand die neugekauften Hemden zwar etwas rauh auf der Haut, aber als er seine Stiefel mit Hilfe des Stiefelknechts, den er eingehandelt hatte – und der, wie er wohl wußte, sie sehr schnell ruinieren würde – ausgezogen und sie gegen derbe graue Strümpfe und die Bauernschuhe ausgetauscht sowie eines der bunten Halstücher halbwegs einer Belcher-Krawatte ähnlich um den Hals geknüpft hatte, war er mit seiner Erscheinung recht zufrieden. Er neigte zu der Auffassung, daß er seiner Rolle gemäß aussehe, aber diese Ansicht wurde nicht von Ben geteilt, der nach der Rückkehr von seiner Arbeit im «Blauen Eber» kein Geheimnis aus seinem Mißfallen machte. Er sagte, daß «Noblige» keine bunten Hemden und Lederwesten trügen.

«Ich bin kein Nobliger», erwiderte John.

«Doch!» sagte Ben beharrlich. «Das weiß doch jeder!»

«Wer ist ‹jeder›?» fragte John.

«Na – jeder halt! Mr. Sopworthy und Mrs. Skeffling und Bauer Huggate.»

«Hast du es ihnen gesagt?»

«Nein! Ich sag, daß Sie mein Vetter sind, aber Bauer Huggate sagt, daß Beau ein richtiges Vollblut ist, zu dem mein Vetter nicht auf ehrliche Weise gekommen wär.»

«Teufel!» stieß John hervor.

«Is schon in Ordnung!» sagte Ben tröstend. «Mr. Sopworthy sagte zum Bauer Huggate, ‹Mund halten heißt's›; ich hab's ihn sagen gehört.»

«So – hat er das, ja?» sagte John etwas bestürzt.

«Klar – wegen Miss Nell.»

«Wegen – was hat er denn damit gemeint?»

«Weiß nich», sagte Ben uninteressiert.

John verfolgte das Thema nicht weiter; und da er kurz darauf das Knarren von Karrenrädern hörte, ging er hinaus, um seine Pflichten wahrzunehmen. Ein schwerbeladener Schuttkarren, von einem riesigen Karrenpferd gezogen, näherte sich langsam aus der Richtung des

Dorfes. Der Kutscher schlenderte neben seinem Pferd einher. Als er John erblickte, rief er aus: «Aufmachen, Freund! Ich hab nichts zu zahlen – ich hab eine Ladung Dung.»

John hob die Hand zum Zeichen, daß er die Bitte gehört hatte, wandte sich jedoch an einen untersetzten Mann mittleren Alters, der auf der Bank vor dem Mauthaus saß und an einer kurzen Tonpfeife paffte. «Hallo!» sagte er. «Irgendwas, das ich für Euch tun kann?»

«Dank schön, ich sitz da grad nur auf dieser Bank von Ihnen ein bißchen herum – falls Sie nichts dagegen haben?»

«Bitt schön», sagte John und ging das Tor öffnen.

«Schöner Tag heute!» bemerkte der Kutscher des Schuttkarrens höchst liebenswürdig. «Neu hier, was? Du warst es nicht, der mir aufgemacht hat, als ich letzte Woche da war – wenigstens kann ich mich nicht erinnern, daß du es gewesen wärst.»

«Stimmt», antwortete John, die Augen auf den Karren geheftet. «Was hast denn du da geladen?»

«Na, hab ich schon gesagt: Dünger.»

«Weiß ich, aber es schaut mir mehr nach Kalk aus.»

«Du lieber Gott, wo haben sie denn dich aufgezogen?» rief der Kutscher und tat sehr überrascht. «Kalk ist doch Dünger, Freundchen, das stimmt schon!»

«Ja, und ist auch nicht davon ausgenommen, daß Maut für ihn gezahlt wird», versetzte John und grinste ihn an. «Für was für einen Schwachkopf hältst du mich eigentlich? Du zahlst schön einen halben Batzen!»

«Wie hätt ich auch wissen sollen, daß du ein ganz Gerissener bist?» fragte der Kutscher, die Niederlage mit Gleichmut hinnehmend. «Ich hab geglaubt, du bist noch naß hinter den Ohren.»

«Du geh und hau wen andern ums Ohr!» empfahl ihm John, gab ihm einen Mautzettel und nahm dafür drei schmierige Münzen entgegen. Er schloß das Tor hinter dem Karren und ging ins Haus zurück.

Der Mann auf der Bank nahm die Pfeife aus dem Mund und sagte: «Ich vermute, es versuchen ziemlich viele Burschen, Sie um die Maut zu prellen.»

John lachte. «Ja, weil sie glauben, daß ich ein Neuling bin.»

«Schon lange hier am Tor?»

«Ich kümmere mich nur darum, solang der richtige Zollwärter weg ist. Torhüten ist nicht mein Beruf.»

«Hab ich mir gleich gedacht. Was sind Sie denn von Beruf, wenn ich so frei sein darf, zu fragen?»

«Kavallerist», antwortete John kurz. Er war einige Schritte vor der Bank stehengeblieben, schaute auf den Untersetzten hinunter und fragte sich, wer und was der wohl sein mochte. Er sprach mit einem Londoner Akzent, aber nach dem breitkrempigen Hut, der kurzen, weiten Friesjacke und den Gamaschen konnte er durchaus ein Verwalter oder ein Bauer sein. «Aus dieser Gegend?» fragte er ihn.

Der Mann schüttelte den Kopf. «Bin noch nie hier gewesen. Zuviel Berge für meinen Geschmack. Bin geschäftlich hier. Ein Kunde von mir bildet sich ein, er will sich hier irgendwo ankaufen, wenn er etwas findet, das ihm paßt. Ich habe mir den einen oder anderen Hof schon angesehen, weiß aber nicht, ob sie eigentlich genau das sind, hinter dem ich her bin, und ganz bestimmt sind es die Preise nicht. Kennen Sie jemanden, der einen anständigen Hof verkaufen möchte, mit ein bißchen Land und nicht zu teuer?»

«Nein, aber ich bin auch nicht von hier.»

«Schade! Wie heißen Sie – wenn Sie nicht der Bursche da sind?» erkundigte sich der Mann und deutete mit dem Daumen zu dem Namensschild hinauf.

«Jack Staple. Und Ihr?»

«Stogumber – Gabriel Stogumber.» Er schaute sich um, als Ben aus dem Mauthaus trat, und sagte: «Hallo! Hab ich dich nicht heute morgen im ‹Blauen Eber› gesehen? Was tust denn du hier?»

«Ich wohn hier!» sagte Ben empört.

«Oh, du wohnst also hier! Verzeihung, wirklich, Master Siebenkäsehoch!»

«Er ist Breans Sohn», schaltete sich John ein. «Ich bin sein Vetter.»

«Ah, so ist das, ja?» sagte Mr. Stogumber und schaute von einem zum anderen. Ich hab mir schon gedacht, Sie sind zu jung, um sein Pa zu sein, und doch auch wieder zu alt, um sein Bruder zu sein. Wie gefällt es Ihnen hier in der Gegend? Sie haben wahrscheinlich Militärdienst gesehen?»

«Ja, einige Jahre.»

«Ich kann mir denken, daß es hier ziemlich langweilig sein muß», bemerkte Mr. Stogumber. «Ich selbst bin aus Lunnon, und es schaut mir ganz danach aus, daß hier nie was geschieht, noch je geschehen wird. Ich sitz da jetzt schon bald eine halbe Stunde herum und habe nur einen einzigen Mistkarren durch die Schranke fahren sehen. Ich selbst hab gern ein bißchen Wirbel – Postkutschen und Reisekutschen und so. Aber natürlich, jeder nach seinem Geschmack. Übrigens starren mich die dort hinten im Dorf alle an, und es ist leicht zu erraten, daß man hier nur alle zehn Jahre einmal einen Fremden sieht.»

Dieser Tadel seines Geburtsorts weckte Bens Kampfgeist, und er begann sofort, alle die unerwarteten Fahrzeuge aufzuzählen, die die Schranke in den letzten zwölf Monaten durchfahren hatten, und jeden Neuankömmling an den Fingern herzuzählen, angefangen von einem Handlungsreisenden, der durch einen schweren Schneefall in Crowford zurückgehalten worden war, bis zu Mister Coate, dem Gast des Squire. Mr. Stogumber entschuldigte sich übertrieben beschämt für seinen Irrtum und fügte hinzu, daß Ben vergessen habe, seinen großen Vetter in die Liste miteinzuschließen. «Und der zählt sicher gleich für zwei, bei seiner Größe», sagte er. «Aus welchem Teil des Landes kommen Sie, Mr. Staple?»

«Hertfordshire», erwiderte John.

«Na, den Teil kenne ich aber», sagte Mr. Stogumber.

Er fuhr fort, sich liebenswürdig über dieses Thema zu verbreiten. Er benahm sich als ein von Natur aus redseliger Mensch, der bereitwillig mit Fremden ins Gespräch kommt, aber John schien es, daß die sachlichen Fragen, die ihm von Zeit zu Zeit über die Lippen kamen, alle auf einen Zweck gerichtet waren: er wollte sichtlich genau erfahren, wo Johns Heim lag und was er seit seinem angeblichen Ausscheiden aus der Armee getan hatte. Er schien sich auch für den derzeitigen Aufenthalt des amtlich bestellten Zollwärters zu interessieren, aber Ben, von seinem müßigen Geplauder gelangweilt, war fortgeschlendert und John daher imstande, seinen Fragen auszuweichen. Er hielt Mr. Stogumber für einen Informanten und war der Meinung, es würde nicht lange dauern, bis er den Besuch der Kuratoren bekommen würde. Aber Mr. Stogumber, der sich nun verabschiedete, war immer noch sehr liebenswürdig und sagte etwas überraschend, er vermute, er würde noch den einen oder anderen Tag im Distrikt bleiben und zweifellos John wiedersehen.

Der Rest des Tages verging ohne Zwischenfall. Der Einbruch der Nacht brachte einen leichten Rückfall Bens in die Angst vor dem unbekannten Besucher seines Vaters, aber da sich der Captain vorsorglich mit einem Spiel Karten bei seiner Expedition nach Tideswell versorgt hatte, wurde Ben sehr bald abgelenkt, indem ihn John in die Geheimnisse des Casino-Spiels einweihte. Der Captain unterrichtete gutmütig einen eifrigen, wenn auch nicht sehr intelligenten Schüler und war froh, daß dieser verschiedene Geräusche vor dem Haus nicht bemerkte. Aber gerade, als es Ben mit einem triumphierenden Quietscher gelang, John hereinzulegen, rief eine Eule zweimal irgendwo in der Nähe. Blitzartig standen dem Jungen die Haare zu Berg. Er saß da, intensiv horchend, und als der Schrei noch einmal ertönte, sprang er vom Stuhl auf, rannte zur Tür, schob die Riegel zurück und stieß sie auf. John hörte das Knarren der Gartenpforte und kurz darauf leise Schritte.

«Abend, Kleiner!» sagte eine frische Stimme. «Ist alles prima?»

«Ja! Mein Vater ist nicht hier, aber es ist alles in Ordnung!» sagte Ben eifrig. «Kann ich Mollie wegführen? Darf ich, Mr. Chirk?»

Er trat zurück, um einen schlanken Mann in einem langen Mantel mit mehreren Schultercapes in die Küche eintreten zu lassen. Mr. Chirk trat über die Schwelle und blieb stehen. Seine hellen Augen starrten Captain Staple durchdringend an, der nicht aufgestanden war, sondern müßig die Karten mischte und den Neuankömmling mit unverhohlenem Interesse betrachtete. Mr. Chirk, ein drahtiger Mann mittlerer Größe, trug außer dem Mantel einen breitkrempigen, schmierigen Hut, einen Wollschal um den Hals und ein Paar Reitstiefel mit Sporen. Der Mantel war fleckig und abgetragen, die Stiefel zeigten feine Sprünge, aber trotz dieser Mängel gelang es dem Träger doch, den Eindruck eines schmucken Menschen zu machen.

«Kommen Sie herein!» lud ihn John ein.

«Was soll das?» In der Stimme lag eine leise Drohung. Mr. Chirk warf Ben einen schnellen, mißtrauischen Blick zu.

«Das ist nur Jack – er ist ein prima Kerl! Er hat auch ein prachtvolles Roß. Ein großes, erstklassiges Roß ist das, aber es kann nicht die Hand für eine Karotte geben, nicht so wie Mollie. Oh, Mr. Chirk, kann ich Jack zeigen, wie Mollie –»

«Halt den Mund!» sagte Chirk kurz. «Ja, aber –»

«Das Maul sollst du halten, ja?» knurrte Chirk. «Wenn Ned nicht da ist, bin ich weg!»

«Doch nicht meinethalben!» sagte John, legte die Spielkarten auf den Tisch und erhob sich. «Geh und bring die Stute im Stall unter, Ben!»

Chirk, dessen rechte Hand eine Tasche in den Falten seines Mantels gesucht hatte, trat einen Schritt zurück. Seine Hand kam mit einem Ruck hoch, eine Pistole im Griff. «Stillgestanden, Freundchen!» sagte er leise. «Mir scheint, der junge Dummkopf hier hat ein bißchen zuviel geredet!»

«Hab ich nicht, wirklich, hab ich nicht!» versicherte Ben verzweifelt, als er merkte, daß sein so hochgeschätzter Freund mit ihm unzufrieden war. «Ich hab nichts gequatscht, nur, wie Mollie um eine Karotte die Hand gibt! Sie brauchen nicht abzuhauen, Mr. Chirk! Ehrlich, er ist ein prima Bursche, sonst hätte ich nicht aufgemacht. Und wir haben prima Essen und Trinken da, Mr. Chirk! Rindfleisch und einen ganzen Käse und –»

«Ben, los, und bring das Pferd unter!» unterbrach ihn der Captain. «Sie können Ihre Pistole wegstecken, Freund – ich bin kein Polizist. Heiliger Himmel, schau ich wirklich wie einer aus?»

Mr. Chirk hatte Ben rasch an der Schulter gepackt, aber er lockerte den Griff. «Ich muß wirklich sagen, nein», sagte er, hielt die Augen auf das Gesicht des Captain gerichtet und die Pistole im Anschlag. «Aber vielleicht sind Sie ein Spitzel, das weiß ich nicht. Was tun Sie hier, wenn Sie kein Spitzel sind?»

«Das ist eine lange Geschichte. Lassen Sie den Jungen los!» sagte der Captain, ging zum Schrank, der im Mauthaus als Vorratsschrank diente, und holte das Rindfleisch heraus, das Mrs. Skeffling vormittags am Spieß gebraten hatte, und einen großen Käse. Während er alles auf den Tisch stellte, warf er Chirk, auf dessen hagerem Gesicht ein Lächeln schwebte, einen Blick zu und sagte: «Im Brotkorb drüben ist ein Laib Brot.»

Chirk steckte die Pistole in die Tasche zurück. «Sie sind ein ganz Kaltblütiger, was?» bemerkte er neugierig.

Der Captain tauchte mit einem Topf Essiggemüse und einem Striezel Butter aus dem Schrank wieder auf und sagte: «Soll ich vielleicht gleich gar in Schweiß ausbrechen, weil Sie eine Pistole auf mich richten? Ich habe gehofft, Sie kommen früher oder später her.»

«So, wirklich – ja?» sagte Chirk. «Und warum – wenn die Frage nicht zu unverschämt ist?»

«Nun, soweit ich entdecken kann», sagte John, hielt einen großen Krug unter den Hahn seines frischen Fasses und sah zu, wie das Bier hineinschäumte, «sind Sie vielleicht der einzige, der mir sagen kann, wohin Ned Brean gegangen sein kann.»

«Ist er nicht hier?» fragte Chirk.

«Nein, und schon seit Freitag abend nicht.»

«Da soll mich doch auf der Stelle der Schlag treffen!» rief Chirk erstaunt aus. «Was kann ihm denn da eingefallen sein – abhauen?»

«Wissen Sie es nicht?»

Chirk schüttelte den Kopf. «Weiß es Ben nicht?»

«Nein. Er ging aus und sagte Ben, er würde in etwa einer Stunde zurück sein, und seither hat man nichts mehr von ihm gesehen und gehört.»

«Da bin ich baff!» sagte Chirk verdutzt. «Was er da wohl vorhatte? Und er ist keiner, der spinnt. Und er tät auch nicht abhauen, ohne daß er Ben mitnimmt – wenigstens glaube ich das nicht.»

Der Captain stellte Teller, Messer und Gabel vor ihn hin. «Greifen Sie zu! Hat er Ben gern?»

«Na ja, das würde ich nicht gerade sagen», meinte Chirk aufrichtig. «Er ist ein harter Bursche, meiner Meinung nach, aber er hat dem Jungen gegenüber immer seine Pflicht getan, soweit er dazu imstande war.» Er ergriff das Bratenmesser, ließ es aber wieder sinken und schaute seinen Gastgeber verwundert an. «Ich weiß nicht, wo Ned ist, noch hinter was er her ist, und was ich sonst noch nicht weiß, ist, hinter was eigentlich Sie her sind! Und außerdem weiß ich auch nicht, was einer Ihrer Sorte in dieser Hundehütte da tut, denn nach der Art, wie Sie reden, sind Sie ein Vornehmer!»

«Oh, ich bin durch einen Zufall hier!» erwiderte John und goß Bier in zwei Krüge. «Ich bin Freitag abends an die Zollschranke gekommen und habe Ben allein hier vorgefunden, halb verrückt vor Angst, und weil ich das Wetter satt und er Angst hatte, allein zu bleiben, habe ich hier übernachtet – und gemeint, daß sein Vater sehr wahrscheinlich noch vor Morgen zurückkommen würde. Das ist er aber nicht, also bin ich immer noch hier.»

«Also sind Sie immer noch hier!» sagte Chirk und schaute ihn sehr eindringlich an. «Ich nehme an, Sie kümmern sich auch noch dazu um das Tor!»

«Stimmt.»

«Na, wenn das so ist, dann müssen Sie nicht ganz richtig im Kopf sein!» sagte Chirk freimütig.

John grinste ihn an. «Doch, ich bin geistig ganz gesund. Ich habe mehrere Gründe dafür, hierzubleiben. Außerdem weiß ich nicht, was, zum Teufel, ich mit dem Jungen tun soll. Er hat eine Riesenangst, daß er nach Sheffield arbeiten geschickt wird, wenn sein Vater nicht zurückkommt, und ich habe ihm versprochen, daß er nicht der Fürsorge übergeben wird.»

«Riesenangst davor, ja?» Chirk lachte kurz auf. «Ja, die kann er auch haben! So habe ich angefangen, als mein Alter abgekratzt ist. Als ihn meine Mutter anständig begraben hatte, waren wir richtiggehend aufgeschmissen. Ein paar Knöpfe – was Sie Shilling nennen, Herr Vornehmer! –, ein Heller und drei Pfennig war alles, was sie noch im Strumpf hatte. Also ging ich in die Fabrik arbeiten. Nicht hier – oben im Norden war's. Gerade im Alter von Ben muß ich gewesen sein. Drei Jahre blieb ich, und ich habe es nicht vergessen, obwohl ich jetzt Vierzig geworden bin, und werde es auch nie, und wenn ich Achtzig werde! Ich bin abgehauen nach dem Tod meiner Mutter.»

«War das damals, daß Sie unter die Räuber gingen?» fragte John.

«Ein Neugieriger sind Sie, was?» sagte Chirk. «Was wollen Sie tun? Mir zum Strick verhelfen? Wer hat Ihnen erzählt, daß ich bei der Räuberei bin?»

«Wer hat Ihnen erzählt, daß ich von gestern bin?» erwiderte John.

Chirk lächelte wider Willen und machte sich über das Fleisch her. «Verdammt, wenn ich weiß, was eigentlich Sie sind!» sagte er. «Aber ich war nicht alle die Jahre her ein Freibeuter. Liebes Herrgöttle, wenn man gleich oben hinaus will! Ich habe klein angefangen und mich hinaufgearbeitet.»

«Zahlt es sich aus?» fragte John neugierig.

Mr. Chirk lächelte ein bißchen verzerrt. «Je nachdem, wie man es betrachtet», antwortete er. «Man kann Glück haben und damit enden, daß die Moneten stimmen, aber ich hab nicht viele getroffen. Es ist ein freies Leben, und wenn man eine Vorliebe für Aufregendes hat – davon gibt's genug. Die Wahrscheinlichkeit besteht, daß man über die Leiter ins Bett muß – im Zuchthaus von York, mit einem Schwarzrock, der die Gebete hersagt, und die Schlinge bereit, einen hochzuhieven. Es ist ganz recht und gut, solange man jung ist, aber wenn man einmal in meine Jahre kommt und sich vielleicht vorstellt, daß man sich niederlassen möchte – na ja, hier liegt dann der Haken, und da hilft nichts mehr! Wenn ich meine Hände auf ein bißchen Balsam legen könnte, und ich meine kein Bündel mit sechs oder sieben Goldstücken drin und ein paar Diamantringen, von denen sich nachher herausstellt, daß sie Straß sind! – nein, etwas wirklich Saftiges – einen fetten Brocken von fünfhundert Pfund Sterling in der Kassette irgendeines alten Tattergreises oder auch nur sonst eine Stange Geld – na, ich weiß nicht, ob ich nicht umkehren und redlich mit dem Pfund wuchern tät! Ein netter kleiner Bauernhof vielleicht. Aber ich bin keiner, der Glück hat – bin es nie gewesen!»

John stand auf, um den Bierkrug nachzufüllen. «Hinter was ist denn Brean her?» fragte er.

«Ich weiß nicht.»

John lachte. «Das war eine dumme Frage, Mr. Chirk. Sie würden es mir nicht sagen, selbst wenn Sie es wüßten. Aber ich will den Mann finden.»

«Jetzt hören Sie einmal», sagte Chirk. «Wenn Sie geglaubt haben, weil ich hie und da das Roß hier unterstelle und vielleicht einen Bissen Abendessen mit Ned habe, daß er ein Hehler ist – dann hauen Sie daneben! Das ist er nicht – nicht daß ich wüßte. Das hier ist nicht mein Rayon, und ich komme nicht geschäftlich her. Was mich herführt, ist etwas anderes – privat, sozusagen. Wenn es Ihnen recht ist, lasse ich die Stute eine Stunde da, gut. Wenn nicht – auch gut. Dann hau ich eben ab.»

«Oh, es ist mir durchaus recht!» sagte John. «Ich bin sogar gewillt zu glauben, daß Sie nicht wissen, was Brean zugestoßen sein könnte oder wo man etwas über ihn erfahren könnte – wenn Sie mir das von Mann zu Mann versichern.»

Chirk schaute ihn aus schmalen Augen forschend an. «Woran denken Sie?» fragte er unvermittelt.

«Wer ist der Mann, der Brean heimlich nach Dunkelwerden besucht? Der Mann, vor dem sich Ben fürchtet?»

Chirk stieß seinen Stuhl vom Tisch zurück. «Was soll das heißen? Versuchen Sie mich hinters Licht zu führen, Chef? Dabei werden Sie sich kalte Füße holen!»

«Nein, es ist die nüchterne Wahrheit. Das ist es ja, warum Ben so vor Angst schwitzte, an dem Abend, als ich hierher kam. Irgendein

Fremder, den er nie gesehen hat und auch nie sehen durfte. Brean tischte ihm eine Schauergeschichte auf, um ihn davon abzuhalten, daß er hinter beiden herspioniert. Er erzählte ihm, wenn dieser geheimnisvolle Besucher ihn sähe, würde er ihn zur Arbeit in den Kohlengruben schicken. Wenn auch nur ein Baum draußen rauschte –» er deutete mit dem Kopf auf die Hintertür – «wurde der Junge grün vor Angst.»

«Klingt mir nach einem Haufen Geschwafel», sagte Chirk ungläubig. «Er ist doch kreuzfidel davon, um Mollie ihre Kunststückchen aufführen zu lassen. Der hat doch keine Angst!»

«Oh, jetzt nicht mehr. Ich sagte ihm, niemand könne ihm was tun, solange ich hier bin, und er glaubt mir.»

In Chirks Augen glitzerte es humorvoll auf, als er sie über seinen Gastgeber streifen ließ. «Das glaub ich gern», sagte er. Er strich sich gedankenvoll das Kinn. «Warum wohl der Kleine nie ein Wort zu mir darüber sagte? Er und ich sind gute Freunde, und er erzählt mir das meiste. Ned ist ein harter Mann, wie ich gesagt habe, und ist keiner, der Notiz von Kindern nimmt, selbst wenn sie sein eignes Fleisch und Blut sind. Eine schäbige Rente bekommt Ben von ihm: mehr Fußtritte als Brot!»

«Wie lange ist es her, daß Sie das letzte Mal da waren?» fragte John.

«So an die drei Wochen.»

«Ich vermute, daß sich das alles also seither abspielte. Ein Jammer! Ich hatte gehofft, Sie wüßten vielleicht etwas. Ich habe so eine Ahnung, daß hier etwas teuflisch Undurchsichtiges im Gange ist, aber was es ist oder wie es kommt, daß Brean mit hineingezogen wurde – falls überhaupt –, kann ich mir nicht vorstellen. Ich glaube aber nicht, daß es das ist, was Sie ‹redlich mit dem Pfund wuchern› nennen: sein Besucher scheint ungewöhnlich darauf erpicht zu sein, daß ihn niemand sieht oder erkennt.»

Chirk tauchte in seine Tasche und zog eine Schnupftabakdose hervor. Es war ein schönes Stück, wie ihr derzeitiger Besitzer zugab, als er sie geöffnet John anbot. «Hab sie vor paar Jahren einem fetten alten Tattergreis abgenommen», erklärte er mit gewinnendem Freimut. «Schnappte auch seinen Beutel, aber den hab ich verkauft. Diese da hat mir zufällig besonders gefallen, und da habe ich sie mir behalten. Ich bekäme außerdem bestimmt einen Doppeltaler für sie», fügte er hinzu und seufzte über sein eigenes Luxusbedürfnis. «Sie ist mehr wert, aber wenn es darauf ankommt, die Dinger zu verklopfen, gibt es nicht einen Hehler, der kein Beutelschneider wäre. Jetzt schauen Sie einmal, Mr. Vornehm –»

«Hören Sie bitte auf, mich so zu nennen!» unterbrach ihn John. «Wenn das bedeutet, wie ich stark vermute, daß Sie mich für irgendeinen Stadtfrack halten, dann irren Sie sich. Ich bin Soldat.»

«Oh!» sagte Mr. Chirk und bediente sich mit einer großzügigen Prise seines Schnupftabaks. «War nicht bös gemeint, Soldat! Also vielleicht könnte ich in ein, zwei Diebshöhlen vorbeischauen, die ich kenne, und wo ich etwas über Ned Brean erfahren könnte. Aber er hat mir nie ein Wort über diesen Kerl gesagt, der ihn heimlich besucht. Ich muß sagen, es klingt mir wie eine Münchhausengeschichte, aber Sie sind kein Heuriger, und Sie schauen auch nicht so aus wie einer von den jungen Lebemännern, die sich einen Spaß machen, und ich zweifle nicht an Ihnen. Ich kann nicht begreifen, was irgendein Heckenschütze in einem solchen Hinterwälderdorf wie dem hier zu suchen hätte. Aber ich sage Ihnen, es gibt Möglichkeiten, daß ein Zollwärter solchen Leuten nützlich sein kann – wenn man ihn gut schmiert. Wenn man zum Beispiel einen Zug Trägerponys durch die Schranke bringen möchte und keine Fragen gestellt und keine Maut gezahlt werden soll.»

«Ja, daran habe ich auch schon gedacht», stimmte ihm John zu. «Ich habe es schon miterlebt, aber nicht hier. Verflixt, Mann, hier sind wir doch im Derbyshire!»

«Genau, was ich mir auch gesagt habe», nickte Chirk. «Im Freihandel gewesen, Soldat?»

John lachte. «Nein, nur ein, zwei Wochen lang. Ich wurde einmal auf See von einem Schmugglerschiff herausgefischt und habe die Reise darauf zurückgelegt. Eine Bande infamer Schurken war das außerdem, aber mich haben sie recht gut behandelt.»

«Ich glaub, die Burschen von der Irrenanstalt in Bedlam müssen Sie ja schon weit und breit suchen», sagte Chirk trocken. «Sie haben nicht vor, ein, zwei Wochen lang auf der Rum-Straße zu wandern, nehme ich an?»

«Nicht ich!» grinste John. «Für mich gibt's nur redlich mit dem Pfund wuchern. Aber versuchen doch Sie es – vielleicht könnte ich Ihnen dabei helfen.»

«Danke herzlichst, aber ich stehe lieber auf eigenen Füßen! Wüßt auch nicht, warum Sie mir helfen wollten.»

«Wie Sie wünschen. Wenn Sie Rose Durward sehen, richten Sie ihr eine Botschaft von mir aus!»

Das brachte Chirk so schnell auf die Beine, daß sein Stuhl nach hinten rutschte, und in seinen Augen glitzerte es gefährlich. «Das also ist es, ja?» sagte er leise. «Ein Mann aus der Stadt, was, Soldat? Ist das vielleicht der Grund, warum Sie so hilfsbereit sind, das Tor für Ned zu hüten? Auf Freiersfüßen, vermute ich! Na, wenn Sie ihr Geschmack sind, dann soll sie!»

«Sagen Sie ihr», sagte der Captain und putzte sorgfältig die Lampe, die zu rauchen begonnen hatte, «ich will gehängt werden, wenn ich weiß, was sie an einem verdammten, grünäugigen, mißtrauischen, streitsüchtigen Heckenvogel findet, aber ich stelle sein Pferd trotzdem ein – wenn auch nur ihr zuliebe!»

Sehr verblüfft stand Chirk da und starrte ihn an; sein humorvoller Mund war ganz schmal geworden, und in den Augen funkelte es herausfordernd. «Keine Seele außer ihr weiß, warum ich herkomme», sagte er. «Keine Menschenseele, hören Sie? Wenn also Sie es wissen, schaut es aber schon ganz danach aus, daß sie es Ihnen gesagt hat, Soldat. Vielleicht wären Sie so freundlich, mir zu sagen, wie es dazu gekommen ist?» Als er sich zu Tisch gesetzt hatte, hatte er seinen Mantel abgeworfen, aber seine Pistole lag neben dem Teller, und er hob sie auf. «Ich bin ein Mann, der gern offen redet, Soldat – und gern eine schnelle Antwort bekommt!» sagte er bedeutungsvoll.

«So?» sagte der Captain, und in seiner freundlichen Stimme lag die Andeutung stählerner Härte. «Aber ich bin kein Mann, der gern bei vorgehaltener Pistole Fragen beantwortet, Mr. Chirk! Legen Sie sie hin!» Er erhob sich. «Wissen Sie, Sie werden sich weh tun, wenn Sie mich veranlassen, mir die Mühe zu machen, sie Ihnen zu entwinden», sagte er warnend.

Ein unwillkürliches Grinsen erhellte Chirks strenges Gesicht. Er senkte die Pistole und rief aus: «Verdammich, wenn Sie nicht die Höhe sind, Soldat! Ich wär's doch wohl nicht, der sich verletzt, wenn ich diesen Hahn abdrücken sollte.»

«Wenn Sie eine solche Eselei täten, dann wären Sie sogar ein noch größerer Dummkopf als der, für den ich Sie halte – das ist aber ohnehin nicht mehr möglich!» sagte John. «Ich mag zwar Rose äußerst gern, aber ich laufe nicht hinter Frauen her, die zehn Jahre älter sind als ich, so hübsch sie auch sein mögen.»

«Sie sind ein Hochgeborener, und die sind nicht wählerisch, wo sie ihre verdammten Köder auslegen – gerade nur für ein bißchen Spaß zum Zeitvertreib!» murrte Chirk.

«Ich werde gleich nicht wählerisch sein, wohin ich Sie schmeiße, wenn Sie mich reizen», sagte der Captain grimmig. «Was, zum Teufel, soll das heißen, daß Sie von einer anständigen Frau reden, als wär sie eine leichte Fregatte?»

Mr. Chirk errötete und steckte seine Pistole ein. «So etwas habe ich nie gedacht!» protestierte er. «Es hat mich einfach in Rage gebracht, zu denken – Aber ich sehe, ich habe mich geirrt. Nichts für ungut, Soldat! Die Sache ist die, daß ich Gespenster sehe. Es gibt Zeiten, da wünsche ich, ich hätte Rose nie erblickt, weil sie für mich ja doch unerreichbar ist. Sie ist ehrbar, und ich bin ein Heckenvogel, und da kann man nichts machen. Aber ich habe sie nun einmal gesehen, und je mehr ich mir vornehme, nicht mehr herzukommen, um so weniger kann ich wegbleiben. Und dann erfahre ich, daß sie das ganze Malheur Ihnen ausgeplaudert hat –»

«Stimmt ja nicht. Sie hat Sie nie erwähnt», unterbrach ihn John. «Es war ihre Herrin, die mir die Geschichte erzählt hat.»

Völlig verdutzt bat ihn Chirk um Entschuldigung. Dann schaute er ihn von der Seite an und sagte: «Die ist eine richtiggehende lange Grete, aber eine Menge Zivilcourage hat die, das muß ich sagen! Ziemlich so wie Sie, Soldat. Hatte keine Angst vor meinen Schießprügeln. Hat sie Ihnen erzählt, wie es zugegangen ist, daß ich Rose kennengelernt habe?»

«Eben, und mich dünkt, Sie sind zwar ein Heckenvogel, trotzdem aber ein guter Bursche, denn Sie haben ihnen nicht die Börse abgenommen. Oder haben Sie Angst vor Rose gehabt?»

Mr. Chirk kicherte bei der Erinnerung. «Ja, die wäre imstande gewesen, mir die Augen auszukratzen. Und die ihren haben so hübsch gefunkelt, wie ich das noch nie erlebt hab! Aber Herrgott, Soldat, ich hab doch keine Ahnung gehabt, daß bloß zwei Mädels im Gig waren, sonst hätt ich sie doch nicht überfallen!»

«Das glaube ich Ihnen wirklich. Weiß Rose, daß Sie in diesem Haus verkehren?»

«Nein. Nur Sie und Ned und der junge Ben wissen es – und nur Sie wissen, warum ich eigentlich herkomme.»

«Ist ja unwesentlich. Erzählen Sie Rose, daß Sie mich kennengelernt haben. Es hat sich da oben im Schloß einiges verändert, seit Sie das letzte Mal hier waren.»

«Haben sie den Squire schon mit der Schaufel schlafengelegt?» fragte Chirk. «Krank wie ein Roß war er, soviel mir Rose erzählt hat.»

«Das nicht. Aber sein Enkel ist auf Kellands, mit einem Freund. Heißt Coate. Was den ins Derbyshire geführt hat, weiß kein Mensch – nichts Gutes, vermutlich.»

«Ein Nobler?» sagte Chirk und zog wissend eine Braue hoch.

«Keine Spur», sagte John.

Die Braue blieb hochgezogen; Chirk klopfte vielsagend an seine Tasche.

«Nein, nein!» sagte John lachend. «Versuchen Sie nur, ob Sie entdecken können, was den nach Kellands geführt hat, und ob Ned Brean damit zu tun hatte.» Er sah einen spöttischen Blick in Chirks Augen und fügte hinzu: «Machen Sie mir nur nicht vor, daß Sie das nicht könnten! Wenn irgendeine dunkle Geschichte im Gange ist, können Sie leichter als jeder andere Wind davon bekommen.»

In diesem Augenblick öffnete sich die Tür, und Ben schlüpfte etwas vorsichtig in die Küche. Da er sich bewußt war, das Mißvergnügen seines Freundes erregt zu haben, wagte er nicht, ihn anzusprechen; aber Chirk sagte aufmunternd: «Komm her, Benny!» und streckte die Hand aus. Sehr erleichtert sprang der Junge herbei. «Es ist doch alles wieder gut, ja?» fragte er eifrig. «Und ich habe Mollie –»

«Laß jetzt Mollie! Du, sag mir eines, mein Sohn: wohin ist dein Vater abgehauen?»

«Weiß nich. Sie kennt mich wieder, Mollie kennt mich, wirklich! Sie –»

«Lüg mich ja nicht an!» sagte Chirk streng. «Dein Vater ist doch noch nie fort, ohne dir zu sagen, wann er wieder zurückkommen würde!»

«Na, das hat er doch!» sagte Ben und wand sich, um den Griff an seiner Schulter abzuschütteln. «Wenigstens hat er gesagt, er würde in einer Stunde zurück sein, aber mehr hat er überhaupt nicht gesagt. Aber es macht nichts, Mr. Chirk! Ich habe Jack dafür bekommen, und wir haben jeden Tag prima Essen, und er hat mir Kartenspielen beigebracht. Ich mag ihn lieber als meinen Vater, viel lieber! Er ist ein prima Bursche!»

«Und du bist ein junger Wurm!» sagte Chirk etwas streng. «Jetzt halt dich einmal ruhig, Benny, sonst darfst du Mollie nie wieder im Leben eine Karotte geben! Weißt du, ob dein Vater vorher je so weggegangen ist?»

Ben schüttelte heftig den Kopf und brachte wieder einmal die Vermutung vor, sein Vater sei zum Militärdienst «gepreßt» worden.

«Und dir wäre das völlig egal, was?» sagte Chirk. «Jetzt denk einmal nach – hat er dich je vorher daheimgelassen, damit du auf das Tor aufpaßt?»

«Ja. Hat er, wenn er auf den Markt gegangen ist oder in den ‹Blauen Eber›.»

«Hat er dich da die ganze Nacht alleingelassen?»

«Nein», murmelte Ben mit hängendem Kopf.

«Benny!» sagte Chirk warnend. «Du weißt ja, was dir passiert, wenn du mir nochmals Lügen auftischst!»

«Mein Vater hat gesagt, ich darf es niemandem sagen, sonst bricht er mir alle Knochen im Leib!» sagte Ben verzweifelt.

«Ich werde dich nicht verpetzen, also wird er auch nicht erfahren, daß du geplauscht hast. Und wenn du es nicht tust, dann werde ich dir alle Knochen im Leib brechen, also kommst du auf keinen Fall besser weg», sagte Chirk. «Das ist also nicht das erste Mal, daß dein Vater abgehauen ist, oder?»

«Doch, ist es!» versicherte Ben. «Nur ein einziges Mal, früher, ist er weg und hat mir gesagt, ich soll auf das Tor aufpassen, in der Nacht, und wenn jemand fragen sollte, wo er war, sollte ich ihnen erzählen, daß er mit einer Kolik im Bett liegt. Und er ist zurückgekommen, vor Morgen, ehrlich, das ist er!»

«Wohin ist er da gegangen?»

«Weiß nich. Es war finster, und er hat mich aufgeweckt – das heißt, nein, denn da war ein Fuhrwerk oder etwas, das ist durchs Tor gefahren, und das hat mich aufgeweckt. Und mein Vater hat gesagt, daß ich hier am Feuer sitzen bleiben sollte, bis er zurückkäme, und das Maul halten, weil er ausgehe.»

«Wie lange ist er fortgeblieben, Ben?»

«Eine ganze Zeit. Die ganze Nacht, glaub ich», antwortete Ben vage. «Es ist niemand durchs Tor gefahren, und ich bin eingeschlafen, und als mein Vater zurückkam, war das Feuer ausgegangen.»

Chirk ließ ihn los. Er schaute mit leicht gerunzelter Stirn zu John auf. «Komisch», bemerkte er.

«In welche Richtung ist das Fuhrwerk gefahren, Ben?» fragte John.

Nach einiger Überlegung sagte Ben, er meine, es sei Sheffield gewesen. Er fügte hinzu, daß man die Fuhrwerke nicht oft nach Dunkelwerden auf die Straße schicke. Da er das Gefühl hatte, daß das Thema damit erschöpft sei, bat er um ein Stück Zucker für das Pferd. John nickte, und er lief wieder weg. Die beiden Männer sahen einander an.

«Das ist tatsächlich ein komischer Anfang», sagte Chirk und rieb sich das Kinn. «Verflixt, wenn ich wüßte, was ich mir für einen Reim darauf machen soll!»

«Was hatte das Fuhrwerk damit zu tun? Womit war es beladen?»

«Ist völlig egal, ob vielleicht ein Käfig mit wilden Tieren drauf war – ich sehe nicht ein, warum Ned mitgehen mußte!» sagte Chirk. «Wenn eine Bande Chatsworth ausgeräumt und den Zaster auf den Wagen geladen hätte, dann hätten sie vielleicht Ned schmieren können, damit er den Mund hält, aber sie hätten nicht wollen, daß er mitgehen soll.» Er zog eine große silberne Uhr heraus. «Zeit, daß ich verschwinde, Soldat! Ich nehme die Stute nicht nach Kellands hinauf, also wenn Sie sie im Schuppen lassen, bis ich zurückkomme, wäre ich Ihnen sehr verbunden.»

Der Captain nickte. «Da ist sie gut untergebracht. Denken Sie über alles nach, Chirk! Und richten Sie Rose meine Post aus.»

8

Etwa zwei Stunden später kam Chirk zum Mauthaus zurück und traf den Captain allein an, da Ben unter Protest vor einer Stunde zu Bett geschickt worden war. Nur ein ganz leises Sporenklirren verriet John die Rückkehr des Straßenräubers; er vernahm das Geräusch und blickte von seiner Aufgabe auf, seine Stiefel zu wichsen, gerade als die Tür aufging und Chirk wieder vor ihm stand. Als Antwort auf das fragende Heben einer Braue nickte er, stellte den Stiefel nieder, ging zum Schrank und holte einige Flaschen heraus. Welche Zweifel immer noch Chirk gehegt haben mochte, als er wegging, sie schienen beschwichtigt worden zu sein. Er warf seinen Mantel über eine Stuhllehne neben der Tür ohne die Vorsichtsmaßnahme, die Pistole aus der Tasche zu nehmen, ging zum Feuer und rückte mit der Fußspitze an den glimmenden Scheiten. «Wo ist der Kleine?» fragte er.

«Schläft», sagte John und goß in jedes der zwei Gläser Portwein einen Schuß Gin. «Er wollte auf Sie warten, aber ich habe ihn fortspediert – sowie er mir Ihre Mollie gezeigt hatte.» Er reichte seinem Gast ein Glas. «Ein nettes kleines Tier – sehr widerstandsfähig, meine ich.»

Chirk nickte. «Ja. Nimmt die Zäune im Flug und steht's durch. Außerdem klug. Sie ist genau das Richtige für einen Mann meiner Profession. Für einen Ihrer Größe würde sie nicht genügen. Wie schwer sind Sie, Soldat?»

«Hundertacht Kilo», sagte John mit einer Grimasse.

«Ah, da müssen Sie zweifellos Ihre Rösser gut im Futter halten.» Er hob das Glas. «Auf Ihre Gesundheit. Es kommt nicht oft vor, daß ich so was kredenzt bekomme – hoffentlich krieg ich keinen Schwips.» Er trank, schnalzte mit den Lippen und sagte anerkennend: «Ein prima Trunk! Rose sagte, ich solle Ihnen ausrichten, sie würde in der Früh vorbeikommen, Ihr Hemd holen. Richtig außer sich war sie, als ich ihr sagte, ich hätte Ihre Bekanntschaft gemacht – hat mir fast die Haare mit einem Klappstuhl gekämmt!» Er lächelte in der Erinnerung und schaute in das Feuer hinunter, einen Arm auf den Kaminsims gelegt. Dann seufzte er und wandte den Kopf. «Es scheint, ich muß diesem Coate doch eine Kugel hineinjagen, Soldat! Rose ist verbissen darauf aus, ihn loszuwerden.»

«Sie ist darin nicht verbissener als ich, aber wenn Sie die Sache mit Ihrem Schießprügel angehen, breche ich Ihnen das Genick!» versprach John aufrichtig. «Genausogut könnte man einen Bären beim Zahn fangen!»

«Der alte Herr – der Squire – hat ihn heute abend empfangen», sagte Chirk. «Schickte nach ihm, er solle zu ihm hinaufkommen, was sie alle gräßlich aufgeregt hat, aus Angst, es könnte ihn in einem Anfall erledigen. Hat es aber nicht – jedenfalls nicht, solange ich dort war.» Er trank sein Glas aus und stellte es hin. «Ich verschwinde jetzt, Soldat, aber Sie sehen mich wieder. Vielleicht gibt es die eine oder andere Kaschemme, in der ich etwas über Ned erfahren kann.» Ein schiefes Lächeln verzog seinen Mund. «Ich habe meine Befehle von Ihnen zu empfangen, falls ich nicht wünsche, einen Sturm auf Kellands zu entfesseln. Helf mir Gott, ich weiß wirklich nicht, warum ich mich nicht aus dem Staub mache, bevor mich dieses Frauenzimmerchen in einen richtiggehenden Waschlappen verwandelt!»

John lächelte und streckte ihm die Hand hin. «Wir werden es schon schaffen!» sagte er.

«Sie vielleicht! Bei mir ist es wahrscheinlicher, daß ich eingelocht werde!» versetzte Chirk, drückte aber John die Hand und fügte hinzu: «Da kann man nichts machen. Wie man sich bettet, so liegt man eben. Ich habe Rose mein Wort gegeben, daß ich strammstehe. Diese Weiber!»

Auf diese bitter hervorgestoßenen vier Silben hin war er ebenso lautlos gegangen, wie er gekommen war.

Der erste Besucher des Captains am nächsten Morgen war Rose, die bald nach neun Uhr das Zollhaus betrat, ein kritisches Auge auf Mrs. Skefflings Werk warf, das zerrissene Hemd ihren Klauen entriß und auf Suche nach Captain Staple in den Garten hinausging. Sie fand ihn beim Holzhacken. Er begrüßte sie mit einem entwaffnenden Lächeln und einem heiteren «Guten Morgen!» Dann lauschte er mit einer ihm gut anstehenden Sanftmut auf eine umfassende Strafpredigt, die zwar scheinbar seiner unpassenden Beschäftigung und seinem ungehörigen Aufzug galt, aber wie er genau verstand, eine Strafe dafür war, daß er es gewagt hatte, die Richtung ihrer jungfräulichen Zuneigung zu entdecken.

«Aber Holzhacken ist eine großartige Turnübung!» sagte er.

«Turnübung! Also ich weiß nicht mehr, wo die Welt enden wird! Und ich wäre Ihnen dankbar, Mr. Jack, wenn Sie mir keine Post mehr schickten, daß Sie Mr. Chirks Pferd mir zuliebe unterstellen. Das haben Sie damit keineswegs getan. Ich erkläre, daß ich noch nie so entsetzt war! Es wäre mir weit mehr zu Gefallen, wenn Mr. Chirk verschwinden und mich nicht länger belästigen wollte, denn ich bin eine ehrbare Frau, und mit einem Straßenräuber verkehren werde ich nicht!»

«Nein, ich glaube wirklich auch, daß er diese Lebensweise aufgeben muß», stimmte ihr John zu.

«Es ist mir gleichgültig, was er tut!» sagte Rose.

«Der arme Chirk!»

Ihr Gesicht verzog sich. Sie riß ihr Taschentuch heraus und schneuzte sich ziemlich heftig. «Es nützt nichts, Mister Jack!» sagte sie mit erstickter Stimme. «Sie sollten auch vernünftiger sein, als ihn zu ermutigen! Ich kann und will keinen Mann heiraten, der jeden Augenblick ins Zuchthaus kommen kann!»

«Sollen Sie auch nicht. Sie hätten keinen Tag Ruhe. Außerdem ist es überhaupt nicht das Richtige. Aber er erwartet doch gar nicht, daß Sie ihn unter solchen Umständen heiraten, nicht?»

Sie setzte sich auf den Hackstock und wischte sich die Augen. «Nein, er sagt, er will sich niederlassen und ehrlich leben als Bauer. Aber bloßes Reden macht's auch nicht, und woher soll das Geld kommen, damit er einen Bauernhof kaufen kann?»

Der Captain hielt sich davor zurück, ihr zu erzählen, daß Mr. Chirk vorhatte, seine Laufbahn als redlicher Bauer auf den Diebstahl der Eisenkasse irgendeines Reisenden zu gründen und sagte bloß: «Würden Sie ihn heiraten, wenn er kein Straßenräuber wäre?»

Sie nickte und verschwand wieder im Taschentuch. «Zu denken, nach all den Jahren und den Heiratsanträgen, die ich hatte, daß ich hingehen und mich in einen gewöhnlichen Vagabunden verlieben würde!» sagte sie in die Falten hinein. «Es genügt, daß sich meine Mutter im Grab umdreht! Denn ich wurde anständig erzogen, Mr. Jack!»

«Ich auch und habe es teuflisch langweilig gefunden. Aber Chirk ist ein guter Bursche, ich mag ihn. Er ist außerdem bis über beide Ohren in Sie verliebt.»

Ein krampfhaftes Schneuzen begrüßte diesen Ausspruch. «Na ja, wenn er mir gefallen will, dann soll er aufhören, Leute zu überfallen, und das hab ich ihm auch gesagt. Er soll Brean finden, wie Sie das von ihm wollen, und schauen, ob er unser Haus nicht von diesem Coate befreien kann. Aber ich werde überhaupt nie heiraten, solange mich Miss Nell braucht – und brauchen wird sie mich, das arme Lamm, wenn der gnädige Herr geht! Und dieser Tag ist nicht mehr fern.»

«Ich hoffe, sie wird nicht Sie brauchen.»

Das riß ihr den Kopf hoch. Sie schaute ihn eine Minute lang sehr genau an, stand dann energisch auf und schüttelte ihre Röcke zurecht. «Ich hoffe das auch, Mr. Jack – und das ist die reine Wahrheit!» Sie sah, daß er ihr die Hand hingestreckt hatte, und drückte sie warm. «Ich habe das zerrissene Hemd in meinem Korb, und Mrs. Skeffling bügelt Ihr zweites», sagte sie und kehrte zu ihrer üblichen Art zurück. «Sie werden entdecken, daß sie die Kragenspitzen nicht so gestärkt hat, wie es sein soll, aber sie hat ihr Bestes getan, und ich hoffe, Sir, es wird Ihnen eine Lehre sein, nicht mehr mit einzig nur zwei Hemden im Land herumzubummeln!»

Mit diesen Abschiedsworten ging sie, und John kehrte an seine Aufgabe zurück, Holz zu hacken. Er wurde von ihr durch einen Ruf «Tor!» weggerufen, ging durch das Haus und nahm unterwegs den Zettelblock mit.

Auf der Sheffieldseite des Tors stand ein Phaeton, und die Zügel hielt Henry Stornaway; er trug einen graubraunen Mantel, dessen zahlreiche Schultercapes fälschlich verkündeten, daß er ein versierter Fahrer sei. Ein Paar auffallender, mischblütiger Brauner, die der Captain im Geist als Knochenbrecher abschrieb, waren vor das Fahrzeug gespannt; und Mr. Stornaway war außerstande, eine Münze von geringerem Wert als fünf Shilling zu finden, um seine Maut von Sixpence zu bezahlen. Er sagte, als John eine Handvoll Münzen aus der Tasche zog «Hallo? Dich kenn ich nicht, wie? Wo ist der andere Kerl?»

«Fort, Sir», antwortete John und reichte ihm das Wechselgeld.

«Fort? Ja! Aber wohin ist er?»

«Kann es nicht sagen, Sir», sagte John und hielt den Zettel hoch.

«Unsinn! Wenn du seine Stelle einnimmst, weißt du natürlich auch, wo er ist! Also los jetzt – schwindle nicht!»

Es hatten schon mehrere Reisende John gefragt, was aus Brean geworden sei, aber keiner hatte mehr als gerade nur ein beiläufiges Interesse an seinem Aufenthalt kundgetan. Er war Henry Stornaway noch nie begegnet, aber er begann zu vermuten, um wen es sich handelte, und tat sein möglichstes, seine Züge zu einem Ausdruck sturer Stupidität zu zwingen. Auf jede ihm gestellte Frage gab er ausweichende Antworten und bemerkte mit Interesse Mister Stornaways offenkundige Unzufriedenheit mit ihnen. Aus irgendeinem unerklärlichen Grund hatte Breans Verschwinden diesen Möchtegern-Dandy aus der Fassung gebracht. Er ließ den hochmütigen Ton fahren und wechselte zum Schmeicheln, behauptete mit einem Augenzwinkern, er und Brean seien alte Bekannte, und forderte

John auf, indem eine Hand dabei bedeutsam mit Münzen in der Tasche klimperte, ihm doch zu sagen, wo Brean zu finden sein könnte.

«Ich weiß nicht, Sir. Er ging sozusagen plötzlich fort», antwortete John. «Hat mich hiergelassen, auf die Schranke aufzupassen», fügte er hinzu. «Hab ihn seither nicht gesehen, noch was von ihm gehört.»

Die farblosen Augen starrten in seine hinunter; John fiel auf, daß die Wangen, schon von Natur aus fahl, jetzt noch weniger Farbe hatten. «Wann hat er seinen Posten verlassen? Das weißt du auf jeden Fall!»

«Also – wann kann das wohl gewesen sein?» sagte John nachdenklich und bot das echte Bild ländlichen Stumpfsinns. «War das Freitag nacht oder Samstag nacht?»

«Komm, komm – er ist doch nicht in der Nacht auf und davon!»

«O doch, Sir! Ist er wirklich! Nach Einbruch der Dunkelheit war's», versicherte John wahrheitsgemäß. Er warf einen Blick auf die Braunen, die auf eine unruhige Hand an den Zügeln reagierten. «Die Pferde wetzen herum, Sir!» machte er Henry aufmerksam.

«Zum Teufel mit den Pferden! Wer bist du? Wie kommst du her?»

«Der Name ist Staple, Sir – Vetter von Ned Brean.»

«Oh! Na ja, geht mich ja nichts an!» sagte Henry, fuhr weiter und rief über die Schulter zurück: «Ich fahre nur ins Dorf und werde in ein paar Minuten wieder da sein! Schau zu, daß du mich nicht warten läßt!»

John schloß das Tor und blickte nachdenklich hinter ihm her. Er entdeckte Ben neben sich und schaute auf ihn hinunter: «Wer war das, Ben?»

«Der Windbeutel?» fragte Ben verächtlich. «Das war Mr. Stornaway, der. Er ist ein Dummkopf. Kutschiert ein Paar Kurzatmige.»

John nickte, als bestätige dies einen Verdacht, ließ Ben zurück, damit er sich um das Tor kümmere, und ging quer über das Feld, das hinter dem Mauthaus lag, zu der Scheune, wo Beau untergebracht war.

Er war eben dabei, den großen Goldfuchs zu putzen, als ein Schatten den Eingang verdunkelte, und als er über die Schulter blickte, sah er Nell Stornaway auf der Schwelle stehen. Er legte schnell die

Bürste hin, ging ihr entgegen und sagte unwillkürlich: «Sie! Ich wagte nicht zu hoffen, daß ich Sie heute sehen würde!»

Ihre Farbe vertiefte sich etwas, aber sie erwiderte spöttisch: «Nein, wirklich! Ich bin darüber nicht erstaunt, sondern nur überrascht, daß Sie mir nach einem derartigen Verrat noch ins Gesicht sehen können!»

Er stand dicht vor ihr und lächelte auf sie hinunter – ein blonder junger Riese in fleckigen Wildlederhosen und einem derben Hemd, das am Hals offenstand, die Ärmel aufgerollt, so daß sie seine kräftigen Arme sehen ließen. «Was für ein Verrat?» fragte er.

«Heuchler! Haben Sie Rose nicht verraten, daß ich Ihnen ihre Geschichte enthüllt habe?»

«Nein, nur Chirk!»

«Ich werde nicht zulassen, daß Sie sich damit entschuldigen! Habe ich Schelte bekommen! Sie verdienen, daß ich Sie den Zollkuratoren anzeige!»

«O nein! Denn ich bekam ja auch Schelte, müssen Sie wissen! Nur hat mir Rose verziehen.»

«Sie haben sich bei ihr ziemlich skandalös eingeschmeichelt, muß ich sagen! Ah, ist das Ihr Beau?» Sie ging zu dem Pferd, während sie sprach, und schaute es prüfend an. «Oh, du bist ja ein sehr schöner Bursche! Vollkommen bis ins letzte Haar!» sagte sie und tätschelte den gebogenen Hals. «Ja, stimmt, ich habe Zucker in der Tasche, aber wer hat dir denn das verraten? Na also, da!» Sie schaute sich nach John um. «Haben Sie ihn wegen seiner guten Punkte Beau genannt oder wegen seiner römischen Nase? Mein Bruder erzählte mir, daß ‹The Beau› der Name war, den man dem Herzog von Wellington in Spanien gegeben hat.»

«Natürlich wegen seiner Nase. Gefällt er Ihnen?»

«Sehr. Ich vermute, er hält gut durch?»

«Ja, und dreißig Minuten lang schnellstes Tempo – mit mir im Sattel!»

«Das ist wirklich allerhand. Ich freue mich, ihn kennengelernt zu haben. Ich muß jetzt gehen. Wissen Sie, ich bin diesen Weg gekommen, weil ich Mrs. Huggate etwas ausrichten mußte; und damit, daß ich quer über dieses Feld und durch das Gehölz geritten bin, habe ich die Mautschranke vermieden!»

«War es wirklich das, was Sie wollten?»

Sie sagte leichthin: «Aber sicher! Jeder Mensch vermeidet gern Zollschranken. Dessen müssen Sie sich doch bewußt sein.»

«Natürlich. Aber ich habe unwillkürlich gehofft, daß Sie diesen Weg nahmen, um mich zu besuchen. Jetzt sagen Sie mir doch ins Gesicht, was für ein eitler Geck ich doch bin – aber das weiß ich ja bereits!»

Das Lächeln auf ihren Lippen zitterte. Sie wandte die Augen ab. «Nein wirklich! Ich – das heißt, Ben sagte mir – und ich hatte wirklich vor, etwas mit Mrs. Huggate zu besprechen!»

«Nell! Meine Liebste!»

Sie hob den Kopf und schaute erstaunt zu seinem Gesicht auf. Im nächsten Augenblick lag sie in seinen Armen, an seine breite Brust gepreßt. Er sagte magische Worte: «Mein kleines Lieb! Meine Einzige!»

Noch nie hatte jemand Miss Stornaway klein genannt, und noch nie hatte sie sich so klein oder so schwach gefühlt. Captain Staple hielt sie nur mit dem linken Arm umschlungen, da seine Rechte damit beschäftigt war, ihr Kinn hochzuheben, aber es war doch eine viel zu feste Umarmung, als daß sie irgendeine Möglichkeit zur Flucht zugelassen hätte. Nell versuchte sie gar nicht, sondern hob ihm ihr Gesicht ganz natürlich entgegen, wie ein Kind, das geküßt werden will. Captain Staple, der diese lebensprühende, nachgiebige Armvoll Mädchen ebenso erfreulich fest wie beunruhigend umschlang, beantwortete die stumme Einladung prompt und gründlich und vergaß die Welt, bis Beau, möglicherweise empört über ein solches Benehmen oder aber, weil er auf weitere Freigebigkeit hoffte, ihn ziemlich kräftig mit der Nase anstieß, um ihn in die Wirklichkeit zurückzurufen.

«Verdammtes Biest!» sagte Captain Staple und zog seine Liebste zu einer Bank an der Wand. «Mein Darling, mein Darling!»

Die herrische Miss Stornaway, die plötzlich die Vorteile einer großen Schulter entdeckte, schmiegte ihre Wange an sie und seufzte tief auf. Sie hielt eine Falte des derben Hemdes gepackt, aber Captain Staple löste ihre Hand und führte sie an die Lippen. Sie fühlte sich zu einem Protest bemüßigt. «Das ist doch erst das fünfte Mal, daß wir einander begegnen!»

«Ich wußte es in der Sekunde, in der ich dich erblickte», sagte er schlicht.

«Oh – ging dir das auch so?» Sie legte seine Hand an ihre andere Wange und vergrub sie darin. «Du bist dagestanden und hast mich angestarrt – so ein großer, großer Dummer! –, und ich konnte den ganzen Gottesdienst hindurch an nichts anderes denken. Und als ich neben dir stand, mußte ich hinaufschauen und nicht hinunter und habe mich nicht im geringsten als zu groß geraten gefühlt, sondern ganz klein.»

«Gerade nur bis zu meinem Herzen», zitierte Captain Staple.

Ihre Finger umfaßten die seinen noch fester. «John, John!»

Am anderen Ende der Scheune schnaufte Beau und warf den Kopf hoch. Darüber mußte Miss Stornaway lachen. «Ich glaube, Beau war noch nie im Leben so entsetzt!»

«Im Gegenteil! Wenn ich nur so weit vorausgedacht und ihm beigebracht hätte, wie man das macht, würde er vor dir die Knie beugen, mein Schatz!»

Sie seufzte wieder. «Er ist zu klug. Ich glaube, deine Verrücktheit muß mich angesteckt haben. Es geht doch nicht! Bestimmt, es geht nicht! Ich habe kein Vermögen – keinen Penny!»

Es klang amüsiert, als er sagte: «Was hat dich denn veranlaßt zu glauben, daß ich nach einer reichen Frau Ausschau halte, mein Liebstes?»

«Das nicht, aber deine Mutter – deine Schwester –»

«Werden dich vergöttern! Ich fürchte mich mehr davor, was dein Großvater zu meiner Anmaßung sagen wird. Mein Vermögen müßte ich eher eine bloße finanzielle Unabhängigkeit nennen; und ich habe nichts zu erwarten, das der Rede wert wäre. Sage mir, wann ich am besten Sir Peter meinen Besuch machen darf.»

Aber daraufhin entzog sie sich mit bekümmertem Gesicht seinem Arm. «Nein, das darfst du nicht! Bitte, John, versuche nicht, ihn zu besuchen!» «Aber mein Liebling –!»

«Ja, ja, ich weiß, was du sagen willst, und ich wünsche mir ja auch über alles, daß du und er einander kennenlernt. Aber ich wage es nicht, dich ihm jetzt schon vorzustellen. Siehst du, er bestand gestern abend darauf, nach Coate zu schicken, und wir sind in größter Besorgnis. Er schien zwar nicht verstört zu sein, aber Winkfield – sein Kammerdiener – konnte sich nicht über ihn beruhigen. Er kennt ihn so genau, verstehst du, besser als sonst jemand, glaube ich. Er meinte, er sei zu still. Er hat mir seither gesagt, wäre Großpapa nur so wie früher wütend geworden, dann hätte er kein so böses Gefühl – obwohl uns Dr. Bacup davor gewarnt hat, ihn je aufzuregen. Winkfield ging nicht zu Bett und glaubt, Großpapa hat die ganze Nacht kaum ein Auge zugetan. Er wünschte, daß Joseph zu Dr. Bacup hinüberreite, sowie es hell geworden war, aber bevor noch der Arzt Kellands erreichen konnte, hatte mein Großvater schon um meinen Vetter geschickt. Winkfield wagte nicht, ihm zu widersprechen – Widerspruch duldet er nicht. Wir wissen nicht, was er Henry gesagt hat – oder was Henry ihm gesagt haben kann, aber nachher sprach er kaum mit Winkfield oder mir und schaute so alt aus und war so bleich, daß wir entsetzt waren. Er liegt jetzt zu Bett, denn Dr. Bacup hat ihm einige Tropfen Laudanum gegeben, auf die er schlafen konnte. Der Doktor hat uns äußerst streng aufgetragen, daß wir ihn so ruhig wie nur möglich halten sollten und vor allem nicht zulassen, daß er sich mit Sorgen abquäle. Wir haben vor, ihm zu erzählen, sollte er danach fragen, daß Coate abgereist sei, obwohl Winkfield zweifelt, daß er uns das glauben wird. Dr. Bacup ist der Meinung, daß er sich durchaus wieder erholt – er ist so kräftig, mußt du wissen! –, und wenn das der Fall ist, dann werde ich ihm sagen, daß mein absurder Zollwärter so närrisch ist, mich heiraten zu wollen, und ihn fragen, ob du ihn besuchen darfst. Aber du darfst nicht jetzt schon versuchen, ihn zu sehen!» Sie sah, daß er ernst dreinblickte, und legte schüchtern die Hand auf sein Knie. «Bitte, John!»

Er ergriff sie sofort und hielt sie tröstend fest. «Du mußt wissen, daß ich nichts täte, was deinem Großvater schaden könnte, Nell. Ich frage mich nur – aber das mußt du entscheiden! Mein armes Mädchen! Ich wollte, ich könnte dir helfen!»

Sie lächelte ihn an. «Oh, wenn du wüßtest, welches Glück es für mich ist, dich so nahe zu wissen, und daß du zu mir kämst, wenn ich dich riefe! Ich muß jetzt gehen. Ich habe Rose zur Aufsicht bei Großvater gelassen, während Winkfield ruht.»

Er bemühte sich nicht, sie zurückzuhalten, sondern stand auf und sagte: «Wo ist dein Pferd?»

«Draußen angebunden – war das nicht indiskret von mir? Was für eine schäbige Frau haben Sie sich doch ausgesucht, Captain Staple! Heiliger Himmel, wieso liegt mein Hut auf dem Boden?»

Er hob ihn auf und wischte den Staub ab. «Ich glaube, er fiel dir vom Kopf», sagte er. «Weißt du, er war mir so verflixt im Weg.»

«Elender! Du hast ihn einfach auf den Boden geworfen, als besäße ich ein Dutzend Hüte!» sagte sie fröhlich und streckte die Hand nach dem Hut aus.

Er reichte ihn ihr, aber bevor sie ihn aufsetzen konnte, nahm er sie nochmals in die Arme. «Wenn du schon gehen mußt, küß mich zum Abschied!»

Sie zog seinen Kopf zu sich herunter. «Dann bücke dich, mein Riese! Ich reiche nicht hinauf!» Es gab eine Pause. Dann sagte sie unsicher: «Laß mich jetzt los, John, ich muß wirklich gehen.»

Er gab sie frei. «Natürlich. Komm, ich hebe dich in den Sattel.»

Sie gingen in den herbstlichen Sonnenschein hinaus. Er holte ihr Reitpferd von der Weide, an deren Zaun sie den Zügel gehängt hatte, führte es ihr vor und prüfte die Gurten, bevor er sie in den Sattel hob. Als sie die Falten ihres Reitkleides ordnete, sagte er: «Wann sehe ich dich wieder?»

«Morgen, wenn Großpapa nicht krank ist oder – oder es nicht irgendein anderes Hindernis geben sollte. Übrigens, Henry hat mich über dich ausforschen wollen. Ich fürchte fast, er hat mich im Verdacht, daß ich ein zärtliches Gefühl für einen bloßen Zollwärter hege, aber ich glaube, ich habe ihn gut abgefertigt.»

«Ich glaube nicht, daß das der Grund ist. Er ist heute morgen durch die Schranke gefahren und versuchte sein möglichstes, herauszufinden, was aus Brean geworden ist.»

«Was hast du ihm erzählt?»

«Nichts – ich war geradezu das Bild eines stupiden Ochsen! Er hat Angst vor etwas – und ich wollte, ich wüßte, was es wohl ist!»

«Was kann Henry mit Brean zu tun haben?» fragte sie verwundert.

«Wenn wir das wissen, wissen wir vielleicht alles. Jetzt geh, mein Liebstes! Und denke daran, daß ich dir wirklich nahe bin.»

«Das könnte ich ja gar nicht vergessen», sagte sie schlicht, gab ihrem Pferd die Sporen und ritt fort.

Captain Staple sah ihr nach, wie sie in leichtem Galopp über das Feld ritt, und ging langsam zurück, um Beau fertigzubürsten.

Als er eine halbe Stunde später wieder ins Mauthaus kam, entdeckte er, daß Joseph Besitz von der Küche ergriffen hatte. Mr. Lydds Jacke hing über einer Stuhllehne, und er war dabei, Beaus Trense zu polieren. Als der Captain eintrat, schaute er auf und grinste ihn an.

«Morgen, Chef! Ich kam Sie besuchen, aber da ich zufällig dieses Zaumzeug da sehe, das Sie zum Reinigen hereingebracht haben – und nicht, bevor es das nötig hatte, wenn ich so frei sein darf, das zu sagen –, dachte ich, ich könnte es genausogut auch gleich für Sie aufpolieren. Ihre Steigbügel sind dort drüben.»

«Danke. Ich bin Ihm sehr verbunden», sagte John. «Schenke Er sich ein Glas Bier ein und mir auch gleich eines! Ist Ben am Tor?»

«Sozusagen ja. Er hat dem jungen Biggin noch vor zehn Minuten eingeheizt – eine regelrechte Keilerei war das, und das Blut strömte reichlich, wie das immer so ist, wenn Buben ihre Kräfte messen», sagte Lydd und nahm zwei Gläser und einen Krug aus dem Schrank. «Aber jetzt haben sie sich was anderes ausgedacht, denn sie zogen beide ab, als ich sie sah.»

«Hinter irgendeinem Unfug her, wahrscheinlich», sagte John, der sich am Spülstein heftig die Hände blankrieb. «Was führt Ihn heute morgen her?»

«Sie werden oben im Schloß verlangt, Chef, das ist es.»

John sah schnell über die Schulter zu ihm hin. «Wer verlangt mich?»

«Der Squire», sagte Lydd, den Krug füllend. «Hat heute früh als allererstes um mich geschickt. Seine Empfehlungen, und er würde sich freuen, Sie heute abend zu sehen, wenn Sie so nett sein wollten, ihm das Vergnügen Ihrer Gesellschaft zu machen. Was Sie, mit Verlaub, Sir, besser ja täten, denn ein Nein nimmt er nicht zur Kenntnis.»

John spülte die Seife von den Händen, drehte sich um und nahm das Handtuch auf. «Es gäbe nichts, das ich lieber täte – aber ich habe heute morgen Seine Herrin gesehen, und sie sagte mir, daß er nicht durch Besucher aufgeregt werden dürfe.»

«Der wird nicht aufgeregt», antwortete Lydd ruhig. «Das einzige, was ihn aufregen tät, wär, wenn wir seinen Befehlen nicht gehorchen. Außerdem weiß Miss Nell nicht, daß er Sie sehen will, Chef, weil er es ihr nicht gesagt hat und es ihr auch niemand sagen darf.»

«Was sagt sein Kammerdiener dazu?» fragte John unvermittelt.

«Er sagt, daß der Squire irgend was auf dem Herzen hat, und es wär ihm lieber, wenn man ihm das abnähme. Er hat sich die Freiheit genommen, dem Squire vorzuschlagen, daß er vielleicht lieber heute keinen Besucher haben sollte, aber der Squire hat ihm für seine

Mühe fast die Nase abgebissen, weil er schon wieder oben hinaus war und uns beiden sagte, noch ist seine Kerze nicht ganz heruntergebrannt. Er hat uns richtiggehend in die Hölle verwünscht, jawohl!» sagte Lydd mit schlichtem Stolz.

«Wenn er sich wohl genug fühlt, mich heute abend zu empfangen, komme ich», sagte John. «Aber ich kann den Jungen nach Einbruch der Dunkelheit nicht hier allein lassen, er hat Angst. Würde Er für mich auf das Tor aufpassen?»

«Bestens in Ordnung, Chef. So wie Mr. Winkfield und ich das geplant haben, habe ich den Stallburschen heimgeschickt und ihm gesagt, er braucht erst wieder in der Früh zu kommen, daher wird niemand in den Ställen sein, weil sich die zwei Prachtburschen vom Mr. Henry und vom Mr. Coate ohnehin regelmäßig jeden Abend zur Saufhöhle oben an der Straße davonmachen. Wenn sie vor Mitternacht zurück sein sollten, wäre das das erste Mal, und es tät auch nichts machen, weil sie dann viel zu besäuselt sind, um ein fremdes Pferd zu merken – selbst wenn sie in die Ställe gehen sollten, was ich noch nie bei ihnen erlebt hab, nicht um die Zeit nachts. Die erwischt man nicht dabei, daß sie nachschauen, ob alles in Ordnung ist, bevor sie schlafen gehen!» sagte Lydd mit bitterer Verachtung. «Wenn der Squire bei seinem Vorhaben bleibt, komme ich her, nachdem er zu Abend gegessen hat, und beschreib Ihnen den Weg. Er ist nicht schwer zu finden, und der Mond wird aufgegangen sein. Alles, was Sie tun müssen, Chef, ist, daß Sie in das erste Tor rechter Hand, zu dem Sie kommen, einbiegen, etwa eine Meile die Straße hinauf. Dort geht's zu den Ställen, der Weg führt nicht am Haus vorbei. Dort ist ein kleiner Weg, der zur Seitentür führt. Sie können sie nicht verfehlen. Mr. Winkfield wird dort sein und bringt Sie zum Squire.»

So kam es, daß Ben, als er nach dem Mittagessen von der Wache am Tor abgelöst wurde und erst in der Dämmerung nach einem von unerlaubten Abenteuern erfüllten Nachmittag mit Master Biggin zurückkam, sehr überrascht war, das Pferd des Captain wieder im Hühnerschuppen untergebracht zu finden. Als er etwas schuldbewußt in die Küche schlüpfte, erschrak er, als er sah, daß sein Beschützer das Hemd, das Mrs. Skeffling am Morgen gebügelt hatte, eine schön gebundene Krawatte und die Reitstiefel trug. John hatte Jacke und Weste noch nicht angezogen und war der angenehmen Tätigkeit hingegeben, Eier in einer Pfanne über dem Feuer zu braten. Die blankgewichsten Reitstiefel erfüllten Ben mit schlimmer Vorahnung. Er stand in offenkundiger Bestürzung da, starrte zum Captain auf, und seine rosigen Wangen wurden weiß.

John wandte den Kopf und betrachtete ihn mit der Andeutung eines Lächelns in den Augen. «Ich nehme an, wenn ich meine Pflicht dir gegenüber erfüllen sollte, dann müßte ich dich ohne Abendessen ins Bett schicken, was?» bemerkte er. «Hinter welcher Teufelei warst du wieder her, du abgefeimte kleine Range?»

«Chef – Sie gehen doch nicht fort?» stieß Ben mit zitternden Lippen hervor.

«Nein, ich gehe nicht fort, aber ich muß heute abend ausgehen. Du brauchst nicht so ängstlich dreinzuschauen, du dummer kleiner Affe! Mr. Lydd kommt sich um das Tor kümmern, also wirst du nicht allein sein.»

«Sie werden sich davonmachen!» sagte Ben, das Gesicht vor Mißtrauen angespannt. «Gehen Sie nicht, Chef – gehen Sie nicht fort! Sie haben gesagt, daß Sie mich nicht verlassen, bis mein Vater zurückkommt!»

«Jetzt hör mal, Ben! Was immer geschieht, ich werde nicht fortgehen, ohne es dir vorher zu sagen. Du wirst mich hier finden, wenn du in der Früh aufwachst – das ist ein Versprechen! Mr. Lydd wird hierbleiben, bis ich zurückkomme. Jetzt wasch dir den Schmutz von Gesicht und Händen und deck den Tisch!»

Ben, dessen Erfahrung ihn nicht gelehrt hatte, auch nur einen Funken Vertrauen in die Versprechungen Erwachsener zu setzen, brach in Tränen aus und wiederholte seine Überzeugung, daß er seinem Schicksal überlassen werden sollte.

«Du guter Gott!» rief John und stellte die Bratpfanne auf den Herdrand. «Jetzt komm einmal her, du elender kleiner Schafskopf!» Er nahm eine Kerze, packte Ben am Ohr und führte ihn in Breans Schlafzimmer. «Schaut das so aus, als hätte ich vor, davonzulaufen?»

Ben hörte auf, sich die Augen zu reiben. Als er die Tatsache begriffen hatte, daß die Elfenbeinbürsten des Captain immer noch die Kommode zierten, ebenso wie sein Rasierzeug und das Messer, das er zum Nägelkürzen verwendete, wurde er viel froher; und als Joseph Lydd bald nach acht Uhr im Mauthaus erschien, war er imstande, ihn mit völligem Gleichmut zu begrüßen.

Lydd, der das Kutschpferd ritt, glitt aus dem Sattel und zwinkerte dem Captain kräftig zu. «Man erwartet Sie, Sir», sagte er. «Ziemlich aufgekratzt ist er – wenn man bedenkt – für seinen Zustand.»

«Bringe Er dann also das Pferd zum Schuppen hinterm Haus», sagte John. «Beau ist dort. Ich muß ihn satteln.»

«Verzeihung, Chef, das ist mein Beruf! Komm schon, Knirps, du zeigst mir dieses große Roß, von dem ich schon so viel gehört hab.»

Eine halbe Stunde später ging Captain Staple den Pfad hinauf, der von den Ställen zum Ostflügel des Schlosses führte. Als er sich ihm näherte, wurde eine Tür geöffnet, und Lampenlicht zeigte ihm die Silhouette eines Mannes, der beiseite trat, sich verbeugte und mit ruhiger Stimme und gepflegter Aussprache sagte: «Guten Abend, Sir. Wollen Sie bitte eintreten.»

Captain Staple befand sich in einem mit Steinplatten belegten Gang. An einer Wand stand eine alte Truhe, und er legte Hut und Reitgerte auf sie. Als er seine Krawatte richtete, schaute er auf Winkfield hinab und sah einen ältlichen Mann mit graumeliertem Haar, einem Paar ruhiger grauer Augen in einem ausdruckslosen Gesicht und mit der unverkennbaren Prägung des persönlichen Kammerdieners. «Sie sind Sir Peters Kammerdiener? Wie geht es Ihrem Herrn?»

Eine Spur Gefühl huschte über Winkfields Gesicht. Er erwiderte: «Es geht ihm – so gut, wie man erwarten kann, Sir. Wenn Sie mir folgen wollen? Wollen Sie, bitte, entschuldigen, daß ich Sie über diese Treppe führe; es wird nicht gewünscht, daß ich Sie zur Halle bringe.»

«Nein, ich weiß. Es ist sehr gut so.»

Winkfield führte ihn zu der Galerie hinauf, an der die Räume des Squire lagen, und ließ ihn in das Ankleidezimmer treten. «Wen darf ich melden, Sir?» fragte er.

«Captain Staple.»

Wieder verbeugte sich Winkfield und öffnete die Tür in das große Schlafgemach. Sir Peter saß reglos in seinem Ohrensessel; und neben ihm saß, ihm einen Sportartikel aus einer Wochenschrift vorlesend, seine Enkelin. Als sich die Tür öffnete, blickte sie auf.

«Captain Staple», sagte Winkfield.

9

Die Zeitung flog zur Seite; Nell sprang auf, das Gesicht eine Studie widerstreitender Gefühle. Erstaunen, Ungläubigkeit, Zorn, alles stand darin. Sie sah prachtvoll aus, mit funkelnden Augen, plötzlich tief rot, mit wogender Brust, die sich sehr weiß gegen das Grün ihres alten Samtkleides abhob. Captain Staple blieb auf der Schwelle stehen, begegnete dem Trotz und Vorwurf in ihren Augen mit dem Schatten eines kläglichen Lächelns und einem fast unmerklichen Kopfschütteln.

«Bitte, kommen Sie herein, Captain Staple!»

Die Worte ihres Großvaters ließen Nell in noch heftigerem Erstaunen mit großen Augen auf ihn hinuntersehen. Er hatte den Kopf gehoben und hielt sein Monokel hoch. Ohne Eile betrachtete er den Captain von Kopf bis Fuß. Dann ließ er es fallen und streckte ihm seine Hand entgegen. *«How do you do?* Ich freue mich, daß Sie sich imstande sahen, mich zu besuchen, Sir. Sie entschuldigen, wenn ich nicht aufstehe, um Sie zu begrüßen – es liegt, wie ich leider sagen muß, nicht in meiner Macht, mich ohne Hilfe zu erheben.»

Der Captain kam durch das Zimmer und ergriff die Hand. *«How do you do, Sir?* Es ist an mir, um Entschuldigung zu bitten, weil ich so unpassend gekleidet vor Ihnen erscheine. Es hat mir wirklich noch nie so leid getan, daß ich von meinem Gepäck getrennt bin.»

Wieder tastete Sir Peter nach seinem Monokel. «Genau wie ich dachte: Scott!» bemerkte er.

Der Captain lächelte: «In der Tat, ja, Sir!»

«Meine Röcke pflegte Schultz zu machen, aber ihr Militärs geht immer zu Scott. Ich habe den Eindruck, Captain Staple, daß Sie meiner Enkelin nicht vorgestellt zu werden brauchen?»

«Nein, Sir.» John wandte sich Nell zu, um ihr die Hand zu drücken. Seine Finger umschlossen die ihren beruhigend. «Ich habe Miss Stornaways Bekanntschaft vor drei Tagen gemacht.»

«So, so!» sagte Sir Peter und betrachtete beide unter halbgeschlossenen Augenlidern. «Du mußt wissen, Nell, daß Captain Staple auf meine Einladung hin hier ist. Ich war sehr neugierig, ihn kennenzulernen.»

«Miss Stornaway weiß, Sir, daß es mein aufrichtiger Wunsch war, Ihnen meine Aufwartung machen zu dürfen. Wäre nicht Ihre Unpäßlichkeit gewesen, hätte ich um die Erlaubnis bitten müssen, es zu tun.»

«Ah! Ich bin unglücklicherweise von Leuten umgeben, die aus Dummheit und gutem Willen versuchen, mir die geringste Aufregung zu ersparen, und haben damit nur den Erfolg, daß sie mich bis zur Unerträglichkeit ärgern!» sagte Sir Peter scharf.

John lachte. «Das ist zu schlimm, Sir! Aber ich sehe, daß es Ihnen trotz allem, was sie anstellen, gelingt, Ihren Willen durchzusetzen!»

Während er sprach, zwang er Nell sanft, sich wieder hinzusetzen. Er selbst ging zu dem Stuhl, der seinem Gastgeber gegenüber auf der anderen Seite des Kamins stand. Winkfield kam mit dem Teetablett ins Zimmer zurück. Er warf einen Blick auf seinen Herrn und schien zufrieden zu sein, denn er schaute ihn nicht wieder an, sondern erlaubte sich statt dessen, Nell steif anzulächeln, als er das Tablett auf einen kleinen Tisch vor sie hinstellte.

Sie begann den Tee einzugießen. Sir Peter sagte: «Keine Angst! Wenn sich meine Enkelin zurückgezogen hat, sollen Sie meinen Brandy versuchen.»

«Um ehrlich zu sein, Sir», sagte John, stand auf und ging zum Teetisch, um aus Nells Händen eine Tasse entgegenzunehmen, «der Anblick eines Teetabletts ist mir höchst willkommen!» Er schaute sich im Zimmer um, erblickte einen kleinen Tisch, trug ihn zu Sir Peters Stuhl und stellte die Tasse in Reichweite von dessen rechter Hand darauf. «In meiner gegenwärtigen – hm – Anstellung sind solche Annehmlichkeiten unbekannt. Die Gäste, die ich habe, ziehen es vor, ihre Erfrischung aus einem Faß oder einer Flasche zu beziehen.» Er nahm seine eigene Tasse von Nell entgegen und ging zu seinem Stuhl zurück.

Sir Peter kicherte trocken. «Ohne Zweifel! Finden Sie Ihre gegenwärtige Beschäftigung angemessen?»

«Nicht ganz», erwiderte der Captain. «Ich glaube, sie würde mir bald höchst lästig werden. Man ist in seiner Bewegungsfreiheit so eingeschränkt. Ich muß jedoch zugeben, daß am Torhüten mehr dran ist, als ich früher angenommen habe. Ich hatte keine Ahnung, wie viele Menschen es zum Beispiel in der Welt gibt, die es darauf abgesehen haben, die Zollbehörden zu betrügen.»

Nell sah, daß ihr Großvater amüsiert dreinschaute. Ihre Erregung legte sich etwas; sie sah sich imstande, ein Wort einzuflechten und den Captain zu ermutigen, auf dieser Linie fortzufahren. Ihre Begegnungen waren alle nicht formell gewesen; sie erkannte jetzt, daß seine Manieren bei konventionelleren Gelegenheiten genau jene wohlerzogene Leichtigkeit hatten, die, wie sie wußte, Sir Peter freuen mußte. John sprach wie ein vernünftiger Mann und mit viel Humor; und sie sah bald, daß sie keine Angst zu haben brauchte, er könne irgendeine Bemerkung fallenlassen, die ihren Großvater verstören könnte. Ihr Herz stand fast still, als Sir Peter ihn fragte, was seiner Vermutung nach aus Brean geworden sein könnte; er aber erwiderte, ohne zu zögern und mit einem Augenzwinkern: «Ich fürchte sehr, Sir, daß er im Gefängnis schmachtet, und ich hoffe um seinetwillen, daß es seinen Dienstgebern nicht zu Ohren kommt. Es scheint ziemlich klar, daß er auf eine Sauftour ging, ein bißchen zu tief ins Glas schaute und die Nacht damit beendete, daß er sich mit der Wache anlegte. Ich nehme an, daß es einen lebhaften Raufhandel gab – vier von fünf meiner Kavalleristen waren fatalerweise immer bereit, ihre Streifen zu verscherzen, sobald sie Schlagseite hatten!»

«Sie waren bei der Kavallerie, Captain Staple?»

«3. Dragoon Guards, Sir. Ich quittierte 1814.»

«Sie dürften Jäger sein. Shires?»

Der Captain schüttelte den Kopf. «Unerreichbar für mich. Ich verbrachte ein, zwei Tage im Quorn, aber meine Jagdreviere sind hauptsächlich Provinz. Ich bin im Hertfordshire daheim. Ich finde, ich habe dort sehr anständige Jagdmöglichkeiten mit einem bescheidenen Stall. Einer meiner Freunde, der regelmäßig im Quorn jagt, versicherte mir, daß er ein Minimum von zehn Pferden benötigt – und da ich über sein Land geritten bin, glaube ich das gern.»

«Zwölf! Besser sogar noch vierzehn!» sagte Sir Peter, lebhaft geworden. «Ich erinnere mich . . .»

Seine Enkelin, die stumm Segen auf das Haupt ihres Liebsten herabflehte, lehnte sich im Stuhl zurück und war froh, daß sich Sir Peter gut unterhielt. Seine Geschichten, die sie schon oft gehört hatte, beachtete sie nicht. Es genügte ihr zu wissen, daß er glücklich war und seinen gegenwärtigen Kummer über den Erinnerungen an vergangene, bessere Tage vergaß. Selbst wenn sich Captain Staple ihrem Großvater gegenüber unbeholfen betragen hätte, hätte sie ihn lieben müssen; aber sein Takt, der, wie sie wußte, der Güte entsprang, konnte seinen Wert in ihren Augen nur noch steigern. Sie verfiel in eine angenehme Träumerei, aus der sie bald geweckt wurde, als sie Sir Peter sagen hörte: «Staple ... In Oxford war zu meiner Zeit ein Staple. Sind Sie mit Saltash verwandt?»

«Ich bin sein Vetter, Sir.»

«Aber nein, wirklich?» Sir Peter nahm seine Schnupftabakdose auf, legte sie in seine geschwächte Linke und ließ sie aufspringen. «Der Mann, den ich kannte, muß sein Großvater gewesen sein. Wir machten unsere Kavalierstour so ziemlich zur gleichen Zeit. Ich kann mich erinnern, daß ich ihn in Rom traf, 1763 oder 64 – ich habe es vergessen. Er hatte eine Art Erzieher im Schlepptau, erhielt aber seine wahre Erziehung von einem reizenden Persönchen. Nannte sich Contessa. War natürlich nichts dergleichen, aber das kümmerte niemanden. Im großen und ganzen kostete sie ihn ein hübsches Sümmchen, aber er war sehr gut bei Kasse. Gab auch großartige Gesellschaften – alle jungen Leute und Lebemänner pflegten hinzugehen. Eisgekühlter Champagnerpunsch – er hatte ein Rezept, das ihm irgendein Bursch in Frankfurt gegeben hatte –, machte einen teuflisch benommen, wenn man nicht an ihn gewöhnt war. Staple war das natürlich; war überhaupt äußerst trinkfest. Habe ihn nie wirklich betrunken erlebt, obwohl er nicht sehr oft nüchtern war in jenen Tagen. Ich glaube, er wurde ruhiger, als er den Titel erbte.»

Captain Staple, der mit großem Vergnügen diesen einnehmenden Erinnerungen zugehört hatte, sagte: «Nach allem, was ich je über ihn gehört habe, klingt das sehr nach meinem Großvater, Sir. Haben sie ihn nicht ‹Flederwisch› genannt?»

«‹Flederwisch›!» echote Sir Peter. «Stimmt, das war's! Also Sie sind sein Enkel!»

Es war klar, daß ihm seine Verwandtschaft mit diesem unberechenbaren Ahnherrn in den Augen seines Gastgebers keinen schlechten Dienst erwies. Sir Peter sagte bedauernd, heutzutage gebe es wenig Männer seines Schlages, verfiel in ein erinnerungsschweres Schweigen und saß, ins Feuer starrend, da, bis Winkfield hereinkam, um das Teetablett abzutragen. John, der den alten Herrn beobachtet hatte, tauschte einen Blick mit Nell, nickte als Antwort auf das, was ihre Augen sagten, und erhob sich.

Die Bewegung schien Sir Peter in die Gegenwart zurückzubringen. Er hob den Kopf von der Brust und sagte herrisch: «Zeit, daß du ins Bett gehst, Nell! Captain Staple wird dich entschuldigen.»

«Ich glaube, auch für mich ist es an der Zeit, zu gehen, Sir», sagte John.

«Unsinn! Setzen Sie sich. Schwindeln Sie mir nicht vor, daß Sie schon um diese Stunde zu Bett gehen!»

«Darf ich nicht morgen wiederkommen?» meinte John.

«Könnte sein, daß Sie mich nicht mehr antreffen, junger Mann», sagte Sir Peter mit einem grimmigen Lächeln. «Ich weiß nicht, wieviel Zeit ich noch habe, und ich kann es mir nicht leisten, sie zu verschwenden. Stelle Er den Brandy her, Winkfield, und verschwinde Er dann. Ich läute, wenn ich Ihn brauche.»

«Ich bin im Ankleidezimmer, Sir», sagte Winkfield.

Er schien seinen Herrn anzusprechen, hielt aber die Augen auf John gerichtet. Dieser nickte, und er verbeugte sich ganz leicht.

«Du darfst mir einen Gutenachtkuß geben, Nell, und dann fort zu Rose. Hinunter gehst du mir nicht – hörst du mich, Mädchen?»

Sie beugte sich über ihn und küßte ihn auf die Stirn. «Sehr deutlich, Liebster! Ich habe ja gar nicht vor, hinunterzugehen. Bitte, halte Captain Staple nicht allzulange von seinem Tor fern!»

Er winkte ihr ungeduldig, zu gehen. Sie ging zur Tür, die John für sie offenhielt, blieb stehen und streckte ihm die Hand hin. «Gute Nacht – Captain Staple!»

Er führte ihre Hand an die Lippen. «Gute Nacht – Miss Stornaway!» erwiderte er und lächelte auf sie nieder.

Sie ging hinaus, er schloß die Tür hinter ihr und drehte sich um; Sir Peters Monokel war wieder erhoben.

«Hm! Schenken Sie sich Brandy ein!»

«Später vielleicht, Sir, wenn ich darf.»

«Gut abgerichtet, wie? Sie glauben, wenn Sie ihn trinken, werde ich es auch tun – und zum Teufel mit dem Doktor!»

«Nein, ich bin nicht abgerichtet. Soll ich Ihnen eingießen, Sir?»

«Nein, für mich gibt's irgendein verdammtes Stärkungsmittel. Winkfield bringt es, wenn ich läute – aber auch, wenn ich nicht läute. Setzen Sie sich. So, junger Mann, und jetzt – Handschuhe ausgezogen, gegenseitig, bitte sehr! Ich war nie einer, der viel auf Förmlichkeit hielt, und ich habe zu wenig Zeit übrig – vielleicht nicht einmal genug für das, was ich noch tun muß. Aber bei Gott, ich ziehe durch, damit ich es zu Ende bringen kann! Was redet man im Dorf über den Squire? Verrückt wie nur was, wie?»

«Man spricht mit Liebe von Ihnen, Sir.»

«Schwindeln Sie mich ja nicht an! Ich kenn die doch! Ich bin zwar erledigt, aber liege noch nicht ganz am Boden, und ich versichere Ihnen, im Oberstübchen bin ich noch ganz richtig! Glauben Sie, daß ich aus purer Neugier nach Ihnen geschickt habe? Habe ich nicht!»

«Ich glaube, Sie haben nach mir geschickt, um zu sehen, was für eine Art Mann es wohl ist, der sich in Ihre Enkelin verliebt hat», sagte John.

«Das nenn ich Tempo! In drei Tagen?» sagte Sir Peter höhnisch.

«Nein. In drei Sekunden.»

«Geht die Liebe bei Ihnen genauso schnell vorüber, wie sie anfängt?»

«Das kann ich nicht sagen, Sir, weil mir das noch nie passiert ist», sagte John mit lachenden Augen.

«Guter Gott, Junge, wollen Sie mir erzählen, daß Sie noch nie vorher verliebt waren?»

«O nein! Ich habe geglaubt, daß ich verliebt sei, aber ich habe noch nie vorher eine Frau getroffen, von der ich wußte, daß sie die einzige ist, die ich meine Frau nennen wollte.»

«Wie alt sind Sie?»

«Neunundzwanzig, Sir.»

«Na ja, da müßten Sie eigentlich wissen, was Sie wollen – und Sie schauen mir ganz danach aus, daß Sie das wissen, wahrhaftig!»

«Das stimmt.»

«Dann sollen Sie lieber wissen, daß sie nicht einen Penny besitzt», sagte Sir Peter barsch.

«Ich bin kein reicher Mann, Sir, aber mein Vater hinterließ mir einen kleinen Besitz. Ich glaube, ich kann Sie überzeugen, daß ich genügend Mittel besitze, um eine Frau erhalten zu können.»

«Wenn ich sterbe, Captain Staple, werde ich meinen Namen, meinen Titel und meine Güter hinterlassen. Meine Güter sind belastet; mein Titel wird den Tropf zieren, der mein Enkel ist. Ein Herumtreiber wie sein Vater, und ein verdammter Windbeutel! Ich werde tot sein, bevor er meinen Namen durch den Schmutz zieht, welcher Art der auch immer sein mag, durch den er watet, aber er wird es tun, so sicher wie nur etwas. Ich möchte Sie daran erinnern, daß das auch Nells Name ist.»

«Ich hoffe, der Fall liegt nicht so verzweifelt, wie Sie fürchten», sagte John. «Ich kenne Ihren Enkel nicht, habe ihn aber gesehen und würde ihn eher für einen Schwächling als einen Schurken halten. Darf ich sagen, daß ein einziger Windbeutel in einer Familie einen ehrenvollen Namen nicht in Schande bringen kann?» Er lächelte und fügte hinzu: «Nach allen Berichten zu schließen, war mein Großvater selbst einer, aber wir halten unseren Namen trotzdem für gut!»

«Ihr Großvater! Ja, er war ein Wüstling und ein Spieler, aber bei ihm hieß es, spielen oder zahlen, und er ritt schnurstracks auf seine Zäune zu! Er hatte kein schlechtes Blut in sich, aber in Henry ist mehr schlechtes als gutes.» Er hob die Hand und ließ sie wieder in einer ohnmächtigen Geste fallen. «Ich habe das schon vor Jahren erkannt, als ich ihn aus jener ersten verfluchten Klemme zog. Aber damals lebte Jermyn noch. Ich habe nie daran gedacht, daß Jermyn im Krieg fallen könnte oder daß ich das hilflose Wrack werden könnte, das ich heute bin – so hilflos, daß ich weder meine Enkelin vor der Galanterie des ordinären Spitzbuben schützen kann, den mein Erbe in mein Haus eingeführt hat, noch das saubere Pärchen hinauswerfen kann!»

«Regen Sie sich darüber nicht auf, Sir!» sagte John. «Ob mit oder ohne Ihre Erlaubnis werde ich mich um Nell kümmern, und was Ihren Enkel und seinen Speckfresser von Kumpan betrifft, brauchen Sie nur ein Wort zu sagen, und ich werde mich glücklich schätzen, sie an Ihrer Stelle aus Ihrem Haus zu werfen. Und zwar sofort, wenn Sie wollen!»

Sir Peter schüttelte den Kopf. Er schaute unter den Brauen hervor zu John auf, und ein Lächeln verzog seine Lippen. «Nein. Nein. Besser nicht. Es ist irgend etwas im Gange. Dieser Spitzbube hat Henry unter dem Daumen, und Henry hat Angst. Solange ich noch lebe, hat er keine Rechte hier, aber sowie ich sterbe, gehört das Haus ihm – und ich kann schon morgen sterben.»

«Das hoffe ich nicht, Sir, aber ich bin mit Ihnen einer Meinung, daß es besser ist, wir behalten diese Edelmänner da, wo wir beobachten können, was sie treiben. Ich fürchte nichts für Nell. Sie zumindest ist kein Schwächling, und sie hat sehr treue Beschützer in Rose und Joseph.»

«Sie ist sicher, solange ich lebe», sagte Sir Peter. Seine Hand fingerte an der Armlehne herum. «Ich habe mein Bestes getan!» sagte er plötzlich wie zur Antwort auf eine Herausforderung. «Habe sie auf eine Saison zu ihrer Tante geschickt. Ein verdammt törichtes Weib – nichts als Dünkel und Standesbewußtsein, aber sie geht zu all den vornehmen Gesellschaften. Mürrisch wie ein Bär war sie – aber doch nicht zu steifnackig, um eine schöne Summe für ihre Dienste zu nehmen! Sie hatte die höllische Unverschämtheit, mir zu sagen, mein Mädchen sei ein Mannweib! Ha! Nell hat einen viel zu starken Geist für den Geschmack dieser Mylady! Damals hätte ich Nell eine Mitgift geben können, aber sie ist nicht ‹angekommen›. Nein. Und keiner der Stadtfräcke hat Gnade vor ihren Augen gefunden. Es blieb einem Wüstling und Stutzer – einer richtigen Hyäne – vorbehalten, mir zu sagen, daß er sich freuen würde, sie zu heiraten! Bei Gott, wenn ich meine Kraft eine einzige Minute lang hätte wiederhaben können –!»

John, die Augen aufmerksam auf Sir Peters Gesicht geheftet, aber die tiefe Stimme sehr ruhig, unterbrach ihn: «Erscheine ich Ihnen wirklich als Wüstling und Stutzer, Sir? Aber ich schwöre – eine Hyäne bin ich nicht!»

Die wilden alten Augen starrten ihn an: «Doch nicht Sie, Sie Narr! Coate!»

«Was – hat der einen Heiratsantrag gemacht? In dem Kerl muß doch ein besserer Kern stecken, als ich angenommen hätte. Aber warum quälen Sie sich, Sir? Sicher, es ist eine Frechheit, aber Sie wissen doch, Leute niedriger Herkunft erlauben sich nun einmal Übergriffe. Ich wollte, Sie überließen diesen Coate mir und sagten mir lieber, ich dürfe mit Ihrer Erlaubnis Nell heiraten!»

In Sir Peters Augen stand der Schimmer eines Lächelns. Er sagte: «Bedeutet Ihnen meine Erlaubnis so viel?»

«Nein», antwortete John freimütig, «aber Nell! Ich würde mich ihr, wie ich gestehen muß, lieber mit Ihrer Zustimmung erklären, aber ich möchte Sie nicht täuschen, Sir! Ich gedenke Ihre Enkelin mit oder ohne Ihre Einwilligung zu heiraten.»

Das Lächeln verstärkte sich. «Joe hat mir erzählt, daß Sie ein Bursche nach meinem Herzen seien, und einmal in seinem Leben hat der Schurke recht! Ich wünsche Ihnen alles Gute – Sie mögen vielleicht verrückt sein, aber ein verdammter Abenteurer sind Sie nicht.» Seine Hand auf der Armlehne entspannte sich. Wieder sank der Kopf auf die Brust, aber er hob ihn mit Anstrengung, als John aufstand, und sagte scharf: «Gehen Sie noch nicht. Ich habe Ihnen noch etwas zu sagen!»

«Ich gehe nicht, Sir.» John wartete, bis sich der Kopf wieder senkte und ging dann leise zu der Tür zum Ankleidezimmer.

Winkfield döste in einem hochlehnigen Stuhl am Tisch, stand aber mit einem ängstlich fragenden Blick schnell auf.

«Ich glaube, Ihr Herr sollte lieber sein Stärkungsmittel nehmen», sagte John. «Er ist müde, will mir aber nicht erlauben, ihn zu verlassen, bis er mir nicht etwas gesagt hat, das ihn anscheinend beschäftigt. Ich glaube, es ist am besten, man läßt ihm seinen Willen. Geben Sie mir das Stärkungsmittel. Ich werde darauf schauen, daß er es trinkt.»

Der Kammerdiener nickte und maß es in ein Weinglas ab. «Wenn Sie ihn beruhigen könnten, Sir!»

«Ich kann es zumindest versuchen. Sagen Sie mir das eine – versucht dieser Galgenvogel da unten, sich der Aufmerksamkeit Miss Nells aufzudrängen?»

«Einmal, Sir – aber zufällig war ich bei der Hand. Seit damals nicht wieder.»

John nickte und nahm das Glas von ihm entgegen. «Schicken Sie mir Nachricht, sollte er lästig werden!» sagte er und ging in das Schlafzimmer zurück.

Sir Peters Augen waren geschlossen, aber er öffnete sie, als John durch das Zimmer kam, und sagte gereizt: «Ich habe nicht geschlafen! Was ist das?»

«Ihr Stärkungsmittel, Sir.»

«Ich mag das Zeug nicht!»

«Gut, Sir, dann aber darf ich mich beurlauben.»

«Verdammter Bursche, der seinen Dickkopf durchsetzen muß!» fuhr ihn Sir Peter an. «Setzen Sie sich!»

John drückte das Glas in die tastende Hand und führte es ihm zum Mund. Sir Peter trank etwas und schwieg eine Weile. Dann sagte er mit etwas stärkerer Stimme: «Tun Sie, wie ich Ihnen geheißen habe. Ich bin nicht so schwach, daß man mich füttern müßte!»

John gehorchte und zog ohne ein Wort Nells Stuhl heran. Sir Peter trank langsam seinen Stärkungstrunk aus. Er sträubte sich nicht, als ihm das leere Glas sanft aus der Hand genommen wurde, sondern schien in Gedanken verloren vor sich hinzustarren. Dann wandte er sich John zu und sagte: «Sie meinen, sie können mich beschwindeln, aber das können sie nicht! Alle miteinander behandeln mich, als sei ich kindisch oder schwachköpfig! Ich kann die Wahrheit nicht aus ihnen herausbekommen, nicht einmal aus Winkfield, obwohl er mir schon seit dreißig Jahren dient. Er meint zweifellos, es würde mich umbringen, wenn ich wüßte, was in meinem Haus vorgeht. Schwachsinniges altes Weib! Sie sind alle weg, die Menschen, die ich kannte und denen ich vertrauen konnte. Birkin war der letzte von ihnen, und er hat vor zwei Jahren seinen letzten Atemzug getan. Es ist schlimm, wenn man seine Generation überlebt, mein Junge.»

«Wollen Sie mir erzählen, was Sie bedrückt, Sir? Wenn ich die Antwort auf das, was Sie mir sagen wollen, weiß, werde ich sie Ihnen geben.»

«Ich glaube, daß Sie es tun – Sie haben nicht das Gesicht eines Menschen, der einem zum Munde redet. Sie sind ebenfalls ein Gentleman. Ich habe schon monatelang keinen mehr gesehen – mit Ausnahme des alten Thorne, und der ist ein Pfarrer und kein Mann meines Schlages. Aber Sie können mir glauben, daß ich weiß, wenn man mich beschwindelt, also versuchen Sie ja nicht, mir zu schmeicheln. Was hat meinen Enkel und diesen Kerl nach Kellands geführt?»

John begegnete den forschenden Augen offen. «Darauf kann ich Ihnen keine Antwort geben, Sir, weil ich keine weiß.»

«Henry ist nicht aus Liebe zu mir hergekommen, noch Coate zu einem Landaufenthalt!»

«Höchst unwahrscheinlich, stelle ich mir vor.»

«Die beiden führen nichts Gutes im Schilde. Schulden sind es nicht. Nein, das nicht. Er hätte es mir gesagt, wenn das alles wäre. Wenn ein Haftbefehl gegen ihn ergangen ist, dann wäre das hier der erste Ort, an dem man ihn suchen würde. Benützen die beiden mein Haus als Schild, das irgendein schmutziges Gaunerstück decken soll?»

«Sachte, Sir! Das ist nichts als eine Vermutung. Die Wahrheit kann sich vielleicht als weniger ernst herausstellen, als Sie fürchten. Was immer es sein mag, es kann nur Schaden stiften, wenn Sie sich aufregen.»

«Wollen Sie mir erzählen, Sie meinen, die beiden seien aus einem redlichen Grund hier?» verlangte Sir Peter zu wissen.

«Nein, das will ich gar nicht. Ich glaube, daß irgend etwas verteufelt Undurchsichtiges im Gange ist, und das ist die Wahrheit», sagte John rundheraus. «Genau das ist meine Absicht, zu entdecken, worum es geht. Deshalb bleibe ich ja in dem verdammten Mauthaus! Es hat seine Nachteile, aber wissen Sie, es ist kein schlechter Hinterhalt!»

Sir Peter betrachtete ihn eindringlich. «Ist der Zollwärter da hineinverwickelt?»

«Auch das wieder weiß ich nicht, obwohl ich den Verdacht habe, daß er es ist. Ich habe einige Hoffnung, wenigstens seinen Aufenthalt zu entdecken, und wenn ich ihn finden kann, dann verlassen Sie sich darauf, daß ich auch den Rest herausfinde. Solange wir jedoch nicht etwas mehr wissen, scheint mir, dürfte es unserem Zweck nicht dienen, diese Burschen hinauszuwerfen. Sollte es sich herausstellen, daß es eine Sache ist, auf die der Galgen steht, dann wollen Sie es unterdrückt und nicht hinausposaunt haben.»

«Ich will meinen Namen reingehalten haben!» sagte Sir Peter.

«Ich gebe Ihnen mein Wort, daß ich mein Äußerstes dafür tun will, Sir», sagte John fest.

«Vielleicht müssen Sie feststellen, daß das nicht in Ihrer Macht steht.»

«Wenn das der Fall ist, dann jedoch wird es nicht außer meiner Macht liegen, darauf zu sehen, daß kein Schatten auf Sie oder Nell fällt.»

«Ich denke ja dabei an Nell. Wenn wir in einen Skandal verwickelt werden –» Er brach ab, seine Hand schloß und öffnete sich.

«Guter Gott, Sir, Sie können doch nicht annehmen, daß das auch nur den geringsten Unterschied machen könnte!» rief John aus. «Stellen Sie sich vor, ich könnte die Verlobung lösen?»

«Nein – aber sie!» erwiderte Sir Peter.

«Wirklich?» sagte John mit einem Funkeln in den Augen. «Das würden wir noch sehen!»

Sir Peter schaute ihn sonderbar an, war aber still. Nach einer Weile stand John auf. «Ich glaube, ich verlasse Sie jetzt, Sir. Es gibt zwar keinen Grund, warum Sie mir vertrauen sollten – ich könnte ja der schäbigste Betrüger sein! Aber ich wollte, Sie gäben sich damit zufrieden und überließen es mir, diese geheimnisvolle Geschichte in Ordnung zu bringen!»

Das entlockte Sir Peter ein leichtes Lächeln. «Ein komischer Betrüger! Hätte Ihnen doch nicht alles das erzählt, wenn ich Ihnen nicht traute!» Er streckte die Hand aus. «Es hat mir gutgetan, Sie zu sehen. Sie werden auf mein Mädchen aufpassen.»

«Davon seien Sie völlig überzeugt», sagte John und drückte ihm warm die Hand.

«Jermyn hätte Sie gemocht», sagte Sir Peter unvermittelt. «Sie erinnern mich etwas an ihn. Er war auch ein großer Bursche. Ich bin Ihnen sehr verbunden, daß Sie hergekommen sind. Ich werde Sie wiedersehen. Schicken Sie mir meinen Kammerdiener herein, ja?»

Im Ankleidezimmer fand John Nell vor, die leise mit Winkfield sprach. Sie schaute auf und lächelte, flüsterte aber: «Du warst so lange bei ihm!»

«Ich glaube nicht, daß es ihm geschadet hat. Ich hoffe nicht. Winkfield, er wünscht, daß ich Sie zu ihm hineinschicke. Ich lasse mich selbst aus dem Haus. Gute Nacht!»

«Gute Nacht, Sir, und danke!»

Als sich die Tür ins Schlafzimmer hinter dem Kammerdiener schloß, ging Nell auf John zu. Die Halbschleppe ihres Abendkleides rauschte leise über den Boden. Er öffnete die Arme, und sie ging auf ihn zu, als fände sie es das Natürlichste von der Welt, von ihnen umfangen zu sein. «Oh, ich war so böse, so sehr böse!» murmelte sie.

Er legte ihr die Hand auf den Kopf und strich die dichten Locken glatt. «Das weiß ich! Der Blick, den du mir zugeworfen hast! Ich habe geglaubt, ich bin mit einem Basilisken verlobt!»

«O nein!» protestierte sie. «Wie infam von dir, so etwas zu sagen! Ich war erschrocken – blitzartig wußte ich, daß du nicht gekommen wärst, hätte man dich nicht geholt. Winkfield erzählte mir jetzt, wie es war. Wie hinterlistig von Großpapa! Er hat mir kein Wörtchen davon gesagt. Ich war noch nie im Leben so verlegen, denn er hat uns ganz genau beobachtet. Oh, und du warst so gut zu ihm! Du hast mit ihm genau so geredet, wie du solltest. Ich weiß, daß du ihm gefallen hast!» Sie schaute zu ihm auf. «Was hat er dir gesagt, als ich fort war?»

«Er hat mir erlaubt, mich dir zu erklären, mein Herz – daher frage ich Sie höchst formell, ob Sie mir die Ehre erweisen, meine Hand zur Ehe anzunehmen, Ma'am?»

«Wie albern du bist! Was soll ich darauf sagen? Du mußt doch wissen, daß ich in diesen Sachen keine Erfahrung habe, und ich möchte nicht mit der geringsten Ungehörigkeit antworten!»

«Du mußt sagen: ‹Ja, Sir, ich will!›»

«Sicher müßte ich etwas verwirrt sein, überrascht dreinschauen, vielleicht mich eine Weile zieren!»

«Gott sei Dank, daß du nicht so affektiert bist! Und ich muß Sie daran erinnern, Ma'am, daß wir uns heute schon einmal getroffen haben!»

Sie kniff ihn ins Kinn. «Wie unschön von dir, mich daran zu erinnern. Es war ja wirklich sehr ungehörig!»

«Stimmt genau. Und falls du daher nicht willst, daß ich dich für eine ungeheuer kokette Person halte, mußt du versprechen, mich zu heiraten!»

«John – wie machst du das eigentlich, daß du mit den Augen lachst und das Gesicht dabei ganz ernst bleibt?»

«Ich weiß nicht, und du hast mir noch immer nicht geantwortet!»

«Ach, du weißt doch, daß ich will. Aber noch nicht gleich. Noch nicht, solange mich Großvater braucht. Das darfst du nicht von mir verlangen, Liebster! Ich könnte ihn einfach nicht verlassen!»

«Nein, das sehe ich ein. Hab keine Angst vor mir. Ich will dich nicht quälen. Küsse mich noch einmal, und dann muß ich gehen!»

Sie hätte ihn zum Seiteneingang begleitet, aber er erlaubte es nicht. Sie trennten sich oben an der Treppe, er, um leise das Haus zu verlassen, sie, um sich in ihr Zimmer zurückzuziehen und allein mit ihrem Glück zu sein.

Winkfield, der verstohlen seinen Herrn ansah, als er dessen Schlafzimmer betrat, war befriedigt, daß der Besuch des Captain ihm nicht geschadet hatte. Er hatte erwartet, ihn sehr müde vorzufinden, sah aber, daß er hellwach war, ins Feuer starrte und leise mit den Fingern auf die Armlehne trommelte. Der Kammerdiener begann die Überdecke vom Bett zu ziehen und Nachthemd und Nachtmütze seines Herrn herauszulegen. Er schrak zusammen, als Sir Peter plötzlich sagte: «Noch nicht! Bring mir Feder, Tinte und Papier!»

«Sir?» sagte Winkfield und schaute ihn blinzelnd an.

«Tu Er nicht, als sei Er taub! Ich muß einen Brief schreiben.»

Sehr bestürzt sagte Winkfield: «Es ist sehr spät, Sir – wollen Sie nicht lieber –»

«Daß es spät ist, weiß ich. Der Brief muß aber sofort geschrieben werden, wenn er noch mit der Post abgehen soll. Wann verläßt sie Sheffield nach London?»

«Um sechs Uhr früh, glaube ich, Sir, aber –»

«Joseph muß hinreiten, um sie zu erreichen.»

Der Kammerdiener rang fast die Hände. «Ich bitte Sie inständig, Sir, verlangen Sie nicht von mir, Ihnen um diese Zeit noch Feder und Tinte zu bringen! Der Arzt verlangte ganz besonders, daß Sie nicht spät aufbleiben, und es ist jetzt zehn Uhr vorüber!»

«Zum Teufel mit dem Doktor! Und mit Ihm auch. Tu Er, was ich Ihm befehle!»

«Sir –»

Sir Peter hob die Hand, packte den Arm des Kammerdieners und schüttelte ihn schwach. «Winkfield, alter Freund, ich habe keine Zeit mehr – keine Zeit! Willst du, daß ich heute nacht friedlich schlafe?»

«Das weiß Gott, Sir!»

«Dann hindere mich nicht! Ich weiß, was ich tue. Außerdem fühle ich mich wohl – sehr wohl!»

Der Kammerdiener seufzte verzweifelt, ging zum Schreibschrank und öffnete ihn. «Sie werden sich umbringen, Sir», sagte er verbittert.

«Sehr wahrscheinlich. Glaubst du, mir liegt daran? Laß mich nur noch einen Knoten ganz fest binden, und je eher dieses elende Dasein dann endet, um so mehr wird es mich freuen! Ich werde es zu Ende bringen – ich tue immer, was ich vorhabe, oder nicht?»

«Ja, Sir – leider Gottes!»

Sir Peter kicherte trocken. Er wartete, bis ihm Winkfield ein Brett über die Armlehnen des Sessels gelegt und das Tintenzeug daraufgesetzt hatte. Dann sagte er unvermittelt: «Das war ein ganz anderer Besucher als der, den ich gestern abend empfangen habe.»

«Ja, wirklich, Sir!»

«Schneidig. Nichts Seltsames an dem, keine Heulsuse! Ich habe seinen Großvater gekannt.»

«Wirklich, Sir? Es ist seltsam, daß er die Mautschranke hütet, aber er ist natürlich durchaus ein Gentleman.»

Sir Peter tauchte die Feder in das Tintenfaß. «Der freche Hund! Er wirbt um Miss Nell!»

«Das hat man mir zu verstehen gegeben, Sir.»

Sir Peter warf ihm einen Blick zu. «Es wird doch das Richtige sein, nicht?»

«Ich glaube schon, Sir. Wenn ich so sagen darf, ich habe Miss Nell noch nie so strahlen gesehen. Es hat mich ganz verblüfft, wie sie den Captain anschaut. Rose behauptet, er sei uns wirklich von der Vorsehung geschickt worden.»

«Möglich. Er kommt jedenfalls genau zur richtigen Zeit daher. Wie heißt mein Anwalt? Es ist nicht Raythorne – der starb vor Jahren. Wer ist der Kerl, der sein Nachfolger ist?»

«Mr. Marshside, Sir», sagte Winkfield erstaunt.

«Marshside – richtig, der ist das! Halte mir dieses verdammte Papier fest.» Er begann langsam und etwas mühsam zu schreiben. «Wann erreicht die Post London?»

«Es heißt, sie legen die Reise jetzt in sechzehneinhalb Stunden zurück, Sir. Sie dürfte das Hauptpostamt um ungefähr zehn Uhr abends erreichen, obwohl man das kaum für möglich halten würde.»

«Bin froh, daß ich nicht mit ihr reisen muß.»

«Nein, Sir, muß sehr unbequem sein, in einem solchen Tempo dahinzurasen.»

Sir Peter knurrte und tauchte die Feder wieder ein. Als er schließlich seine Unterschrift auf das Blatt gesetzt hatte, war er sehr erschöpft und seine Hand zitterte. Winkfield nahm ihm die Feder aus den Fingern. «So, Sir, mehr brauchen Sie nicht mehr zu machen. Ich versiegle den Brief und schreibe die Adresse selbst.»

«Marshside – irgendwo in Lincoln's Inn Fields», murmelte Sir Peter.

«Ja, Sir, ich weiß.»

«Er muß die Post erreichen!»

«Ich verspreche es Ihnen, Sir.»

Sir Peter schien zufrieden zu sein und sagte nichts mehr. Er ließ Winkfield mit sich tun, was er wollte. Erst als sein Kopf auf dem Kissen lag, belebte er sich etwas und öffnete die Augen. Sie waren überraschend klar, ja sogar spitzbübisch. «Ich kann meine Pferde immer noch gut zusammenhalten!» sagte er. «Ich werde es euch schon noch zeigen.»

Captain Staple sah, daß sich in den Ställen nichts rührte, als er das Haus verließ, und bald ritt er im Trab die Straße zum Mautschranken hinab. Das Licht war trüb, aufkommende Wolken verdunkelten den Mond, und ein leichter, kühler Wind ließ einige Blätter von den Bäumen flattern. Auf der Straße begegnete John niemandem und sah bald den gelben Schimmer der Sturmlaterne vor sich, die am Tor hing. Als er es erreichte, stieg er ab und schraubte den Lampendocht niedriger, der zu hoch flammte. Nachdem er das zu seiner Befriedigung gerichtet hatte, drehte er sich um und wollte das Tor etwas aufstoßen, damit Beau durchgehen konnte. Als er aber seine Hand daranlegte, blies ihm ein Windstoß den unverkennbaren Geruch von glimmendem Tabak entgegen. So schwach er war, witterte ihn John doch. Während er so tat, als tastete er nach der Befestigung am Tor, suchten seine Augen bei gesenktem Kopf heimlich die Schatten ab, die die wuchernde Hecke am Straßenrand jenseits eines derben Grasstreifens und eines Grabens warf. Fast sofort sah er den winzigen Rauchfaden, der von einer ganz schwachen roten Glut aufstieg, die gerade noch in dem hohen Gras keine zwei Meter von ihm entfernt erkennbar war. Jemand hatte in den letzten paar Minuten eine Pfeife ausgeklopft, und der Tabakrest gloste noch.

Der Captain fuhr über die Torangel am Pfosten, trat einige Schritte zurück, zog den Torflügel mit einer Hand auf und lenkte mit der anderen, die Beaus Zügel hielt, das kluge Tier unmerklich so, daß es mit seiner Flanke statt seinem Kopf an der Öffnung stand. Beau, der sehr gut wußte, daß hinter dem Tor sein Stall lag, schnaubte und warf den Kopf hoch, als bockte er – was er ja wirklich tat; der Captain zog ihn etwas zurück und sagte beruhigend: «Ruhig jetzt, du alter Narr! Was ist denn los mit dir? Komm doch! Du erkennst doch ein Tor, wenn du eines siehst!»

Natürlich erkannte Beau ein Tor, wenn er eines sah, und wäre ohne das geringste Zögern durch den schmalen Spalt gegangen, wenn sein Herr es ihm nur gestattet hätte. Aber die Hand an seinem Zügel handelte in direktem Widerspruch zu der Stimme und zwang ihn nach hinten. Ärgerlich versuchte er den Kopf wegzureißen und bot durchaus den Eindruck eines Pferdes, das sich einem Hindernis nicht nähern will. Inzwischen überflog der Captain, der immer noch sanft mit Beau sprach, schnell prüfend die Hecke. Es war schwer, mehr als ihren gezackten Umriß zu erkennen, aber für einige Sekunden drang der Mond durch einen Wolkenspalt, und in dem schwachen Licht meinte John eine Bewegung in den Schatten zu erkennen, als hätte ein Mann, der im Graben hockte, seine Stellung leicht verändert.

Beau fand, daß die äußerst lästige Hand an seinem Zügel ihren Druck leicht nachgelassen hatte und trat sofort vor.

«So ist's schon besser!» sagte der Captain ermutigend und führte Beau durch das Tor. Er machte es wieder fest, ging am Mauthaus vorbei und die Straße hinunter, wo fünfzig Meter weiter unten eine weißgestrichene Pforte auf die große Wiese führte, an deren Ende die Scheune Beaus stand. Er öffnete das Türchen, schickte Beau auf die Wiese und ließ es hinter sich zuklappen. Dann ging er auf dem Grasstreifen im Schatten der Hecke lautlos zum Mauthaus zurück. Dicht hinter der straßenseitigen Ecke des Hauses stellte er sich auf und wartete.

Es dauerte nicht lange. Nach ein, zwei Minuten knarrte das Nebentürchen und ein durchaus nicht eiliger Schritt erklang. Wieder verhing eine dunkle Wolke den Mond, aber es war hell genug, daß John die Gestalt sehen konnte, die vorbeiging: es war die eines untersetzten Mannes mittlerer Größe.

«Warten Sie auf mich?»

Diese liebenswürdig gesprochenen Worte ließen den Untersetzten stehenbleiben, herumwirbeln und den dicken Stock, den er trug, fester packen. Bevor er noch Zeit hatte, ihn zu heben – falls das seine Absicht gewesen war –, fand er sich in einer gar nicht liebevollen Umarmung eingefangen, der unmöglich zu entkommen war. Er schien das auch einzusehen, denn er stand reglos da und sagte nur in sanft vorwurfsvollem Ton: «Gott segne Sie, Großer, Sie brauchen mir doch nicht den Atem herauszuquetschen!»

«Sie sind das?» sagte John, nahm ihm den Stock aus der Hand und warf ihn beiseite. «Hab ich mir's doch gedacht! Lassen Sie sich sagen, Mr. Stogumber, daß es unklug ist, Pfeife zu rauchen, wenn Sie auf Lauer liegen!»

«So also haben Sie mich erwischt?» sagte Mr. Stogumber, anscheinend erfreut, daß ihm dieser Punkt erklärt wurde. «Ein ganz Schlauer sind Sie, was?»

«Nein, aber ich mag nicht, daß man mir nachspioniert!» sagte John.

«Nachspioniert? Was – ich?» sagte Stogumber erstaunt. «Scheint mir eher, daß Sie mir aufgelauert haben, Mr. Staple! Ich jedenfalls hatte nichts Böses vor. Ich jedenfalls war's nicht, der plötzlich auf Sie losgesprungen ist, so daß einen jeden der Schlag getroffen hätte! Alles, was ich getan habe, war nur, da herauskommen und mir die Beine vertreten. Was hat Sie denn so aufgeregt?»

«Haben Sie sich die Beine etwa im Graben vertreten?» fragte der Captain ironisch.

«Ich will nicht versuchen, Ihnen was vorzumachen, Großer«, antwortete Stogumber. «Nein – habe ich nicht. Aber da dies eine sehr einsame Straße ist, nicht wahr, und ich ein friedlicher Mensch bin, möchte ich nicht in Unannehmlichkeiten geraten. Wie hätte ich auch wissen sollen, daß Sie kein Strauchritter sind?»

«Sie wußten recht gut, wer ich bin, als Sie mich mit meinem Pferd sprechen hörten. Warum haben Sie sich da nicht zu erkennen gegeben?»

«Was – daß Sie mich auslachen, weil ich furchtsam bin, was ich, wie ich nicht leugne, wirklich bin – und sehr sogar!»

«Viel zu dick aufgetragen!» sagte John. «Für was für einen Schwachkopf halten Sie mich eigentlich, daß man mich durch einen solchen Schwindel anschmieren kann?»

«Da Sie mich schon fragen, Mr. Staple, ich weiß nicht, wie ich Sie überhaupt für einen Schwachkopf halten könnte – und zwar keineswegs!»

«Dann hören Sie auf, mir süß zu kommen und sagen Sie mir lieber, weshalb, zum Teufel, Sie mir nachspionieren?»

«Sie sind recht gründlich, was? Mir scheint eben, daß ein Bursche, der so viel weiß wie Sie, keine Mautschranke zu hüten braucht», bemerkte Stogumber. «Außerdem konnte ich es kaum glauben, daß Sie der Zollwärter sind, nicht, als ich meine Augen auf den prachtvollen Gaul von Ihnen setzte! Wenn ich ein humorloser Bursche wäre, dann hätte ich den Verdacht, daß Sie den geklaut haben – aber ich bin das gar nicht. Ich vermute, Sie sind auf ehrliche Weise zu ihm gekommen, obwohl – wozu Sie ein prächtiges Vollblut brauchen – bei dem, was Sie sind – Zollwärter –, weiß ich wirklich nicht. Aber es geht mich ja nichts an ...»

«Das stimmt!» unterbrach ihn John. «Ich habe Ihnen schon gestern gesagt, daß ich kein Zollwärter bin, sondern Soldat!»

«Haben Sie, haben Sie! Und ein sehr schönes Kavalleriepferd haben Sie da! Ja, ich habe mich geirrt – ich hab geglaubt, es sei ein Vollblut!»

«Mr. Stogumber», sagte John mit einem grimmigen Unterton in seiner tiefen Stimme, «mein Pferd ist kein Kavalleriepferd, wie Sie sehr gut wissen; und ich kümmere mich um die Schranke nur, um Brean einen Gefallen zu tun! Jetzt wollen Sie mir vielleicht endlich sagen –»

«Ihrem Vetter», sagte Stogumber und nickte.

«Und nun wollen Sie mir vielleicht sagen», fuhr John fort, «warum Sie sich so sehr für mein Kommen und Gehen interessieren?»

«Da haben wir's schon wieder!» klagte Stogumber. «Ich bin ein Mensch, der sich eben für fast alles interessiert, nicht für Sie im besonderen!»

«Wirklich? Nun, ich, Mr. Stogumber, bin ein Mensch, der sich ganz im besonderen gerade für Sie interessiert!»

«Jetzt ziehen Sie mich auf», sagte Stogumber.

«Nein», sagte John, «aber ich schmeichle Ihnen auch nicht!»

«Schön, selbst wenn nicht, so brauchen Sie nicht so finster dreinzuschauen, noch meinen Arm so fest zu halten, daß mir meine Finger beinahe schon absterben! Das ist das Schlimme an euch Großen – ihr kennt eure eigene Kraft nicht.»

«Ich kenne die meine bis zur letzten Unze, und Sie werden das auch sehr bald! Ich interessiere mich für Sie, weil mir scheint, daß Sie irgendeine Angelegenheit, die Sie äußerst ängstlich verbergen, in diese abgelegene Gegend geführt hat. Erzählen Sie mir keine Schnurren mehr über diesen Besitz, den Sie kaufen sollen, denn wir sind doch übereingekommen – oder nicht? –, daß ich kein Schwachkopf bin. Sie haben gestern versucht, herauszubekommen, wer ich bin und wieso ich hier bin, und heute abend entdecke ich, daß Sie das Mauthaus beobachten. Warum ist es für Sie so wichtig, zu wissen, wohin ich gehe oder was ich tue, Mr. Stogumber? Was für ein heimliches Spielchen spielen Sie eigentlich?»

Es entstand eine Pause. John hatte den Eindruck, daß seine Frage Stogumber überraschte, aber in der Dunkelheit war es unmöglich, in seinem Gesicht zu lesen. Nach einer Weile sagte er: «Sie müssen belämmert sein, Großer, obwohl ich sagen muß, das hätte ich nie vermutet! Vielleicht sind Sie nur besäuselt! Haben Sie je von der Wansbecker Furt gehört?»

«Nein, und ich will auch nichts von ihr hören. Wenn Sie mich dazu reizen, zornig zu werden, Stogumber –»

«Also das bitte nicht!» bat Stogumber. «Ich bin einem Mann Ihrer Größe nicht gewachsen! Außerdem hätten Sie nichts davon, wenn Sie mich niederschlagen würden; natürlich hätte auch ich nichts davon, aber Sie würden sich dabei, auf die Dauer gesehen, kalte Füße holen. Wenn Sie nichts von der Wansbecker Furt gehört haben, dann haben Sie vielleicht auch nie davon gehört, daß ein Wegweiser umgedreht wurde, um die Leute irrezuführen?»

«Nein. Und wenn Sie versuchen, mich zum Narren zu halten, damit ich glaube, daß Sie heute abend zufällig hier sind, dann sparen Sie sich den Atem! Zwischen diesem Tor und dem Dorf gibt es keinen Wegweiser! Versuchen Sie einen anderen Dreh!»

«Von dem hat er auch nie gehört!» sagte Stogumber. «Das ist seltsam!»

Verwirrt fragte John: «Warum?»

«Weil ich geglaubt habe, Sie hätten», antwortete Stogumber rätselhaft. «Entweder habe ich mich geirrt – was nicht wahrscheinlich ist –, oder Sie sind ein derart gerissener Bursche, wie er nur je einem Scheuen auf die Schulter geklopft hat. Was auch wieder nicht wahrscheinlich ist, in Anbetracht Ihrer Größe, und Große sind im allgemeinen nicht die Schlauesten der Natur. In einem aber irre ich mich nicht, und zwar, daß soeben ein Pferd und Karren, oder vielleicht ist's eine Kutsche, die Straße daherkommen. Sie werden mich also loslassen müssen, Mister Staple. Und wenn Sie die Schranke öffnen wollen, dann würde ich an Ihrer Stelle diesen eleganten Chapeau abnehmen.»

Tatsächlich näherte sich der Schranke ein Fahrzeug aus der Richtung von Sheffield. Der Captain ließ Stogumber los, befolgte seinen Rat und nahm seinen Hut ab. Aber er sagte etwas streng: «Für meinen Geschmack benützen Sie etwas zuviel Diebsjargon!»

«Ah!» sagte Stogumber und bückte sich nach seinem Stock. «Und für meinen Geschmack verstehen Sie ihn zu gut, Großer!»

Das entlockte John wider Willen ein Lachen; er ließ Stogumber seines Weges ziehen und ging die Schranke öffnen.

Das Fahrzeug, das sich als Gig erwies, trug Bauer Huggate und dessen Frau. Falls dieses würdige Paar es für sonderbar hielt, den Torhüter so schmuck in einem Reitrock von modischem Schnitt aus teurem Tuch und einer modischen Krawatte, die in komplizierte Falten gelegt war, zu erblicken, so verbarg es seine Überraschung bewundernswert. Der Bauer mußte nur den Zettel abgeben, den er an der ersten Mautschranke von Sheffield gelöst hatte, blieb jedoch etwas stehen, um schwatzhaft zu erklären, daß er und seine bessere Hälfte – wie er die dicke Dame neben sich bezeichnete – aus gewesen seien, um ihren Hochzeitstag zu feiern. John antwortete entsprechend; und Mrs. Huggate wagte zu sagen, sie hoffe, es würde nicht lang dauern, bis er seinen eigenen Hochzeitstag feiere. John blieb es erspart, auf diesen Scherz zu antworten, weil der Bauer streng zu ihr sagte, sie solle nicht so frei daherreden, John ein heiteres Gutenacht bot und die Straße davonfuhr.

Als der Captain über die Wiese ging, in der sein Pferd stand und ihn geduldig vor der Scheune erwartete, mußte er einsehen, daß das Geheimnis seiner matrimonialen Hoffnungen von den meisten Dorfbewohnern und sicherlich vom gesamten Personal im Schloß geteilt wurde.

Als er bald darauf das Mauthaus betrat, fand er Lydd leise schnarchend in der Küche. Er schüttelte ihn wach und sagte: «Na, Er ist mir ja ein schöner Torhüter! Ich möchte nur wissen, wie viele Leute sich die Schranke selbst geöffnet und uns um die Maut betrogen haben!»

«Großer Gott, Sir, ich würde doch bei dem geringsten Geräusch wach werden!» versicherte ihm Lydd.

«Was nennt Er das geringste Geräusch? Ein Regiment mit der Musikkapelle in voller Stärke? Sage Er mir, Joseph – kann Er dieses Pärchen oben im Schloß beobachten, ohne daß es die beiden merken? Den jungen Stornaway und Coate?»

Lydd schaute ihn an und strich sich über das Kinn. «Ich kann – und ich kann auch wieder nicht, Chef. Je nachdem. Sehen Sie, es kann sein, daß ich mit Miss Nell irgendwohin muß. Und wenn Sie mich fragen, würde ich sagen, daß es ihrer drei sind, die beobachtet werden müssen. – Holt – Mr. Henrys Diener –, der ist nichts als ein Tölpel, und ein Mondgesicht dazu! –, aber Roger Gunn, der sich den Stallburschen Coates nennt, ist eine richtiggehende finstere Gestalt

– oder ich bin nie einer begegnet! Was immer dieses Pärchen von Windbeuteln vorhat: der ist mit drin bis über die Ohren!»

«Tue Er, was Er kann!» sagte John. «Behalte Er Mr. Henry im Auge, und lasse Er mich's unverzüglich wissen, wenn er was Schummriges tut. Beobachte Er besonders, wohin er geht, und sage Er's mir!»

Aber es war in der Folge nicht Joseph, der sah, wohin Henry Stornaway ging, sondern der Captain selbst, und das durch puren Zufall. Mit nichts anderem im Sinn, als sein Pferd zu bewegen, und das zu einer Stunde, zu der es nicht nur unwahrscheinlich war, daß ein Fahrzeug das Tor passieren wollte, sondern auch nur wenige Leute unterwegs sein würden, um den Zollwärter auf einem Pferd dieser Qualität zu sehen, stand John am nächsten Tag kurz nach Morgengrauen auf und ging durch den naßkalten Nebel zur Scheune des Bauern Huggate. Da er aber auch nicht durch Crowford reiten oder erst kurz vor dem Dorf abbiegen und den sehr holprigen Weg hinaufreiten wollte, über den er Samstag abend von den Mooren heruntergekommen war, begab er sich in östliche Richtung und folgte dem Weg, den Nell am gestrigen Morgen genommen hatte. Ein leichter Sprung über die Hecke brachte ihn in das kleine Gehölz; hier mußte er vorsichtig reiten, bis er zu einem Reitweg kam, der nach kurzer Entfernung zu einer halbverfaulten Pforte führte. Er erinnerte sich, daß er sie gesehen hatte, als er nach Kellands ritt, und wußte, daß er die Mautstraße erreicht hatte. Das war zwar nicht genau das, was er gewollt hatte, aber wenn sich nichts Besseres bot, so führte neben ihr wenigstens der breite Grasstreifen entlang, auf dem sich Beau die Beine in einem leichten Galopp vertreten konnte. Der Nebel hob sich gerade, und die Pforte war deutlich zu sehen, so daß John, ohne zu zögern, mit Beau drübersetzte. Das große Pferd, das vorwärtsdrängte, schien es fast im Schritt mitzunehmen und gab dem Captain, als es glatt auf dem Grasstreifen landete, zu verstehen, daß es nach so vielen müßigen Stunden gerne seinen Kopf durchsetzen wollte. Aber der Captain hatte nicht die Absicht, eine unbekannte Straße dahinzugaloppieren, solange es ihm der Nebel unmöglich machte, weiter als fünfzig Meter zu sehen. Daher hielt er das Pferd weiter in einem leichten Galopp. Er erinnerte sich, daß ihm in der Nacht zuvor ein schmaler Weg aufgefallen war, der von der Straße aus nordwärts führte, wahrscheinlich zu den Mooren hinauf. In der Hoffnung, nach einigen Meilen auf offenes Terrain zu kommen, wo Beau die Möglichkeit haben würde, sich im Galopp auszutoben, beschloß John, ihn zu reiten.

Dieser Weg lag auf halber Strecke zwischen dem Mauthaus und dem Herrensitz Kellands und war bald erreicht. John lenkte Beau auf ihn und sah, daß es nicht mehr als ein Karrenweg mit tiefen Räderspuren war, der auf beiden Seiten durch einen Graben und eine Böschung von bebauten Feldern getrennt wurde. Zwischen den Räderspuren war der Boden grasbewachsen und genügend gerade, daß John Beau wieder in Trab setzen konnte. Das große Pferd hatte einen unglaublich langen Schritt, war ungeduldig und versuchte, ihn immer noch länger zu machen. Das Tempo war, wie John wußte, für eine unbekannte Strecke nicht gerade sehr günstig; es war zu schnell, als daß er in dem kühlen weißen Nebel mögliche Gefahren rechtzeitig erkennen konnte. Und es war zu schnell für einen einsamen Fußgänger auf dem Weg zur Mautstraße, so daß diesem nichts übrigblieb, als vom Weg fast in den Graben zu springen, als Beau plötzlich vor ihm auftauchte. Soviel Zeit hatte er jedoch, und John, der ihn auf etwa dreißig Meter Entfernung entdeckte, hatte den Eindruck, daß er, wäre eine Hecke dagewesen, in ihr in Deckung gegangen wäre. Das Verhalten des Mannes sah eher nach Panik aus als nach einem bloßen Erschrecken, und er blickte um sich, als suchte er einen Unterschlupf. Da er keinen fand, schien er sich am Rand des Grabens zu kauern. John hatte keine Zeit, sich zu fragen, was denn so Erschreckendes an dem Auftauchen eines Pferdes mit seinem Reiter wäre, so unerwartet auch die Begegnung sein mochte, als er auch schon auf gleicher Höhe mit dem Mann angelangt war. Er hatte Beau den Schritt etwas verhalten lassen und drehte sich mit der Absicht um, sich zu entschuldigen, weil er den frühen Fußgänger – den er für einen Landarbeiter hielt – belästigt hatte. Dann aber erkannte er, daß der Mann einen Mantel mit viel zu vielen Schultercapes trug, und sah flüchtig farblose, blutunterlaufene Augen, die aus einem weißen Gesicht zu ihm emporstarrten. Er ritt weiter, ohne ein Wort zu äußern. Der Fußgänger hatte zwar fast sofort den Kopf geduckt, aber John hatte doch Henry Stornaway erkannt.

Der Captain hatte ihn nur einen Augenblick lang deutlich gesehen, aber er war nicht langsam von Begriff und besaß eine scharfe Beobachtungsgabe. Er bemerkte zweierlei an Mr. Stornaway: erstens, daß in seinem Gesicht der Ausdruck heftigen Entsetzens stand; zweitens, daß er eine nicht angezündete Laterne trug. Für den entsetzten Ausdruck bot sich John keine Erklärung; den mußte etwas Schrecklicheres als die bloße Bestürzung darüber, daß er gesehen worden war, hervorgerufen haben. Die Laterne schien darauf hinzuweisen, daß er noch in der Dunkelheit vom Schloß aufgebrochen war. Zwar war die Nacht bewölkt, aber, wie John meinte, doch nicht so finster gewesen, daß ein Fußwanderer eine Laterne gebraucht hätte.

Er ritt weiter und schaute scharf nach einem Haus aus, das Stornaways Ziel hätte gewesen sein können. Er sah nichts als zwei kleine Bauerngehöfte mit den dazugehörigen Wirtschaftsgebäuden. Hinter ihnen wurde das Land waldreicher, und der Weg stieg steil zu den Bergen an, die undeutlich im Nebel aufragten. Sie waren typisch für diesen Landesteil: wilde Formen, wirr aufgeworfen, zerrissene, überhängende Kalkfelsen und tief in die steilen Hänge eingegrabene Schluchten. Der Weg wand sich durch eine Bergenge ständig aufwärts. Als er näher kam, liefen zwei Schafe erschreckt davon, aber von einer menschlichen Behausung war nichts zu sehen. Der durchdringend süße Geruch der Moore wehte zu John herüber. Die Straße ging eben weiter, senkte sich leicht, stieg wieder an, so daß er wußte, daß er den Gipfel erreicht haben mußte, und er setzte nun seinen Ritt über das wellige Moorland in Richtung der Stadt oder des Dorfes fort, zu denen die Straße führen mußte.

Nach ein, zwei Meilen führte der Weg wieder bergab und mündete bald in ein kleines Dorf, das sich an den Nordhang des Berges schmiegte. Hier hielt John an, denn das Dorf war erwacht. Hausfrauen schüttelten schon Matten vor der Tür aus, und auf der Dorfstraße tauchte der eine oder andere Mann auf seinem Weg zur Arbeit auf. Auf seine Fragen erfuhr John, daß die Straße zu einer Stadt weiterführte, von der John noch nie gehört hatte und die sieben Meilen nordwestlich lag; sie berührte nur ein einziges größeres Haus, das nach der etwas unverständlichen Beschreibung anscheinend nur einige Meilen vor der Stadt stand. Es war höchst unwahrscheinlich, daß Henry Stornaway so weit gegangen sein sollte. Mit dem Gefühl, es sei nutzlos, weiterzureiten, wendete John sein Pferd und ritt den Weg zurück, den er gekommen war.

Als er wieder am Fuß der Bergenge angelangt war, hatte sich der Nebel verzogen, und er konnte sehen, daß außer dem Bauernhof und den zwei kleinen Gehöften keine weiteren Behausungen in Sichtweite lagen. Der Bauernhof lag etwa zweihundert Meter abseits des Wiesenweges, und gerade als sich John fragte, ob es zu etwas nütze sei, unter irgendeinem Vorwand hinzureiten, sah er einen ungeheuer dicken Mann im Bauerngewand, auf einen Eschenstock gestützt, der sinnenden Auges eine kleine Kuhherde betrachtete. Als er Hufgeklapper hörte, wandte er den Kopf. John hielt an, und nach einer Weile kam der Bauer behäbig auf das Koppelgatter zu. Er hatte ein großes rotes, fröhliches Gesicht; auf Hörweite herangekommen, rief er mit einer tiefen, asthmatischen Stimme: «Morgen, Sir! Kann ich Ihnen behilflich sein?»

Er sah durchaus nicht so aus, als könne er in irgendein ruchloses Unternehmen verwickelt sein, und in kürzester Zeit war John klar, daß sein Bauernhof nicht Henry Stornaways Ziel gewesen sein konnte. Er war von geschwätziger Weitschweifigkeit und nur allzu erfreut, mit einem Fremden, deren er nur wenige sah, ins Gespräch zu kommen. Er war einer der Pächter des Squire, schüttelte traurig den Kopf über Sir Peters Krankheit und sagte, die Dinge würden sich völlig verändern, sobald er stürbe. Es war leicht, ihn dazu zu bringen, sich über dieses Thema auszulassen. Bald war es offenkundig, daß er zwar große Achtung vor Miss Nell hatte, aber – wie er es ausdrückte – nicht viel von Mr. Henry hielt, den er kaum kannte und der, wenn auch nur die Hälfte von dem, was er über ihn gehört hatte, stimme, keinerlei Interesse an dem Besitz habe. Ja, man hatte ihm erzählt, daß Mr. Henry auf Kellands weile und ein nobler Londoner Freund dazu, aber Mr. Henry würde man nicht dabei ertappen, daß er in die Berge heraufkomme und sich die Zeit mit den Pächtern seines Großvaters vertreiben würde – nicht der! Nein, den Londoner Freund hatte er nie gesehen, und er wußte nicht recht, ob er das überhaupt wolle, denn er hatte in dieser Woche einen anderen Londoner gesehen, und ein richtiger Holzkopf war das gewesen! Der wollte gern einen Besitz im Distrikt hier kaufen, aber aus den dummen Fragen, die er gestellt hatte, war leicht zu ersehen gewesen, daß man ihn sicher anschmieren würde! Wie der ausgesehen hatte? Es war ein Kerl mit einem Pfannkuchengesicht, mehr vierschrötig und ziemlich breitbeinig.

Der Captain erkannte in dieser ätzenden Beschreibung Mr. Gabriel Stogumber. Mit einer Falte zwischen den Brauen ritt er weiter. Er konnte nicht entdecken, was für einen Zweck Stogumber damit verfolgt haben konnte, den Bauer auszufragen. John rätselte immer noch an diesem Problem herum, als er das Mauthaus erreichte. Er war länger weggewesen, als er es vorgehabt hatte, und traf Ben in einer ziemlich unruhigen Stimmung an; er war schmeichelhafterweise überglücklich, als er John wiedersah.

Niemand vom Herrenhaus besuchte ihn an diesem Tag. Er verbrachte den Vormittag in der Erwartung, Nell zu sehen, aber sie kam nicht. Und als es klargeworden war, daß sie etwas daran gehindert hatte, war Mrs. Skeffling heimgegangen, und es war niemand da, in dessen Obhut John das Tor hätte lassen können, da Bauer Huggate Ben für den ganzen Tag angestellt hatte, um Vieh zum Markt zu treiben. Noch nie war das Torhüten so lästig gewesen, denn es gab gewisse Fragen, die John entweder Nell oder Joseph stellen wollte, der, wie er annahm, den Bezirk sogar noch besser als sie kennen mußte. Als er über seine seltsame Begegnung mit Henry Stornaway nachdachte und sich das Gehirn zermarterte, um irgendeine Erklärung für dessen Anwesenheit auf einem einsamen Feldweg zu einer so ungewöhnlich frühen Morgenstunde zu finden, hallte etwas in seinem Gedächtnis nach, das Nell auf ihrer Fahrt nach Tideswell erwähnt hatte. Selbst wenn ihre hingeworfenen Worte tatsächlich den Schlüssel zu dem Geheimnis enthalten sollten, war er doch weit davon entfernt, ihn zu verstehen, aber es konnte durchaus in seiner Macht liegen, ihn zu entdecken. Dann erinnerte er sich an den Ausdruck des Entsetzens in Stornaways Gesicht und meinte, es würde klüger sein, eher Joseph als Nell zu befragen. Joseph aber kam nicht, und zu der Ungeduld des Captains gesellte sich nun auch eine gewisse Besorgnis. Als Ben aus Tideswell angenehm ermüdet und voll alles dessen, was er in der Stadt gesehen und gehört hatte, zurückkam, versuchte John ihn zu überzeugen, daß er nichts mehr zu fürchten hatte, wenn er ihn auf eine Stunde nach Einbruch der Dunkelheit allein lassen würde, damit er auf die Schranke aufpasse. Aber sobald Ben, der zwar seine Ängste fast vergessen zu haben schien, solange er wußte, daß sein riesiger Beschützer bei der Hand war, merkte, daß er in Gefahr war, allein bleiben zu müssen, wurde er auch schon weinerlich und bat John inständigst, ihn nicht zu verlassen. Es war nutzlos, ihm zu erklären, daß der Besucher seines Vaters jetzt schon wissen mußte, daß er Brean nicht mehr im Mauthaus antreffen würde; Ben sagte nur aufgeregt, wenn John ausginge, liefe er davon und verbrächte die Nacht bei Beau in Bauer Huggates großer Scheune. Es war einfach nutzlos, mit ihm zu streiten. Der Captain unterdrückte seinen Ärger, versprach, daheimzubleiben und befahl dem Jungen, mit dem Gewinsel aufzuhören. Wie sich ergab, war er zu der Erkenntnis gezwungen, daß er kaum hätte weggehen können, selbst wenn Ben noch so willig gewesen wäre. Nach den ungewohnten Aufregungen des Tages war der Junge so müde, daß er noch vor Beendigung seines Abendessens einschlief, und er war nicht mehr zu wecken. Als John ihn zu seinem Feldbett trug, rührte er sich kaum und murmelte nur etwas Unverständliches – es war unwahrscheinlich, daß ihn außer einem Postkutschenhorn, direkt ins Ohr geblasen, etwas hätte wecken können.

Kaum eine Stunde später sollte John Grund haben, froh zu sein, daß er trotz allem nicht nach Kellands geritten war, denn er hörte den zweimaligen Eulenruf, der seinerzeit Jeremy Chirks Ankunft im Mauthaus angekündigt hatte. John öffnete die Hintertür. Chirks Stimme, zwar leise, aber eindringlich, schlug an sein Ohr:

«Helfen Sie hier etwas mit, Soldat!»

Als John in den verwilderten Garten hinaustrat und zum Gartentor blickte, sah er, daß Chirk, zu Fuß, es aufhielt, damit Mollie durchgehen konnte. Rittlings auf dem Pferd aber saß eine dicke Gestalt, die gefährlich schwankte und anscheinend nur von Chirks Hand im Sattel gehalten wurde. «Ja, was soll denn das heißen?» fragte er, als Chirk herankam.

«Packen Sie mit an, Soldat!» beschwor ihn Chirk. «Ich hab einen Kerl hier, der krank wie ein Roß ist. Heben Sie ihn herunter, ja? Wenn ich ihn loslasse, fällt er herunter, und er hat ohnehin schon eine über den Schädel bekommen.»

«Guter Gott, ist das Brean?» rief John aus und hob die stämmige Gestalt vom Sattel.

«Aber nein! Ich weiß nicht, wer das ist. Ich hab gesehen, wie er versucht hat, sich aus einer Rauferei herauszuhauen, einige Meilen weit von hier – und ein ganz Mutiger scheint das zu sein! Sonst hätt ich mich nicht eingemischt. Wahrscheinlich werde ich es trotzdem zu bereuen haben; es bekommt einem Mann in meiner Profession nicht, sich in die Angelegenheiten anderer Leute einzumischen. Aber ich seh nicht gern, wenn ein mutiger Kämpfer von hinten angegangen wird.»

«Stell das Pferd unter!» sagte John kurz.

Etwas später betrat Chirk die Küche und sah das Opfer des nächtlichen Überfalls in einem Sessel zusammengesunken dasitzen; der Captain zwang ihm, etwas düster dreinblickend, eben etwas Brandy die Kehle hinunter.

«Nicht umgestanden – oder?» fragte Chirk und schloß die Tür.

«Nein.»

«Hab ich mir gedacht. Er hat zwar auf der Straße alles herausgekotzt, ist aber erst kurz, bevor ich ihn zur Nebentür gekriegt hab, ohnmächtig geworden. Irgendwer hat ihm ein Messer in den Rücken gerannt.»

«Habe ich gesehen. Hilf mir, ihm die Jacke abzustreifen!» sagte John, zog seinen Arm hinter der reglosen Gestalt hervor und wies auf seinen blutbefleckten Hemdärmel. «Er hat ziemlich viel Blut verloren, wie es aussieht, aber ich glaube, es ist nicht gefährlich.»

Jacke und Weste wurden geschickt entfernt und beiseite geworfen. Dann riß ihm der Captain das Hemd auf, und eine lange Schnittwunde, aus der träge das Blut floß, wurde an der Schulter sichtbar.

«Nur eine Schnittwunde. Ich habe schlimmere gesehen», sagte John, ging zum Spülstein und goß aus dem Eimer, der darunter stand, etwas Wasser in eine Blechschüssel.

«Ah!» sagte Chirk befriedigt. «Ich hab ohnehin schon vermutet, daß ich dem Kerl das Ziel verpatzt hab! Ich hab das Messer im Mondlicht aufblitzen sehen, drum drückte ich eines meiner Schießeisen über seinem Kopf ab, weil ich für Messer nichts übrig hab. Da zeigten sie aber rasch ihre Kehrseite – er und der andere Kerl.»

«Wer war's? Hast du ihre Gesichter gesehen?»

«Das wär mir schwergefallen, Soldat – sie waren bis zu den Augen vermummt. Na ja, ich hab ja selbst eine Maske getragen, aber ich wickle mir keine Halstücher ums Gesicht!» Er schob den schweren Körper, den er stützte, so zurecht, daß John die Wunde leicht auswaschen konnte. «Wenn es Räuber zu Fuß waren, dann weiß ich nicht, was sie auf dieser Straße gemacht haben, noch was sie zu stehlen hofften, noch warum sie über einen Kerl wie den da hergefallen sind; die hätten doch sehen müssen, daß er nichts in den Taschen hat, was des Nehmens wert wäre. Einem Burschen ein Messer hineinrennen wegen ein, zwei Pfennigen und vielleicht einem Silbertaler ist schmutzige Arbeit, Soldat, und ich halt es nicht damit. Und blöde außerdem», fügte er nachdenklich hinzu. «Auf die Art wird man so sicher wie nur was geschnappt. Ich möchte wissen, wer dieser Bursche ist.»

«Das möcht ich auch», antwortete John und verband die Wunde sachverständig. «Ich kann dir aber den Namen sagen: Stogumber – und ich möchte sagen, er hat's verdient!»

Als sei der Klang seines Namens in sein Bewußtsein gedrungen, bewegte sich Mr. Stogumber und öffnete die Augen.

«Stillhalten!» sagte John, als er zuckte.

Mr. Stogumber musterte ihn vage. Sein getrübter Blick ging zu Chirks Gesicht. Er blinzelte ein paarmal wie in dem Bemühen, klarer zu sehen, und als langsam Farbe in sein Gesicht zurückkehrte, versuchte er, sich aufzurichten. «Danke!» keuchte er heraus.

«Nimm die Kerze und hol den Basilikum-Puder aus meinem Zimmer», sagte John zu Chirk. «Du findest ihn unter meinem Rasierzeug; für die Wunde ist er genausogut wie etwas anderes.»

«Die haben mich in den Rücken gestochen, was?» bemerkte Stogumber und versuchte, über die Schulter nach hinten auf seinen Rükken zu schielen.

«Halten Sie sich ruhig, ja?» sagte John. «Es ist nur ein Kratzer. Ein Fall von Spitzbuben, die einander gegenseitig in die Haare geraten sind, wie, Mr. Stogumber?»

Ein schwaches Lächeln huschte über Stogumbers Gesicht. Er saß mit den Ellbogen auf die Knie und den Kopf in die Hände gestützt da. «Ich tät nicht sagen, daß es so war – nicht ganz so. Ich bin entsetzt – das bin ich, ziemlich entsetzt! Aber ich bin Ihnen doch sehr verbunden, Mr. Staple, ungeheuer verbunden!»

«Bewahren Sie sich Ihre Dankbarkeit lieber für den Mann auf, der Sie hergebracht hat», antwortete John, zog einige Tücher aus einer Truhe und riß sie in Streifen. «Wenn er nicht gewesen wäre, dann wären Sie jetzt tot.»

«Ich bin auch ihm sehr verbunden», stimmte ihm Stogumber zu; er sprach mit sichtlicher Mühe. «Und ein rarer Vogel ist das außerdem! Hat seine Pistole abgefeuert, was? Ich erinnere mich, ihn gesehen zu haben, auf seinem Pferd sitzend wie eine verfluchte Statue. Ich hab gedacht, jetzt ist es ganz aus. Aber ich sehe, ich habe mich geirrt. Ich weiß wirklich nicht, wo das noch hinführen soll! Ich und in der Schuld eines Strauchritters!»

«Halts Maul!» sagte John mit einer Anleihe an Chirks Wortschatz.

Mr. Stogumber kicherte, endete aber mit einem Stöhnen. «Oh, mein Kopf! Ich kann mich nicht erinnern, wann man mir je schon einmal eine derart Zünftige geschnalzt hat! Ich bin nicht unvorsichtig, Mr. Staple. Ich bin ziemlich schwer umzubringen, aber ich leugne nicht, daß ich erschüttert war.»

Eben da kam Chirk mit dem Basilikum-Puder in die Küche zurück. Er und John legten Puder auf die Wunde, darüber einen Leinenbauschen, und verbanden ihn mit den zusammengeknüpften Tuchstreifen.

«Großartig!» sagte Chirk aufmunternd. «Im Handumdrehen wirst du wieder in erstklassiger Verfassung sein, Bürschchen!»

«Helft mir zur Pumpe und haltet mir den Schädel drunter!» bat Stogumber. «In dem dreht's sich wie ein Karussell! Außerdem muß ich sofort wieder kotzen.»

Mit größter Anstrengung zog er sich aus dem Stuhl hoch. Mit löblicher Promptheit lenkte Chirk die wankenden Schritte Stogumbers zum Spülstein und hielt ihm den Kopf, während sich die Prophezeiung erfüllte. Der Captain interessierte sich nur beiläufig und ohne Mitgefühl für Stogumbers Qualen; er schüttete das blutige Wasser aus der Schüssel in den Garten hinaus und drehte sich um, um Jacke und Weste seines Patienten vom Boden aufzuheben. Als er sich bückte, sah er, daß aus der Jackentasche ein kleines Notizbuch gefallen war und offen auf dem Fußboden lag. Er warf einen schnellen Blick zum Spülstein, überzeugte sich, daß die Aufmerksamkeit Mr. Stogumbers voll mit dem Aufruhr seines Magens beschäftigt war, und hob das Notizbuch auf. Mit dem Rücken zum Spülstein untersuchte er es. Mehr als die Hälfte der Seiten war in einer ungebildeten Handschrift beschrieben, sehr viele Eintragungen in einer Art primitiver Chiffre. Aber auf dem Vorblatt stand der Name des Eigentümers und darunter das aufschlußreiche Wort: «Dienstbuch».

Captain Staple legte das Buch wieder so auf den Fußboden, wie er es gefunden hatte, und wußte nun, was der wirkliche Beruf Mr. Stogumbers war. Er wußte auch, daß Mr. Stogumber ein viel gefährlicherer Mann war, als er es angenommen hatte, und einer, der schwer zu überlisten war. Er betrachtete nachdenklich dessen wogende Schultern, blickte auf Chirks Profil und wandte sich dann mit zuckenden Lippen ab. Captain Staple, der vor einem verzweifelt schwierigen Problem stand, entdeckte, daß zumindest ein Aspekt der Situation von unwiderstehlicher Komik war.

11

Chirk stützte Mr. Stogumbers schlappe Gestalt auf ihrem Weg zu dem Stuhl am Kamin zurück und ließ seine Meinung verlauten, daß das, was nötig war, um ihn wieder in Ordnung zu bringen, ein weiterer Schluck Brandy sei.

«Da irrst du dich», antwortete John und stellte die Flasche in den Schrank zurück. «Wenn er ihn nicht wieder herauswürgt, bekäme er sehr wahrscheinlich Fieber davon. Leg ihm ein nasses Tuch um den Kopf und laß ihn in Ruhe. Ich mache ihm sofort einen starken Kaffee.»

Er ging in sein Schlafzimmer und kam gleich darauf mit einem Kissen von seinem Bett zurück. Damit und mit einem klatschnassen Handtuch, zart um die Stirn gebunden, machte man es Mr. Stogumber halbwegs bequem. Er öffnete die Augen, und es gelang ihm ein schiefes Lächeln. «Verdammich, wenn ich mich erinnern kann, wann mir je derart speiübel war!» murmelte er. «Ich muß ja schön zusammengestaucht worden sein. Und das ausgerechnet mir!»

«Na, jetzt werde nur ja nicht trübsinnig, Bürschchen!» sagte Chirk aufmunternd. «Du brauchst gar nicht deprimiert zu sein. Sie haben dir das Blut angezapft, und du hast eine Menge verloren, verstanden? Es ist meine Schuld. Es war nämlich so: Während du mit einem von den Ganoven Florett gefochten hast, sah es nicht so aus, als müßte ich einschreiten. Und als der andere aus der Hecke hervorsprang, war ich genauso überrascht wie du.»

«Ich steh in deiner Schuld», sagte Stogumber und schloß wieder die Augen. «Ich war schon früher öfter nahe dran, meine Patschen aufzustellen, aber ich glaube, so knapp wie diesmal bin ich noch nie davongekommen. Es war sehr freundlich von dir. Außerdem werd ich es dir nicht vergessen.»

Der Captain, der an der Tür zur Kanzlei stand, machte Chirk ein herrisches Zeichen mit dem Kopf, und als dieser zu ihm trat, führte er ihn aus der Küche und schloß leise die Tür. «Er wird einschlafen, wenn wir ihn in Ruhe lassen», sagte er. «Jerry, was gibt's Neues?»

Chirk schüttelte den Kopf. «Ich habe Ihnen nichts zu erzählen, Soldat. Sie haben in den Kaschemmen, wo man nach ihm suchen könnte, weder etwas gesehen noch gehört von ihm.» Er deutete mit dem Daumen über die Schulter. «Was halten Sie von dieser Geschichte? Komische Sache, nicht? Was hat der getrieben?»

«Hat sich anscheinend Feinde gemacht», antwortete John. «Aber der ist im Augenblick unwichtig. Ich will, daß du zum Schloß hinaufgehst. Versuche, Rose zu sprechen und von ihr herauszubekommen, ob es in den Bergen gleich nördlich von Kellands Höhlen gibt. Wenn sie von welchen weiß, soll sie dir sagen, wo sie sind; schärfe ihr aber ganz besonders ein, sie soll davon ja nichts Miss Nell erzählen. Oder überhaupt irgend jemandem! Aber das wird sie ja nicht. Du kannst ihr bitte auch sagen, daß ich mir einbilde, ich sei durch Zufall auf etwas gestoßen, das Henry Stornaway und Coate sehr angeht, daß ich aber Miss Nells Sorgen nicht noch vermehren will und es mir daher lieber wäre, wenn sie nichts davon erfährt.»

Chirks helle, scharfe Augen waren auf sein Gesicht geheftet. «Und haben Sie wirklich was entdeckt, Soldat?» fragte er.

«Ich weiß nicht, aber ich glaube, es ist möglich. Kennst du den Feldweg, der zu den Mooren führt, eine halbe Meile östlich vom Tor?» Chirk nickte. «Sehr gut. Ich bin ihn heute kurz nach Morgengrauen geritten – mein Pferd bewegen. Dort habe ich Henry Stornaway getroffen. Hätte er eine Möglichkeit gehabt, sich vor mir zu verstecken, dann hätte er es getan, aber es gibt dort keine Deckung. Ich sah ihn so deutlich, wie jetzt dich! Ob er wußte, daß ich ihn erkannte, kann ich nicht sagen. Er war zu Fuß auf seinem Heimweg nach Kellands. Ich ritt im leichten Galopp den Weg herauf; Beau hat einen langen Schritt, und es war viel zu dichter Nebel, als daß Henry oder ich einander hätten früher bemerken können, bis wir fast auf gleicher Höhe waren. Einen Augenblick lang habe ich sein Gesicht gesehen, und ich kann dir eines sagen, Jerry Chirk: Er sah aus wie ein Mensch, dem ein Geist erschienen ist! Und – paß ja gut auf! – er trug eine Laterne. Sie war nicht angezündet, und eine Zeitlang nahm ich an, er habe sie nur benützt, um Stunden vorher den Weg zu erkennen. Sicher, der Himmel war in der Nacht bewölkt, aber es war licht genug, daß man erkennen konnte, wohin man tritt. Ich rätselte daran herum, was er mit einer Laterne gewollt haben mag, bis ich mich plötzlich an etwas erinnerte, das Miss Nell mir einmal erzählt hat, über Höhlen, die in diesen Kalksteinbergen zu finden sind. Wenn man in eine eindringen will, dann braucht man natürlich eine Laterne.»

«Und ob!» stimmte Chirk ihm zu. «Aber – Himmel, Soldat, was für eine Sache kann Ihrer Meinung nach ein Pärchen von Stutzern wie Stornaway und dieser Coate im Schilde führen?»

«Das kann ich nicht sagen, aber ich habe Grund zu der Vermutung, daß es, was immer es auch sein mag, eine verdammt ernste Sache ist. Jetzt sei ein guter Junge und reite nach Kellands hinauf. Und finde heraus, wenn du kannst, ob dort alle wohlauf sind.»

«Und was ist mit diesem Burschen?» fragte Chirk und deutete wieder mit dem Daumen zur Küche.

«Er wohnt im ‹Blauen Eber›. Ich werde ihn schon irgendwie los. Es fehlt ihm nicht viel, außer tobenden Kopfschmerzen, aber wenn nötig, setze ich ihn auf die Stute und führe ihn ins Dorf. Und du geh nach Kellands, bevor Rose zu Bett gegangen ist.»

«Sie werden auch keine Ruhe geben, bis Sie mich nicht im Zuchthaus von York sehen, was, Soldat?» sagte Chirk mit einem verzerrten Lächeln. «So allmählich scheint mir, ich gerate in tiefes Wasser – und ich war nie ein besonders guter Schwimmer. Es ist nur zu hoffen, daß der Bursche dort drin nicht herausbekommt, was meine Profession ist.»

«Das weiß er recht gut, aber er kennt deinen Namen nicht, und ich glaube, er würde dich nicht an den Galgen bringen. Wenn du nicht gewesen wärst, dann wäre er jetzt kalt, und das weiß er auch! Und jetzt fort mit dir nach Kellands!»

Mr. Chirk war es gar nicht so unlieb, wie er tat, diesem Befehl zu gehorchen, und ließ sich ganz gern aus dem Mauthaus hinauswerfen. Der Captain, der sich zuerst überzeugte, daß Ben immer noch in dem tiefen Schlaf der Jugend lag, öffnete leise die Tür in die Küche. Mr. Stogumber, dessen Kopf etwas auf die Seite gesunken war, atmete geräuschvoll, die Beine von sich gestreckt; ein Arm hing kraftlos über die Armlehne, so daß die Hand fast den Boden berührte. Der Captain schloß wieder die Tür und ging zur Bank vor dem Haus. Bald drang tiefes Schnarchen an sein Ohr. Er stand auf, ging sich einen Cigarillo aus dem Schlafzimmer holen, und nachdem er ihn an der Tischlampe in der Kanzlei angezündet hatte, zog er sich wieder auf die Bank zurück. Lange saß er rauchend da und schaute mit leicht gefurchter Stirn auf den sternenübersäten Himmel.

Es mußten etwa dreiviertel Stunden vergangen sein, als das Schnarchen aufhörte; zweimal hatte der Captain schon im Licht seines Feuerzeugs auf die Uhr geschaut. Er wartete eine Minute, denn schon ein-, zweimal hatte das Schnarchen mit einem erstickten Schnauben aufgehört, aber fast sofort wieder angefangen; diesmal aber kam das rhythmische Geräusch nicht wieder. John ging in die Küche zurück und traf Stogumber gähnend und vorsichtig seinen Kopf abtastend an.

«Na, eine Spur schauen Sie schon besser aus», bemerkte er, ging zum Feuer und rückte an den Scheitern, daß sie aufflammten. «Wie geht's Ihrem Kopf?»

«Abgesehen davon, daß er eine Beule von der Größe Ihrer Faust hat, gar nicht so schlecht. Wissen Sie, es ist ein sehr harter Schädel. Ich habe geschlafen. Wo ist der andere Bursche?»

«Weg», sagte John, goß den kalten Kaffee, den Mrs. Skeffling vorsorglich von seinem Frühstück aufgehoben hatte, in einen Topf und trug ihn zum Feuer.

«Das tut mir leid», sagte Stogumber und erhob sich ziemlich steif von seinem Stuhl. «Ich kann mich nicht erinnern, daß ich mich bei ihm bedankt hab für das, was er getan hat.»

«Das haben Sie, aber es ist unwichtig – er will keinen Dank. Er ist ein sehr guter Kerl. Halten Sie sich ruhig, bis Sie diesen Kaffee getrunken haben, danach werden Sie sich besser fühlen.»

«Wenn es Ihnen nichts ausmacht, Großer, möchte ich lieber meine Jacke anziehen. Mich fröstelt's ein bißchen.»

«Wie Sie wollen», sagte John gleichmütig. «Ich fürchte aber, die ist hin. Sie haben wie ein Schwein geblutet. Ich hab sie irgendwohin geworfen» – Er warf einen Blick über die Schulter. «Ja, dort ist sie. Bücken Sie sich nicht. Ich hole sie Ihnen!» Er stellte die Pfanne auf den Herd, während er sprach, und ging zu der Stelle, an der Jacke und Weste lagen. Er hatte das Notizbuch unter den Rand der Jacke geschoben, und als er sie aufhob, kam es zum Vorschein. Er sagte: «Hallo – gehört das Ihnen?»

«Ja», sagte Mr. Stogumber und streckte die Hand aus, hielt aber die Augen auf Johns Gesicht gerichtet.

Der Captain gab ihm das Notizbuch und schien sich mehr für den Zustand der Jacke zu interessieren. Er zeigte ihrem Besitzer den Riß und den großen Fleck eingetrockneten Bluts und machte eine ausdrucksvolle Grimasse. «Die tragen Sie nicht wieder», bemerkte er.

«Sie ist noch gut genug, um die Kälte abzuhalten, bis ich wieder im ‹Blauen Eber› bin», sagte Stogumber, schob seine Arme ziemlich mühsam in seine Weste und begann sie zuzuknöpfen. «Ich hab eine zweite mit. Nicht daß es mich nicht ziemlich wurmt, daß mir eine gute Jacke derart verdorben wurde.»

«Wer waren die Kerle, die sich über Sie hergemacht haben?» fragte John und half ihm in das verdorbene Kleidungsstück.

«Ja, das ist eben die Frage!» sagte Stogumber und setzte sich wieder ans Feuer. «Ein Paar Messerstecher, soviel ist gewiß. Ich habe keine Möglichkeit gehabt, ihre Visagen richtig zu sehen, weil ich nur einen gesehen habe, und der hatte die Visage ganz eingewickelt, so daß ihn seine eigene Mutter nicht erkannt hätte. Wo waren Sie, Großer, während ich schlief?»

«Draußen, auf einen Cigarillo», antwortete John, der wußte, daß die harten kleinen Augen auf sein Gesicht geheftet waren. Er schaute nicht von dem Topf auf, den er über die Flammen hielt. Der Kaffee zischte leise; nach einer Weile zog er ihn vom Feuer und goß ihn, sich immer noch der beharrlichen Musterung bewußt, in eine irdene Tasse. «Soll ich einen Schuß Brandy hineintun?» fragte er und schaute mit einem Lächeln auf. «Sie scheinen kein Fieber zu haben, also dürfte es Ihnen nicht schaden.»

«Wird es bestimmt nicht», sagte Stogumber überzeugt. «Ich muß zwar sagen, Kaffee ist kein Getränk, das ich üblicherweise trinke, aber ich will nicht leugnen, daß er gut riecht – und sicher wird er noch besser riechen, wenn Sie einen Feuerball hineinfallen lassen.»

John lachte und ging die Brandyflasche aus dem Schrank holen. Nachdem er einen Schuß davon in den Kaffee getan hatte, reichte er die Tasse seinem Gast und sagte, zwar unwahr, aber in höchst natürlichem Tonfall: «Ich soll verflucht sein, wenn ich ahne, was Sie von Beruf sind, Stogumber, aber ich gehe jede Wette ein, etwas Redliches war es nicht, das Sie hergeführt hat! Ich will Sie nicht verletzen, aber Sie scheinen mir ein verdammt harter Bursche zu sein. Ich glaube, Sie wissen recht gut, wer sich heute abend über Sie hergemacht hat und warum die das getan haben.»

«Möglich, daß ich eine Ahnung habe, wer die waren», gab Stogumber zu und schlürfte vorsichtig den Kaffee mit Brandy. «Aber wenn ein Mensch eine Beule auf seinem Schädel hat, so groß wie die meine, dann soll er sich nicht allzuviel auf seine Ahnungen verlassen, weil sein Gehirn zunächst einmal vernebelt ist. Außerdem bin ich schon öfter verwechselt worden, und das kann sogar leicht wieder der Fall sein. Das allererste Mal, als ich Sie vor die Augen bekommen hab, Großer, hab ich ja auch gemeint, Sie seien ein Hochwohlgeborener.» Er hielt inne und richtete unter den Brauen hervor seinen Blick auf John. «Dann hörte ich, Sie sind der Veter des Zollwärters, daher sehe ich natürlich, daß ich mich in diesem Punkt geirrt habe.» Er seufzte und schüttelte den Kopf. «Komplett verwirrt, das ist's, was ich bin. Daß ich mein Leben einem Strauchritter verdanke und daß Sie – der nicht durchaus freundlich zu mir war, das letzte Mal, als ich Sie gesehen habe – mich jetzt aufgenommen und zusammengeflickt haben – ich soll verflucht sein, wenn ich weiß, was ich davon halten soll! Und wenn ich nicht weiß, was ich denken soll, dann halte ich lieber die Klappe, Mr. Staple.»

«Ich bin nicht Breans Vetter, und Sie können mich als Hochgeboren bezeichnen, wenn Sie wollen. Da Sie im ‹Blauen Eber› abgestiegen sind, stelle ich mir vor, Sie haben so ziemlich eine Ahnung, wer ich bin.»

«Möglich», stimmte ihm Stogumber zu und trank weiter seinen Kaffee. «Möglich. Und eine andere Ahnung habe ich, Großer, nämlich, daß Sie eine gefährliche Sorte von Kerl sind, der mir das Weiße aus den Augen stehlen tät, wenn er könnte. Möglich, daß ich unrecht habe, möglich aber auch nicht.» Er trank die Tasse leer und stellte sie nieder. «Ich bin Ihnen dankbar und leugne es nicht. Ich möchte Ihnen kein Unrecht tun. Aber sollten Sie mir in den Rücken fallen, Mr. Staple, oder mir krumm kommen wollen, dann müssen Sie schon daran denken, daß ich allerhand gewachsen bin und es nicht sicher ist, mir in die Quere kommen zu wollen.» Er stand auf. «Ich danke Ihnen für alles, was Sie getan haben, und hau jetzt ab. Denken Sie daran, was ich Ihnen gesagt habe.»

«Ich werde daran denken», versprach ihm John. «Sind Sie imstande, bis zum Dorf zu Fuß zu gehen, oder soll ich Sie aufs Pferd setzen und mitgehen?»

«Nein, nein, ich mach's zu Fuß!» antwortete Stogumber. «Ich fühle mich jetzt ganz hübsch stark, und es ist nicht nötig, daß Sie das Tor allein lassen.»

«Möchten Sie eine Pistole mitnehmen?»

«Sehr verbunden, aber nein. Gabriel Stogumber hat man noch nie dabei erwischt, daß er in einer einzigen Nacht zweimal eingenickt wäre.»

Er verabschiedete sich und ging, auf seinen Eschenstock gestützt. John sah ihm nach, bis er um die Krümmung der Straße verschwand, und ging dann ins Mauthaus zurück, um Chirks Rückkehr abzuwarten.

Die ließ nicht lange auf sich warten. Bald schon warf der Straßenräuber Hut und Mantel über einen Stuhl und sagte: «Ich soll Ihnen sagen, Soldat, daß der Squire heute nicht so ganz bei Kräften ist, und deshalb hat Miss Nell das Haus nicht verlassen. Anscheinend hat es heute morgen einen Krach gegeben, der den Squire in eine Art Anfall getrieben hat. Er hat aber den ganzen Tag ziemlich gut geschlafen, und es heißt, daß er jetzt wieder halbwegs beisammen ist.»

«Was war los?» fragte John.

«Der Butlerbursche hatte Streit mit Coates Diener», antwortete Chirk, nahm einen Bierkrug entgegen und blies routiniert den Schaum weg. «Nach dem, was sie erzählen, hat er eines der Mädel irrtümlich für ein leichtes Tuch gehalten und dementsprechend gehandelt; aber die fand durchaus kein Gefallen an dem Mopsgesicht – und schielen tut er auch noch dazu, wie mir Rose erzählte – und fing zu kreischen an, daß es einem das Trommelfell zerriß. Der alte Bursche sagte daher zu Gunn, weil er nun einmal die Gewohnheit hat, sich zu besaufen, und nie ins Haus kommt, ohne daß er voll Bier ist, und ungewöhnlich frech ist er außerdem, wolle er ihn nicht mehr hierhaben, und falls er seinen Fuß noch einmal über die Schwelle setzt, dann wird er den Reitknecht vom Squire und den Stallburschen holen, der ein großer, kräftiger Kerl ist, damit sie ihn packen und hinauswerfen. Gerade da kommt Mr. Henry herein und ist sofort auf der Palme und sagt dem Butler, er sei schon so gut wie der Herr auf Kellands, und die Dinge sollen so sein, wie er sie haben will. Worauf der Butler sagt, nein, nicht, solange der Squire noch da ist. Also geht dieser Henry in die Höh, und sowie der Kammerdiener des Squire aus dem Weg ist, geht er hinein zu seinem Opa. Was er dem gesagt hat, weiß niemand, aber sowie der Kammerdiener zurückkommt, findet er den Squire mit Schaum vor dem Mund und wie er versucht, aus seinem Stuhl hochzukommen, um diesem Henry eine zu schmieren. Was netterweise sein Kammerdiener für ihn getan hat, was, wie alle vermuten – weil der Squire doch nicht reden konnte –, den alten Herrn mächig gefreut hat. Dann geht Miss Nell los und putzt den Coate herunter, wie man's noch nie gehört hat, und sagt ihm, wenn er oder Henry dem Squire auch nur in die Nähe kommen oder Gunn auch nur den Fuß ins Haus setzt, dann läßt sie den Polizisten aus Tideswell holen und alle von ihm hinausschmeißen, die ganze Drecksbande zusammen. Rose hatte ihr Ohr an der Tür, weil sie fürchtete, daß es irgendeinen Wirbel hätte geben können, aber nach dem, was sie mir erzählte, hat Coate sein möglichstes getan, Miss Nell mit Süßholzraspeln zu kommen und hat gesagt, Henry sei ein Aasgeier und Gunn ein noch schlimmerer, und er würde darauf schauen, daß man sie nicht mehr belästigt. Darauf sagt sie ihm ins Gesicht, je früher er abhaut, um so erfreuter wird sie sein, und er sagte, sie solle sich lieber in acht nehmen, denn wenn sie sich mit ihm anlegt, wird das sehr schlimm für sie sein und für den Squire und Henry auch. Rose sagte, das habe so niederträchtig geklungen, als sei er der Beelzebub persönlich, und er ist in ein Gelächter ausgebrochen, daß ihr das Blut in den Adern stockte. Aber das nehme ich nicht so ernst», fügte er nachsichtig hinzu, «weil die Weiber bemerkenswert leicht dazu neigen, daß ihnen das Blut in den Adern stockt. So also war das, Soldat – außer daß Henry mit einer Verkühlung zu Bett liegt, was, wie Rose sagt, wirklich stimmt, weil er herumniest, daß das Haus fast einstürzt.»

John schwieg einen Augenblick und überlegte stirnrunzelnd diese Nachrichten. Endlich schaute er auf und fragte: «Hast du Rose gefragt, ob sie etwas von einer Höhle in der Nähe des Schlosses weiß?»

«Ja, und einigermaßen weiß sie von einer, nur käme sie in Verlegenheit, wenn sie uns sagen sollte, wo die ist, weil sie sie nie gesehen hat. Es gibt ein paar kleine Höhlen in den Bergen nördlich vom Herrenhaus und eine große, sehr ähnlich wie die am Peak, sagt sie, aber der Squire hat den Eingang verschließen lassen, bevor noch Rose ins Schloß kam, weil sich Henrys Vater in ihr das Bein gebrochen hat. Die Höhle liegt auf seinem Grund, verstehen Sie, aber es führt keine Straße hin, und der Squire hat sie nie den Leuten zeigen lassen wollen, wie sie das mit der am Peak tun. Miss Nells Vater, der

der älteste Sohn des Squire war, Mr. Frank, war dabei, als sich Henrys Vater das Bein gebrochen hat; beide waren damals nicht viel mehr als Knirpse, und er lief davon, Hilfe holen, was sehr gut war, weil anscheinend in der Höhle Wasser ist, und wenn es steigt, dann dauert es keine fünf, sechs Stunden, und es überflutet die Höhle. Daher wollte der Squire niemanden mehr hineingehen lassen, und Rose sagt, sie meint, daß die Leute heutzutag nicht einmal mehr wissen, wo sie ist, noch sonst was über sie. Sie sagt, sie könnte schwören, daß Miss Nell und ihr Bruder nie wußten, daß es überhaupt hier eine große Höhle gibt, weil der Squire jedem auftrug, ihnen nichts davon zu erzählen, weil sie die Sorte Kinder waren, die es für einen großartigen Spaß halten, in einer Höhle zu ersaufen.»

«Aber Henry kann es gewußt haben», sagte John. «Zweifellos erzählte ihm sein Vater von seinem Abenteuer in ihr. Ich danke dir sehr, Chirk!»

Chirk beäugte ihn wissend. «Gern geschehen. Was haben Sie vor?»

«Die Höhle zu finden und zu entdecken, was ihr Geheimnis wohl ist. Wenn sie zu irgendeinem Zweck benutzt wird – nun, das würde doch erklären, was Coate nach Kellands geführt hat und warum er sich mit einer solchen Kreatur wie Henry Stornaway verbündet hat!»

«Ja – wenn!» stimmte ihm Chirk, allerdings skeptisch, bei.

«Je mehr ich es mir überlege, um so überzeugter bin ich davon, daß es das Wahrscheinlichste ist», erklärte John. «Jerry Chirk, ich habe stark das Gefühl, daß ich mich glänzend unterhalten werde!»

Mr. Chirk bemerkte, wie es in Johns Augen funkelte und daß sich der eine Mundwinkel auf seltsame Art etwas nach oben verzog, aber da seine Bekanntschaft mit dem Captain erst von kurzer Dauer war, legte er keinen besonderen Wert auf Anzeichen, die jeden von Johns Busenfreunden mit böser Vorahnung erfüllt hätten. Er sagte nur wegwerfend: «Na ja, ich weiß nicht, wieso eigentlich, Soldat. Was will schon wer mit einer Höhle, außer vielleicht sich in ihr verstecken; und das tun die doch nicht?»

Das Funkeln wurde noch deutlicher sichtbar; jetzt lächelten die Augen. «Ich weiß nicht. Wenn nicht Miss Nell und der Squire wären, würde ich es einen Hauptspaß nennen! Etwas muß in der Höhle versteckt sein – ich brauche nur zu entdecken, was eigentlich!»

«Auch das sehe ich nicht ein», wandte Chirk ein. «Wenn sie irgendein Haus geplündert und die feinen Sachen herausgestohlen haben – Diamanten, Perlen, Silberbesteck und so was –, dann würden sie das doch nicht in eine Höhle stecken, wenn sie nicht ganz verrückt sind. Sie würden es zu einem Hehler bringen, und sogar sehr schnell. Es tät ihnen auch viel nützen, in einer Höhle! Außerdem, Soldat, ich gebe zwar zu, daß dieser Henry ausschaut, als wär er ein schäbiger Bursche, aber es ist unwahrscheinlich, daß er einbrechen geht oder sonst so was Ähnliches. Das heißt doch die Sache stark übertreiben.»

«Ich weiß nicht», sagte John. «Nein, ich würde sagen, das war es nicht. Himmel, ich wollte, ich wüßte, was ihn gestern nacht hingeführt hat und was geschehen ist, daß es ihn fast um den Verstand gebracht hat! Ich will gleich beim ersten Tageslicht hinreiten und schauen, was ich finden kann. In den Bergen sind mindestens zwei tiefe Schluchten, denn die habe ich heute morgen gesehen.»

«Ja, ich hab vermutet, daß Sie so was tun würden», sagte Chirk mit einem Seufzer. «Und Rose auch, und was muß sie tun? Geht her und läßt mich schwören, daß ich mit Ihnen gehe, falls Sie hinunterstolpern und sich das Bein brechen! Es wäre aber freundlich von Ihnen, wenn Sie das nicht täten, Soldat, weil es mir durchaus nicht passen tät, einen Mann Ihrer Größe aus irgendeiner vermaledeiten Höhle hochzuhieven!»

«Nein, ich tu's nicht», versprach ihm John. «Aber komm auf alle Fälle mit! Wir können allerhand Spaß erleben!»

«Wir können ein oder zwei Höhlen erleben», meinte Chirk, «ich sage nicht, daß das nicht der Fall sein kann; aber etwas anderes sehen – ich wette einen glatten Taler, das werden wir nicht!»

«Einverstanden!» sagte John prompt. «Du schläfst heute nacht lieber hier. In Bens Zimmer ist einiges übriges Bettzeug. Ich hole es.»

«Wecken Sie ihn nicht auf. Er ist ein gutes Kerlchen, aber es hat keinen Sinn, daß er mehr erfährt, als ihm guttut – oder mir!»

«Den aufwecken! Da kennst du ihn schlecht. Vielleicht dann, wenn ich ihm den Kopf an die Wand stieße.»

Das Licht der Kerze, die der Captain trug, ließ Ben sich rühren und verschlafen die Augen öffnen, aber nachdem er undeutlich etwas gemurmelt hatte, glitt er in den Schlaf zurück. Der Captain brachte ein Kissen und eine Armvoll Decken in die Küche und legte nach. Chirk zog seine rissigen Stiefel aus und sagte, er habe schon in schlechteren Betten geschlafen.

Als John die Lampe auf dem Tisch herunterdrehte, erinnerte er sich an etwas und sagte: «Chirk, wo ist die Wansbecker Furt?»

Chirk setzte seine Stiefel sorgfältig nebeneinander. «Nein, nicht daß ich wüßte. Was für eine Furt?»

«Wansbeck. Hast du je davon gehört?»

«Wansbeck», wiederholte Chirk mit einer kleinen Falte zwischen den Brauen. «Scheint mir, daß ich den Namen kenne, es fällt mir aber nicht ein, wo ich ihn gehört habe.» Er kratzte sich nachdenklich das Kinn. «Verdammt, wenn ich ihn irgendwohin tun kann», sagte er. «Ich würde sagen, daß ich nie dort war, aber ich hab irgend so ein Gefühl»

Ein nicht zu unterdrückendes Gähnen unterbrach ihn. Er schüttelte den Kopf. «Ich kann und kann mich nicht erinnern, aber sicher wird es mir wieder einfallen.»

«Dann sag es mir sofort!» sagte John.

Er zog sich in sein eigenes Bett zurück, und da ihn niemand zum Tor rief, verbrachte er eine ungestörte Nacht.

Er besaß die Fähigkeit des Soldaten, zu jeder Stunde, die er wollte, aufzuwachen. Er stand also im Morgengrauen auf, um festzustellen, daß Chirk die gleiche Eigenschaft hatte. Das Feuer brannte schon hell, und der Kessel sang bereits. John machte sofort Tee, und Chirk, der etwas kalten Speck im Schrank gefunden hatte, legte eine Scheibe auf eine Schnitte Brot und verspeiste sie mit der Bemerkung, man könne nicht wissen, wann er zu seinem Frühstück käme. Dann ging er die Stute satteln, während John Ben weckte und ihm sagte, er reite fort, um Beau Bewegung zu verschaffen. Unter der Herrschaft seines Vaters war es immer Bens Pflicht gewesen, frühe Reisende zu bedienen, und da das Licht der Dämmerung durch das kleine Fenster hereinkroch, erhob er keine Einwände, sondern gähnte nur und rieb sich die Augen.

Wenig später schloß sich der Captain Chirk an der Hecke an, die Bauer Huggates Feld säumte. Beau biß scherzend am Zaumzeug herum und tänzelte ungeduldig. John hatte seinen Mantel an den Sattel geschnallt und die Stiefel angezogen, unterwarf aber seine einzige Jacke lieber nicht den Strapazen, die ihnen möglicherweise bevorstanden, und trug nur seine Lederweste über dem Flanellhemd.

«Es hat keinen Sinn, über die Straße zu reiten», sagte Chirk.

«Wenn Ihr Vollblut den einen oder anderen Zaun nehmen kann, dann reiten wir lieber über die Felder.»

«So viele du willst», antwortete John. «Auch eine sechs Fuß hohe Mauer samt Mauerkappe und Draht dazu!»

«Was – und samt Ihnen drauf, Soldat?! Los jetzt, Mollie! Wir wollen's dem großen Kerl mit dem faulen Gang schon zeigen!»

Die Stute sprang behende über die Hecke, und Chirk übernahm die Führung durch das Gehölz zu den Feldern, die John von dem Feldweg aus gesehen hatte. Der Nebel lag noch dicht, aber nicht dicht genug, daß er das Tempo der Reiter gehemmt hätte. Sie ritten querfeldein auf den Weg zu und erreichten ihn eine halbe Meile nördlich des Bauernhofs an seiner anderen Seite. Die Stute sprang wie eine Katze über die Böschung, aber Beau nahm Böschung und Hecke zusammen in einem Flug, was Chirk zu sagen veranlaßte: «Einer von diesen halsbrecherischen Burschen! Und ein Glück, wenn sich der Gaul keine Sehne gezerrt hat!»

Aber Beau war intelligent und der Captain ein hervorragender Reiter, und die Wendung nach links, als er aufsetzte, wurde ohne ein solches Mißgeschick ausgeführt. Die Masse der Berge war nun ganz deutlich vor ihnen zu sehen, und nach einer weiteren Viertelmeile machte der Feldweg eine scharfe Biegung, und der steile Anstieg durch die Bergenge begann. Der Captain zog die Zügel an.

«Wir versuchen es östlich», sagte er. «Dort habe ich die Klüfte und die Kalksteinklippen gesehen. Der Abhang verläuft nach Westen zu sanfter, also sind Höhlen dort nicht so wahrscheinlich, stelle ich mir vor.»

«Ganz wie Sie meinen, Soldat», antwortete Chirk zuvorkommend.

Der Wall, der rund um das Ackerland errichtet worden war, endete einige hundert Meter südlich, und es mußte nur ein schmaler Graben übersprungen werden. Der Boden dahinter war unbebaut. Birken erhoben sich aus einer Masse dichten Unterholzes und fanden sogar noch an den steilen Hängen Halt. Hie und da verriet ein Felsbrocken, der aus dem Boden ragte, wie dünn die Erdschicht auf dem felsigen Untergrund lag. Im Schritt ritt John am Rand des Gebüsches voraus und prüfte scharf die Oberfläche des Berges. Sie war an vielen Stellen kahl und zeigte mehrere tiefe Einschnitte, wo der Felsen so bloßlag, als sei die Erddecke abgekratzt worden. John sagte über die Schulter: «In jeder dieser Spalten könnten Höhlen sein.»

«Sehr wahrscheinlich», antwortete Chirk, «aber es schaut so aus, als sei ihnen jahrelang niemand mehr nahe gekommen. Aber wenn Sie wünschen, sich durch alle diese Brombeeren durchzuzwängen, ist's mir auch recht.»

«Nein, wir reiten weiter», sagte John.

Sie mußten nicht weit reiten, denn als John um einen Vorsprung bog, sah er etwas, das ihn veranlaßte, die Zügel derart scharf anzuziehen, daß die Stute, die Beau dicht folgte, fast auf ihn prallte. «Schau!» sagte John und wies mit seiner Reitgerte auf den Boden. «Da war doch schon jemand vor uns da!»

Chirk ritt an seine Seite und starrte angespannt auf eine unverkennbare Spur, die sich durch das Unterholz zum Berg zog. Sie hatten die große Schlucht erreicht, die John von der Bergenge aus gesehen hatte; sie war tief in den Berg geschnitten und reichte weit in ihn hinein. Das üppige Gras und welkende Klumpen von Weidenkraut auf dem ansteigenden Gelände vor der Schlucht waren niedergetreten.

John berührte Beau mit dem Absatz und sagte munter: «Wir binden die Pferde hinter dem nächsten Vorsprung an. Vorwärts!»

Etwas später, als sie, von der großen Schlucht aus nicht zu sehen, abstiegen, zog Chirk seine Pistolen aus den Halftern, ließ eine in die geräumige Tasche seiner Jacke gleiten und steckte die andere in seinen Hosenbund. John, der die Laterne vom Sattel losband, bemerkte es und sagte sofort: «Wenn du eine Kanonade mit diesen verdammten Schießprügeln losläßt, bringe ich dich um! Du ziehst gar zu gern eine Pistole heraus! Ich habe geglaubt, du warst überzeugt, daß wir in der Höhle nichts finden?»

«Vermutlich ohnehin nicht», antwortete Chirk, stellte die zweite Laterne auf den Boden und warf seinen Reitermantel über die Stute. «Aber wenn es Ihnen nichts ausmacht, Soldat, jetzt, da ich diese Spur gesehen habe, wird mir wohler sein, wenn ich meine Schießeisen bei der Hand habe. Falls dieses Pärchen aus dem Schloß die Höhle besuchen sollte, während wir drin sind, werden sie vielleicht unser Geld für uns sparen!» Er wartete, während John die Gurte Beaus lockerte und ihn mit seinem Mantel zudeckte, und ging dann den Weg zur Schlucht zurück voraus, wobei er dem Gebüsch weit auswich, bis er den Pfad erreichte, der durchführte. Er war nicht weit auf ihm gegangen, als er stehenblieb und Johns Aufmerksamkeit auf ein Gewirr von Fußspuren lenkte, die tief in eine Stelle weicheren Bodens eingeprägt waren. Sein Gesicht war nun angespannt, und er blickte stirnrunzelnd schnell um sich, auf das niedergetretene Gras und die Büsche. «Mir scheint, Soldat, da waren mehrere Burschen hier.»

«Mehrere Burschen, stimmt», sagte John, «und sie haben, nach den Spuren zu schließen, etwas Schweres getragen. Außerdem sind einige dieser Brombeerzweige gestutzt worden. Siehst du?»

Chirk nickte, sagte aber nichts. Sie gingen weiter. Der Boden stieg gleichmäßig an, je näher sie der Schlucht kamen. Der Berg türmte sich nun über ihnen auf, die Felswand schien fast über ihnen zu hängen, und die Schlucht wurde schnell enger. Ein Gewirr dürren Stechginsters lag vor ihnen, und als sie näher kamen, sahen sie, daß es absichtlich so angeordnet worden war, um einen derben Zaun zu verbergen. Sowie sie den Ginster weggezogen hatten, sahen sie, daß der Zaun eine ungefähr einen Meter hohe und fast ebenso breite Öffnung im Felsen verschloß. Als sie ihn genauer untersuchten, zeigten sich verrostete Eisenklammern, die zu beiden Seiten des Lochs in den Felsen getrieben waren. An ihnen war der derbe Zaun mit Stricken befestigt.

«Frisch», sagte Chirk grimmig und zog den Knoten auf. «Wenn Sie nicht so vernünftig waren, Ihre eigenen Pistolen mitzunehmen, Soldat, dann nehmen Sie lieber eine von den meinen!»

«Du kannst sie mir dann geben, wenn uns jemand gefolgt sein sollte», antwortete John. «Wir wissen zumindest, daß drinnen niemand ist – von innen kann man den Zaun nicht an die Klammern außen anbinden.» Er kniete nieder, während er sprach, setzte die Laterne, die er trug, in den Höhleneingang und zog seine Zunderbüchse aus der Tasche.

Als beide Laternen gleichmäßig brannten, sagte Chirk: «Einer von uns sollte heraußen bleiben und Wache halten.»

«Na ja, wenn dir der Sinn danach steht, Wache zu schieben, dann bleib und mach's!» empfahl ihm der Captain leichtherzig.

«Verdammt, wenn ich das will!» sagte Chirk.

«Dann also komm!» sagte John, bückte sich und betrat die Höhle.

Fast unmittelbar hinter dem Eingang versuchte er, sich wieder aufzurichten, und als er die Laterne hochhielt, sah er, daß er in einer gewölbten Kammer von beträchtlicher Größe stand. Chirk, der hinter ihm eintrat und sich umsah, sagte mit einer gewissen Befriedigung: «Na, nichts ist da, das ist einmal sicher! Komischer Ort – daß man so was in einem Berg findet! Ist das von Natur aus so?»

«Ganz von Natur aus. Warst du noch nie in einer Kalksteinhöhle?»

«Nein, kann nicht sagen, daß ich's je gewesen wär. Aber ich hab von ihnen erzählen gehört. Groß, was?»

«Größer als du denkst, glaube ich.» John ging weiter und hielt die Laterne hoch. «Ja, das habe ich mir gedacht! Das ist nur die Vorkammer, Jerry.» Er ging zum hinteren Ende der Höhle, wo eine schmale Öffnung, etwa wie ein gotischer Bogen, in einen Gang durch den Fels führte. Dieser senkte sich leicht abwärts in dichte Finsternis. Die rauhen Felswände schimmerten feucht im Laternenlicht; der Boden gab bei jedem Schritt nach, er war von der Nässe aufgeweicht und die Luft feuchtkalt. John hörte, wie Chirk den Atem scharf einsog, und sagte amüsiert: «Sind deine Nerven hart genug für dieses Abenteuer?»

«Wozu Sie genug Mut haben, hab ich auch!» antwortete Chirk durch zusammengebissene Zähne. «Vorwärts!»

John ging weiter; zunächst ging das leicht, bald aber war er gezwungen, den Kopf einzuziehen, und sehr bald, sich fast zu krümmen. Er hörte, wie Chirk hinter ihm keuchte, und sagte: «Vorsicht! Die Decke vorn ist verteufelt niedrig – wir werden vielleicht auf allen vieren kriechen müssen.»

Das mußten sie zwar nicht, aber als sie eine höher gewölbte Stelle erreichten, waren sie froh, stehenbleiben und sich aufrichten zu können. Als John seinen schmerzenden Rücken streckte, streifte ihn etwas am Kopf; er lenkte den Strahl der Lampe aufwärts und ließ ihn über die Decke der Kammer streichen. «Beim Jupiter!» sagte er leise. «Das muß man gesehen haben, Jerry!»

«Was ist das?» fragte Chirk und starrte hinauf. «Schaut mir wie Eiszapfen aus, und der Himmel weiß, kalt genug ist es hier!»

«Keine Eiszapfen – Stalaktiten. Sie werden durch das ständige

Tropfen des Wassers geformt – Jahrtausende hindurch. Ich habe dir ja gesagt, daß es ein Hauptspaß wird!»

«Ich kann mich nicht erinnern, wann ich mich je so gut unterhalten habe», sagte Chirk ironisch. «Wenn der junge Stornaway wirklich hier war, dann wundere ich mich nicht, daß er sich erkältet hat. Schauen Sie, Soldat! Die Wände sind klatschnaß. Woher kommt das?»

«Von Wasser natürlich. Außerdem ist zehn zu eins zu wetten, daß hier irgendwo unten ein Fluß ist. In der Peak-Höhle ist auch einer, und außerdem ein Boot. Das hat mir Miss Nell erzählt. Bist du bereit, weiterzugehen?»

«Ich bin drauf und dran, umzukehren», antwortete Chirk mit bissigem Humor. «Aber wenn wir schon weiter sollen, machen wir's kurz und gehen wir!»

John war vorsichtig weitergegangen, immer vorausleuchtend. «Vorsicht!» sagte er plötzlich. «Jetzt geht es steil hinunter, und es liegt verdammt viel lockeres Gestein da. Verdammt noch einmal, hätte ich doch nur diese Reitstiefel nicht angezogen! Himmel, das ist ja eine richtige Treppe, schau!»

Der Gang war viel breiter geworden. Chirk, der die Laterne auf die Felswand über seinem Kopf gerichtet dagestanden und fasziniert emporgeschaut hatte, wandte seinen Blick nun dem steilen Abstieg zu. Hervorstehende Felsplatten bildeten tatsächlich eine Art Treppe, aber der Abstand von einer Stufe zur anderen betrug mehrere Fuß, und der Boden war zum größten Teil mit Geröll und trügerisch lockerem Gestein, darunter einigen sehr großen Brocken, bedeckt. Es war nicht schwer, sich vorzustellen, wie sich Henry Stornaways Vater in der Höhle das Bein gebrochen hatte. Chirk sagte das mit einiger Schärfe. Dann bat er den Captain, stehenzubleiben. «Werfen Sie nur einen Blick auf dieses Teufelswerk!» beschwor er ihn und hielt den Strahl seiner Laterne auf den Felsen gerichtet. «Erzählen Sie mir ja nicht, daß dieses böse Gesicht auch schon von Natur aus da ist, Soldat!»

John brauchte einen Augenblick, um zu erkennen, was Chirk an die Stelle gewurzelt hielt. Dann lachte er und sagte: «Guter Gott, das ist nur die Verwitterung des Gesteins, die das hervorgebracht hat. Wenn wir Zeit zu verschwenden hätten, könnten wir vermutlich ein Dutzend Gespenstergesichter entdecken!»

«Danke schön, da möchte ich doch lieber weitergehen!» sagte Chirk. «Aber geben Sie um Himmels willen acht, wo Sie hintreten!»

Der Abstieg war zwar nicht lang, brauchte aber Zeit. Dicht an der Wand war jedoch das Gestein ziemlich fest, und nach etwa zehn Metern wurde die Treppe zu einem Hang, der leicht zu gehen war. Hie und da senkte sich die Decke plötzlich, und sie mußten sich bücken, und einmal stieß ein langer Stalaktit Chirk den Hut vom Kopf. Die Kälte war durchdringend, und ein schwaches Rauschen, das immer lauter wurde, trug nicht dazu bei, Chirk vergnügter zu machen.

«Hörst du den Lärm?» sagte John befriedigt. «Ich habe dir ja gesagt, daß es da einen Fluß gibt! Wo sind wir denn da jetzt hingekommen?»

Der Boden senkte sich nicht mehr, und der Gang wurde plötzlich breit. Als John das Licht kreisen ließ, traf es auf keine Wände mehr, und als er es aufwärts richtete, beleuchtete es die Decke nur schwach.

«Wir müssen die Haupthöhle erreicht haben. Beim Jupiter, was für ein Ort! Bleib, wo du bist. Ich will herausfinden, wie groß sie ist und ob sie noch weiterführt.» Während er sprach, ging er nach einer Seite und ließ das Licht vor sich auf und ab tanzen. Kurz darauf erhellte es die gekerbte rauhe, schimmernde Felswand. Chirk, der am Eingang des riesigen Raumes stand, sah es weitergleiten und dann herumschwingen, bis es die gegenüberliegende Wand erleuchtete, an der er stand. Ein schwarzes Loch gähnte in ihr; der Captain sagte, und seine Worte hallten gespenstisch nach: «Ich habe noch einen Gang gefunden.»

«Das sehe ich», antwortete Chirk trocken.

Zu seiner heimlichen Erleichterung ging der Captain jedoch weiter, bog um die Ecke der Kammer und näherte sich langsam wieder dem Eingang, während das Licht seiner Laterne die ganze Felswand abtastete. «Chirk, das ist ein wunderbarer Ort!» erklärte er. «Komm da herüber! Der Felsen über uns ist mit Galerien durchsetzt! Ich wollte, wir hätten eine Leiter mit. Anders kommt man da nicht hinauf!»

«Ich zweifle nicht, daß Sie gern durch eine Menge Galerien kriechen möchten», sagte Chirk sauer, ging zu ihm hinüber und schaute mit Abscheu hinauf. «Aber wir haben keinen Grund, es zu tun, denn wenn keine Leiter da ist, so ist anzunehmen, daß auch niemand –»

Er brach mit einem erschrockenen Fluch ab und geriet fast aus dem Gleichgewicht, als sein Fuß an ein Hindernis stieß. Er fing sich und richtete den Strahl seiner Laterne darauf. Seine Stimme veränderte sich; er sagte mit vorsichtiger Ruhe: «Kümmern Sie sich nicht um die Galerien! Kommen Sie einmal hier herüber, Soldat!»

John drehte sich um. «Was –» Dann brach auch er unvermittelt ab, denn Chirk hielt die Sturmlaterne hoch, und in ihrem goldenen Licht sah er eine Anzahl mit Stricken verschnürter Kisten längs der Höhlenwand aufgereiht. «Guter Gott!» stieß er hervor.

Mit drei Schritten war er bei Chirk, der seine Laterne auf eine am Ende der Reihe stehende Kiste niedergesetzt hatte und sagte: «Ich bin Ihnen einen Taler schuldig. Lieber Gott, ich hätte um alles mit Ihnen gewettet, daß hier nichts ist! Aber was, zum Teufel, ist da drin?»

Der Captain war schon niedergekniet und untersuchte eine der Kisten. «Chirk!» sagte er mit ziemlich seltsamer Stimme. «Falls ich mich nicht sehr irre – das ist ein Amtssiegel!»

«Was?» fragte Chirk so laut, daß seine Stimme in der ganzen Höhle widerhallte. Auch er kniete nieder und starrte das rote Siegel auf dem Knoten der Schnur an. Dann stand er auf und ließ seine Augen über die anderen Kisten schweifen. «Sechs Stück – und alle gleich!» sagte er leise und pfiff. «Klein –» er beugte sich nieder und hob mit Anstrengung eine an einer Kante hoch – «aber auffallend schwer.»

«An dieser hier ist das Siegel aufgebrochen worden und – ja, das Schloß auch!» sagte John und blieb neben einer Kiste stehen, die auf eine andere gestellt worden war. «Schauen wir nach, was drin ist!»

Er stellte die Laterne nieder und begann den Knoten aufzuknüpfen. Die Schnur fiel herunter, und er hob den Deckel. Die Kiste war mit kleinen Säcken vollgepackt. Als John einen heraushob, bedurfte es nicht erst des metallischen Klirrens, um ihm zu verraten, was sie enthielten. Er löste die Schnur um das Säckchen, griff hinein, zog eine Handvoll gelber Münzen heraus, hielt sie in das Laternenlicht und starrte auf sie hinunter.

«Wansbecker Furt!» schrie Chirk, nachdem er eine Minute sprachlos war. «Daher kannte ich den Namen! Himmel, was für ein Tölpel, was für ein dummer Esel ich bin! Wie konnte ich nur ein solcher Schafskopf sein, das zu vergessen?!»

John schaute ihn an. «Was hat die Wansbecker Furt mit dem hier zu tun?»

Chirk atmete ziemlich schnell. «Lesen Sie denn nie Zeitung, Soldat?»

«Doch, ja, aber in diesen friedlichen Zeiten nicht besonders aufmerksam. Sag mir, was ich hätte lesen sollen und nicht gelesen habe!»

«Vor einigen Wochen – ein Regierungswagen nach Manchester!» stieß Chirk abgerissen heraus. «Hat die falsche Abzweigung eingeschlagen, kurz vor einem Ort namens Ashbourne – ungefähr fünfundzwanzig bis dreißig Meilen von hier. Es war nach Einbruch der Dunkelheit und anscheinend eine einsame Gegend. Soviel ich gelesen habe, war es der raffinierteste Überfall, von dem ich je gehört habe. Denn was haben sie gemacht? Sie –»

«– haben die beiden Arme des Wegweisers umgedreht!»

«Sie haben es also doch gelesen!»

«Nein. Weiter!»

«Nun, es war so, wie Sie sagen. Das haben sie gemacht. Bei Gott, die hatten das prima geplant! Im Umkreis von einer halben Meile dieser Furt steht kein einziges Bauernhaus, und zur Furt geht's ziemlich steil hinunter, und auf der anderen Seite geht's wieder hinauf, und auf beiden Seiten des Feldwegs lauter Wälder. Der Wagen wurde überfallen, gerade als er aus dem Fluß herauskam. Zwei Wächter wurden totgeschossen, bevor sie noch ihre Schießeisen in Anschlag bringen konnten. Der Kutscher und ein Beifahrer, der zu der Zeit gerade vorne bei den Pferden stand, wurden am nächsten Morgen geknebelt und wie Hennen zusammengebunden aufgefunden. Der Wagen war aufgebrochen worden, und nicht eine einzige Kiste war dringeblieben.» Er schwieg und strich sich mit dem Handrücken über die Stirn. «Und Sie wollen mir erzählen, daß das Henry Stornaway und Coate getan haben? Bei allen Heiligen, ich weiß nicht, wann ich je so verdutzt war. Aber – wozu lassen sie sie hier stehen? Es ist nur eine aufgemacht worden, und aus der fehlt nichts, wie es ausschaut. Ich sehe ein, es wäre für jeden schwer, zu wissen, wo alle diese Kisten aufstapeln, aber was ich nicht einsehe, ist, warum sie überhaupt nichts von dem Geld weggenommen haben. Na ja! Es heißt, jeder nach seiner Fasson. Los, schauen wir, ob in allen diesen Säckchen Gelbe Küchlein sind!»

«Es sind keine Gelben Küchlein.»

Chirk schaute ihn scharf an, betroffen von dem seltsamen Ton in seiner Stimme. «Was?! Sie wollen mir doch nicht erzählen, daß die gefälscht sind? Mit dem Siegel da an den Kisten?»

«Kein Falschgeld, aber auch keine Guineen. Schau sie dir einmal an!»

Chirk starrte auf die Münzen in Johns Hand. Er nahm eine, um sie genauer zu betrachten, und sagte: «Verflucht, wenn ich je schon eine von ihnen gesehen habe! Aber sie sind wirklich aus Gold und richtig und frisch geprägt! Was sind sie wirklich, Soldat?»

«Liest du eigentlich nie Zeitung? Es sind die neuen Münzen – die Sovereigns, die die Guineen ersetzen sollen!»

«So?» Chirk drehte das Geldstück, das er hielt, um und betrachtete es interessiert. «Es sind die ersten, die ich sehe.» Er fügte mit einem Grinsen hinzu: «Na ja, ich werde nicht über die paar Shillinge streiten. Heiliger Himmel, in diesen Kisten müssen dreißig- bis vierzigtausend Pfund stecken. Und zu denken, wenn nicht Rose gewesen wäre, dann wäre ich heute nicht mit Ihnen hier! Keine Freibeuterei mehr! Ein gemütlicher Bauernhof – und ich habe nie geglaubt, daß ich den Tag erlebe!»

Er steckte die Hand in die Kiste, während er sprach, und hätte ein zweites Säckchen herausgehoben, hätte der Captain ihn nicht am Handgelenk gepackt und festgehalten. «Leg das sofort hin! Du wirst nichts von diesem Geld nehmen, Chirk!»

Ein gefährlicher Ausdruck trat in Chirks Augen. Er sagte: «So? Vorsicht, Soldat!»

John ließ ihn los. «Wenn dir danach zumute ist, dann zieh deine Pistole und schick mich den Männern nach, die wegen dieses Goldes ermordet wurden.»

Chirk errötete und knurrte: «Ah, hören Sie auf damit! Sie wissen, das tät ich nicht. Aber Sie können mich nicht davon zurückhalten, daß ich mir etwas davon nehme. So eine Chance kommt nie wieder. Für einen gutbestückten Burschen wie Sie ist es ja recht schön und gut, sich an die Redlichkeit zu halten, aber –»

«Redlich mit dem Pfund wuchern – ja, das ist genau das!» unterbrach ihn John und lachte kurz auf. «Denn das sind wirklich Pfunde, nicht die alten Guineen! Du Narr, verstehst du nicht, warum die Kisten hier aufgehoben wurden und nicht ein Sovereign daraus fehlt? Das ist der gefährlichste Schatz, der je gestohlen wurde! Eine einzige dieser Münzen würde dich an den Galgen bringen! Nimm doch ein Säckchen von ihnen und versuch, ob du damit deinen Bauernhof kaufen kannst! Versuch, ob es auch nur einen einzigen Hehler unter der Sonne gibt, der dir dafür Banknoten gibt! Ich komme und schau zu, wenn sie dich hängen. Diese Münzen wurden erst diesen Sommer geprägt – nicht eine von ihnen ist noch im Umlauf. Das ist ja der Grund, warum sie hier aufgehoben wurden. Ich zweifle, ob es sicher ist, sie vor dem Ablauf eines ganzen Jahres anzurühren.»

Chirk ließ sich schwach auf eine der Kisten fallen. «Ein Jahr! Aber – man könnte es verstecken! Nur einige wenige Säckchen davon!»

John legte ihm die Hand auf die Schulter. «Hör zu, Jerry! Ich habe es dir nicht erzählt, aber Stogumber – der Mann, den du gestern nacht gerettet hast – sucht keinen Besitz zu kaufen, wie er uns vorschwindeln wollte. Er sucht dieses Gold und die Männer, die es gestohlen haben, dazu. Er ist ein Detektiv der Bow Street!»

Die Schulter unter seiner Hand wurde steif. «*Was?*» sagte Chirk. «Ein Rotkehlchen? Ein Rotkehlchen, das ich – ich! – davor gerettet habe, erstochen zu werden?»

«Du hast in deinem Leben noch keine bessere Arbeit geleistet. Er ist nicht undankbar, und ich bilde mir ein, zu ahnen, wie wir ihn uns noch verbundener machen können. Schau nicht so niedergeschlagen drein! Du wirst dein Glück machen. Aber, aber, Jerry, wohin ist dein Verstand geraten? Der Mann, der diese Kisten entdeckt, bekommt eine riesige Belohnung! Du hast mir erzählt, du brauchst nicht mehr als einen einzigen fetten Brocken, um dich niederzulassen – wenn alle diese Kisten Sovereigns und Halb-Sovereigns enthalten, wie ich das für durchaus möglich halte, dann wird dein ersehnter fetter Brocken ein bloßer Bruchteil dessen sein, was die Regierung für ihre Auffindung zahlt!»

Chirk sog den Atem mit einem zischenden Laut ein. «Das stimmt!» sagte er, als wäre ihm ein großes Licht aufgegangen. «Und außerdem redlich mit dem Pfund gewuchert! Aber dieses Rotkehlchen – Sie schwindeln mich bestimmt nicht an, Soldat?»

«Nein. Während du ihm gestern abend den Kopf über den Spülstein gehalten hast, habe ich das Notizbuch aufgehoben, das ihm aus der Tasche gefallen war, als wir seinen Rock in einen Winkel warfen.

Was nützen die Pfunde . . .

... wenn man damit nicht redlich wuchern darf? Und was nützt das ganze Geld, wenn es in der Höhle versteckt bleiben muß, statt auf der Bank zu liegen, wo es wuchern kann? (Wucher hatte früher die Bedeutung von «Zins, Ertrag, Gewinn».)

Hast du schon von ‹Dienstbüchern› gehört?» Chirk nickte. «Das war nämlich eines. Er weiß noch nicht, daß ich ihn ausgeräuchert hab – ich glaube, er stellt sich vor, daß auch ich mit dieser Angelegenheit zu tun habe.»

«Na, der wird bald wissen, daß das nicht stimmt.»

«Nicht allzubald, wenn es mir gelingt! Chirk, du hast das Gold gefunden, und die Belohnung gehört dir – aber wirst du mir vertrauen, daß ich die Sache so lenke, wie sie für uns alle am besten ausfällt?»

«Ja, aber es war doch nicht ich, der die Moneten gefunden hat», erklärte Chirk. «Hergebracht haben ja Sie mich! Ich mag ja ein Strauchritter sein, aber ich will verdammt sein, wenn ich einer bin, der seine Freunde übers Ohr haut!»

«Ich mag dich ja hergebracht haben – aber habe ich diese Kisten gefunden? Alles, was ich gefunden habe, war eine Felsgalerie. Ich will die Belohnung nicht, also reden wir nicht mehr davon. Was ich hingegen will, ist, Miss Nell und den Squire aus dieser Sache heraushalten – und Henry Stornaway auch, um ihretwillen, obwohl es mir gegen den Strich geht! Ich weiß nicht, wie mir das gelingen soll, aber irgendeinen Weg muß es geben. Sir Peter darf nicht wissen, was du und ich entdeckt haben, und ich gäbe alles drum, was ich besitze, wenn ich es auch von Miss Nell fernhalten könnte! Wieviel Stogumber bereits weiß, kann ich nicht sagen; etwas muß er wissen, denn warum wäre er sonst in diesen Distrikt gekommen? Aber zu viel weiß er bestimmt nicht! Hätte er Beweise gegen Coate oder Henry, dann hätte er sie schon verhaftet, und wenn er wüßte, wo das Gold versteckt ist, dann hätten wir es heute nicht hier gefunden!»

«Was wollen Sie also tun?» fragte Chirk.

«Den Namen Henry Stornaways heraushalten, wenn ich kann. Wenn ich nicht kann, ihn aus dem Land schaffen, bevor Stogumber alles weiß!»

«Und Coate auch?»

Der Captain biß die Zähne zusammen. «Nein. Ich will verflucht sein, wenn ich den heraushalten wollte! Nein, bei Gott! Es sind mindestens zwei Tote, die auf seine Rechnung gehen, denn ich könnte schwören, daß er es war, der die Wächter erschossen hat, er und vielleicht dieser Diener von ihm. Das ist das zweite, Jerry! Wir könnten Stogumber diese Kisten zeigen, aber er will mehr als das

Geld – er will die Männer haben, die es geraubt haben. Was für einen Beweis aber gibt es, daß Coate der Erzdieb war?»

«Na ja», sagte Chirk und strich sich nachdenklich das Kinn, «es würde wohl kaum so ausschauen, daß er die Sache gemacht hat – wo er doch auf Kellands ist, nicht?»

«Es könnte schummrig ausschauen, aber ehe Stogumber keinen Beweis dafür hat – den er, wie ich schwören könnte, noch nicht hat –, kann kein Haftbefehl erlassen werden. Himmel, ich weiß nicht, was ich tun werde, aber gib mir etwas Zeit, bevor du zu Stogumber gehst!»

Wieder verzog Chirk die Lippen zu seinem schiefen Lächeln. «Habe ich Ihnen nicht schon gesagt, daß ich Befehl von diesem Mädel hab, ich müsse das tun, was Sie mir sagen, Soldat? Ich leugne nicht, wenn es Roses Vetter wäre, der seinen Kopf in diese Schlinge gesteckt hätte, dann würde ich genauso empfinden wie Sie. Ich steh gerade, und hier meine Pratze drauf!»

Er streckte seine Hand aus, und John drückte sie warm. «Danke! Du bist ein verdammt guter Kerl! Ich habe mindestens einen Tag, um mir zu überlegen, was ich tun kann – ich stelle mir vor, Stogumber wird heute nicht viel herumschnüffeln. Er wird sich krank wie ein Roß fühlen und sehr wahrscheinlich das Bett hüten. Aber er ist erkannt worden – das dürfen wir nicht vergessen. Das muß auch der Grund sein, warum er letzte Nacht überfallen wurde. Wenn Coate Angst bekommen und ums Leben rennen sollte – nun, das würde die Sache für uns lösen! Wenn aber nicht – Himmel, ich wollte, ich sähe meinen Weg!»

«Ich bin überzeugt, Sie kommen drauf», sagte Chirk. «Ich muß gestehen, ich ja nicht, aber das hat nichts zu sagen.» Er schaute zu John auf. «War Ned Brean mit drin?»

«Zweifellos ja», sagte John. Er schaute in die sie umgebende Finsternis hinein, und Chirk sah, daß der gutgelaunte Ausdruck völlig aus seinem Gesicht verschwunden war. «Die Schranke mußte passiert werden, und man brauchte dringend einen starken Kerl, der mithalf, diese Kisten vom Feldweg hierher zu tragen. Vom Feldweg führten keine Räderspuren her, auch konnte kein schwerbeladenes Fahrzeug über den Graben gezogen werden. Die Kisten mußten getragen werden – und für eine solche Arbeit wäre Henry nutzlos gewesen.»

«Was ich wissen möchte», sagte Chirk, «ist, wie sie die je diese ‹richtige Treppe› da von Ihnen heruntergekriegt haben! Ich konnte doch nur herunterkommen, indem ich mich an der Felswand entlangtastete und mich an jedem Vorsprung festhielt, der gerade da war. Wenn ich versucht hätte, etwas zu tragen, hätte ich mich hingesetzt, so sicher wie nur was!»

«Ich vermute, sie haben sie an Stricken heruntergelassen. Es kann einfach nicht anders gewesen sein!» sagte John, hob seine Laterne auf und ging um die Kisten herum. «Ja, da haben wir's ja! Ein paar Rollen fester Taue.»

Chirk runzelte die Stirn. «Wenn Ned mit Coate zusammenarbeitete – wo ist er dann?» fragte er. «Ich erinnere mich daran, was Benny sagte – daß er eines Nachts von einem Lastfuhrwerk aufgeweckt wurde und Ned damals fortging. Was hat ihn letzten Samstag weggeführt, und wohin ist er abgehauen? Glauben Sie – hat er Angst bekommen?»

«Nein, das glaube ich nicht. Ich glaube – er ist hierher gekommen.»

Chirk schaute schnell auf, eine Frage im Gesicht, und dann gingen seine Augen genauso schnell zu der einen offenen Kiste. «War er es, der sie aufgebrochen hat? Die anderen hintergangen?»

«Hat es vielleicht versucht. Es gelang ihm nicht. Die Kiste ist voll.»

Chirk stand mit einem Ruck auf. «Schauen Sie, Soldat –! Was denken Sie, um Himmels willen?»

«Wo ist er?» fragte John bedeutungsvoll. «Warum hat die Auskunft, daß Brean fortgegangen ist, Henry Stornaway gar so aufgeregt? Warum ist Henry vorgestern nacht hierher gegangen? Und was hat er hier gefunden, daß er aussah, als sei ihm ein Geist erschienen?»

Chirk schob die Zunge zwischen die Lippen und starrte um sich. «Vielleicht sollten wir ein bißchen weitersuchen?» sagte er mit etwas belegter Stimme. Ein Schauer überlief ihn. «Gott, werde ich froh sein, von hier fortzukommen!»

Das Licht von Johns Laterne fiel auf den Boden und glitt langsam in einem weiten Bogen herum. «Wenn er hier überrascht – und hier umgebracht wurde, dann müssen irgendwelche Spuren davon vorhanden sein.»

«Aber es gab doch keinen Grund, ihn umzubringen!»

«Vielleicht war es zu einem Kampf gekommen.»

«Ja, das ist sehr wahrscheinlich!» sagte Chirk nach einer Weile. «Der hätte sicher gekämpft – Ned war so.»

Er sagte nichts weiter, und eine Zeitlang war in der Stille nur das Rauschen des Wassers zu hören, das aus der Tiefe des Berges zu kommen schien. Dann senkte der Captain seine Laterne, kniete nieder und untersuchte den Boden genau. Chirk, der an einer Wand entlang gesucht hatte, sah es und trat schnell an seine Seite. Der Captain drückte eine Handfläche auf den Boden, hob sie hoch und hielt sie ins Licht.

Chirk schluckte hörbar und sagte rauh: «Wohin haben Sie ihn gesteckt? Wir müssen ihn finden, Soldat!»

«Folg den Blutspuren», antwortete John, stand auf und ging, die Augen auf den Boden gerichtet, weiter. «Er hat stark geblutet, Chirk. Dort, wo ich meine Hand hingelegt habe, war eine klebrige Blutlache. Das schaut danach aus, als wär mehr davon da.» Er bückte sich wieder. «Ja. Und hier auch!»

«Die Spur führt zu dem zweiten Gang, den Sie gesehen haben», sagte Chirk. «Ich bin dafür, daß wir diesen Weg versuchen. Hier hätten sie ihn nicht gelassen, und weil die Kisten hier sind, hatte niemand einen Grund, noch weiter zu gehen.» Er ging weiter und fand mit seiner Laterne bald das Loch im Felsen. Es war schmal und niedrig; hier entdeckten sie noch mehr Blut, und nach einem Blick darauf ging Chirk weiter. John folgte ihm.

Der Gang war nur wenige Fuß lang und mündete in einen viel breiteren und höheren, der kälter als die übrigen Höhlen war und in dem das Wasser von den Wänden tropfte. Chirk blieb plötzlich stehen und rief: «Da ist tatsächlich ein Fluß, und wir haben ihn erreicht! Himmel, so was hab ich noch nie gesehen! Schaut aus, als käme er aus diesem Felstunnel. Er ist aber ganz seicht. Wollen Sie mir erzählen, daß ein so kleines Wasser das alles hier überschwemmen könnte?»

«Ja, wenn es steigt. Schau den Schlamm an den Wänden an! Er reicht so hoch, wie du nur hinaufschauen kannst.» John ging neben dem Fluß dahin. Der Gang führte nach einigen fünfzig Metern plötzlich wieder in den Fels, wo er zu Ende war, blockiert von einer Masse lockerer Felsstücke und Geröll, ein Zeichen, daß ein Teil der Decke eingebrochen war. John stellte seine Laterne nieder und begann mit grimmigem Gesicht die Steine und Felsstücke von dem Haufen abzuräumen. Chirk kam ihm zu Hilfe und folgte schweigend seinem Beispiel. Plötzlich tat er einen erstickten Ruf und sprang erschaudernd zurück. Aus den Felsbrocken, die zu einem derben Steinsarg aufgehäuft worden waren, ragte eine Hand. Kurz darauf hatte John die obere Hälfte der Leiche eines Mannes aufgedeckt. Er hob die Laterne hoch und hielt sie über die Leiche. «Na? Ist das Brean?»

Chirk nickte, die Augen auf eine gräßliche Schnittwunde zwischen Hals und Schulter gerichtet. «Erstochen!» sagte er mit schwankender Stimme. «Seine Hand, Soldat – sie ist wie eine Eisplatte und naß – glitschnaß!»

«Wundert dich das bei dieser Temperatur? Ich weiß nicht, wie lange eine Leiche hier liegen kann, ohne zu verwesen – eine hübsche Weile, vermute ich. Ist ganz gut, denn Stogumber muß das sehen! Hilf mir, sie wieder zuzudecken. Das also hat Henry gefunden – und ich glaube, er wußte nicht, daß Brean ermordet wurde, sondern vermutete es nur und kam dieser Vermutung wegen her.»

«Wenn Coate das getan hat –»

«Entweder er oder sein Diener Gunn. Er muß eine Ahnung gehabt haben, was Brean vorhatte. Er hat ihn vielleicht sogar nachts beobachtet. Sicher ist, daß er ihm hierher nachgegangen ist.»

«Ich stehe nicht für Brean ein, daß er ihn nicht zu hintergehen versucht hat – aber ermorden hätte er ihn nicht müssen!» sagte Chirk mit unterdrückter Heftigkeit. «Er besitzt Pistolen – keine Frage! Er hätte Ned leicht genug abhalten können! Warum mußte er ihm ein verdammtes Messer hineinrennen?»

«Ich könnte mir vorstellen, daß er, sobald er wußte, daß Brean nicht sicher war, vorhatte, ihn umzubringen. Er hat vielleicht gefürchtet, bei dieser schlechten Beleuchtung sein Ziel verfehlen zu können, und hat daher lieber ein Messer benützt. Er scheint etwas für Messer übrig zu haben. Wenn du nicht gewesen wärst, ich glaube, Stogumbers Leiche wäre ebenfalls hierhergebracht worden.»

Er richtete sich auf und ging sich die Hände im Fluß waschen. Die eisige Kälte des Wassers ließ seine Finger erstarren; er trocknete sie an seinem Taschentuch, rieb sie fest, damit das Blut wieder zirkulieren konnte, und sagte: «Es ist Zeit, daß wir gehen. Wir müssen die Kiste wieder mit dem Strick verschnüren.»

«Ist recht», sagte Chirk kurz.

Als sie bald darauf den letzten Knoten geknüpft hatten, sagte er: «Was soll mit Benny geschehen, dem armen kleinen Balg?»

«Darum werde ich mich kümmern.»

«Sie werden ihm doch nicht erzählen – was wir hier gefunden haben?» sagte Chirk und wies mit dem Daumen über die Schulter.

«Natürlich nicht. Ich werde ihm überhaupt noch nichts sagen. Später muß er erfahren, daß sein Vater tot ist, aber ich glaube nicht, daß er sehr trauern wird. So, das hätten wir – gehen wir!»

Den Rückweg zum Höhleneingang legten sie ohne viel Schwierigkeiten zurück. Der Nebel hatte sich verzogen, aber niemand war zu sehen. Sie banden den Zaun wieder fest, legten die Ginsterbündel an den alten Platz und gingen zu ihren angebundenen Pferden zurück.

«Ich verschwinde jetzt», sagte Chirk. «Heute abend bin ich wieder im Mauthaus. Sie kennen ja mein Signal! Wenn die Luft rein ist, öffnen Sie die Küchentür; wenn jemand Fremdes bei Ihnen ist, lassen Sie sie zu.»

«Wo finde ich dich, wenn ich dich schnell brauchen sollte?» fragte John und hielt die Stute am Zügel zurück.

Chirk schaute mit einem leisen Lächeln auf ihn nieder. «Also müssen Sie jetzt auch noch wissen, wo ich meine Unterkunft habe, ja, Soldat? Und was wird der Kerl, dem sie gehört, dazu sagen?»

«Nichts, wenn du ihm sagst, daß ich ihn nicht verpfeife», erwiderte John.

«Für einen Gentleman wie Sie gehört es sich nicht, in zweideutige Schenken zu gehen, und auch nicht, mit Strauchrittern zu verkehren!» sagte Chirk streng. «Wenn Sie mich unbedingt finden müssen, schlagen Sie von Sheffield aus die Ecclesfield-Straße ein, bis Sie zu einer Kaschemme namens ‹Widderkopf› kommen, und sagen Sie zum Wirt: ‹Ins Feuer mit dem Pfingstbuschen›!»

«Danke vielmals! Werde ich nicht vergessen.»

«Weiß nicht, ob mich's sehr freut, das zu hören!» erwiderte Chirk. Er warf Mollie herum und sagte über die Schulter zurück: «Und was immer Sie verlangen – ja kein Glas Bier. Die führen nur Rum und Schnaps dort.»

13

Da Bens Dienste an diesem Tag weder vom Gastwirt noch von Huggate angefordert wurden, ließ ihn John den ganzen Vormittag auf die Schranke achten und ging ins Dorf. Er wollte Neues über Stogumber hören und erfuhr mit Befriedigung von Sopworthy, daß dieser stämmige Gentleman das Bett hütete.

«Eine komische Geschichte, wahrhaftig!» sagte der Wirt und schob dem Captain einen Maßkrug seines dünnen Biers zu. «Er erzählte mir, daß er gestern abend von ein paar Vagabunden überfallen worden sei, aber was könnten solche Leute schon hoffen, auf dieser Straße zu rauben? Das ist etwas, das mir nicht in den Kopf will. So was ist in all den Jahren, die ich hier schon lebe, noch nie vorgekommen!» Er erblickte eine Lache verschütteten Biers auf dem Schanktisch und wischte sie sorgfältig auf. «Hat mir außerdem allerlei Fragen über Sie gestellt, tatsächlich, Mr. Staple. Natürlich konnte ich ihm nichts sagen, außer daß Sie ein Verwandter von Brean sind – was ich ihm auch gesagt hab! Aber was ich wirklich gern wissen möchte, Sir – da ich ein Mensch bin, der sich gern auf der sicheren Seite des Gesetzes hält –, was für ein komischer Bursche ist eigentlich dieser Stogumber?»

Dem Captain blieb die Antwort erspart, da in den Schankraum plötzlich Mr. Nathaniel Coate hereinstürmte, der vom Schloß nach Crowford herübergeritten war und jetzt im «Blauen Eber» mit Stentorstimme nach dem Wirt rief. Seine Phantasie hatte ihn dazu herausgefordert, sich in eine gestreifte Leinenweste unter einer Jacke aus Corbeau-Tuch zu werfen, und diese Zusammenstellung samt der Reithose aus Angola-Tuch und den Jagdstiefeln mit weißem Überschlag machte auf den Captain einen so überwältigenden Eindruck, daß er eine volle Minute lang dasaß, den Maßkrug auf halbem Weg zu den Lippen und den Blick auf die erstaunliche Erscheinung geheftet. Er war ganz betäubt und schaute so stupide drein, wie er es nur wünschen konnte. Mr. Coate, der ihn beim Betreten des Schankraums genau angesehen hatte, schien der starre Blick zu beruhigen. «Na, Flachschädel!» sagte er. «Paß nur auf, daß dir die Augen nicht aus dem Kopf fallen! Hast du noch nie einen Gentleman gesehen?»

«Einen Gentleman wie Sie hab ich noch nie nicht gesehen», sagte der Captain langsam im Tonfall der Gegend. Er schüttelte den Kopf und nahm einen Schluck Bier. «Schick wie aus dem Schächtelchen sind Sie – wahrhaftig!» sagte er wie einer, der ein Wunder erblickt hat.

Mr. Coate wandte ihm verächtlich den Rücken zu und sagte zum Wirt: «Was für ein Tölpel! Ich vermute, daß Ihr in dieser gesegneten Gegend nie jemanden zu sehen bekommt, der mit der Mode geht!»

Der Wirt hatte mit unbewegtem Gesicht dem plötzlichen Analphabetentum des Captains zugehört; prompt nahm er das Stichwort, das er von Herzen billigte, auf und antwortete: «Nein, Sir. Nie! Ich kann mich nicht erinnern, daß ich selbst den Squire je so fein herausgeputzt gesehen hätte. Direkt nach dem letzten Schrei, zweifellos! Und was kann ich für Sie tun, Sir?»

Mr. Coate beäugte ihn etwas mißtrauisch, aber sein forschender Blick traf auf eine so ausdruckslose, stupide Miene, daß man Sopworthy unmöglich einer Bosheit verdächtigen konnte. Coate lachte wie üblich derb auf und sagte: «Verdammich, wenn ich je schon einmal in einer solchen Hinterwäldlergegend war! Was Ihr für mich tun könnt, Bursche? Mir den Weg zum nächsten Polizisten zeigen. Bei Gott, schöne Zustände sind das, wenn ein Herr keinen Schritt vor die Tür tun kann, um sich eins zu schmauchen und die Beine zu vertreten, ohne von bewaffneten Gaunern angegriffen zu werden. Ja, da macht Ihr Augen, was?» Er fuhr herum und streckte John den Zeigefinger entgegen. «Du da, Bauernlümmel! Du bist doch der Zollwärter, nicht? Wer ist gestern abend durch die Schranke gegangen?»

John schüttelte den Kopf. «Ich hab keine bewaffneten Gauner nich gesehen», sagte er.

«Wo hat man Sie denn überfallen, Sir?» fragte Sopworthy mit weit aufgerissenen Augen.

«Na, direkt am Schloßtor! Ich bin mit meinen fünf Fingern ein recht geschickter Mann, aber wenn mein Diener nicht dahergekommen wäre, hätte ich wohl mehr als nur meine Uhr und meine Berlocken eingebüßt – jawohl, und eine schlimmere Verletzung davongetragen als nur einen Schlag auf den Kopf, daß ich fast bewußtlos wurde. Einer der Schurken ist von hinten über mich hergefallen – dem wär es schlecht ergangen, wenn er mir von vorn gekommen wär, das kann ich Euch sagen!»

So ging das noch eine Zeitlang weiter, während der Captain ihn immer noch mit dem Ausdruck der Leere und des Staunens sorgfältig studierte.

Für jeden, der sich in der Welt auskannte, war es nicht schwer, den Menschenschlag zu erkennen, zu dem Coate gehörte. Männer wie er sind in jeder großen Stadt anzutreffen; sie verstehen es, am Rand der guten Gesellschaft Fuß zu fassen und sich einen erträglichen Unterhalt damit zu verdienen, daß sie leichtgläubige junge Herrchen von Vermögen in Spielhöllen locken oder sie bei Pferdehändlern einführen, bei denen man sich darauf verlassen kann, daß sie ihnen zu märchenhaften Preisen auffallende Tiere verkaufen, die statt so schnelle oder so prächtige Gänger zu sein, wie es diese Gauner schwören, sich als Lahme oder unheilbare Treter herausstellen.

Solche Leute kannten sich immer recht gut in allen jagdlichen Angelegenheiten aus, waren brutale Reiter und erfahrene Schlepper bei Fuchsjagden und zeigten sich im Boxring tüchtig, denn das waren Errungenschaften, die unweigerlich einen guten Eindruck auf ihre zukünftigen Opfer machten. Sie verstanden es gleich gut, zu schmeicheln wie zu tyrannisieren; und da sie fast unweigerlich mit verläßlichen Wett-Tips versorgt waren, die sie ihren Schützlingen mitteilten, und man sich auf sie verlassen konnte, daß sie ein wirklich erstklassiges Jagdpferd für einen gutsituierten Kunden entdeckten, kam es selten vor, daß es ihnen nicht gelang, sich an verschiedene Angehörige der eleganten Welt zu hängen, die sie um dieser nützlichen Eigenschaften willen tolerierten.

Dieser Bruderschaft also gehörte Johns Meinung nach fraglos Mr. Coate an; aber um ihn lag außerdem die undefinierbare Andeutung einer Brutalität, die für gewöhnlich bei den Schmarotzern der Großen Welt nicht zu finden war. Daß er tatsächlich brutal war, wußte John bereits; daß er einen unverschämten Mut hatte, nahm er nunmehr zur Kenntnis. Seine Politik war klar: zu wissen, daß ihm ein Polizist auf der Spur war, erschreckte ihn nicht so sehr, daß er seine Pläne aufgab. Da sein Versuch, Stogumber loszuwerden, mißlungen war, hatte er sich zu einem Verhalten entschlossen, von dem es zwar unwahrscheinlich war, daß es einen Stogumber täuschen konnte, dem aber nur schwer zu begegnen sein würde.

Es ergab sich bald aus der Information, die er scheinbar so sorglos hervorsprudelte, daß er Gunn rasch aus dem Weg geräumt hatte. Er behauptete von seinem Diener, dieser habe Verletzungen davongetragen, die es ihm unmöglich machten, seinen Pflichten nachzukommen. Coate sagte mit einem verächtlichen Auflachen, der

Bursche sähe Gespenster vor Angst und er habe ihn daher nach Sheffield geschickt mit der Anweisung, die Postkutsche nach London zu nehmen. «Denn lieber hab ich keinen Diener als einen Waschlappen, der meint, in jedem Gebüsch lauere ein Popanz, wie man so sagt.»

Der Captain hatte genug erfahren, hielt sich also nicht länger im «Blauen Eber» auf, sondern bezahlte seine Maß, latschte davon und überließ es dem Wirt, Coate zu erklären, daß er, falls er sich die Dienste eines Polizisten zu sichern wünsche, nach Tideswell reiten müsse – eine Auskunft, die Coate zu einer Flut wütender Beschimpfungen reizte; er erklärte, er wolle verflucht sein, wenn er sich so viel Mühe machen würde, nur um irgendeinen Tropf aufzusuchen, der, so könne er schwören, bestimmt nicht mehr nütze sei als ein einmonatiger Säugling.

Aus dem Umstand, daß Coate Gunn losgeworden war, leitete der Captain, der so viel intelligenter war, als er Coate Grund zu vermuten gegeben hatte, den starken Verdacht ab, daß es Gunn gewesen sein mußte, der in Stogumber einen Bow-Street-Detektiv erkannt hatte. Es erschien daher wahrscheinlich, daß Gunn und nicht dessen Herr den Justizbehörden bekannt war. Kühn mochte Coate ja sein, aber Narr war er keiner. Wenn ein Mann, der schon einmal wegen eines Verbrechens verurteilt worden war, ganz offen auf Kellands geblieben wäre, sowie der Detektiv seine Anwesenheit einmal entdeckt hatte, dann wäre das ein in seiner Tollkühnheit schon fast verrücktes Verhalten gewesen.

Im Mauthaus traf der Captain Joseph Lydd an, der mit einer gekritzelten Note von Nell vom Schloß herübergeritten war. Als John die Oblate aufbrach, die sie versiegelte, sagte er: «Führe Er das Pferd in den Garten, damit man es nicht sieht: Coate ist im Dorf und wird, vermute ich, jeden Augenblick zurückkommen.»

Joseph band den Zügel vom Torpfosten los, sagte aber: «So, dort ist er? Ich habe geglaubt, er ist weg nach Tideswell, um einen Polizisten!»

«Der doch nicht!»

«Na ja, es würde ihm auch nichts nützen, wenn er hingeritten wär», bemerkte Joseph. «Er sagte, er sei gestern nacht von einem paar Straßenräuber überfallen worden. So was hab ich noch nie gehört, nicht auf dieser Straße, aber er schwört, seine Uhr sei ihm weggerissen worden, und was Gunn betrifft, der, wie Coate sagt, diese Räuber abgewehrt hat, Himmel! Der schaut aus wie ein geschundener Hund! Ich weiß nicht, ob es Räuber waren, die es ihm gegeben haben, aber daß er richtige Prügel bezogen hat, das steht fest. Ein Knie von ihm ist aufgeschwollen wie ein Polster, und er kann damit kaum gehen, und er hat eins über den Schädel gefaßt, daß er schwindlig wie ein Huhn war. Mr. Henrys Diener bekam Befehl, ihn noch heute morgen nach Sheffield zu fahren, also sind wir den glücklich los. Es wäre mir lieber, es wär Coate gewesen – obwohl zwischen faulen Eiern schlecht wählen ist!»

Er führte das Pferd um das Mauthaus zu der Gartenpforte, und der Captain konnte den Brief lesen. Er war nicht lang und vermittelte ihm den Eindruck, daß er in dem tapferen Versuch geschrieben worden war, ihn zu überzeugen, daß auf Kellands nichts geschehen sei, das ihm hätte Unbehagen bereiten können. Nell machte sich, wie sie ihm versicherte, nur um Großvater Sorgen. Etwas, das Henry zu ihm gesagt hatte, habe ihn tief erregt. Winkfield hatte ihn gefunden, wie er sich bemühte, auf die Füße zu kommen. Er war jedoch zusammengebrochen; und der sofort herbeigeholte Arzt habe gesagt, er habe einen zweiten Schlaganfall erlitten, nicht so schlimm wie der erste, es sei aber zweifelhaft, ob er sich von dem würde erholen können. Er mußte jetzt das Bett hüten, schien aber unmöglich Ruhe zu finden. Nells liebster John würde verstehen, daß sie nicht außer Reichweite gehen durfte. Man konnte nicht wissen, wann man sie zum letztenmal in das Zimmer ihres Großvaters holen würde.

John schob das Blatt Papier in die Hosentasche und ging durch das Mauthaus in den Garten, wo er Ben fand, der eine Unterrichtsstunde in Pferdepflege erhielt. Er schickte ihn kurz angebunden weg und trug ihm auf, zum Tor zurückzugehen. Ben, der meinte, daß er heute schon lange genug Dienst getan hätte, warf ihm einen finsteren Blick zu und ging schleppenden Schrittes und mit einem hörbaren Aufschnupfen davon.

«Er wird einen ganz guten Stalljungen abgeben», bemerkte Joseph. «Das heißt, vorausgesetzt, daß er die Möglichkeit dazu bekommt. Das habe ich Brean auch schon gesagt.»

«Ja, vielleicht. Joseph, was tut sich im Schloß oben? Kümmere Er sich nicht darum, was Ihm Seine Herrin aufgetragen hat, mir zu erzählen! Ich will die Wahrheit wissen!»

«Dem Squire geht's auf den Tod schlecht», antwortete Joseph. «Und außerdem fällt ihm das Sterben nicht leicht. Er härmt und härmt sich ab, und ob das wegen Mr. Henry ist oder wegen etwas, das er erwartet und das ihm sein Anwalt aus London schicken soll, weiß Mr. Winkfield nicht. Vielleicht ist es sein Testament. Er hat mich gestern nachmittags nach Sheffield reiten lassen, zur Post, obwohl ich und Mr. Winkfield wußten, daß noch nichts dabeisein würde, weil nicht Zeit genug gewesen war, bedenkt man, wann es war, daß ich seinen Brief zur Post gebracht habe. Er scheint die Tage nicht mehr auseinanderhalten zu können, obwohl's ihn nicht im Kopf hat — weit davon entfernt! Ich muß heute nachmittag wieder hin und hoffe zu Gott, daß ein Expreßpäckchen für ihn dabei ist!»

«Miss Nell schreibt mir, daß der Squire im Sterben liegt. Was sie mir aber nicht schreibt, ist, was diese zwei höllischen Spitzbuben treiben.»

«Na, na – es gibt keinen Grund, daß Sie gleich hochgehen, Chef! Mit Ausnahme dessen, daß Mr. Henry sich ins Bett gelegt hat, stockbesoffen, tun sie nichts. Werden sie auch nicht, nicht, solange der Squire noch nicht unter der Erde ist und wir alle immer noch im Schloß sind. Das Malheur wird erst losgehen, wenn der Squire tot und begraben ist, nach dem zu schließen, was Mister Huby gelungen ist, mitanzuhören, und was Coate gestern abend Mr. Henry gesagt hat. Das ist ein listiger wackerer Alter, der Mr. Huby! Er hat Coate ins Zimmer von Mr. Henry hinaufgehen sehen und schlüpfte in das Zimmer neben dem von Mr. Henry. Dort ist ein Garderobeschrank zwischen beiden Räumen, und in den kriecht er hinein, direkt zwischen die schönen Röcke von Mr. Henry, die drin aufgehängt sind, und legt das Ohr an die Tür zu Mr. Henrys Zimmer.»

«Und was hat er gehört?» fragte John rasch.

«Na, er sagte, daß Coate einen ganz großen Krach mit Mr. Henry hatte, ihn ein idiotisches Quatschmaul genannt hat und ihn etwas Schlechtes fluchte, weil er zum Squire gegangen war. ‹Hab ich dir nicht gesagt, daß ich keinen Wirbel gemacht haben will, du Laffe?› hat er gesagt. Dann sagte Mr. Henry etwas, das Mr. Huby nicht hören konnte, und Coate sagte drauf: ‹Wart, bis er ausgepustet hat, dann haben wir gewonnen!› sagt er. ‹Du wirst diese verfluchte Dienerschaft davonjagen, diese ganze verfluchte Bande frecher Tattergreise!› – womit er Mr. Huby, Mr. Winkfield und mich meinte. ‹Das wird dir nicht schwerfallen›, sagt er, ‹weil sie für dich, Henry, ohnehin nicht arbeiten würden, und wenn du ihnen ein Vermögen bieten würdest!› Was wahr wie der Tod ist», sagte Mr. Lydd nachdenklich. «Ich zum Beispiel, ich würde lieber Mietwagenkutscher – oder Schlimmeres!»

«Ja, und dann?»

«Na und dann hörte Mr. Huby, wie Mr. Henry kreischte, als wie wenn er wütend wär, aber trotzdem auch verängstigt. ‹Und was ist mit meiner Cousine?› Coate verfluchte ihn wieder, weil er nicht leise redete, und sagte: ‹Ich werd das Mädel heiraten müssen, und verdammich›, sagt er, ‹ich habe sogar Lust dazu, denn ich könnte schwören, das ist ein Weibstück, das es wert ist, gezähmt zu werden!› Was Mr. Hubys Blut kochen ließ, aber es sollte noch schlimmer kommen – ja! Denn Mr. Henry sagte, daß Miss Nell Coate nicht nehmen würde, und Coate, der lachte und sagte: ‹Glaub mir, die wird froh sein, wenn sie mich kriegt! Und sobald ich die zur Frau hab›, sagt er, ‹gibt es nichts mehr zu fürchten, denn ich werde ihr schon beibringen, ihre Klappe zu halten, das kannst du mir glauben. Und sowie du einmal der Herr hier bist›, sagt er, ‹werden sie und ich uns von dir fernhalten, und niemand wird das komisch finden. Und wenn sie die Hunde zurückpfeifen, dann wartet ein Riesenvermögen auf uns!› Dann hörte Mr. Huby ein Brett knarren, als sei Coate aufgestanden, daher schlich er sich sozusagen leise weg. Und es war zum Erbarmen, wie er aussah, als er Mr. Winkfield und mir erzählte, was sich abgespielt hatte. Fast verrückt ist er geworden bei dem Gedanken, daß er keine Kraft mehr hat und Coate keine mehr schmieren kann, ganz zu schweigen davon, ihn zu erwürgen, was er am liebsten getan hätte!»

«Dem soll er nicht nachweinen!» sagte Captain Staple durch zusammengebissene Zähne. «Die Rechnung mit diesem Schurken werde schon ich begleichen, und bis ins letzte!»

«Nun ja, Sir», sagte Joseph mit einem entschuldigenden Hüsteln, «als Mr. Winkfield sah, wie sich Mr. Huby so schrecklich aufregte, nahm er sich die Freiheit heraus, ihm genau das zu sagen. Was ihn wunderbar aufrichtete – wenn ich so sagen darf!»

«Hat Er nicht gesagt, Er müsse heute nach Sheffield?» fragte John unvermittelt. «Wann wird Er zurück sein?»

«Oh, spätestens wieder um sechs Uhr, Sir! Die Londoner Post ist um vier Uhr fällig. Sie kann sich um ein, zwei Minuten verspäten, aber nicht mehr als eine Viertelstunde, in dieser Jahreszeit. Was wollen Sie, daß ich tue?»

«Daß Er nach Einbruch der Dunkelheit herkomme und meine Stelle hier einnehme – ich muß Miss Nell sehen!»

Joseph nickte. «Ich komme, falls ich kann, Chef», versprach er. «Aber ich will jetzt lieber gehen – wenn dieser Coate durch das Tor durch ist!»

Das war er zwar noch nicht, aber kurz darauf kam er in Sicht, munter die Straße herabtrabend. John schickte Ben hinaus, um das Tor zu öffnen, und nach einer angemessenen Pause bestieg Joseph das Pferd und ritt hinter Coate drein.

John erbarmte sich Bens, erlöste ihn von seinen Pflichten und empfahl ihm nur, sein Mittagessen einzunehmen, bevor er davonsprang, um einen Nachmittag voll aufregender Abenteuer mit einigen seiner Kumpane zu verbringen. Da Mrs. Skeffling einen kräftig nach Zwiebeln duftenden Eintopf am Herdrand brodelnd zurückgelassen hatte, hielt Ben es für gut, diesem Rat zu folgen. Er versuchte, den Captain in ein Gespräch zu ziehen, fand ihn aber in geistesabwesender Stimmung. Da sein Vater durch das einfache Mittel energischer Kopfnüsse ihn dazu dressiert hatte, sein Geschwätz keinen unwilligen Ohren aufzudrängen, hörte er sofort zu reden auf, verschlang mit erschreckender Schnelligkeit einen ungeheuren Teller voll Fleisch und entschlüpfte dem Mauthaus, bevor es sich sein Beschützer – wie das die Erwachsenen so tun – anders überlegen und ihn zu irgendeiner lästigen Arbeit heranziehen konnte.

Der Captain beendete sein eigenes Mahl in etwas gemütlicherem Stil und wusch das Geschirr, immer noch in tiefes Nachdenken über das Problem versunken, das vor ihm lag. Er wischte sich eben die Hände an einem Handtuch ab, als eine herrische Stimme in sein Bewußtsein drang.

«Tor! Hallo, Tor!» rief sie.

Der Captain wandte schnell den Kopf. Der Ruf wurde in erbittertem Ton wiederholt. John warf das Handtuch weg und ging auf die Straße hinaus.

Vor dem Mauthaus stand ein zweirädriger Sportwagen, an den ein Paar Brauner geschirrt war. Die Pferde schwitzten leicht, und ihre Beine waren ebenso wie die Räder des Gefährts schmutzbespritzt, aber das Gespann war prächtig, und man hätte sich nichts Eleganteres vorstellen können als den Herrn, der die Zügel in einer makellos behandschuhten Hand hielt.

Er war das Modell eines Spitzensportlers, für eine Reise in ländliche Gegenden gekleidet, und nur der erlesene Schnitt seiner Jacke und Hose und der Hochglanz seiner hohen Stiefel zog die Aufmerksamkeit auf seine Person. Seine Weste war von einem nüchternen Taubengrau, die Spitzen seines Kragens waren steif, aber keineswegs übertrieben hoch, seine Krawatte kunstvoll geschlungen, aber unauffällig. Ein Biberhut von der gleichen dezenten Farbe wie seine Weste saß leicht schief auf einem Kopf voll glänzender, sorgfältig arrangierter Locken; und über die Lehne des leeren Nebensitzes lag ein sehr langer und weiter Reisemantel geworfen, mit einer Anzahl Schultercapes verschönt. Als der Captain auf der Schwelle des Mauthauses erschien, nahm der Fahrer die Zügel in die linke Hand und tastete mit seiner freien nach dem Monokel, das an einem schwarzen Band hing.

Einen Augenblick starrten sie einander an, der blonde Riese in Reithose, Lederweste und einem derben, am Hals offenstehenden Hemd, der wie angewurzelt dastand, und der Inbegriff des Modischen, der ihn von Kopf bis Fuß mit einem Ausdruck wachsender Bestürzung maß. «Guter Gott!» sagte er schwach.

«Bab!» stieß der Captain hervor. «Was, zum Teufel –?»

«Mein lieber Junge – mir das Wort aus dem Mund genommen! Wirklich – was eigentlich, zum Teufel –?» sagte Mr. Babbacombe.

«Zum Teufel mit dir – was hat dich hergeführt?» fragte der Captain.

«Nur Feindbeobachtung, lieber Junge!» sagte Mr. Babbacombe von den 10. Husaren mit einem leichten Schwenken des Monokels. «Hat keinen Sinn, wild zu werden, Jack! Verflixt, ist doch keine Art, mir rätselhafte Briefe zu schreiben, wenn du nicht willst, daß ich nachschauen komme, was für einen Spaß du dir gerade wieder machst!»

«Hol dich der Teufel!» sagte John und langte hinauf, um ihm die Hand zu schütteln. «Das hätte ich eigentlich wissen müssen, du neugieriger Kerl! Hast du mir mein Zeug gebracht?»

Mr. Babbacombe schob seinen Reisemantel vom Nebensitz und

ließ ein umfangreiches Paket sehen. Er wies mit allen Anzeichen des Widerwillens darauf und sagte «Nimm's weg da! Wenn ich neben meinen Koffern noch Platz für die deinen gehabt hätte, verflixt, ob ich sie nicht mitgebracht hätte! Du großer Einfaltspinsel, wir mußten die Schlösser aufbrechen! Ich jedenfalls hatte keine Schlüssel dazu.»

«Oh, das macht nichts!» sagte John, hob das Paket herunter und klemmte es sich unter den Arm. «Aber was soll das heißen, deine Koffer? Ich sehe keine!»

«Nein, nein, die habe ich schon im Gasthof zurückgelassen.»

«In was für einem Gasthof?»

«In dem kleinen, da unten an der Straße, ich weiß nicht mehr, wie er heißt, aber du mußt ihn ja kennen. Er ist doch nur eine Meile weit von hier, zum Kuckuck!»

«Du kannst doch nicht im ‹Blauen Eber› absteigen!» rief John aus.

«Gerade nur übernachten», erklärte Mr. Babbacombe. «Scheint ein behaglicher kleiner Gasthof zu sein. Etwas nicht in Ordnung mit ihm?»

«Bab, hast du dort nach mir gefragt?»

«War nicht nötig. Praktisch, Jack, habe ich schon eine ganze Strecke die Straße entlang von dir gehört. Meinem verflixten Straßenbuch ist nicht zu trauen, wenn es über Land geht, also ist mir nichts anderes übriggeblieben, als mich nach dem Weg zu erkundigen. Nein, ich habe kein Wort über dich gesagt, aber ich glaube, man kann die Zollschranke von Crowford sechs, sieben Meilen weit in der Runde nicht erwähnen, ohne daß einem sofort erzählt wird, daß dort ein komischer neuer Zollwärter ist, groß wie ein Berg. Was deinen Schankwirt da in dem ‹Blauen Eber› betrifft, schien er zu wittern, daß es du bist, zu dem ich wollte, sowie ich nur die Zollschranke erwähnte.»

«O Himmel!» sagte John. «Na schön. Es muß ja jetzt schon das ganze Dorf wissen, also kann man nichts machen. Ich bin verteufelt froh, dich zu sehen, alter Bursche, aber morgen mußt du abhauen! Es geht nicht, daß gewisse Kerle hier von dir Wind bekommen.»

«Ich muß was?!» sagte Mr. Babbacombe völlig verdutzt.

«Abhauen! Verschwinden! Verduften!» sagte John, und die Augen gingen ihm vor Lachen fast über. «In deiner eigenen feinen Ausdrucksweise: Abreisen.»

«Ja, ich weiß, daß du hinter Spaß und Tollerei her bist», sagte

Mr. Babbacombe streng. «Abgesehen davon, daß ich wirklich morgen abreisen muß, weil ich Fockerby nicht mitgenommen habe und dahinter her sein mußte, daß der Stallknecht in dem Gasthof, in dem ich gestern übernachtete, sich um meine Pferde kümmerte, und heute morgen gezwungen war, dabeizustehen, als meine Stiefel geputzt wurden – und selbst jetzt schauen sie nicht so aus, wie sie sollten – meine Stiefel, meine ich! –, ist das alles verteufelt anstrengend! Wo kann ich die Braunen unterstellen? Ich kann mit dir nicht auf der Landstraße reden.»

«Nun ja, hier kannst du sie aber auch nicht einstellen. Du mußt sie zum ‹Blauen Eber› zurückbringen.»

«Aber ich will doch mit dir reden!» wandte Mr. Babbacombe ein.

«Natürlich, aber du mußt doch sehen, daß hier kein Platz für einen Sportwagen ist, geschweige denn für ein Gespann! Du wirst eben zu Fuß zurückkommen müssen – es ist nur eine Meile! O Himmel, da ist der Lohnfuhrmann! Merk dir, Bab – du hast dich in der Straße geirrt!» Dann sagte er lauter: «Nein, Sir, Sie hätten sich kurz hinter dem Dorf nach rechts wenden müssen!» und wandte sich von dem Sportwagen ab, um die Mautzettel aus der Kanzlei zu holen.

Mr. Babbacombe saß wie in Trance da und hörte einem Gespräch zu, in dessen Verlauf er erfuhr, daß sein exzentrischer Freund anscheinend das Tor für jemanden namens Brean hütete. Der Lohnfuhrmann schien überrascht zu sein, daß diese Person noch nicht zurückgekehrt war. Mr. Babbacombe war aber sogar noch überraschter, als er hörte, daß Mr. Brean Johns Vetter sei. Kaum hatte sich die Schranke hinter dem Fuhrmann geschlossen, als er auch schon ausrief: «Wenn du nicht der Gerissenste bist, der mir je begegnet ist! Jetzt aber, Jack, hör auf zu schwindeln und erzähl mir, was zum Teufel du tust!»

«Werde ich», versprach ihm John und grinste zu ihm hinauf. «Aber nimm zuerst dieses geschniegelte Gespann weg! Wenn Sopworthy – das ist dein Schankwirt! – weiß, daß du hergekommen bist, um mich zu besuchen, dann kannst du dir genausogut auch sein Pferd ausleihen, denn das kann ich im Hühnerstall unterbringen.»

«Jack!» sagte Mr. Babbacombe. «Du hast dein eigenes Pferd in einem verdammten Hühnerstall untergebracht?!»

«Nein, nein, das ist in der Scheune, dort oben! Jetzt aber weg mit dir, Bab!» Er sah zu, wie Mr. Babbacombe sein Gespann wendete, erinnerte sich an etwas und rief aus: «Warte, Bab! Ich vermute, du wirst ihn nicht sehen, aber solltest du im ‹Blauen Eber› einem Kerl namens Stogumber begegnen, dann sei vorsichtig mit dem, was du sagst! Er ist heute morgen mit einem angeschlagenen Schädel und einer Schulterwunde im Bett gelegen, aber wenn er Wind bekommt, daß ein so ganz ungewöhnlicher Reisender in dem Gasthof abgestiegen ist, dann dürfte er es für verdächtig halten, und sehr wahrscheinlich würde er aufstehen, um zu entdecken, was du wohl vorhast. Erzähle ihm lieber, du seist hergekommen, um Sir Peter Stornaway zu besuchen, oben im Schloß, aber nachdem du gehört hast, daß er sehr krank ist, hast du gemeint, es sei am besten, die Familie nicht zu überfallen. Also vergiß nicht: Stornaway, Schloß Kellands! Stogumber ist ein Bow-Street-Detektiv, aber er weiß nicht, daß ich ihn ausgeräuchert hab.»

Mr. Babbacombe betrachtete seinen Freund mit fasziniertem Entsetzen. «Ein Bow-Street – nein, bei Gott, ich will verdammt sein, wenn ich auch nur einen Schritt weggehe, bevor du mir nicht erzählt hast, was für ein Spektakel sich hier eigentlich abspielt. Lieber Junge, du wirst doch niemanden umgebracht haben?»

«Der Herr steh Euch bei, Chef, ich jedenfalls bin kein seltsamer Vogel!» sagte der Captain empört. «Und die Polente is auch nich hinter mir her, um mich zu schnappen!»

«Gott sei Dank! Willst du damit sagen, daß der Detektiv nicht hinter dir her ist?»

«Nein, er meint nur, daß er es vielleicht ist», antwortete der Captain. «Er hält mich für ein bißchen schummrig.»

«Wenn er soviel über dich wüßte, wie ich», sagte Mister Babbacombe mit Überzeugung, «dann wüßte er auch, daß du ein gefährlicher Irrer bist, und würde dich verdammt schnell in Gewahrsam nehmen!»

Mit diesem verbitterten Ausspruch fuhr er davon und ließ den Captain lachend und winkend zurück.

Eine halbe Stunde später war er wieder am Mauthaus, kletterte vom Pferd des Wirtes, welches Tier er als die größte Schnecke apostrophierte, die ihm je im Leben untergekommen sei. Der Hühnerstall war seiner Meinung nach durchaus passend für sie; und während John das Pferd abführen durfte, betrat er das Mauthaus und wurde von seinem Freund wenige Minuten später dabei überrascht, wie er die Räume mit einem Interesse, das nicht frei von Bestürzung war, inspizierte.

«Wie gefällt dir mein Quartier?» fragte John heiter.

«Na ja, dein Schlafzimmer ist nicht so schlimm, aber wo ist das Wohnzimmer?» erkundigte sich Mr. Babbacombe.

«Hier, die Küche natürlich!»

«Aber Jack – nein!»

«Himmel, du bist aber sehr fein geworden, wie? Warst du noch nie in einem portugiesischen Bauernhaus untergebracht, mit Fenstern ohne Scheiben und einem Feuer mitten auf dem Fußboden, so daß man fast blind vor Rauch wurde?»

«Doch», gab Mr. Babbacombe zu. «Deshalb hab ich ja den Dienst quittiert!»

«Jetzt spiel dich mir gegenüber nur ja nicht als den Supernoblen auf, mein Bürschchen! Setz dich! Übrigens, warum hast du nicht meine Cigarillos zusammen mit meinem übrigen Zeug eingepackt? Ich habe keine mehr!»

Mit einem Seufzer zog Mr. Babbacombe eine Schachtel aus der Tasche und reichte sie ihm. «Weil du mir das nicht geschrieben hast, natürlich. Da!»

«Sei gesegnet!» sagte der Captain. «Schön, jetzt schmauchen wir uns eins, Bab, und ich erzähle dir, was ich hier tue!»

Nach diesem vielversprechenden Anfang schien ihm jedoch die Fortsetzung schwerzufallen, und einen Augenblick lang saß er da, starrte mit leicht gerunzelter Stirn ins Feuer und rauchte. Mr. Babbacombe, die elegante Gestalt so gemütlich hingestreckt, wie das ein Windsorstuhl zuläßt, beobachtete ihn durch die Wimpern, schwieg aber geduldig. Endlich schaute John auf, mit einem kläglichen Lächeln in den Augen. «Es hat sich alles durch einen Zufall ergeben», sagte er.

Mr. Babbacombe seufzte. «Das hab ich gleich gewußt», antwortete er. «Du bist noch nie in einer Klemme gewesen, die sich nicht durch einen Zufall ergeben hätte. Die Sache ist nur die, daß niemand sonst diese Zufälle hat. Aber ich will nicht darüber streiten. Warum aber hast du dein Gepäck nach Edenhope geschickt? Das hat mich gewundert!»

«Aber ich war doch wirklich auf dem Weg zu dir!» sagte der Captain empört.

«Schön, und was hat dich veranlaßt, es dir anders zu überlegen?» erkundigte sich Mr. Babbacombe nachsichtig.

«Ich werde es dir erzählen», sagte der Captain zuvorkommend und begann, ihm einen kurzen Bericht über sein derzeitiges Abenteuer zu erstatten. Gewisse Aspekte zog er vor, für sich zu behalten, vielleicht, weil er sie für unwichtig hielt, und obwohl der Name des Squires häufig in seiner Erzählung wiederkam, wurde dessen Enkelin nur flüchtig erwähnt. Die übrige Geschichte aber erzählte er seinem Freund rückhaltlos.

Mr. Babbacombe hörte erstaunt zu und ohne mehr, als nur gelegentlich zu unterbrechen. Ungläubig erfuhr er, daß der Captain keine unmittelbare Absicht hegte, Stogumber den Standort des Schatzes zu enthüllen. Er fühlte sich zu einem Protest bemüßigt und sagte in tief erschüttertem Tonfall: «Nein, wirklich, mein Lieber! Da gibt's nur eines – es sofort dem Rotkehlchen sagen!»

«Wenn du nur im geringsten aufgepaßt hättest, was ich gesagt habe», erwiderte John, «dann wüßtest du, daß das, was ich zu tun versuche, darauf zielt, den Namen des jungen Stornaway herauszuhalten!»

«Schön, das kannst du aber nicht, und verdammich, ich sehe nicht ein, warum du das eigentlich willst! Klingt mir ganz danach, daß er ein verteufelt lockerer Vogel ist!»

«Ja, eine verachtenswerte Kreatur. Aber ich habe seinem Großvater versprochen, ich würde mein möglichstes tun, seinen Namen rein zu halten!»

«Das magst du vielleicht getan haben – obwohl ich verdammt sein will, wenn ich einsehe, warum eigentlich! –, aber da hast du noch nicht gewußt, in was für eine Geschichte er verwickelt ist. Ich sage dir, Jack – das ist eine sehr ernste Sache! Guter Gott, das ist eine Sache für den Galgen!»

«Und ob ich das weiß!»

«Schön, aber mir kommt es ganz so vor, als hättest du nicht die geringste Ahnung davon!» sagte Mr. Babbacombe ziemlich scharf. «Verdammt, wer ist denn eigentlich dieser alte Bursche, und wieso hast du eine solche Vorliebe für ihn gefaßt?»

Diese direkte Frage ließ Farbe in Johns Gesicht steigen. Er vermied den Blick seines Freundes und wollte eben mit einer Erklärung loslegen, die selbst ihm ziemlich lahm geklungen hätte, als er von einem Ruf von der Straße her unterbrochen wurde. Noch nie war er so dankbar gewesen, zu seiner Pflicht gerufen zu werden. Er entschuldigte sich hastig bei Mr. Babbacombe und ging das Tor öffnen und die Maut kassieren. Als er in die Küche zurückkehrte, hatte er sich wieder gefaßt, war ganz Herr der Situation und informierte Mr. Babbacombe energisch, er habe seine Gründe für den Wunsch, Sir Peter soviel Kummer wie nur möglich zu ersparen. «Gleichgültig warum – es ist eben so!» sagte er. «Nimm das einfach zur Kenntnis, Bab!»

Mr. Babbacombe war sich eines schrecklich unangenehmen Gefühls in der Magengrube bewußt. «Du treibst es ein bißchen zu weit, Jack», sagte er beunruhigt. «Je mehr ich daran denke, um so überzeugter bin ich, daß an dieser Sache mehr dran ist, als du mir erzählt hast!»

Der Captain schaute schuldbewußt drein, aber in seinen Augen saß entschieden ein Zwinkern. «Nein, nein, ich habe wirklich nichts mit dem Diebstahl dieser Sovereigns zu tun gehabt – schau nicht so entsetzt drein! Na ja, das ist jetzt auch nicht wichtig. Die Sache ist eben die, daß ich dem Squire mein Wort gegeben habe, mein möglichstes zu tun, um Henry abzuschirmen, und das werde ich auch tun! Nichts wird mich davon zurückhalten, Bab, was immer du sagen willst – also erspar dir die Mühe, es zu sagen.»

Mr. Babbacombe stöhnte und drückte verbittert den Wunsch aus, daß er doch nie nach Crowford gekommen wäre. «Ich hätte doch wissen sollen, daß ich dich in irgendeiner verdammt verrückten Klemme vorfinde!» sagte er. «Wenn du dir damit nicht selbst den Strick um den Hals gelegt hast, wird das ein verflixtes Wunder sein. Wie kannst du nur Henry heraushalten wollen? Jetzt erzähle mir nur ja nicht, daß du vorhast, auch noch dem anderen Kerl zur Flucht zu verhelfen. Denn erstens kenne ich dich zu gut, um dir das zu glauben. Und zweitens, wenn du etwas so Schwachsinniges tätest, dann besteht alle Aussicht darauf, daß das Rotkehlchen dich und diesen deinen Straßenräuber verhaftet. Das versteht sich doch von selbst!»

John lachte. «Chirk wäre vielleicht nicht imstande, ein Alibi zu erbringen, aber ich vermute, ich schon! Du kannst jedoch in diesem Punkt völlig beruhigt sein. Ich habe nicht vor, Coate fliehen zu lassen. Nein, nicht um alles in der Welt!»

«Das ist alles recht schön», wandte Babbacombe ein, «aber du kannst nicht den einen ohne den anderen verhaften lassen! Der Bursche muß doch einfach Henry verpfeifen!»

John nickte. «Ja, natürlich habe ich das bedacht. Ich wünschte, ich wüßte, wie tief Henry in die Sache verstrickt ist. Da muß ich noch draufkommen.»

Das sagte John mit großer Bestimmtheit, und die Muskeln um seinen Mund verhärteten sich dabei. Mister Babbacombe schaute zu dem hellen schönen Gesicht mit den lächelnden Augen auf, die einem Blick so gerade und ruhig standhielten, und zu dessen energischen Mund, um den der Ausdruck gutmütigen Humors lag, und überlegte düster, daß der Verrückte Jack doch der seltsamste Bursche der Welt war. Jeder hätte ihn für einen Mann mit einem ebenso klaren Kopf gehalten, wie das seine freimütigen Augen waren, und im allgemeinen war er das auch. Aber hie und da schien sich ein Dämon seiner zu bemächtigen, und dann pflegte er sich, wie auch jetzt wieder, kopfüber in irgendein gefährliches Abenteuer zu stürzen, das sich gerade anbot. Es war völlig nutzlos, mit ihm zu streiten. Trotz all seiner gemütlichen Art und der Güte, die ihn so vielen Menschen teuer machte, konnte man ihn, sowie er einmal seinen Entschluß gefaßt hatte, einfach nicht von seinem Ziel abbringen. Er hatte einen starrköpfigen Zug, und obwohl er die Versuche seiner Freunde, sich seinem Willen in den Weg zu stellen, ihnen nie im geringsten nachtrug, konnte sich Mr. Babbacombe auch nicht daran erinnern, wann selbst der eindringlichste Vorhalt je für ihn im geringsten ins Gewicht gefallen wäre. Trat man ihm in den Weg, dann stellte er einen einfach ganz freundlich, aber unerbittlich beiseite; und beschimpfte man ihn, sowie alles vorüber war, weil er etwas Verrücktes und Gefährliches getan hatte, dann bereute er es zwar aufrichtig, daß er einem Freund Sorge bereitet hatte, aber es war zu sehen, daß es ihn verblüffte, wenn man sich überhaupt Sorgen um ihn gemacht hatte.

«Der Jammer mit dir, Jack, ist der», sagte Mr. Babbacombe und setzte seinen Gedankengang laut fort, «daß du weder zu führen noch zu lenken bist.»

John schaute mit einem amüsierten Lächeln auf ihn hinab. «Aber doch! Doch, das bin ich. Wieso – als was für einen Kerl stellst du mich eigentlich hin?»

«Sobald du dir irgendeine Idee in den dummen Kopf gesetzt hast, könnte man genausogut versuchen, mit einem Muli vernünftig zu reden!» sagte Babbacombe.

«Na ja», meinte John entschuldigend und runzelte die Stirn, «ein Mann sollte imstande sein, seine Entschlüsse allein zu fassen, und sobald er sie einmal gefaßt hat, sollte er sich von seinem Vorhaben auch nicht abbringen lassen. Wahrscheinlich habe ich unrecht, aber so denke ich eben. In diesem Fall weiß ich sehr gut, was ich tue – und ich schwöre dir, ich spaße nicht, Bab! Ich gestehe, anfangs dachte ich, es könnte vielleicht recht lustig sein, ein, zwei Tage das Tor zu hüten und zu versuchen, ob ich entdecken könnte, was denn hier im Gange ist. Aber das hat sich alles geändert, und es ist mir ernst damit – oh, mehr denn je in meinem Leben! Und ich bin auch ziemlich entschlossen», fügte er hinzu.

«Etwas», sagte Babbacombe und schaute ihn genau an, «ist mit dir passiert, Jack, und ich will verdammt sein, wenn ich weiß, was das sein könnte!» Er machte hoffnungsvoll eine Pause, aber der Captain lachte nur. «Und das zweite, das ich nicht weiß, ist, was zum Teufel an dieser Angelegenheit dran ist, daß es dich in eine derart gute Laune versetzt. Ich selbst möchte lieber glühende Kohlen, als das hier, anfassen!»

«Aber nein, wirklich? Ich hätte ein solches Abenteuer nicht ums Vermögen versäumen wollen!» sagte John arglos.

«Warte nur, bis du vor einem Richter und den Geschworenen stehst und erklären mußt, wie du dazu gekommen bist, diesen Spitzbuben zu helfen und ihnen Vorschub zu leisten – denn das ist es, was du soeben tust, mein lieber Junge, und in jedem Augenblick, den du zögerst, dem Rotkehlchen oder dem nächsten Richter das zu erzählen, was du entdeckt hast.»

«O nein, ich leiste keinen Vorschub! So überleg doch, Bab! Wenn Stogumber wüßte – wenn er den Beweis hätte –, daß Coate und Stornaway die Männer sind, die er zu fangen versucht, dann würde er nicht im Distrikt herumstreifen, um irgendwelche Auskünfte zu erlangen. Er kann sie bloß verdächtigen. Möglicherweise tut er nicht einmal das, sondern hat bloß so ein Gefühl, daß der Schatz hier zu suchen ist. Natürlich wäre er froh, wenn er ihn sofort holen könnte, aber soweit ich über die Sache informiert bin, wäre er nicht damit allein zufrieden, bloß diese Kisten zu finden. Um seine Aufgabe erfolgreich durchzuführen, muß er auch die Räuber festnehmen.

Guter Gott, Bab, an der Furt wurden zwei Wächter erschossen, arme Kerle, und der Zollwärter wurde erstochen und in der Höhle gelassen, um dort zu versteinern, und an Stogumber persönlich wurde ein Mordversuch gemacht!»

«Ja, und einen dieser netten Halunken willst du abschirmen!» warf Babbacombe heftig ein.

«Na ja», gab John zu. «Ich muß das tun, um – um anderer willen, die völlig schuldlos sind und es nicht verdienen, daß ein ehrenhafter Name beschmutzt wird. Wenn das nicht wäre, dann würde ich ihn nicht abschirmen! Himmel, ich würde ihn Stogumber übergeben und der Meinung sein, daß es sehr gut ist, wenn ihn die Welt los ist – obwohl ich sehr zweifle, ob er mehr als eine höchst untergeordnete Rolle bei der Sache gespielt hat. Ich bin ganz überzeugt, daß er so lange nichts vom Tod Breans wußte, bis er dessen Leiche in der Höhle fand, und ich wette, daß es Coate und sein schurkischer Diener waren – wenn das überhaupt ein Diener ist! –, die die Wächter niedergeschossen haben. Henrys Rolle dabei war, für diese Kisten das sichere Versteck und für Coate und Gunn den Unterschlupf beizustellen. Und dazu einen Unterschlupf ganz in der Nähe! Du kannst dich darauf verlassen, Coate würde sich nicht weit von dort entfernen, wo die Kisten versteckt sind!»

Mr. Babbacombe merkte, daß etwas Asche von seinem Cigarillo auf seine Jacke gefallen war, schnippte sie sorgsam weg und untersuchte etwas besorgt das überfeine Tuch. Zufrieden, weil kein Schaden angestellt worden war, hob er wieder den Blick und sagte: «Mir scheint also, wenn das alles ist, wodurch Stornaway in die Sache hineingezogen wurde, daß dein Coate ihn ziemlich hoch für seine Dienste bezahlt! Schlauer Bursche – und der konnte kein Versteck finden, ohne einen feigen Schlaumeier zu benutzen, der beim ersten Anzeichen einer Gefahr zum Kronzeugen gegen ihn würde?»

Jack sah ihn etwas nachdenklich an. «Ich weiß nicht. Es ist vielleicht trotz allem nicht so leicht, ein sicheres Versteck für sechs Kisten Gold zu finden! Bedenke, die müssen viele Monate lang versteckt bleiben! Und es mußte auch nahe an der Stelle des Überfalls sein – ich meine, nicht so weit weg, daß die Kisten nicht vor Tagesanbruch hätten hingebracht werden können. Natürlich aber auch nicht so nahe, daß es sofort Verdacht erregt hätte. Ich stelle mir vor, daß die zwanzig Meilen, die zwischen hier und der Wansbecker Furt liegen, das Äußerste waren. Ich habe darüber nachgedacht. Das hier ist eine unbewohnte Gegend, Bab, und wenn du dir die Landkarte der Grafschaft ansiehst, die hier in der Kanzlei hängt, dann wirst du sehen, daß es möglich ist, diese Höhle von der Wansbecker Furt zu erreichen, ohne durch ein anderes Mauttor als das hier zu müssen. Und dann ist mir noch etwas eingefallen. Es kann durchaus sein, daß Coate vorhat – wenn einmal die Zeit gekommen ist, die Kisten fortschaffen zu können –, Stornaway ebenso beiseite zu räumen, wie er das mit Brean getan hat. Ja, ich halte es für sehr wahrscheinlich. Aber er wagt Stornaway so lange nicht zu ermorden, solange er noch eine Ausrede braucht, um in diesem Distrikt bleiben zu können.»

Mr. Babbacombe warf den Stummel seines Cigarillos ins Feuer. «Na, wenn er diese Sorte schurkischer Halsabschneider ist, dann sieh dich nur vor, daß er nicht zuerst dich ersticht!» empfahl er John.

«Da werde ich mich schon verteufelt gut vorsehen! Aber ich glaube, er verdächtigt mich nicht – noch nicht! Ich habe bekanntwerden lassen, daß ich ein entlassener Kavallerist bin, und jegliche elegante Ausdrucksweise, die ich verwende, gehe darauf zurück, daß ich Offiziersbursche war. Rose – das ist die Kammerjungfer von Miss Stornaway – hat der Frau, die hier aufräumt und für mich kocht, erzählt, meine Mutter sei Breans Tante gewesen, die einen Mann in guten Vermögensverhältnissen geheiratet habe. Es ist möglich, daß Coate mich wirklich für Breans Vetter hält – obwohl ich das nicht glaube. Ich stelle mir vor, er weiß noch nicht, was eigentlich meine – Profession ist. Es ist auch unwichtig. Er wird draufkommen, daß es schwerer ist, mich umzubringen als Brean! Aber ich habe mir über diesen Punkt auch noch andere Gedanken gemacht, Bab! Einer der drei Verbündeten erkannte, daß Stogumber ein Detektiv ist – und ich glaube, daß dieser eine Gunn gewesen sein muß; er wurde sehr schnell abserviert, was wohl für sich spricht! Nun, mir scheint, daß weder Coate noch Stornaway im entferntesten erwartet haben, einem Justizbeamten bekannt zu sein, sonst würden sie sich nicht so offen im Schloß aufhalten. Es ist sicher schlimm für sie, daß Gunn diesem Stogumber bekannt war. Aber ich glaube, es war für letzteren noch schlimmer, daß er erkannt wurde. Er hatte das auch nicht erwartet, denn er ist auf dem Land herumgewandert und hat sich für irgendeinen Agenten ausgegeben, und das hätte er nicht getan, hätte er gewußt, daß ein Totschläger, den er bereits kannte, in diese Sache verwickelt war. Nun, wäre Chirk nicht gewesen, hätte er Breans Schicksal erleiden müssen und wäre zu ihm in die Höhle spediert worden. Aber Chirk verjagte seine Angreifer, und wie sehr er auch vermutet haben mochte, daß es Coate und Gunn waren, mit Sicherheit wußte er es nicht, weil sie mit Halstüchern vermummt waren. Coate aber weiß jetzt, daß Stogumber ein Detektiv ist – und einmal gewarnt, Bab, heißt auch gewappnet zu sein!»

«Die in der Bow Street werden Stogumber zurückberufen und einen anderen herschicken.»

«Das würde nicht klappen. Denn jetzt wird jeder Fremde hier Coate verdächtig sein. Ich hoffte, daß er Angst bekommen hätte und um sein Leben rennen würde, aber er ist ein äußerst kaltblütiger Geselle und hat vor, strammzustehen. Das scheint zu bedeuten, daß er weiß, daß man ihm nichts in die Schuhe schieben kann. Nun – es ist zwar möglich, daß Stogumber diese Höhle, und was sie enthält, ohne mich entdeckt. Aber mit mir zusammen kann er vielleicht auch Coate verhaften. Und ich stelle mir vor, er wird mit mir nicht über die Mittel streiten, deren ich mich bediene, um das herbeizuführen.»

14

Da Mr. Babbacombe sah, daß er den Captain unmöglich von seinem Vorhaben abbringen konnte, ließ er sich bald mit einem Gespräch über die alten Kriegstage und einem Austausch von Neuigkeiten über die ehemaligen Waffengefährten ablenken. Die Dämmerung brach an, und die beiden Freunde saßen immer noch am Feuer, stärkten sich mit Krügen von Sopworthys bestem Bier und wurden nur gelegentlich von Rufen am Tor unterbrochen. Als das Tageslicht ganz erloschen war und der Captain hinausging, um die Lampen an das Tor zu hängen, begann Mr. Babbacombe allmählich an sein Abendessen zu denken. Es schien ihm ein Jammer, daß John ihn dazu wohl kaum in den Gasthof begleiten konnte. Als er aber erfuhr, daß John schon mittags gegessen hatte, war er völlig starr und merkte, daß er bis zu diesem Augenblick nur eine sehr unvollständige Vorstellung von den Härten gehabt hatte, die Zollwärter zu erdulden hatten.

«Und ich glaube», sagte John, «du bleibst am besten hier, Bab, und ißt mit mir zu Abend. Auch Ben wird hier sein – wenn der kleine Racker überhaupt rechtzeitig heimkommt! –, aber das macht dir ja nichts aus. Ich setze dir Eier, Schinken und Wurst vor und einen vortrefflichen Kaffee. Die Sache ist nämlich die, daß ich entschlossen bin, heute nacht ins Schloß hinaufzugehen, und ich kann das Haus nach Finsterwerden nicht in Bens Obhut lassen. Er hat Angst und würde nicht allein hierbleiben. Wenn der Reitknecht des Squires nicht zur Wachablöse kommen kann, dann könntest du hierbleiben, bis ich zurück bin, ja?»

«Was – auf die Schranke aufpassen?!» rief Mr. Babbacombe. «Nein, ich will verdammt sein, wenn ich das tue!»

«Oh, das brauchst du nicht zu tun! Ben wird sich um die Rufe kümmern, und ich bin überzeugt, das wird ihm nichts ausmachen, wenn er nur weiß, daß du hier bist, um ihn zu beschützen.»

«Wovor denn ihn beschützen?» fragte Mr. Babbacombe.

«Vor nichts – aber er ist nicht dazu zu bringen, das zu glauben. Verdammter Balg, ich möchte nur wissen, welchen Unfug er jetzt wieder treibt? Ich muß hinaufgehen und mich um Beau kümmern. Und jetzt fällt mir ein, ich habe ja die Hühner und das Schwein noch nicht gefüttert!»

Schuldbewußt ergriff er einen Eimer mit verschiedenen Nahrungsabfällen und ging in den Garten hinaus. Mister Babbacombe hörte ihn etwas später an der Pumpe; fast gleich darauf kam er zurück und sagte, während er seine triefnassen Hände an einem Handtuch trocknete: «Ich glaube, die Hennen haben alles, was sie wollten, schon im Garten aufgepickt, denn sie sind schon aufgesessen. Aber das Schwein ist anscheinend ständig am Verhungern! Weißt du, Bab, als ich mit dem Torhüten anfing, hatte ich keine Ahnung, wieviel Arbeit es hier zu tun gibt. Das Tor und Beau und diese verdammten Hennen und das Schwein und der Balg und meine Kleider in Ordnung halten – ich habe keinen Augenblick, in dem ich einmal nichts tun müßte. Verdammt, lach nicht! Wenn Ben nicht bald kommt, wirst du eine Kostprobe vom Torhüten bekommen, denn ich werde mein Pferd nicht vernachlässigen, nur weil du zu hochgestochen dazu bist, meine Pflichten zu übernehmen! Außerdem brauche ich Beau hier und nicht eine halbe Meile weit weg!»

Aber in diesem Augenblick schlüpfte der säumige Ben aus der

Kanzlei in die Küche, das hagere Gesicht von einem Ausdruck fast engelhafter Unschuld verschönt. Ein Strumpf hing ihm in Falten um den Knöchel und war von einem schlimm aufgeschürften Bein reichlichst mit Blut beschmiert, ein Riß im Hemd ließ die magere Brust sehen. Und jeder Teil seiner Anatomie, soweit er nicht von Kleidung geschützt war, schien den Schmutz geradezu angezogen zu haben.

«Ekelhaft!» sagte sein Mentor nach einer kurzen, aber umfassenden Prüfung. «Zieh das Hemd aus und marsch unter die Pumpe! Nein, nicht ohne Seife, du Wollschädel! Und wenn ich auch nur ein Fleckchen Schmutz an dir entdecke, wenn du wieder hereinkommst, schicke ich dich in den Schweinestall schlafen!»

Unter gewöhnlichen Umständen hätte eine so köstlich humorvolle Drohung Ben als Belohnung sein breitestes Grinsen entlockt, aber inzwischen hatte er Mr. Babbacombe entdeckt. Der Mund stand ihm offen, die Augen weiteten sich zu ihrem vollsten Ausmaß. Nachdem er den Anblick dieses eleganten Herrn gründlich in sich aufgenommen hatte, äußerte er seine Gefühle kurz und schlicht: «Jöö!» sagte er ehrfurchtsvoll.

Die Lippen des Captains zuckten, aber streng sagte er: «Jawohl! Fort mit dir und bring dich sofort in Ordnung! Dieser Herr verträgt keine dreckigen Jungen!»

«Jöö, das ist aber ein prima Bursche!» sagte Ben und nahm widerwillig die Seife entgegen, die ihm in die Hand gedrückt wurde. «Wozu ist der dahergekommen, Chef?»

«Das ist ein Freund von mir. Und jetzt mach schnell! Ich will zu Huggates Scheune hinauf!»

«Er ist doch nicht gekommen, Sie mir wegzunehmen?!» rief Ben in schnell erwachtem Verdacht.

«Nein, nein!» sagte der Captain und drängte ihn durch die Tür. «Er ist zum Abendessen zu uns gekommen!»

«Ja, aber ich glaube nicht, daß ich das bin!» protestierte Mr. Babbacombe, der den Schützling seines Freundes mit Abneigung betrachtet hatte. «Und wenn du glaubst, daß ich den Abend hier mit diesem gräßlichen Balg verbringe – da verbrächte ich ihn lieber mit einem portugiesischen Maultiertreiber!»

«Unsinn! Es ist ein recht nettes Kerlchen. Bist du denn nie von einem Baum gefallen und mit einem zerrissenen Hemd heimgekommen, verdreckt von Kopf bis Fuß? Außerdem ist der arme kleine Teufel eine Waise!»

«Was wirst du mit ihm anfangen?» fragte Mr. Babbacombe und schaute John mit böser Ahnung an.

«Verdammich, wenn ich das weiß!» bekannte John. «Ich muß mich natürlich um ihn kümmern. Vielleicht übergebe ich ihn Cocking zur Schulung. Er kann gut mit Pferden umgehen und wird einen prächtigen Reitknecht abgeben, wenn er älter ist.»

«Da wird sich Cocking aber freuen!» sagte Mr. Babbacombe höhnisch.

Als aber Ben bald darauf mit einem gründlich geschrubbten Gesicht und in einem frischen Hemd wiederkam, gab Mr. Babbacombe zu, daß er doch kein so abstoßender Knirps sei, als der er ihm beim ersten Anblick erschienen war. Ermutigt durch dieses mäßige Lob, informierte der Captain Ben, daß Mr. Babbacombe, falls Joseph heute abend nicht ins Mauthaus käme, ihm zur Gesellschaft dableiben würde, während er auf eine Stunde wegging. Ben schaute zweifelnd drein, aber der Captain sagte: «Und er ist auch ein Soldat, also brauchst du keine Angst zu haben, daß er es zuließe, daß dich jemand entführt. Wenn das jemand versuchte, würde er seine Pistole ziehen und ihn erschießen!»

«Nein, das täte ich bestimmt nicht!» sagte Mr. Babbacombe. «Und außerdem will ich in diese Sache nicht hineingezogen werden.»

«Du willst mir also nicht beistehen?» sagte John. «Bab!»

«Na ja, was ich meine, ist – nein, zum Teufel mit dir, Jack, bei mir ist's im Oberstübchen richtig, wenn schon nicht in dem deinen!»

«Komm jetzt und schau dir mein Pferd an, alter Bursche!» sagte John beruhigend. «Schneide Schinken auf, Ben, und leg die Würste in die Pfanne. Ich gehe nur bis zur Scheune.»

Als sie eine halbe Stunde später wieder in die Küche kamen, sah Mr. Babbacombe schicksalsergeben drein; und im Auge des Captains stand entschieden ein Zwinkern. Sie wurden von dem angenehmen Duft von Würsten empfangen, die über dem Feuer brutzelten, und mit der Nachricht, daß Joseph Lydd keine fünf Minuten vorher mit dem Gig durch das Tor gefahren war.

«Mit dem Gig?» sagte John. «Wohin fuhr er? Hat er dir's gesagt?»

«Nein. Er hat mich gefragt, wo Sie sind, und ich hab ihm gesagt, daß Sie oben in der Scheune sind, und er hat gesagt, daß er gleich wieder zurücksein wird. Und ich hab ihm nichts von dem schicken Burschen gesagt», fügte Ben in betonter Rechtschaffenheit hinzu.

«Das ist großartig! Erzähle nur ja niemandem etwas über den schicken Burschen! Hat Lydd irgendeine Post für mich dagelassen?»

Aber Joseph hatte es anscheinend nicht für richtig gefunden, Ben eine Post anzuvertrauen. John mußte sich mit der Versicherung zufriedengeben, daß er gleich wieder zurücksein würde. Er überließ es Mr. Babbacombe, die Zubereitung des Abendessens zu überwachen, ging sich präsentierbar machen und Spekulationen über das Wesen des Botenganges anzustellen, den Lydd mit dem Gig um eine solche Stunde nach Crowford geführt haben konnte. Der Doktor lebte, wie John wußte, fünf Meilen östlich vom Tor. Er konnte sich niemanden anderen vorstellen, der im Schloß hätte gebraucht werden können.

Er hatte soeben seine Krawatte zu seiner Zufriedenheit gebunden, als das Gefährt zurückkam. Er hörte Ben hinausgehen, folgte ihm und versuchte, in der Dunkelheit zu erkennen, wer der Mann neben Lydd war. Ein Hut mit heruntergeschlagener Krempe und ein dunkler Umhang waren das einzige, was er zunächst unterscheiden konnte, bis sich der Mann etwas drehte, um ihn anzuschauen, und er den Schimmer eines weißen Priesterkragens sah. Im selben Augenblick sagte Joseph:

«Sie werden oben im Schloß gebraucht, Mr. Staple. Aber ich muß Hochwürden bald wieder nach Crowford zurückfahren.»

«Ich komme», antwortete John kurz. «Mach das Tor auf, Ben!»

Er wartete nicht auf die Ausführung seines Befehls, sondern ging in das Mauthaus zurück, wo er Mr. Babbacombe in Hemdsärmeln dabei antraf, wie er eben vor dem wilden Ausbruch der Eier zurückzuckte, die wütend im siedenden Fett brutzelten.

«Bab – es tut mir leid, wirklich –, aber ich muß dir das alles hier überlassen!» sagte er. «Der Reitknecht des Squire ist eben mit dem Vikar durchgekommen und bringt ihn nach Kellands hinauf. Ich werde dort gebraucht – und selbst wenn es mir Joseph nicht gesagt hätte, dann hätte ich gehen müssen! Ich fürchte, das kann nur bedeuten, daß der Squire im Sterben liegt.»

Mr. Babbacombe zog die Eier vom Feuer und leckte sich vorsichtig den Handrücken, den er sich verbrannt hatte. «Wenn dem so ist, lieber Junge», sagte er milde, «dann scheint mir das nicht gerade der richtige Augenblick zu sein, daß du ihm einen Besuch machst. Zweifellos weißt du selbst es am besten – aber ich täte es nicht.»

«Ich glaube doch. Joseph wird kommen, um dich abzulösen, falls er kann, wird aber so lange im Schloß bleiben müssen, bis der Vikar geht. Ben wird sich um das Tor kümmern, aber du wirst sehr wenige Rufe bekommen. Ich komme zurück, sowie ich kann – aber es kann eine Weile dauern.»

«Sehr gut», sagte sein langmütiger Freund und stellte die Pfanne wieder aufs Feuer. «Hoffentlich mag Ben Eier. Es sind sechs drin, aber ich will jedenfalls nie wieder eines sehen.»

«Armer Bab! Was für eine Behandlung! Aber du wirst den Staub dieser Stätte schon morgen von den Füßen schütteln, also fasse Mut!» sagte John und setzte sich nieder, um seine Stiefel abzuziehen.

«Ah!» sagte Mr. Babbacombe. Er sah, daß Ben in die Küche zurückgekommen war, und sagte herrisch: «Da, Junge, komm und koch diese Eier fertig!»

Ben nahm die Pfanne, gab aber seine Meinung ab, daß die Eier hartgebraten waren.

«Dann schmeiß sie weg oder brate neue!» empfahl ihm Mr. Babbacombe.

John hob seinen Sattel vom Bierfaß, wohin er ihn gelegt hatte, als er ihn von der Scheune heruntergebracht hatte, und ging, von seinem Freund begleitet, in den Garten hinaus. Mr. Babbacombe streifte die Decke von Beaus Rücken, aber kaum hatte John den Sattel aufgelegt, als er hervorstieß: «Chirk! Ich muß Ben warnen», und in die Küche zurückging.

«Wenn», sagte Mr. Babbacombe, als er bald wieder auftauchte, «du Besuch von deinem hochlöblichen Freund erwartest, wie soll ich ihn empfangen? Ich möchte mit meinen Aufmerksamkeiten nicht zurückhalten, aber es ist nun einmal so, Jack, daß ich wirklich noch nie einen Straßenräuber zu Gast hatte, und ich habe einfach das Gefühl, falls er mich nicht annehmbar findet, dann zieht er meine Uhr und mein Geld meiner Gesellschaft vor.»

«Kommt nicht in Frage! Er ist ein vortrefflicher Bursche. Aber ich habe Ben gesagt, er soll leise zu ihm hinausgehen, wenn er sein Signal hört, und ihm sagen, wie die Dinge stehen. Es geht nicht an, ihn einzulassen, solange du hier bist; er hätte das nicht gern – und mich auch nicht, weil ich dir von ihm erzählt habe.»

Mr. Babbacombe, der gerade einen Gurt Beaus anzog, hielt mitten drin inne. «Willst du damit sagen, daß ich den Burschen nicht kennenlernen soll? Nein, das ist zu schäbig!» sagte er empört. «Was, zum Teufel, soll ich mit mir selbst anfangen, während du fort bist?»

«Spiel Casino mit Ben!» sagte der Captain und löste den Zügel vom Zaun.

Zehn Minuten später stieg er im Stallhof des Schlosses ab und übergab Beau Joseph, der entschuldigend sagte: «Ich wäre zurückgekommen, wenn ich gekonnt hätte, Sir, aber der Squire versteht nicht, daß Sie Ben nicht allein lassen können, und er wollte, daß ich den Pfarrer hole.»

«Das macht nichts. Ich habe einen Freund von mir im Mauthaus gelassen. Hat Sein Herr um mich geschickt?»

«Ja, und er ist auch ganz mächtig darauf aus, daß Sie kommen, Chef. Mr. Winkfield sagte, daß er fürchterlich nervös war, nur wegen dieses Briefs, den ich in Sheffield holen mußte. Aber der ist mit der heutigen Post angekommen, und es scheint, daß der Squire bereit ist, den letzten Atemzug zu tun, jetzt, weil er ihn bekommen hat, denn er hat nicht nachgegeben und mußte um den Pfarrer schicken, und um Sie auch.» Er schaute in dem schwachen Mondlicht zu John auf und fügte flehend hinzu: «Wenn Sie ihn bloß beruhigen könnten, Sir, so daß er leicht stirbt!»

«Er kann sicher sein, daß ich das tun werde. Ich gehe jetzt sofort ins Haus hinauf. Wo sind Coate und der junge Stornaway?»

«Mr. Henry ist immer noch im Bett, und Coate beim Abendessen. Keine Angst, Sie werden keinen von beiden sehen.»

Der Captain ging den Weg zum Seitenflügel des Hauses hinauf. Die Tür in den gefliesten Gang war unversperrt, und auf der Truhe an der Wand brannte eine Lampe. John legte Hut und Reitgerte neben sie und ging durch den Gang zu der schmalen Treppe. Oben traf er auf Winkfield. Der Kammerdiener begrüßte ihn erleichtert und weniger unbewegt als gewohnt. Einen Augenblick schien es, als wollte er ihm etwas mitteilen. Er begann zu sprechen, stammelte, brach ab und sagte nach einer Pause: «Ich glaube, Sir – ich glaube, ich bringe Sie am besten sofort zu meinem Herrn!»

«Bitte, tun Sie das. Joseph erzählte mir, daß er unruhig war, und Sie können sicher sein, daß ich mich bestens bemühen werde, ihn zu beruhigen.»

«Ja, Sir, ich bin überzeugt davon – nur, anscheinend hat er fast den Verstand verloren. Wenn ich geahnt hätte – aber er hat keinem von uns ein Wort gesagt. Wenn es Ihnen mißfallen sollte, hoffe ich, daß Sie mir verzeihen! Wirklich, ich hatte keine Ahnung, was er im Sinn hatte!» sagte Winkfield, öffnete die Tür des Ankleidezimmers und führte John in das Zimmer.

«Warum sollte es mir mißfallen?» fragte John verwirrt. «Ich nehme an, er liegt im Sterben – oder nicht?»

«Das weiß ich nicht, Sir. Ich habe nicht geglaubt, daß ich ihn den Tag überleben sehe, aber – aber jetzt ist er in wunderbarer Laune! Wie Sie selbst sehen werden, Sir!»

Er öffnete die Tür ins Schlafzimmer und kündigte sehr formell an: «Captain Staple!»

Der Captain betrat das Zimmer, blieb stehen und blinzelte in dem unerwarteten Licht vieler Kerzen. Zwei große Kandelaber standen auf dem Kaminsims; zwei weitere rechts und links neben dem Bett; und zwei waren auf einem Tisch aufgestellt, der in die Mitte des Zimmers gerückt und mit einem Tuch drapiert worden war. Neben diesem improvisierten Altar stand ein ältlicher Geistlicher, dessen mildes Gesicht Verwirrung, Mißbilligung und Unsicherheit verriet. Der Squire lag, von vielen Kissen gestützt, mit glitzernden Augen im Bett, und ein Lächeln verzog eine Seite seines Mundes. Rose stand am Fenster, und Nell am Kopfende des Bettes, in ihrem alten grünen Samtkleid. Sie starrte John über das Zimmer hinweg an; ihre Augen in dem sehr weißen Gesicht waren wütend, die Hände fest zusammengepreßt. Sie sagte mit zitternder Stimme: «Nein, ich will nicht! Großpapa, ich bitte dich inständig, verlange das nicht von ihm!»

«Zier dich nicht, Mädchen!» sagte Sir Peter; er sprach sehr langsam, und seine Aussprache war viel undeutlicher als bei Johns früherem Besuch.

«Sir Peter!» sagte der Vikar nervös. «Wenn Miss Stornaway sich weigert, muß und will auch ich mich entschieden weigern –»

«Du halte den Mund, Thorne!» sagte Sir Peter. «Sie weigert sich nicht. Nichts als dummes Getue! Staple!»

«Sir?» antwortete John und ging zum Bett.

«Sie haben mir gesagt, Sie würden Nell mit oder ohne meine Zustimmung heiraten, nicht?»

«Ja.»

«Ist es Ihnen ernst damit gewesen?»

John blickte ruhig in diese überhellen Augen. «Und ob!»

Sir Peter kicherte. «Sehr gut! Sie werden sie also heiraten – jetzt gleich!»

Einen Augenblick herrschte erstauntes Schweigen. «Sag ihm, daß das unmöglich ist!» sagte Nell leise und gepreßt.

«Es ist nicht unmöglich», sagte Sir Peter. «Dafür habe ich schon gesorgt! Sondererlaubnis zur Eheschließung», sagte er in spitzbübischem Triumph zu John. «Thorne hat sie bekommen, aber ich habe um sie geschickt. Habe Ihnen doch gesagt, ich kann meine Pferde immer noch zusammenhalten!»

«Sie sind auf den Millimeter genau im Ziel gelandet, Sir!» versicherte ihm John, und seine Stimme klang amüsiert. Er schaute auf und streckte seine Hand Nell entgegen. «Aber wie ist das mit dir? Willst du mich also noch nicht heiraten, meine Liebste?»

«Nein, nein, undenkbar!» sagte sie und rang die Hände. «Du wirst ja hier gezwungen – richtig gezwungen –, mich zu heiraten – auf so eine Weise!»

«Wirklich? Aber wie unnötig! Ich brauche nicht einmal überredet, geschweige denn gezwungen zu werden!»

«Hab's euch doch gesagt!» sagte Sir Peter. «Der leidet nicht an wirren Launen!»

«Wenn hier schon von wirren Launen die Rede ist –» rief Nell hitzig aus.

«Ja, aber wir werden von so etwas gar nicht erst reden», warf John ein.

«So ist's richtig!» sagte Sir Peter beifällig. «Dulde nur keinen Unsinn, John. Und du tust, was man dir sagt, Fräulein!»

«Nein, so auf keinen Fall!» sagte John. «Sie wird das tun, was sie wünscht, jetzt und immer!» Er ging um das Bett herum, nahm Nells verkrampfte Hand und lächelte sie sehr gütig an. «Du sollst mir sagen, was du eigentlich wünschst, Liebste. Ich selbst verlange nichts Besseres, als dich hier an Ort und Stelle heiraten zu dürfen. Ja, mir erscheint das als ein bewundernswerter Plan! Dich aus den Händen deines Großvaters entgegenzunehmen, ist genau das, was ich selbst gewählt hätte. Aber ich will keine widerwillige Braut zum Altar schleppen. Wenn also dein Herz Befürchtungen hegt, meine Geliebte, dann sag es mir!»

«John, John, doch nicht mein Herz!» flüsterte sie erstickt, und ihre Finger umklammerten seine Hand.

«Nein? Dann also irgendwelche andere Bedenken, die du mir natürlich erklären mußt. Aber wir können diese Sache wirklich nicht vor allen Leuten diskutieren. Gehen wir doch ins Ankleidezimmer, ja? Wir müssen Sie bitten, Sir Peter, uns für kurze Zeit zu entschuldigen.»

Während er sprach, zog er Nells Hand durch seinen Arm und führte sie zur Tür, die Winkfield öffnete und aufhielt. Als sie sich wieder hinter ihnen schloß, sagte der Squire befriedigt: «Sehr klug im Sattel – der wird mit ihr zurechtkommen!»

«Sir Peter, so sehr ich es hasse, Ihnen den Gefallen nicht tun zu können, kann ich jedoch diese Zeremonie nicht durchführen, wenn ich nicht vollkommen überzeugt bin, daß beide Partner in sie einwilligen!» erklärte der Vikar und schaute noch gequälter drein.

«Oh, Sir, sagen Sie das ja nicht!» bat Rose unwillkürlich. Sie zog ihr Taschentuch heraus und schneuzte sich ziemlich trotzig. «Er ist ein so echter Gentleman und so überaus gütig!» schluchzte sie.

«Ja, ich muß zugeben, ich bin angenehm überrascht von ihm», gab Mr. Thorne zu. «Ich verstehe nicht ganz, warum er Breans Platz einnimmt – ja, ich verstehe überhaupt das Ganze nicht! An einem solchen ausgefallenen Verhalten ist etwas, das einem nicht ganz gefallen kann, aber ich muß von ihm annehmen, daß er guten und triftigen Grund hat, sich das zu erlauben, was den Anschein eines bloßen Streiches hat. Denn in seinem Gesicht und in seinem Betragen ist nichts Wildes oder Unausgeglichenes. Wenn aber Miss Stornaway ich wiederhole, sich widersetzt, dann muß ich es ablehnen, mein Amt auszuführen!»

«Tut sie nicht», sagte der Squire. «Bloße Weiberskrupel! Sie ist über beide Ohren in den Burschen verliebt! Winkfield, mein Stärkungsmittel!»

Im Ankleidezimmer wurde Nell in die Arme des «Burschen» genommen und sagte erregt: «John, ich kann nicht, ich kann nicht!»

«Dann sollst du ja auch nicht», antwortete er tröstend. «Aber sage mir, warum du nicht kannst?»

«Dafür gibt's so viele Gründe – das mußt du doch einsehen! Ich könnte es einfach nicht tun!»

«Kommt es zu plötzlich? Natürlich hast du keine Zeit gehabt, dich darauf vorzubereiten! Was für ein egoistischer Kerl ich doch bin! Die Sache ist die, daß ich selbst eine private Trauung so viel lieber gehabt hätte, daß ich vergessen habe, du könntest dir etwas in einem ganz anderen Stil wünschen. Alle Mädchen tun das, vermute ich, und Gott sei davor, daß ich dir etwas verweigere, das du haben willst, mein ganz großer Schatz!»

Das hatte die Wirkung, daß sie ihren Kopf von seiner Schulter hob. «Nein, nein! Oh, wie kannst du mich nur für so dumm halten!» sagte sie empört. «Als läge mir etwas an Brautkleidern oder sonstigem Krimskrams. O John, wie infam du bist!»

Er lachte. «Aber was sonst soll ich denken, falls du nicht vorhast, die Verlobung zu lösen?»

Sie versuchte ihn zu schütteln, indem sie die Aufschläge seiner Jacke packte.

«Du weißt, das will ich nicht. Aber kannst du nicht denken, wie unrecht es von mir wäre, dich auf eine solche Weise zu heiraten?»

«Nein», antwortete er schlicht.

«Wie kann ich sicher sein, daß du nicht nur eingewilligt hast, um einem Sterbenden einen Gefallen zu tun?»

Seine Antwort darauf machte sie zu atemlos, um etwas zu sagen, und hinterließ ihr den starken Verdacht, daß mindestens drei ihrer Rippen gebrochen waren.

«Hast du noch irgendwelche albernen Fragen, die du mir stellen möchtest?» fragte John mit leicht schwankender Stimme.

«Ich wage es nicht mehr!» sagte sie zwischen Tränen und Lachen.

«Gut, denn ich glaube, wir sollten den Vikar nicht warten lassen, und auch deinen Großvater nicht. Und wenn du Gewissensbisse einzig meinetwegen hast, dann ist kein Grund vorhanden, warum wir das sollten. Kannst du diesen Siegelring von mir tragen?»

«John, ich bin überzeugt, ich sollte das nicht tun!»

«Wenn du das Gefühl hast, daß ich mich als ein Teufel von Gatte herausstellen werde, dann solltest du es zweifellos nicht tun», stimmte John ihr herzlich zu, ließ seinen Siegelring an ihren Finger gleiten und zog ihn dann wieder ab. «Der ist zu weit, aber er wird genügen müssen, bis ich einen Ehering kaufen kann. Wenn du andererseits vorhast, bei unserer Verlobung zu bleiben, dann glaube ich, bist du recht unvernünftig, wenn du nicht die Vorteile erkennst, die sich an diese bezaubernd ungewöhnliche Hochzeit knüpfen.»

«Und wenn ich unvernünftig bin, dann wirst vermutlich jetzt du die Verlobung lösen?» murmelte sie und schmiegte ihre Wange an seine Schulter.

«Sehr wahrscheinlich. Jetzt bedenke einmal, meine Geliebte! Wenn wir warten sollen, bis dein Großvater tot ist, wie peinlich muß da unsere Situation in jeder Beziehung werden! Du wirst dann Gewissensbisse haben, mich zu heiraten, solange du deine Trauer nicht abgelegt hast, und was, zum Kuckuck, sollen wir ein ganzes Jahr lang tun? Wohin willst du gehen? Wie wirst du dich erhalten? Mit so vielen Skrupeln wirst du mir nie erlauben, für dich zu sorgen!»

«Nein, wirklich nicht. Ich hoffe, ich habe etwas mehr Anstand als das! Vielleicht könnte ich eine Stellung als Erzieherin annehmen oder so etwas Ähnliches», sagte sie zweifelnd.

«Niemand, der bei Verstand ist, würde dich engagieren», versicherte er ihr. «Außerdem habe ich sehr viel Standesbewußtsein, und es würde mir nicht passen, eine Erzieherin zu heiraten!» Ein unterdrücktes Lachen erklang. «Du magst ja vielleicht lachen!» sagte er streng. «Aber laß mich dir sagen – ich habe ziemliche strenge Vorstellungen von dem, was meinem Stand zukommt!»

«Ich frage mich nur, wer es mir wohl in den Kopf gesetzt hat, daß du keine hast?!»

«Das kann man nie wissen. Nun, Darling? Gehen wir?»

Sie hob den Kopf und schaute ihn an. «Ja, John. Aber nachher?»

«Hast du Angst, daß ich vorhabe, dich zum Mauthaus zu entführen? Du bleibst natürlich hier, solange du gebraucht wirst.»

«Du weißt ja, ich muß», sagte sie etwas sehnsüchtig.

«Ja, ich weiß. Selbst wenn ich in einem Palast lebte, würde ich nicht von dir verlangen, daß du jetzt deinen Großvater verläßt. Aber von nun an werde ich das Recht haben, dich zu schützen. Komm, gehen wir und sagen wir Sir Peter, daß wir beide sehr gewillt sind, ihm den Gefallen zu tun!»

Der Squire lag mit geschlossenen Augen da, von Winkfield eindringlich, vom Vikar mit Mitleid und Zweifel beobachtet; aber bei dem Geräusch der Tür wachte er auf und drehte den Kopf etwas auf dem Kissen herum. Der Vikar stand auf, sah Nell besorgt an und war erstaunt, daß die steife und entschieden wütende junge Amazone verschwunden war. Sie lehnte am Arm des Captains, eine Hand in der seinen, größeren verloren, mit leicht glühendem Gesicht und dem allerzärtlichsten Lächeln um die Lippen, als sie zu ihm aufschaute.

«Na?» sagte Sir Peter.

«Wir sind glücklich, Ihnen zu gehorchen, Sir», antwortete John.

«Ist dem wirklich so, Miss Stornaway?» fragte der Vikar.

«Ach ja», sagte sie seufzend. «Wenn Sie es nicht von mir für Unrecht halten.»

«Unrecht? Warum sollte er?» sagte der Squire bissig. «Vergeuden wir keine Zeit mehr! Ich bin müde!»

So wurden Miss Helen Stornaway und Captain John Staple in dem von Kerzen erhellten Schlafzimmer als Mann und Frau zusammengegeben, unter den Augen eines Sterbenden und als Trauzeugen ein Kindermädchen und einen Kammerdiener. Der Vikar mußte zu dem Paar aufschauen und dachte, er habe noch nie ein prächtigeres getraut, obwohl das Kleid der Dame schäbig und die Reithose des Herrn fleckig waren. Sie antworteten mit fester Stimme, und sie sahen so glücklich aus, daß Rose einfach ein bißchen weinen mußte – wie sie später erklärte –, und selbst Winkfield gab zu, daß es eine sehr ergreifende Zeremonie war.

Als sie vorüber war, küßten sie sich, und John führte Nell an das Krankenlager zurück. Jedermann konnte sehen, daß sich das Gesicht des Squire leicht verändert hatte. Die Schärfe im Ausdruck hatte sich geglättet, die Augen hatten etwas von ihrem unnatürlichen Glitzern verloren; er sah friedlicher drein, aber als er seine Rechte hob, geschah es nur mit Mühe, und sie zitterte merklich. Nell beugte sich eine Minute lang über ihn; er lächelte sie an und sagte undeutlich: «Jetzt wird es dir gut gehen!»

Dann befahl er Winkfield, Wein und Gläser zu bringen, damit man, wie es sich gehörte, auf die Gesundheit der Braut und des Bräutigams trinken konnte. «Ich habe das Gefühl, daß ich heute fest schlafen werde», bemerkte er. Sein Blick fiel auf den Vikar, und ein Schimmer von Belustigung leuchtete in ihm auf. «Bin dir sehr verbunden, alter Freund! Hast wohl gemeint, du hast hier etwas anderes zu verrichten, was? Hättest dir denken können, daß ich dich immer noch überraschen kann! Schau nicht so düster drein. Ich weiß, was ich getan habe, und es ist die beste Tat meines Lebens und sühnt eine Menge alter Torheiten. Was immer jetzt geschieht, mein Mädel ist in Sicherheit! Ich werde euch jetzt gute Nacht wünschen.

Ich will noch ein, zwei Worte mit diesem meinem neuen Enkel reden, bevor ich schlafen gehe, und ich bin müde, sehr müde.»

Der Captain zog seine Frau etwas zur Seite und sagte ihr ins Ohr: «Nimm ihn mit, Nell, und laß mich mit deinem Großvater allein. Er ist sehr erschöpft, und je früher er gesagt hat, was er mir zu sagen hat, um so besser.»

Sie nickte, ging weg von ihm und warf Winkfield einen bedeutungsvollen Blick zu. Kurz darauf war nur noch John beim Squire. Er kehrte zu dem großen Himmelbett zurück und zog den Vorhang am Fußende vor, damit der Kerzenschimmer ausgeschlossen wurde.

«Es warst nicht du, den ich dazu gezwungen habe», sagte Sir Peter. «Es war Nell. Ich weiß nicht, was es ist, das Henry getan hat, aber es ist etwas Verdammenswertes. Der Hund drohte mir – drohte mir! Sagte, wenn ich nicht befehlen würde, daß Coate mit außerordentlicher Höflichkeit behandelt werden solle, würden er und ich und Nell ruiniert werden! Bei Gott, ich –»

«Lassen Sie mich Ihnen versichern, Sir», schaltete der Captain ruhig ein, «daß dazu nicht die geringste Gefahr besteht! Außerdem beeindruckt mich Master Henrys Versuch, Gespenster heraufzubeschwören, nicht im geringsten.»

«Was tun er und Coate?» wollte der Squire wissen.

«Ich bin nicht in der Lage, Ihnen das zu sagen, obwohl ich eine leise Ahnung habe. Henry ist, glaube ich, nicht mehr als ein Werkzeug, und ich habe alle Aussicht, daß ich ihn ohne öffentlichen Skandal durchbringe.»

Die Augen des Squire wurden schmal. «Du weißt mehr, als du mir sagen willst, wie? Coate wird Henry hineinreiten, wenn man etwas aufdeckt.»

«Nicht, wenn man ihm den Mund verschließt, Sir!»

«Sehr wahrscheinlich. Aber bitte sehr – wie ist das zu erreichen?»

«Ich glaube, Sir», antwortete John und lächelte auf ihn nieder, «das ist etwas, das Sie am besten mir überlassen sollten.»

Ein Mundwinkel des Squire hob sich etwas. «So, du weißt es, ja? Weißt, wie der Trick zu bewerkstelligen ist?»

«Ja», sagte John.

Die tiefe, unerschütterliche Stimme tat ihre Wirkung. Der Squire seufzte und schien sich zu entspannen. «Ich vermute, du wirst es schon in die Hand nehmen», sagte er. «Ich habe meinen Pfeil abgeschossen. Aber ich habe für Nell alles gesichert. Wenn Henry uns Schande machen sollte, würde sie dich nicht geheiratet haben, weißt du. Natürlich habe ich dich da hineingezwungen. Wenn es dir nicht gepaßt hat –»

«Es hat mir aber gepaßt», unterbrach ihn John. Er beugte sich über das Bett, nahm sanft die Hand des alten Herrn und hielt sie fest.

«Ja, ich bin Ihnen wirklich dankbar, Sir, und ich schwöre Ihnen, Nell wird nie Ursache haben, das Werk dieses Abends zu bedauern.» Er fügte mit einem Zwinkern hinzu: «Außerdem war es eine Lehre, zu sehen, wie ein schwieriges Gespann auf einen Zoll genau zusammengebracht werden konnte!»

Der Squire kicherte. «Ah, in meiner Zeit war ich ein Spitzenfahrer!»

«Heute hätte ich Sie als einen Unvergleichlichen bezeichnet, Sir», erwiderte John. «Ich verlasse Sie jetzt. Darf ich Sie bitten, nicht mehr an den Unsinn Ihres Enkels zu denken? Sie brauchen sich damit nicht im geringsten abzuquälen.»

Die wachsbleiche Hand erwiderte schwach den Druck seiner Finger. «Du bist gerade rechtzeitig gekommen, weißt du. Der Enkel des ‹alten Flederwisch›! Schicke mir Nell herein, damit sie mir gute Nacht sagt!»

Der Captain verließ ihn, ohne noch etwas zu sagen. Im Ankleidezimmer erwarteten ihn Nell und Winkfield. Er lächelte sie an und sagte: «Geh zu Sir Peter hinein, meine Liebste; er will dir gute Nacht sagen.»

Sie nickte und ging sofort ins Schlafzimmer. Der Captain schloß die Tür hinter ihr und sagte: «Bevor sie zurückkommt, sage Er mir eines: Ist Mr. Stornaway wirklich krank oder simuliert er nur?»

«Er ist ziemlich krank, Sir – wenn Sie eine Erkältung krank sein nennen. Wir hatten heute Dr. Bacup hier, und Mr. Henry wünschte, daß er zu ihm hinaufkomme; das tat er. Mr. Henry war immer schon so, er glaubte, bei dem geringsten Unwohlsein müsse er sterben. Und kaum begann er zu niesen und zu husten, als er auch schon überzeugt war, er habe eine Lungenentzündung. Das ist es natürlich keineswegs, aber sein Diener hat den ganzen Tag Kannen mit heißem Wasser für Senffußbäder hinaufgeschleppt, und Mr. Henry hat nichts als Tee und Toast zu sich genommen, weil er sagt, sein Puls sei in Aufruhr. Aber der Doktor ließ ihm einen Trank zurück, den er nehmen muß, und ich zweifle nicht daran, daß es ihm morgen früh schon besser gehen wird.»

«Aha.» John schwieg einen Augenblick und runzelte die Stirn. «Dann hat es keinen Zweck, wenn ich ihn heute abend aufsuche.»

«Ihn aufsuchen, Sir?» wiederholte Winkfield.

«Ja, und so bald wie nur möglich. Nicht jedoch, bevor er sein Bett verlassen hat – und ich selbst habe bestimmte Pläne zu fassen. Wo befindet sich sein Zimmer?»

«In dem anderen Flügel, Sir – sein Zimmer und auch das von Mr. Coate», antwortete Winkfield und sah ihn fragend an.

«Kann Er mir genau beschreiben, welches Zimmer das ist, und wie es von diesem Flügel aus zu erreichen ist?»

Winkfield hielt den Atem an. «Ja, Sir, aber –»

«Dann tue Er es! Ich komme Mr. Henry besuchen, aber da ich nicht wünsche, daß Coate davon erfährt, wird es ein nächtlicher Besuch sein – wahrscheinlich morgen abend, wenn ich das so einrichten kann!»

«Sicher, Sir!» sagte Winkfield ziemlich schwach. «Dachten Sie – dachten Sie daran, durch das Fenster zu klettern?»

«Eure Fenster sind nicht für einen Mann meiner Größe gemacht, fürchte ich. Ich dachte eher daran, durch die Seitentür hereinzukommen – die Sie bitte unverschlossen halten.»

«Das wäre zweifellos besser, Sir», stimmte ihm Winkfield zu. «Wenn Sie diesen Gang entlanggehen, befinden Sie sich auf der Galerie, die um die Haupttreppe läuft. Genau gegenüber ist ein ähnlicher Gang. Die erste Tür rechts geht in Mr. Henrys Zimmer. Dahinter ist ein kleiner Vorraum, und gegenüber von diesem ist das Zimmer von Mr. Coate mit einem Ankleidezimmer daneben.»

«Danke, das ist sehr klar beschrieben.»

«Wenn ich vorschlagen darf, Sir – ich schlafe in der letzten Zeit immer hier, und wenn Sie mich wecken wollten –»

«Das wird, glaube ich, nicht nötig sein, Winkfield. Es ist möglich, daß Sie mir nicht behilflich sein können oder die einzige Person in diesem Zimmer sind», sagte John geradeheraus. «Ich fürchte, das Ende ist jetzt sehr nahe. Ich habe Menschen sterben gesehen, und so sieht heute abend das Gesicht Ihres Herrn aus.»

«Ja, Sir», sagte Winkfield still und wandte sich ab, als Nell ins Zimmer zurückkam.

«Wollen Sie jetzt zu ihm gehen, Winkfield?» sagte sie. «Er ist so müde, aber – aber wunderbar friedlich und sogar guter Laune!»

Der Kammerdiener ging ohne ein Wort ins Schlafzimmer, mit ziemlich ernstem Gesicht. Nell schaute zu John auf. «Glaubst du – glaubst du, es geht ihm besser, John?»

Er zögerte nicht. «Nein, Liebste», antwortete er sanft.

«Ich verstehe.» Sie ging langsam zu ihm und lehnte sich an seine Schulter, als er den Arm um sie legte. «Ich könnte es nicht wünschen, natürlich. Es ist nur, daß eben nur wir beide da waren – so lange Zeit . . .»

«Ich weiß.»

Sie streckte die Hand aus, um seine Wange zu berühren. «Aber jetzt gibt es dich und – und so viel Glück in meinem Herzen, daß kaum Platz für etwas anderes darin zu sein scheint. Bin ich wirklich verheiratet, oder ist das ein Traum?»

«Du bist wirklich verheiratet, meine kleine Frau. Es ist die seltsamste Hochzeit gewesen, die je zwei Menschen hielten, aber der Knoten wurde gut und fest geknüpft.»

«Ich glaube, es muß dir sehr mißfallen haben.»

«Nein.» Er hob ihr Gesicht und küßte sie. «Nur gezwungen zu sein, dich zu verlassen, meine kleine Ehefrau, das – das mißfällt mir tatsächlich!»

15

Nachdem der Captain Beau in den Stall gebracht hatte, ging er quer über das Feld zum Mauthaus zurück und betrat es durch die Hintertür. Er fand Mr. Babbacombe allein am Feuer sitzen und Brandy mit Wasser schlürfen. Mr. Babbacombe hob müde eine Augenbraue und sagte: «Was – haben sie dir kein Bett angeboten? Wie schäbig!»

Der Captain grinste ihn an: «Ich bitte um Verzeihung. Bin ich so lange weggewesen? Wo ist Ben? Hast du ihn umgebracht?»

«Nein, aber ich fand ihn so todlangweilig, daß ich ihn ins Bett geschickt habe. Torhüten könnte nicht schlimmer sein, als mit diesem Jungen mit Vogelverstand Casino zu spielen. Ich brauchte das Tor nur zweimal zu öffnen – jedesmal deinem Reitknechtbekannten.

Zum Glück wußte er, was die Maut beträgt, denn ich habe es nicht gewußt.»

«Ja, ich begegnete Joseph auf meinem Rückweg», sagte John ziemlich geistesabwesend. Er goß sich Brandy ein, während ihn sein Freund schläfrig beobachtete. John schaute auf Babbacombe herunter. «War Chirk da?»

«Ich stelle mir vor, ja, weil Ben in einer Art aus dem Haus schlüpfte, die er zweifellos für unauffällig hielt.»

«Ich hoffe, er kommt morgen wieder. Wenn nicht, muß ich ihn suchen gehen, und ich stelle mir vor, das wird einen Ritt von zwanzig Meilen, wenn nicht mehr, bedeuten.»

«Wenn du mir erzählen willst, Jack, daß ich mich blamieren soll, indem ich auf die Zollschranke aufpasse, während du fort bist –»

«Nein, Ben kann sich tagsüber um sie kümmern. Aber ich will nicht, daß du morgen nach Edenhope zurückfährst!»

Mr. Babbacombe gähnte. «Lieber Junge – habe nicht die geringste Absicht, es zu tun! Irgend jemand muß ja deiner Mutter die Nachricht bringen, daß man dich nach Newgate ins Gefängnis abgeführt hat.»

«Du bist ein verteufelt braver Junge, Bab!» sagte der Captain dankbar.

«Bin ich gar nicht. Paßt mir nur nicht, mir nachsagen zu lassen, daß ich ein so sonderbarer Kauz bin, einen Freund im Stich zu lassen. Wirst du mir jetzt vielleicht gefälligst erzählen, was du oben im Schloß gemacht hast? Für einen, der an einem Totenbett weilte, siehst du mächtig heiter aus.»

«Habe ich gar nicht. Zumindest lebt der Squire immer noch. Ich komme von einer Hochzeit!»

Mr. Babbacombe setzte sich mit einem Ruck auf. «Du kommst von einer – wessen Hochzeit?!» fragte er unbehaglich.

«Meiner eigenen.»

«O mein Gott!» stieß Mr. Babbacombe hervor. «Jetzt weiß ich endgültig, daß es in deinem oberen Stockwerk nicht stimmt.»

«O doch, da stimmt es schon!» sagte John mit dem bewußten nach oben gezogenen Mundwinkel.

Mr. Babbacombe sah das und stöhnte. «Wenn du glaubst, daß das die Nachricht ist, die ich deiner Mutter überbringe, dann irrst du dich gewaltig!» erklärte er. «Es ist vermutlich das Mädchen, das du erwähnt hast, wie? Miss Stornaway? Daher also bist du so verteufelt drauf aus, Henry Stornaways Namen reinzuhalten! Himmel, was hat dich dazu veranlaßt, so etwas zu machen, du verrückter Einfaltspinsel?»

«Ich habe mich in dem Augenblick in sie verliebt, in dem ich sie sah», erwiderte John mit einer Einfachheit, die allem Unglauben trotzte. Er lächelte, als Mr. Babbacombes Kinn herunterfiel. «Hast du geglaubt, ich leiste mir einen Anfall von Donquijoterie? O nein. Sie ist – na ja, ist ja gleichgültig. Du wirst sie bald kennenlernen, und dann wirst du es verstehen. Ich bin der glücklichste Mensch auf Gottes Erdboden.»

«In diesem Fall, lieber Junge», sagte Mr. Babbacombe und zeigte sich heroisch der Situation gewachsen, «bleibt nichts übrig, als auf deine Gesundheit zu trinken!»

«Danke! Das also ist der Grund, warum ich mein möglichstes tun muß, den jungen Stornaway zu retten. Nicht, daß es mich kümmert, was für ein Höllenbraten der Vetter Nells sein könnte – guter Gott, haben wir alle nicht Verwandte, die ziemlich lockere Vögel sind? Soviel ich je gehört habe, Bab, waren die meisten unserer Ahnen nicht mehr als eine Bande von Saufkumpanen. Aber Nell würde es etwas ausmachen. Das wußte Sir Peter – und daher hat er eine Sonderehelizenz eingeholt und uns vom Fleck weg verheiratet. Und das ist der Grund, warum ich dich vielleicht hier brauchen werde.» Er trank den Brandy in seinem Glas aus und stand einen Augenblick nachdenklich da. Dann setzte er das Glas nieder und sagte: «Der Squire hat seine Abberufung erhalten. Ich glaube, es ist jetzt nur noch eine Sache von Stunden, und der Teufel hat seine Hand im Spiel, daß ich, solange ich diese Sache mit dem Schurkenpaar nicht geregelt habe, dieses Mauthaus nicht verlassen und meine Frau für mich beanspruchen kann. Coate wissen zu lassen, daß sie meine mir angetraute Frau ist, würde bedeuten, den einzigen Plan, den ich habe, zunichte zu machen. Ich glaube kaum, daß er Schuft genug ist – oder verrückt genug? –, ihr seine Werbung aufzuzwingen, solange ihr Großvater noch nicht begraben ist, aber ich will nicht, daß sie auch nur dem geringsten Ärger ausgesetzt wird. Wenn Henry versucht, es ihr unbehaglich zu machen, will ich sie sofort vom Schloß wegholen und sie in deine Obhut geben, bis ich ausgeführt habe, was ich hier tun muß.»

«Was?!» rief Mr. Babbacombe erschrocken aus. «Willst du damit sagen, daß ich deine Frau nach Mildenhurst bringen soll?»

«Guter Gott, nein! Ich bringe sie selbst nach Mildenhurst, danke dir! Sollte es nötig sein, wirst du sie nach Buxton bringen und sie in dem besten Gasthof dort unterbringen und dich um sie kümmern, bis ich nachkomme.»

«Nein wirklich, Jack!» protestierte Mr. Babbacombe ganz entsetzt.

«Himmel, Bab, sei kein solcher Schafskopf! Sie wird ihre Jungfer und ihren Reitknecht mithaben und auch ihren Haushofmeister, wenn Winkfield mit ihr gehen will. Alles, was ich von dir will, ist, daß du ihr Gesellschaft leistest und darauf achtest, daß sie sich nicht aufregt. Und das bringt mich auf etwas anderes. Ich hoffe, du bist hier mit vollen Taschen angekommen, weil ich bald abgebrannt bin und von dir borgen muß.»

Mr. Babbacombe fuhr mit der Hand in die Tasche und zog ein dickes Bündel heraus.

«Eine ganze Rolle Weiches!» sagte der Captain bewundernd. «Das habe ich vermutet! Wie großartig, wenn man einen gutfundierten Freund sein eigen nennen kann! Nein, nein, jetzt will ich es noch nicht. Nur, falls ich gezwungen wäre, Nell nach Buxton zu schicken.»

Mr. Babbacombe steckte die Rolle wieder in die Tasche. «Na, lieber wäre mir, du würdest sie nicht hinschicken!» sagte er freimütig. «Es liegt mir nicht, Jack, hinter Frauenzimmern einherzuziehen. Außerdem, scheint mir, bin ich dir mehr nütze, wenn ich hierbleibe, denn nach der Art, wie du dreinschaust, möchte ich sagen, daß du einen verdammt gefährlichen Plan in deinem Schädel hast!»

John lachte. «O nein. Ich glaube, ich komme recht sicher durch.»

«Na, und was planst du wirklich?» sagte Mr. Babbacombe beharrlich.

«Das kann ich dir noch nicht sagen, aber –»

«Versuch ja nicht, mich anzuschwindeln, Jack!» unterbrach ihn sein erzürnter Freund. «Wenn du es mir nicht sagen kannst, dann bedeutet das, daß du irgendeine hirnverbrannt gefährliche Sache im Schilde führst, von der du verdammt gut weißt, daß ich nichts davon hören will!»

«Nun eben, darum wirst du nichts davon hören», antwortete John tröstend. «Oh, schau nicht so entsetzt drein! Ich habe nicht vor, mit den Würmern Bekanntschaft zu machen, versichere ich dir. Aber jeder kühne Handstreich muß ein gewisses Risiko in sich tragen, und ich bin froh, daß du mich daran erinnert hast. Ich muß ein Testament machen, und du kannst gleich Zeuge sein und dich danach darum kümmern. Dafür haben wir aber morgen noch genug Zeit. Himmel, wie spät es ist! Geh in den ‹Blauen Eber› zurück, alter Bursche, und habe um meinetwillen je kein Albdrücken.»

Mehr war nicht aus ihm herauszubringen, und da er offenkundig an etwas anderes dachte, während er den ernsten Vorhaltungen Mr. Babbacombes höflich zuhörte, gab dieser übel mißbrauchte Gentleman bald den verlorenen Kampf auf und ging, wobei er immer wieder eine Katastrophe prophezeite. Worauf der Captain zu Bett ging und in den Schlaf eines Menschen fiel, der nicht eine einzige Sorge in der Welt hat.

Er war erleichtert, als er am folgenden Morgen von Ben erfuhr, daß Chirk vorgeschlagen hatte, das Mauthaus am Abend dieses Tages wieder zu besuchen, und konnte daher seine Aufmerksamkeit drängenderen Problemen zuwenden. Nachdem er sich die Sache hin und her überlegt hatte, während er sein Pferd versorgte, kam er zu dem Schluß, daß sein nächster Schritt darin bestehen mußte, zu einem Einvernehmen mit Gabriel Stogumber zu gelangen. Und mit diesem Zweck im Auge verließ er Ben und Mrs. Skeffling, die miteinander auf das Tor aufpassen sollten, und begab sich die Straße ins Dorf hinunter.

Es war immer noch früh am Morgen, und er erwartete nicht, Mr. Babbacombe zu treffen, mit dessen morgendlichen Gepflogenheiten er vertraut war. Als er aber im «Blauen Eber» ankam, traf er den Wirt und seine Frau, die Lohndiener und ein aufgeregtes Dienstmädchen an, alle ängstlich damit beschäftigt, ein Frühstück auf verschiedenen Tabletts zusammenzustellen, von dem man hoffte, daß es des vornehmsten Reisenden, den der Gasthof je beherbergt hatte, nicht unwürdig erachtet würde. Solange dieses lukullische Mahl nicht in Mr. Babbacombes Schlafzimmer befördert war, hatte niemand mehr als nur ein zerstreutes Nicken für John übrig, daher verließ er die hinteren Räume, ging in den Schankraum, und als er diesen leer fand, drang er in das kleine Frühstückszimmer vor. Hier hatte er mehr Glück. In einsamer Größe thronte Mr. Stogumber am Kopfende des Tisches und nahm ein Frühstück ein, das alle Zeichen dessen trug, daß es nur hastig zubereitet und aufgetragen worden war. Er schaute alles andere eher als gut aus, und wenn er gezwungen war, seinen linken Arm zu gebrauchen, tat er es steif und so, als schmerze er ihn. Beim Anblick Johns hellte sich seine gefurchte Stirn etwas auf, er schien erfreut zu sein und bot ihm liebenswürdig einen guten Morgen.

«Sie sehen, ich habe meinen Löffel noch nicht ins Löffelbrett gesteckt, Großer!» bemerkte er und fügte mit einem düsteren Blick auf den graubraunen Kaffee in seiner Tasse hinzu: «Was nicht heißen soll, daß ich das sehr wahrscheinlich nicht werde, wenn dieser Michel Hochhinaus da oben noch viel länger hierzubleiben gedenkt. Man sagt mir, er sei ein Freund des Squire, aber steige nicht im Schloß ab, weil es dem Squire so schlecht geht. Ich weiß nicht, wie das kommt und ob das stimmt, aber was ich wirklich weiß, ist, daß es in diesem Wirtshaus keine Seele gibt, die an etwas anderes dächte, als was er sich zum Frühstück einbildet oder wer nach Tideswell um eine Spezialwichse für seine Stiefel fährt. Ich habe fast eine ganze Stunde gebraucht, um den Admiral des ‹Blauen› da draußen so weit zu kriegen, daß er mir etwas für mein Frühstück überläßt, was der junge Hochhinaus zufällig nicht für das seine wünscht!»

«Ein schicker Bursche, wie?» grinste John.

«Ah! Natürlich kennen Sie ihn nicht, wie, Großer?»

John lachte. «Im Gegenteil! Ich kenne ihn sehr gut.»

«Ei, da schau!» sagte Mr. Stogumber überrascht und zufrieden. «Ich kann mich nicht erinnern, wann Sie je zuvor so nett und aufrichtig waren. Wenn es nicht zuviel der Frage bedeutet – wer ist das wohl?»

«Aber bitte – da ist nichts Geheimnisvolles dran. Er heißt Wilfred Babbacombe und ist ein Sohn des Lord Allerthorpe. In London wohnt er in einem Appartement in Albany; zu dieser Jahreszeit findet man ihn in Edenhope bei Melton Mowbray.»

«Nun sieh einmal einer an!» staunte Stogumber. «Ein Freund von Ihnen, Großer?»

«Ein sehr guter Freund von mir.»

Mr. Stogumber maß ihn mit einem starren Blick, schob seine Kaffeetasse weg und sagte: «Und Sie sind ein Kavallerist!»

John schüttelte den Kopf. «Nein. Ich war Captain im 3. Regiment der Dragoon Guards.»

«Das weiß ich», antwortete Stogumber freundlich. «Und Sie leben in Mildenhurst im Hertfordshire. Was ich aber wirklich wissen möchte, ist, warum Sie es sich plötzlich in den Kopf gesetzt haben, mich nicht mehr anzuschwindeln.»

«Das wissen Sie auch. Ich habe unlängst abends Ihr Dienstbuch gesehen.»

«Das habe ich mir gleich gedacht», sagte Stogumber völlig ungerührt. «Ich leugne nicht, daß mich das etwas nervös gemacht hat damals, aber das war, bevor ich einen Bericht über Sie bekommen habe. Ich habe zwar gedacht, daß es etwas länger dauern würde, bis die in London imstande sein würden, draufzukommen, wer Sie sind, falls es ihnen überhaupt gelingen würde. Aber da Sie so freundlich waren, mir Ihren wirklichen Namen zu nennen und das Regiment, in dem Sie waren, hat es anscheinend keine Mühe gemacht.»

«Himmel, hat Bow Street sich über mich bei den Horse Guards erkundigt? Das werde ich noch mein Leben lang zu hören bekommen!»

«Darüber weiß ich nichts, aber nach dem, was ich ausnehmen kann, dürfte nichts, das Sie je getan haben, die Herren überraschen, die die Auskünfte erteilten», sagte Stogumber trocken. «Aber, Captain Staple, ich fände es sehr freundlich von Ihnen, wenn Sie mir erklären wollten, warum Sie, da Sie sich dem Torhüten anscheinend aus Spaß verschrieben haben, so vorsichtig waren, mich nicht auf den Gedanken kommen zu lassen, daß Sie unlängst abends mein Dienstbuch gesehen haben?»

«Was das eine betrifft – weit gefehlt!» sagte John. «Ich habe mich aus keinerlei derartigem Grund in einen Zollwärter verwandelt. Und das zweite: Ich habe zu dem Zeitpunkt, als ich Ihr Buch sah, nicht gewußt, was Sie hergeführt hat.»

Wieder richtete sich der unverwandt starrende Blick auf ihn. «Oh! Und wissen Sie das jetzt – falls ich nicht allzu frei bin?»

«Ja, ich weiß es jetzt, und deshalb bin ich ja zu Ihnen gekommen. Sie versuchen, einen bestimmten Währungstransport zu finden, der vor ungefähr drei Wochen an der Wansbecker Furt geraubt wurde.»

«Wie können Sie das entdeckt haben?» fragte Stogumber und starrte ihn noch durchdringender an.

«Teils durch Sie, teils durch den Mann, dem Sie Ihr Leben verdanken. Sie haben mich einmal gefragt, ob ich die Wansbecker Furt kenne. Ich kannte sie nicht, aber als ich sie – Jerry gegenüber erwähnte, erzählte er mir, was dort geschehen ist. Er liest Zeitungen, ich nicht. Nein, er hat mit dem Raubüberfall nichts zu tun. Ja, sein Streben geht dahin, seinen gegenwärtigen Beruf aufzugeben und sich der Redlichkeit und dem Eheleben zu verschreiben.»

«So, so? Vielleicht wußte er auch, wo die Ladung versteckt wurde?»

«Nein, das wußte er nicht, aber er kennt diesen Distrikt», sagte John bedeutsam.

Stogumber erhob sich halb vom Stuhl, sank aber mit einem leisen Zusammenzucken wieder zurück. «Wollen Sie mir damit sagen, daß dieser Strauchritter die Hürde genommen hat?» fragte er atemlos.

«Wenn Sie damit meinen, ob er entdeckt hat, wo der Schatz verborgen ist, dann ja. Er erzählte mir, er ist dort, wo ihn kein Mensch je finden könnte, der diesen Bezirk nicht sehr gut kennt.»

Mr. Stogumber atmete schwer.

«Aber», fuhr John fort und unterdrückte energisch ein Zucken in den Lippen, «das Wissen ist bei ihm gut aufgehoben. Er scheint zu meinen, daß diese Währung viel zu gefährlich ist, um auch nur angerührt zu werden.» Er beobachtete die Wirkung dieses Ausspruchs und war zufrieden. «Was er jedoch ängstlich zu tun bestrebt ist, ist, die Stelle den richtigen Behörden bekanntzugeben.»

«Sagen Sie ihm», sagte Mr. Stogumber ernst, «daß es eine fette Belohnung für den Kerl gibt, der das tut!»

«Das weiß er. Aber was er nicht weiß, ist, wie sicher es wohl für einen Strauchritter ist, sich in solche Dinge einzumischen.»

«Wer sagt, daß er ein Strauchritter ist?» fragte Stogumber streng. «Mir jedenfalls hat er nie einen Grund dazu gegeben, ihn für einen zu halten. Wenn ich es recht bedenke, würde ich sagen, er ist gar keiner, weil er mir nie etwas weggenommen hat, und das hätte er tun können, leicht sogar!» Er fügte nach einigem Nachdenken hinzu: «Außerdem fallen Straßenräuber nicht in mein Ressort. Ich bin Patrouillenführer – eigens zu dieser Aufgabe abgestellt.»

«Wo haben Sie Ihre Patrouille?» fragte John überrascht.

«Das ist meine Sache, Captain. Keine Angst: Ich kann sie schnell genug herbeiholen, selbst wenn ich es nicht für günstig halte, daß sie sich in diesem Dorf da einquartiert, damit sich jeder fragen kann, wie es kommt, daß plötzlich so viele Fremde Crowford besuchen wollen!» sagte Mister Stogumber scharf.

«Nun, Sie werden sie nicht brauchen», sagte John heiter. «Ich werde Ihre Patrouille sein.»

«Danke verbindlichst, Sir, aber ich sehe nicht ein, daß ich Sie bemühen müßte.»

«Aber ich weiß das. Ohne mich, Stogumber, finden Sie den Schatz nicht und können auch Ihre Hände nicht an den Mann legen, der ihn geraubt hat – und ich stelle mir vor, das möchten Sie doch gern. Natürlich, wenn ich mich irre und Sie damit zufrieden sind, das Geld wiederzufinden, dann sage ich Jerry, er soll Ihnen ohne viel Aufhebens seine Auskünfte geben. Wenn Sie aber auch den Räuber dazu haben wollen, dann müssen Sie es mir überlassen, Sie zu ihm zu bringen.»

«Ho! Und vielleicht, Captain Staple, Sir, weiß ich bereits, wer es gestohlen hat?»

«Ich würde meinen, daß Sie zweifellos zumindest einen starken Verdacht haben», stimmte ihm John zu. «Und ganz sicher bin ich, daß Sie keinen Beweis haben und auch keine Möglichkeit bekommen, einen Beweis zu finden, falls ich mich nicht einschalte. Würden Sie es für genügend Beweis erachten, wenn Sie den Dieb und den Schatz zusammen fänden?»

«Mehr verlange ich mir gar nicht!» sagte Stogumber und fixierte ihn.

«Dann pflegen Sie Ihre wunde Schulter, bis Sie wieder von mir hören», sagte John. «Lassen Sie bekanntwerden, daß Sie viel schwächer sind, als das tatsächlich der Fall ist, und rühren Sie sich unter keinen Umständen vor die Tür. Es wäre eine vortreffliche Idee, wenn Sie Ihren Arm in eine Schlinge täten. Sie sind erkannt worden. Wenn man meint, daß Sie zu schwer verwundet wurden, um gefährlich zu sein, wird meine Aufgabe um so leichter sein. Ich glaube, ich kann Ihnen wahrscheinlich Ihren Mann in die Hände liefern, aber Sie müssen mich das auf meine eigene Weise bewerkstelligen lassen. Ich hoffe, ich muß Sie nicht allzu lange warten lassen.»

Lange herrschte Schweigen, während Stogumber nachdenklich mit sich kämpfte. Plötzlich sagte er: «Captain Staple, um es kurz zu machen, ich bin hinter zwei Männern her, nicht einem!»

«Das ist es ja, warum ich Ihnen anfangs nicht gesagt habe, daß ich Ihre Branche herausbekommen habe», sagte John kühl. «In der Lage, in der ich bin, war mir der Verdacht, daß Sie auch hinter Henry

Stornaway her sind, verdammt peinlich! Seither aber war ich imstande, mich zu überzeugen, daß Sie unrecht haben, wenn Sie denken, daß er etwas anderes als nur ein närrischer Handlanger bei der Sache ist.»

«Überzeugt davon sind Sie, aber mich haben Sie nicht davon überzeugt», sagte Stogumber. «Ich sage Ihnen auf den Kopf zu, Sir, es war nicht Coate, der mich hierher geführt hat, sondern Stornaway!»

In Johns Gesicht verriet nichts, wie sehr unwillkommen ihm diese Mitteilung war. Mit der Absicht, das Ausmaß von Stogumbers Wissen kennenzulernen, zuckte er die Achseln und sagte: «Weil der dumme Lümmel sich mit einem Spitzbuben angefreundet hat?»

«Nein, Sir, weil er sich mit einem bestimmten Mann angefreundet hat, der im Schatzamt arbeitet und den ich nicht nennen werde, weil er ein anständiger Bursche ist, selbst wenn er ein Plappermaul ist und Dinge erwähnt hat, über die er niemandem hätte ein Sterbenswörtchen sagen dürfen. Es war Stornaway, der erfuhr, wann diese Ladung nach Manchester abgehen sollte. Und der Grund, daß der junge – na, eben der Mensch – darüber redete, war, weil es kein gewöhnlicher Transport war, aber schon ganz und gar nicht! Dieses Geld, Captain, ist noch nicht gesehen worden, weil es neues Goldgeld ist, was es interessant macht. Ah, und dazu gefährlich!»

«So also ist das, ja?» sagte John, der bewundernswert Überraschung heuchelte. «Und weil ein Plappermaul die interessante Neuigkeit einem zweiten zuflüsterte, der sie seinerseits weitergibt an jeden Freund, den er, wie ich überzeugt bin, zufällig trifft, meinen Sie, Stornaway habe den Raubüberfall geplant? Vielleicht sogar an allen den Gewalttaten teilgenommen, die an der Wansbecker Furt verübt worden sind?»

«Ich weiß nicht, ob ich so weit gehen würde, zu sagen, daß er daran teilgenommen hat, aber daß er der Bursche war, der es geplant hat, das zu denken – dafür habe ich gute Gründe!» sagte Stogumber, etwas betroffen von dem Spott, der in Johns Stimme lag.

Fast aufseufzend vor Erleichterung erwiderte John: «Dann stelle ich mir vor, Sie haben Henry Stornaway noch nicht persönlich kennengelernt.» Er brach in Gelächter aus. «Guter Gott, Mann, das ist doch der wirrköpfigste Hammel, dem ich je begegnet bin! Geradezu unerlaubt töricht – ein Schafskopf, wie dazu geschaffen, von jedem Gauner in der Stadt hereingelegt zu werden. Der plumpste

Narrenfänger kann ihn anschmieren, wenn er ihm nur ein bißchen schmeichelt, bevor er ihm seinen Schwindel auftischt. Haben Sie ihn schon einmal gesehen? Er ist noch nicht trocken hinter den Ohren, hält sich aber für einen Lebemann ersten Ranges, trägt einen Kutschiermantel mit fünfzehn Capes, und man hält ihn für einen sehr gewandten Fahrer, bis man sieht, wie er die Zügel wirklich handhabt. Gimpel wie er sind es, die die Coates dieser Welt im Steigbügel halten.»

Mißtrauen, Ungläubigkeit, Zweifel, Unbehagen schienen in dem Detektiv zu streiten. Er sagte: «Ja, aber Stornaway ist finanziell nicht gut dran!»

«Nicht so gut dran, wie er es war, bevor er Coate kennenlernte!» antwortete John und schoß damit einen Pfeil ins Blaue.

«Kann sein», stimmte Stogumber vorsichtig zu. «Aber was hat ihn dazu veranlaßt, Coate hierher zu bringen, wenn er nichts von dem Raubüberfall wußte?»

«Coate selbst», antwortete der Captain sofort. «Coate ist der Teufel, müssen Sie wissen. Ein hervorragender Reiter – und hat immer Pferde der richtigen Zucht. Der ist in seinem Leben noch nicht bemogelt worden! Verkehrt mit allen Meltonjägern, rasselt ihnen ein Dutzend großer Namen in einem einzigen Satz herunter. Kennt jeden Gesellschaftsklatsch. Und wird Sie in jeden Spielklub der Stadt einführen, von dem er Sie überzeugt, es sei der exklusivste Londons! Himmel, er brauchte nur anzudeuten, daß er sich gern eine Weile auf dem Land erholen möchte, vielleicht immer schon vorhatte, Derbyshire zu besuchen, und Stornaway war so sehr geschmeichelt, daß er die Möglichkeit beim Schopf gepackt hat, einen solchen Draufgänger bei sich als Gast zu haben.»

«Ich sage nicht, daß das nicht hätte so sein können», sagte Stogumber langsam, «aber als er merkte, daß Coate im Schloß nicht willkommen und außerdem hinter Miss Stornaway her war, daß er sie fast schon verfolgt hat – was jeder hören kann, wenn er nur seine Löffel hier im Dorf spitzt –, warum treibt er dann lieber seinen alten Opa in die Grube, als Coate zu sagen, daß er seine Kehrseite zeigen soll? Warum ist er so versessen drauf, ihn auf Kellands zu behalten?»

«Darüber habe ich so meine eigene Vorstellung», erwiderte der Captain, eine Lüge schnell bei der Hand. «Es würde mich nicht wundern, erführe ich, daß Stornaway bei ihm tief in Schulden steckt. Ja, ich möchte sogar jede Wette darauf eingehen. Nun, Sie haben gedacht, ich hätte Breans Stelle übernommen, um mir einen Spaß zu machen, aber da haben Sie sich geirrt. Ich habe die Schranke letzten Sonnabend nach Einbruch der Dunkelheit erreicht, und als ich den Knirps, den Sie gesehen haben, halb wahnsinnig vor Angst an ihr vorfand und hörte, sein Vater sei in der Nacht vorher auf eine Stunde ausgegangen, aber seither nicht wiedergesehen worden, dachte ich mir, daß da irgend etwas verdammt Undurchsichtiges vor sich gehe. Nun, Stogumber, ich habe eine seltsame Vorliebe für das Ungewöhnliche, und mir schien, daß es für mich ganz interessant werden könnte, aufzudecken, was eigentlich im Gange war. Es dauerte auch nicht lange, bis ich erfuhr, daß sowohl Sir Peter wie Miss Stornaway überzeugt waren, Coate spiele irgendwie faul. Sie hatten ein äußerst unbehagliches Gefühl, und beide versuchten, Henry davon zu überzeugen, daß sein Freund keineswegs der erstklassige Mann von Welt ist, für den er ihn hält, sondern ein richtiggehender Gauner. Er glaubte ihnen nicht. In seinen vernebelten Augen waren sie ein Paar Landtrampel, unfähig, einen seltenen Geist zu erkennen, wenn sie einem begegnen. Was, im Namen alles Wundervollen, konnte ein Gauner schon in diesem verschlafenen Nest zu gewinnen suchen? fragte er sie. Das konnten sie sich genausowenig erklären wie er es auch heute noch nicht kann. Aber entweder ist etwas geschehen, das Henrys Vertrauen zu Coate erschüttert hat, oder aber die Worte seines Großvaters haben doch einen Zweifel in ihm aufkeimen lassen. Vielleicht hat Coates Diener Ihre Anwesenheit in der Gegend verraten. Das weiß ich nicht, ich weiß aber, daß es auch Henry unbehaglich zumute wurde. Weil er viel zu feige ist, einem Tyrannen wie Coate zu sagen, er solle seine Koffer packen, hat er sich einfach mit dem fadenscheinigsten Vorwand, den ich je gehört habe, ins Bett gelegt. In jedem gewöhnlichen Fall wäre das sicherlich eine Möglichkeit, einen unerwünschten Gast loszuwerden, aber das hier ist kein gewöhnlicher Fall, und es hat auch nicht gewirkt. Es ist höchste Zeit, daß Henry erfährt, was eigentlich der Fall ist. Wenn er dann nicht an einem Herzschlag stirbt, wird er sich mächtig anstrengen, der Welt zu beweisen, daß er zwar vielleicht ein Gimpel, nie aber ein Räuber oder Mörder war.»

«Oder könnte sich anstrengen, Coate zu warnen, daß sie durchschaut worden sind!» warf Stogumber ein, die Augen unverwandt auf das Gesicht des Captain gerichtet.

«Coate braucht keine Warnung – der weiß, wer Sie sind. Wenn Stornaway sein Vertrauen besäße, dann wüßte er es auch schon. Falls Sie recht mit Ihrem Verdacht haben, dann wird sich keiner von ihnen auch nur einen Zoll breit von der Stelle rühren. Wenn Sie aber unrecht haben, wird Stornaway alles nur Mögliche tun, um sich davor zu retten, als Komplice verhaftet zu werden und damit seinen Namen in Schande zu bringen.»

«Ich gebe zu, das könnte er – falls ich wirklich unrecht habe», stimmte Stogumber zu. «Vielleicht sagen Sie mir, Sir, wie er es anstellen könnte, mich zu überzeugen – der ich nicht leicht zu überzeugen bin?»

«Ja, auch das will ich Ihnen sagen», antwortete John. «Denken Sie daran: Das Versteck Ihrer Sovereigns würde nur Leuten einfallen, die diese Gegend gut kennen. Jerry kennt sie, und es ist ihm offenkundig und rasch eingefallen. Nun, Stornaway kennt sie auch! Er kann vielleicht meinen, ich erzähle ihm eine Schauergeschichte, aber ist er unschuldig, dann wird er sofort mit mir zu dem Versteck gehen, um herauszufinden, ob meine Geschichte wahr ist.»

Mr. Stogumber überlegte. «Und wie würde das Coate zu dem Versteck oder in dessen Nähe bringen?»

«Stogumber, wenn Sie eine Falle stellen – erzählen Sie dann den Leuten, wo sie liegt und welchen Köder Sie hineingetan haben?»

«Nein», sagte Stogumber und starrte ihn an. «Ich kann nicht behaupten, daß ich das täte.»

«Und ich auch nicht!» sagte der Captain mit einem entwaffnenden Grinsen.

16

Gegen Mittag schlenderte Mr. Babbacombe die Straße zum Mauthaus hinunter. Samstag war ein belebter Tag auf der Straße, er traf daher den Captain sehr beschäftigt an und wagte eine Zeitlang nicht, näher als bis zu dem Türchen an das Mauthaus heranzugehen, das in Huggates große Wiese führte. Hier lehnte er lässig, während sein Freund mehreren Fahrzeugen die Schranke öffnete, ländlich witzige

Bemerkungen mit einem Viehtreiber austauschte, den Fahrer eines großen Lastwagens zwang, vom Rücken des Vorderpferdes zu steigen, und die Aufmerksamkeit eines empörten Herrn auf den überladenen Zustand seines Karrens lenkte. Während einer Pause in diesen Vorgängen ergriff Mr. Babbacombe höchst anerkennend die Gelegenheit, das Mauthaus zu betreten. Er hatte einige machtvolle Argumente ins Treffen zu führen, die, wie er schwach hoffte, den Captain von einem noch so grimmigen Plan abbringen würde. Da aber seine meisterhaften Darlegungen ständig von dem Ruf «Tor!» unterbrochen wurden, verloren sie viel von ihrer Überzeugungskraft, und er hatte das Gefühl, daß der Captain ihnen zwar liebenswürdig lauschte, aber doch nur ein halbes Ohr lieh. Bald zog er sich entmutigt in die Küche zurück, wo verschiedene bedeckte Töpfe, die Mrs. Skeffling, um das hell lodernde Feuer gereiht, zurückgelassen hatte, leise brodelten und eine große Pastete zwischen einem frischgebackenen Brotlaib und einem Käse auf dem Tisch stand.

Mr. Babbacombe betrachtete durch sein Monokel diese Vorbereitungen für das Mittagessen des Captains, als im Garten Schritte erklangen und ein Schatten durch die offene Tür fiel. Er schaute auf und sah vor sich eine so hochgewachsene Frau, wie er sie noch nie gesehen hatte. Sie war im Reitkostüm, hielt die Reitgerte in der Hand und die Schleppe ihres Rocks über den Arm gelegt. Ein erschrockener Ausruf entschlüpfte ihr: «Oh!»

Mr. Babbacombe erwies sich mit seltenem Scharfsinn unverzüglich der Situation gewachsen. Mit einer eleganten Verbeugung sagte er: «Darf ich Sie bitten, einzutreten, Ma'am? Äh – Mrs. Staple, vermute ich?»

Sie machte große Augen. «Nein, ich – aber – aber ja doch!» Sie wurde rot und lachte. «Verzeihung! Sie müssen mich wirklich für eine dumme Gans halten. Die Wahrheit ist – aber wenn Sie ein Freund meines – meines Mannes sind, dann kennen sie sie sicher!»

Er rückte ihr einen Stuhl zurecht. «Hm – ja! Wilfred Babbacombe, Ma'am, ganz zu Ihren Diensten! Wollen Sie bitte meine Glückwünsche entgegennehmen!»

Sie setzte sich und sagte mit ihrem aufrichtigen Blick: «Ich glaube, jeder Freund Captain Staples muß seine Heirat beklagen – in einer solchen Eile und nach einer so kurzen Bekanntschaft. Ich weiß, daß es falsch von mir war, zuzustimmen!»

«Nein, nein, durchaus nicht!» beeilte sich Mr. Babbacombe ihr zu versichern. Er überlegte und fügte hinzu: «Wenn ich es recht bedenke, dann wäre er nicht Jack gewesen, wenn er nicht in irgendeiner verflixt seltsamen Art geheiratet hätte. Ein solcher Bursche ist mir im Leben noch nicht begegnet. Genau das richtige für ihn! Ich wünsche Ihnen beiden Glück!»

In diesem Augenblick kam der Captain aus der Kanzlei herein. «Bab, falls du vorhast, zum Essen zu bleiben – Nell!» Er kam auf sie zu, und sie stand rasch auf, um ihm entgegenzugehen, und bot ihm Hände und Lippen. «Liebling! Aber wieso bist du hier? Hast du schon wieder die Maut umgangen?»

«Ja. Wirst du mich anzeigen? Ich habe mein Pferd im Gehölz gelassen und bin durch die Gartentür hereingeschlüpft.»

«Ich merke schon, ich habe eine ganz Schlaue geheiratet! Und du hast nur diesen faden Menschen zu deiner Begrüßung hier vorgefunden! Bab, ich muß dich meiner Frau vorstellen. Babbacombe meine Liebste, ist jener Mann, zu dem ich unterwegs war, als ich statt dessen beschloß, Zollwärter zu werden. Er kam gestern hier an und versuchte, meine Angelegenheiten auszuschnüffeln, und hielt gestern abend hier Wache, während ich anderweitig beschäftigt war.»

«Ich hatte bereits die Ehre, mich Mrs. Staple vorstellen zu dürfen», sagte Babbacombe mit einer Verbeugung. «Ich wünsche Ihnen beiden Glück! Muß schon sagen, habe noch nie ein Paar gesehen, das so gut zusammenpaßt. Will Sie nicht stören – vermute, Sie haben einander beide viel zu sagen.»

«Nein, bitte, gehen Sie nicht!» sagte Nell. «Ich darf wirklich nur eine Minute bleiben!»

«Großvater –?» fragte John.

«Ach, John, er – Dr. Bacup meint, dieser Schlaf, in dem er jetzt liegt, sei das Koma. Er ist kaum einmal aufgewacht, seit ich ihn gestern abend verließ, und es kann sein, daß er nicht wieder erwacht. Aber wenn doch – du mußt einsehen, daß ich nicht hierbleiben kann.»

«Natürlich. Du schickst mir Nachricht. Und besonders, falls du mich brauchen solltest, meine Liebste! Denke daran – jetzt gehörst du mir. Niemand kann dir auch nur das geringste antun, und um so schlimmer für den, der es versuchen sollte! Oh, verdammtes Tor!» Er küßte ihr die Hände und ließ sie los. «Ich muß gehen. Bab wird dich zu deinem Pferd begleiten. Aber sag nur noch eins: Liegt dein Vetter noch immer zu Bett?»

«Nein, ich glaube nicht. Ich habe ihn jedoch nicht gesehen. Sei unbesorgt, *er* wird mich nicht belästigen. Ich bin die ganze Zeit in meinen oder Großvaters Gemächern, und Winkfield hat Henry untersagt, diesen Flügel zu betreten. Seit er ihn niederschlug, hat Henry viel zu große Angst vor ihm, um es trotzdem zu wagen!»

Er mußte zum Tor gehen, zumal die Rufe immer erbitterter geworden waren, und als er endlich wieder ins Haus zurückkehren konnte, hatte Mr. Babbacombe Nell bereits zu ihrem Pferd gebracht.

Der Tag verging ohne Zwischenfall. Mr. Babbacombe verließ das Mauthaus erst in der Dämmerung, als er zum Abendessen in den «Blauen Eber» zurückging; zwar wäre er zurückgekommen, um mit John zu plaudern, aber es wurde ihm nicht erlaubt, weil John bei Einbruch der Dunkelheit Chirk erwartete und das Gefühl hatte, daß dieser die Anwesenheit eines Fremden nicht sehr freundlich aufnehmen würde.

Es war aber erst nach Mitternacht, als John den Eulenruf hörte. Er machte die Tür weit auf, und als Chirk Mollie durch die Nebenpforte führte, sagte er: «Ich hatte dich schon aufgegeben! Was, zum Teufel, hat dich so aufgehalten?»

«Das ist eine Frage, die Sie einem Burschen meiner Profession nicht stellen sollten», erwiderte Chirk.

«Na, dann stell die Stute unter und komm ins Haus!»

Kurz darauf betrat Chirk die Küche. Er warf den Hut auf einen Stuhl, zog aber seinen Reitermantel merklich vorsichtig aus. Das entging dem Auge des Captain nicht. «Angekratzt?» erkundigte er sich.

«Nur eine Fleischwunde», gab Chirk mit einem kläglichen Grinsen zu. «Deshalb bin ich so spät dran. Es ist nicht so leicht, das Blut an dem einen Arm zu stillen, wenn man nur den anderen dazu hat. Außerdem hat es eine Schweinerei auf meinem Mantel veranstaltet, daher hab ich erst einmal die Sache in Ordnung bringen lassen. Was machen wir heute nacht?»

«Ich gehe aus und möchte, daß du hier auf mich wartest. Wenn alles so läuft, wie ich es hoffe, brauche ich dich vielleicht in der Frühe. Ich habe heute Stogumber besucht, und er ist damit einverstanden, den Gasthof so lange nicht zu verlassen, bis er von mir hört.»

«Werden Sie ihm erzählen, wo der Zaster versteckt ist?»

«Nein – das wirst du tun. Du hast von ihm nichts zu befürchten. Ich muß jetzt gehen. Ich erzähle dir meinen Plan, wenn ich zurückkomme.»

«Einen Augenblick, Soldat! Wohin gehen Sie eigentlich jetzt?»

«Ich gehe auf einen ruhigen Plausch zu Henry Stornaway!» sagte der Captain grinsend und ließ Jerry offenen Mundes stehen.

Der Mond war aufgegangen, und eine Viertelstunde später schon marschierte John den Weg von den Ställen zum Schloß hinauf. Er umging sie und wanderte weiter zum Gartenpfad. Das Haus ragte als dunkle Masse gegen den Himmel vor ihm auf. Kein Licht drang aus den Fenstern, die er sehen konnte, aber er trat trotzdem leise auf und hielt sich auf dem Rasen neben dem Weg. Die Tür, durch die er bei seinen zwei früheren Besuchen eingetreten war, war angelehnt, und im Gang hatte Winkfield die Lampe auf der Truhe niedrig brennen lassen. John hielt an, um seine derben Schuhe auszuziehen, stellte sie neben die Truhe und ging leise die Treppe hinauf. Der breite Gang oben wurde von einer zweiten Lampe trüb erhellt. Auf dem Tisch neben ihr standen ein Kerzenleuchter und ein Wachslicht, unschuldig aussehende Gegenstände, die, wie John erriet, Winkfield wohl zu seinem Gebrauch hingestellt hatte. Er zündete den Wachsstock an der Lampe an, entzündete an ihm den Kerzendocht und stand einen Augenblick lauschend still. Das Haus war in tiefe Stille gehüllt, aber als er zu der Tür des Ankleidezimmers kam und vor ihr innehielt, glaubte er drinnen eine Bewegung zu hören. Er ging weiter und durch den Bogen zu der dreiseitigen Galerie an der Haupttreppe. Die Halle unter ihm lag in tiefem Dunkel, die schweren Deckenbalken, die das Mitteldach trugen, waren nur schattenhaft zu sehen. Die festen Eichenbohlen unter Johns Füßen waren hart und lautlos wie ein Steinboden. Er erreichte den Bogen, der zum anderen Flügel führte, und blieb wieder stehen. Die Stille schien auf sein Trommelfell zu drücken. Zwei Schritte brachten ihn an die erste Türe rechts; seine Finger schlossen sich um den Türknopf und drehten ihn langsam und fest. Das Schloß glitt so leise zurück, daß er den tüchtigen Kammerdiener im Verdacht hatte, erst kürzlich das Schloß geölt zu haben. Er drückte die Tür einige Zoll breit auf und ließ den Türknopf ebenso vorsichtig wieder zurück, wie er ihn in die andere Richtung gedreht hatte. Jetzt war das Geräusch schwerer Atemzüge zu hören. Der Captain schlüpfte ins Zimmer und schirmte dabei die

Kerzenflamme mit der Hand ab. Aber die Vorhänge aus abgenütztem Samt waren um das Bett zugezogen und zu dick, als daß Kerzenlicht hätte durchdringen können. John schloß die Tür, und obwohl das winzige Klicken, mit dem der Riegel einschnappte, in seinen Ohren laut wie ein Pistolenschuß klang, war es doch nicht laut genug, um den Schläfer in dem Himmelbett zu wecken.

Der Captain drehte sich um und betrachtete ohne Eile seine Umgebung. Neben dem Bett stand ein Tisch, darauf eine halb heruntergebrannte Kerze; die Lichtschere hing noch an dem Docht, daneben lag eine goldene Uhr mit Kette und stand ein Glas mit einem Trank, vermutlich einem Hustensaft. John stellte seinen Kerzenleuchter auf diesen Tisch und zog leise die Bettvorhänge auseinander. Henry Stornaway lag auf der von ihm abgewandten Seite, mit leicht offenem Mund und die Nachtmütze schief über einem Auge. John betrachtete ihn eine Weile und beugte sich dann über das Bett.

Mr. Stornaway erwachte mit einem heftigen Ruck, aber sein Aufschrei wurde von einer Hand erstickt, die sich fest wie eine Klammer auf seinen Mund legte und seinen Kopf mit einem gleich bösartigen Griff im Nacken zurückzwang. Sein Körper fiel wie ein an Land gesprungener Fisch zurück; seine Hände, die aus den Bettüchern hervorkrabbelten, kratzten an der Hand auf seinem Mund ebenso wirkungslos wie an einer eisernen Klammer. Eine tiefe leise Stimme sagte dicht an seinem Ohr: «Ruhe!»

Er konnte den Kopf nicht bewegen, aber als er seine entsetzten Augen rollte, konnte er einen Blick auf das Gesicht werfen, das sich über ihn beugte.

«Ich werde meine Hand von Ihrem Mund nehmen», sagte diese leise Stimme, «aber wenn Sie auch nur einen Schrei tun, wird es der letzte Ton sein, den Sie von sich gegeben haben, denn ich breche Ihnen das Genick. Haben Sie mich verstanden?»

Mr. Stornaway, unfähig zu sprechen, unfähig zu nicken, konnte nur zittern und die Augen heftiger rollen. Er zitterte so sehr, daß es das Bett schüttelte, und das schien seinen Häscher zu befriedigen, denn die Hand auf seinem Mund wurde zurückgezogen. Er hätte beim besten Willen gar nicht aufschreien können – er konnte nur nach Atem ringen. Der Griff in seinem Nacken gab nicht nach; er gab ihm deutlich zu verstehen, wie leicht dieser entsetzliche Besucher seine Drohung ausführen konnte.

«Wenn Sie mich nicht dazu zwingen, dann tue ich Ihnen nichts», sagte John. «Aber Sie werden mir wahrheitsgemäß antworten, und Sie werden dabei die Stimme nicht heben, verstanden?»

«Ja, ja», flüsterte Henry erstickt. «Bitte, tun Sie mir nichts! Bitte, lassen Sie mich los!»

Er brach in einen Hustenanfall aus, sah, daß die schreckliche Hand wieder auf ihn zukam, um ihm den Mund zuzuhalten, und tauchte unter die Decke. Während er so das Geräusch seines Anfalls erstickte, zog John die Vorhänge auf einer Seite des Bettes zurück, setzte sich auf den Bettrand und wartete, bis sein Opfer wieder auftauchte. Als der Husten aufhörte, Mr. Stornaway aber keine Anstalten machte, aufzutauchen, zog John die Decke zurück und sagte: «Setz dich auf, du hasenfüßige Kreatur! Da, trink das!»

Mr. Stornaway kämpfte sich auf einen Ellbogen hoch und nahm das Glas, das ihm hingestreckt wurde. Es klapperte gegen seine Zähne, er vermochte aber doch, das Elixier zu trinken. Das schien ihn etwas zu beleben, denn er zog sich in eine sitzende Stellung hoch und schaute seinen Besucher angstvoll an. Die Kerze warf ihr Licht jetzt auf das Gesicht des Captains. Stornaways Augen starrten ihn an; er keuchte: «Wer sind Sie?»

«Sie wissen sehr gut, wer ich bin. Breans Vetter. Hat er Ihnen nie erzählt, daß er eine Tante hatte, die in eine höhere Gesellschaftsschicht eingeheiratet hat? Ich bin der Sohn aus dieser Ehe, und ich hatte den Einfall, einige Verwandte zu besuchen, die ich noch nie gesehen habe. Aber einen von ihnen habe ich nicht angetroffen, Mister Stornaway. Vielleicht können Sie mir sagen, was aus Ned Brean geworden ist?»

«Nein, nein, ich habe ihn nicht gesehen! Ich weiß nicht, wo er ist!» flüsterte Stornaway, weiß bis an die Lippen.

«Sie lügen. Ned hat für Sie und Coate gearbeitet. Sie waren es, der seine Dienste erkauft hat. Sie wollten, daß er ein schwerbeladenes Fahrzeug durch das Tor läßt und nachher leugnet, etwas von diesem Fahrzeug zu wissen. Sie wollten auch, daß er beim Abladen einer sehr schweren Ladung hilft. Das alles hat er getan, ist aber später verschwunden.» Er sah, daß Stornaway ihn aus weitaufgerissenen Augen ansah, und fuhr fort: «Ich glaube, Sir, daß Sie Ned Brean ermordet haben.»

«Nein, wirklich, ich schwöre, ich habe es nicht getan!»

«Reden Sie leise! Warum sollten Sie gezögert haben, ihn zu ermorden, wenn Sie schon zwei andere ermordet haben?»

«Nein, nein, nein, nein! Das ist eine Lüge! Das habe ich nicht getan, das wollte ich nicht tun. Ich sage Ihnen, ich hatte nichts damit zu tun!»

«Und auch nichts damit, einen Bow-Street-Detektiv zu ermorden? Halten Sie mich für einen Schwachkopf?» sagte John verächtlich. «Und halten Sie den Detektiv für einen Schwachkopf? Dann lassen Sie mich Ihnen sagen, daß er das Mauthaus mit einem Messerschnitt quer über die Schulter und einem zerschlagenen Schädel erreicht hat, und er wußte sehr gut, wer ihn angegriffen hatte! Wenn er sein Bett verlassen kann, werden Sie verhaftet, Mr. Stornaway, und Sie können ja dann die Geschworenen zu überzeugen versuchen, daß Sie dem Detektiv kein Messer in den Rücken gerannt haben. Ich wünsche Ihnen viel Vergnügen zu dieser Aufgabe!»

«Nein, sage ich Ihnen, nein!» stieß Stornaway heiser hervor, und Schweißtropfen traten auf seine Stirn. «Ich war nicht dort! Ich wußte nichts davon! O Gott, Sie müssen mir glauben!»

«Ihnen glauben! Ich werde kommen und zuschauen, wie man Sie in Tyburn henkt! Ich weiß mehr über Sie, als der Detektiv bisher entdeckt hat. Ich war fleißig, während ich mich um die Maut kümmerte – fleißig, Ihren Bewegungen nachzugehen seit dem Tag, da Sie London verlassen haben. Verschwenden wir die Zeit nicht. Ich weiß, daß Sie es waren, der die Pläne zum Raub der Sovereigns auf ihrem Transport nach Manchester ausgearbeitet hat. Sie wußten nicht nur, daß ein solcher Transport stattfinden würde, sondern überredeten auch Ihren Freund im Schatzamt, Ihnen das genaue Datum zu verraten, an dem er von London abfahren würde!»

«Das ist nicht wahr! Wenn er das gesagt hat, ist er ein Lügner! Das habe nicht ich gemacht – ich habe nie an so etwas gedacht! Er war es, der es mir von sich aus einmal nachts, als er betrunken war, erzählt hat. Ich hab das nicht geplant – es war Nat Coate! Er faßte den Plan dazu, versprach aber, daß dabei nicht gemordet würde. Das hat er mir sogar versprochen!»

«Es wurde aber gemordet, und zwei Männer waren an diesem Doppelmord schuldig.»

«Ich gehörte nicht zu ihnen. Ich hatte nichts damit zu tun, auf meine Seele nicht!»

«Sie waren mit an der Furt dabei», sagte John unerbittlich. «Ich weiß es, wenn auch nicht der Detektiv.»

«Sie können nicht beweisen, daß ich dort war. Ich habe nichts, gar nichts getan. Es waren Nat und die Gunns – alle drei. Nat und Roger Gunn haben die Wachen erschossen, und Gunns Bruder hat den Wagen kutschiert. Er gehörte ihm, und als – und nachdem das Gold von ihm abgeladen war, fuhr er ihn vor Tagesanbruch wieder weg. Ich kann Ihnen sagen, wo er wohnt. Im Yorkshire, nicht weit vom –»

«Ah, Sie sind ein ganz und gar verächtliches Subjekt!» sagte John unwillkürlich.

Das verstand dieser nicht ganz. «Aber es stimmt! Nat hieß mich mit ihnen fahren, weil ich die Straßen hier kenne. Ich wollte nicht. Ich sage Ihnen, er hat mich gezwungen! Ich war in seiner Gewalt und konnte es ihm nicht abschlagen.»

«Sie wären nicht lange in seiner Gewalt gewesen, wenn Sie die Information über das, was er plante, in die Bow Street gebracht hätten», sagte John.

Über die aschfahlen Wangen Stornaways liefen die Tränen. «Ich wollte, ich hätte das getan! Ich wollte, ich wäre die Sache los! Nat sagte, es wäre ungefährlich. Ich habe nie daran gedacht, daß er vorhatte, die Wächter zu erschießen. Er schwor, man brauche sie nur zu fesseln und zu knebeln.»

«Wie hätte man zwei Bewaffnete fesseln und knebeln können, Sie Narr?»

«Ich weiß nicht – ich habe mir das nicht überlegt. Ich hatte nichts damit zu tun!» wiederholte Stornaway verzweifelt.

«Nichts damit zu tun! Dann war es also Coate, der wußte, wo man das Gold verstecken konnte? Oder waren Sie es, der wußte, daß es irgendwo in diesen Bergen eine Höhle gibt, in der sich einmal Ihr Vater das Bein gebrochen hat?! Eine Höhle, die seither immer geschlossen war und heute fast – aber nicht ganz! – in Vergessenheit geraten ist?»

Wenn Stornaway irgendwie vermutet hatte, daß der Captain unmöglich so viel über ihn wissen konnte, wie er erschreckend angedeutet hatte, so wurde er durch diesen Beweis, daß John unheimlicherweise im Besitz dieses Wissens war, das ihn sicherer als alles andere mit dem Raubüberfall in Verbindung bringen mußte, eines Besseren belehrt. Er war so totenbleich, daß John sich fragte, ob er wohl in Ohnmacht fallen würde; und obwohl er mehrmals den Mund öffnete und schloß, brachte er keinen Laut heraus.

«Bisher», sagte John und betonte das Wort leicht, «weiß der Detektiv immer noch nichts vom Vorhandensein dieser Höhle. Aber ich kann mir vorstellen, ich könnte ihm erzählen, wo er sie suchen muß. Wo sind Sie gewesen, als ich Ihnen bei Morgengrauen auf dem Feldweg begegnete, der über die Berge führt? Und zu welchem Zweck trugen Sie eine Laterne?»

Die Antwort war nur ein Winseln. John schwieg und wartete. Nach einer langen Pause flüsterte Stornaway: «Was haben Sie vor? Warum sind Sie hergekommen?»

«Ich bin noch nicht ganz sicher, was ich tun werde», antwortete John. «Ich bin hergekommen, um die Wahrheit von Ihnen zu erfahren. Wo ist Ned Brean?»

Stornaway erschauerte; er bedeckte sein Gesicht mit zitternden Händen. «Tot!»

«Von wessen Hand?»

«Nat Coates. Ich schwöre, das ist die Wahrheit. Wenn Sie wüßten – wenn Sie es nur gesehen hätten – Sie würden wissen, daß ich Ihnen die Wahrheit sage! Er wurde erstochen. Er war ein großer Kerl und sehr stark. Ich hätte ihn gar nicht erstechen oder seinen Körper schleppen können –» Er hielt inne und schluckte. «Wenn ich Ihnen das Ganze sage, glauben Sie mir dann? Sie müssen mir glauben! Als Brean verschwand, hatte ich Angst – aber Nat wollte mir nichts sagen. Also ging ich eines Nachts hin – weil ich es einfach wissen mußte! Ich konnte es nicht ertragen. Ich habe Brean gefunden.» Wieder erschauerte er. «Es war gräßlich, gräßlich!» Er schaute auf. «Nat macht vor nichts halt! Einfach vor gar nichts, sage ich Ihnen. Ich wollte, ich wäre ihm nie begegnet! Ich wollte, ich hätte nie von diesem verfluchten Gold gehört. Ich wollte, ich wäre tot!»

«Dieser Wunsch dürfte Ihnen wahrscheinlich bald erfüllt werden», sagte John trocken. «Sie werden sich wegen dreier Ermordeter verantworten müssen.»

«Ich habe keinen von ihnen ermordet!»

John schaute ihn nachdenklich an. Hoffnung schimmerte in den hellen Augen auf, die ihn verstohlen beobachteten. Stornaway streckte versuchsweise eine Hand aus und wagte es, sie auf Johns

Knie zu legen. John spürte, daß ihn unter der Berührung fast eine Gänsehaut überlief, aber er widerstand dem Impuls, die Hand abzuschütteln, und saß still.

«Sie können nichts gegen mich haben!» sagte Stornaway drängend und hielt den Blick auf dieses unnachgiebige Gesicht gerichtet. «Wenn Sie wüßten, wie ich gelitten habe! Ich schwöre, hätte ich erraten, was das alles bedeuten würde, hätte ich mich Nat nie angeschlossen!» Er sah, wie sich der Mund des Captains unangenehm verzog, und fügte hastig hinzu: «Es war Irrsinn! Die Gläubiger sind hinter mir her, und dieser Besitz ist derart verschuldet, daß ich nichts davon habe, wenn mein Großvater stirbt. Ich sage Ihnen – ich mußte einfach zu Geld kommen!»

«Ein Pech, daß Ihnen dieses Geld noch so manchen künftigen Tag nichts nützen kann!» unterbrach ihn der Captain schneidend.

«Nein – na ja, das war mir nicht klar!» murmelte Stornaway. «Ich wollte bei Gott, ich hätte es nie angerührt. Wenn ich das alles loswerden könnte – aber wie, zum Teufel, kann ich das? Ich habe diese Leute nicht getötet – keinem könnte es mehr leid tun als mir, daß sie tot sind! –, aber in was für einer Klemme, in was für einer höllischen Klemme bin ich!» Er stöhnte auf und vergrub sein Gesicht wieder in den Händen.

«Wollen Sie ihr wirklich entkommen?»

«Ich kann ihr nicht entkommen!»

«Wenn ich sicher wäre, daß es nicht Ihre Hand war, die Brean tötete, könnte ich Ihnen dazu verhelfen.»

Einen Augenblick lang drangen diese Worte kaum in Stornaways Bewußtsein. Die Stimme, die sie gesprochen hatte, war so hart, daß er nicht glauben konnte, er habe richtig gehört. Er schaute auf und starrte John an. Die Augen, die in die seinen blickten, waren kalt wie das Meer. «In der Höhle liegt ein Vermögen!» sagte Henry ziemlich atemlos. «Wenn Sie nur Ihren Mund halten, dann sollen Sie davon –»

«Ich brauche Ihr Vermögen nicht, und auch keinen Teil davon. Und es würde Sie auch nicht retten, wenn ich meinen Mund hielte. Der Detektiv ist nicht aus Zufall hier – er weiß, daß das Gold irgendwo in dieser Gegend versteckt ist. Früher oder später findet er es doch, täuschen Sie sich da nur ja nicht! Ich bin nicht hier, um Ihnen zum Genuß eines Vermögens zu verhelfen – das geht an das

Schatzamt zurück. Was Sie betrifft, so können Sie die Sache entweder als Verbrecher und Mörder beenden oder aber als ein bloßes Werkzeug, das von einem Schurken getäuscht wurde. Wenn Sie Brean nicht umgebracht haben, dann habe ich kein Interesse daran, Sie an den Galgen zu bringen. Wenn Sie mir Breans Leiche zeigen und er wirklich erstochen wurde, wie Sie sagen, und wenn Sie mir auch zeigen, wo das Gold liegt, bringe ich Sie ungeschoren heraus.»

Es erfolgte eine lange Pause. «Wie?» sagte Stornaway endlich und beobachtete John.

«Ich werde dem Detektiv erzählen, daß Sie Coate in gutem Glauben zu Gast hatten; daß Sie, als Ihnen bewiesen wurde, warum er auf Kellands weilte, erkannten, daß es auf Ihre Torheit und auf Ihre Schwatzhaftigkeit zurückzuführen war, daß diese Verbrechen begangen wurden; daß Sie in Ihrem ängstlichen Streben, Ihren unwissentlichen Anteil an dem Verbrechen zu sühnen, Ihr Bestes taten, zu entdecken, wo das Gold versteckt war. Daß Sie und ich es in einer der Höhlen suchen, die in Hülle und Fülle in dieser Gegend sind. Sie werden zwar als Narr erscheinen, nicht aber als ein Schurke.»

Stornaway sagte mißtrauisch: «Warum sollten Sie das eigentlich für mich tun?»

«Ich habe meinen Grund», antwortete John.

«Das verstehe ich nicht. Was für einen Grund können Sie denn haben?»

Der ruhige Blick prüfte gleichgültig sein Gesicht. «Das sage ich Ihnen nicht. Es ist nichts, das Sie verstehen würden. Aber Sie können mir vertrauen, daß ich tue, was ich versprochen habe.»

Stornaways unruhige Augen wandten sich ab. «Sie wollen von mir, daß ich Sie zu der Höhle mitnehme?» sagte er mechanisch, als dächte er an etwas anderes.

«Ja», sagte John.

Wieder entstand eine Pause. Stornaway schaute schnell auf und wieder fort. «Nicht jetzt gleich! Ich fühle mich nicht wohl – ich kann nicht in die Nachtluft hinausgehen. Das tue ich nicht! Ich habe Halsentzündung. Ich habe mich dort verkühlt.»

«In der Frühe», sagte John. «Wir reiten gemeinsam hin.»

«In der Frühe – wie soll ich wissen, daß Sie mich nicht in eine Falle locken?»

«Sie übernehmen die Führung, nicht ich.»

«Ja, aber –»

«Ich gebe Ihnen mein Wort», sagte John betont, «daß ich Sie, wenn Sie mir gegenüber ehrlich sind, sicher aus der Sache herausziehe.»

«Ich führe Sie hin.» Stornaways Gesicht zuckte. Er fügte mit einem neuerlichen flüchtigen Blick auf John hinzu: «Natürlich darf es Coate nicht erfahren. Aber er steht nicht früh auf. Wann – wann sollen wir hinreiten?»

«Wann Sie wünschen.»

«Um – ja, dann also um acht!»

«Sehr gut. Ich treffe Sie auf dem Feldweg.»

«Ja, ja, das wird das beste sein.» Seine Stimme wurde schärfer. «Der Detektiv! Was haben Sie dem erzählt?»

«Nichts, das Ihnen schaden könnte.»

«Aber Sie wußten von der Höhle», sagte Stornaway, und Mißtrauen malte sich in seinem Gesicht. «Wie kann ich sicher sein, daß Sie ihm nichts darüber erzählt haben?»

«Sicher sein können Sie nicht, aber ich habe es ihm nicht erzählt.»

Stornaway zupfte an seiner Decke. «Ich vertraue Ihnen. Es bleibt mir nichts anderes übrig!»

«Stimmt», sagte der Captain ruhig.

17

Es war drei Uhr morgens, als der Captain das Mauthaus wieder erreichte. Er betrat es durch die Kanzlei und ging so leise in die Küche, daß Chirk, der mit einer Sammlung kleiner Gegenstände vor sich am Tisch saß und sie untersuchte, hochfuhr. Als er sah, wer eingetreten war, sank er wieder zurück und rief aus: «Verflixt, Soldat! Wozu schleichen denn Sie wie eine Katze herum?»

«Ich dachte, du schläfst vielleicht.»

«Ich habe vor einer Weile ein Nickerchen gemacht. Was gibt's jetzt?»

Der Captain blickte auf die Sachen auf dem Tisch. Er hob fragend eine Augenbraue und sah Chirk an. «Die Beute von heute abend? Hast du mir eigentlich nicht erzählt, daß du redlich mit dem Pfund wuchern willst?»

«Das werde ich auch», versicherte Chirk, strich eine Handvoll Münzen vom Tisch und steckte sie in die Tasche. «Sobald ich meine Pfoten auf diese Belohnung lege, von der Sie mir erzählen, ab dann gilt's! Bis dahin, Soldat, ist mir aber fast der Atem ausgegangen, also war ich gezwungen, mir etwas zu holen, sonst muß ich verhungern!»

John mußte wider Willen lachen. «Ich will, daß du das nicht mehr tust. Ich kann dir etwas Moneten leihen.»

«Danke schön, Soldat – Schulden machen, davon halte ich nichts!» sagte Chirk, dessen Moral, wenn auch etwas ausgefallen, so doch streng war.

John lächelte, sagte aber nichts. Eine schöne goldene Uhr lag auf dem Tisch, und er hob sie auf. «Glück gehabt, wie? Ein gutversorgter Protz!»

«Und was dabei abkriegen, verstehe ich nicht gerade unter Glück!» sagte Chirk schroff. «Wenn er mehr als einen Schießprügel dabei gehabt hätte, dann wäre ich jetzt mausetot, denn er war ein guter Schütze – hat mich getroffen, während sein Roß versuchte, mit ihm durchzugehen!»

«Jerry – es gab eine Schießerei?» fragte John etwas streng.

«Ja, aber ich habe in die Luft geschossen, also brauchen Sie mich nicht so anzuschauen, Soldat! Ich bin kein Mann der Gewalt.»

«Du bist ein sehr dummer Bursche. Raube keine Reisenden mehr aus. Wenn alles so geht, wie ich glaube, werden wir morgen unsere Sache abgeschlossen haben.»

«Das wäre mir auch lieber», bemerkte Chirk.

«Und mir erst! Ich sage dir jetzt genau, was ich geplant habe und was für eine Rolle du dabei übernehmen mußt. Alles hängt von Stornaway ab, aber ich glaube, er wird genau das tun, was ich will.»

«Sie müssen es ja wissen», sagte Chirk.

Aber als der Captain seinen kurzen Bericht über das beendet hatte, was sich zwischen ihm und Stornaway abgespielt hatte, hatte sich der etwas skeptische Ausdruck auf dem Gesicht des Straßenräubers in den des glatten Ärgers verwandelt. «Und ich habe gemeint, Sie seien ein Gerissener!» stieß er hervor. «Himmel, Soldat, Sie haben anscheinend mehr Haare auf dem Kopf als Verstand drin!»

«Wirklich?» sagte der Captain lächelnd.

«Wenn Sie nicht merken, daß man Sie auf den Leim führt, dann sind Sie ein Holzkopf!» sagte Chirk rundheraus. «Ich habe zwar den jungen Stornaway nie zu Gesicht bekommen, aber nach dem, was Rose mir erzählt hat – abgesehen von dem, was Sie mir gerade jetzt erzählt haben –, ist jeder Kerl, der ihm auch nur einen Zoll über seinen Schießprügel hinaus traut, nichts als ein Schaf. Gott behüte Sie, Soldat – der wird Ihnen in den Rücken fallen. Ein Bursche, der seine Freunde verpfeift, wie er das Ihnen gegenüber heute nacht gemacht hat, überlegt nicht erst zweimal, bevor er Sie hintergeht. Vielleicht erzählen Sie mir, warum er wohl so darauf aus war, daß Sie ihn nicht zwingen, Ihnen die Höhle schon vor dem Morgen zu zeigen – falls die Windmühlenflügel, die Sie im Kopf haben, Sie nicht am Denken hindern?»

Das Lächeln lag immer noch in Johns Augen. «O nein, hindern mich nicht die Spur. Er wollte natürlich Zeit gewinnen, um sich bei Coate Rat zu holen.»

Chirk saß offenen Mundes da. «Er – und Sie sind so sehr zuvorkommend und lassen ihn das wirklich tun?»

«Genau das will ich ja, daß er tut. Auf Biegen oder Brechen – ich muß Coate in die Höhle kriegen. Ich war verdammt in Verlegenheit, wie ich das anstellen sollte – bis mir diese Idee kam. Ich glaube, sie ist richtig. Wenn nicht, dann weiß der Himmel allein, was wir als nächstes tun müssen.»

«Und was, glauben Sie eigentlich, wird geschehen?» erkundigte sich Chirk und betrachtete ihn fasziniert.

«Na, wenn ich mich an Coates Stelle versetze, ist es klar wie Schuhwichse, daß ich aus dem Weg geräumt werden muß. Ich arbeite mit dem Rotkehlchen zusammen, ich weiß zuviel. Es könnte gefährlich sein, mich zu töten, aber es wäre viel gefährlicher, mich am Leben zu lassen, damit ich Stogumber sagen kann, daß das Gold hier in einer Höhle versteckt ist. Weiter weiß Coate, daß ich unerwartet hierherkam und daß ich für jedermann in Crowford ein Fremder bin, und er könnte durchaus glauben, daß niemand besonders überrascht wäre, wenn ich ebenso plötzlich wieder verschwände, wie ich aufgetaucht bin. Ich glaube daher, daß Henry seinen Pakt mit mir halten und mich zu der Höhle führen wird.»

«Damit Coate Sie dort ermorden kann?»

«Damit mich Coate dort ermorden kann», nickte der Captain heiter. «Ich lasse ihm die Gerechtigkeit widerfahren, zu glauben, daß er lieber nichts mit einem Mord an mir zu tun hätte, aber bei der Wahl zwischen Gier nach Gold und Angst vor Coate wird er dessen Befehlen gehorchen – und nachher über das harte Muß weinen.»

«Ja, ich erinnere mich, daß Sie gesagt haben, Sie werden sich noch königlich unterhalten», sagte Chirk bissig. «Es wird ein Mordsspaß werden, da unten in dem Grab! Na, ich hab ja gewußt, gleich als ich Sie das erste Mal traf, daß Sie aus dem Irrenhaus entsprungen sind. Sie werden Coate vorfinden, auf Sie lauernd, und es wird ein sauberer, leichter Schuß für ihn werden – Sie mit einer Laterne, damit er auch genau weiß, wohin er mit seiner Pistole zielen muß.»

Der Captain grinste. «Falls Coate schon in der Höhle ist, werde ich es merken, denn er kann den Zaun nicht von innen festmachen. Aber ich glaube, er wird nicht drin sein – er überläßt wenig dem Zufall, und selbst wenn er den Zaun abgenommen und ihn im Gebüsch versteckt hat, muß jeder merken, daß einmal ein Zaun oder eine Tür dort war. Er wird bei mir nicht den leisesten Verdacht wecken wollen. Wenn ich nicht recht habe und die Höhle offen vorfinde, dann sei sicher, daß ich mich darauf beschränken werde, sie so zu betreten, daß mich nur Stornaways Laterne beleuchtet – und ich werde mich außerhalb ihres Strahls halten.»

«Das einzige, dessen ich sicher bin, ist, daß man Sie mit einer Schaufel zu Bett bringen wird.»

«Oh – nicht, wenn du deine und Stogumber seine Rolle spielt, hoffe ich!»

«Was wünschen Sie, daß ich dabei tue?» fragte Chirk unbehaglich. «Ich sage Ihnen auf den Kopf zu, Soldat, ich werde nicht dabei helfen, daß Sie einen Narren aus sich machen. Ich bin überzeugt, es wäre ein Hauptspaß für Sie, wenn Ihnen Ihr Schädel in der Höhle weggeblasen würde, aber ich selbst würde mich in einer verdammt schiefen Lage befinden, wenn das geschehen sollte.»

«Das wäre durchaus kein Hauptspaß für mich», antwortete John. «Aber was immer mir zustoßen sollte, du jedenfalls wirst von Stogumber geschützt. Du brauchst nur ganz genau das zu tun, was ich dir befehle, und wir werden famos durchkommen.»

«Na ja, vielleicht haben wir darüber verschiedene Vorstellungen», erwiderte Chirk. «Mir scheint, Ihre Vorstellung von dem, was famos ist, deckt sich keinesfalls mit meiner.»

«Halt den Mund. Ein feiner Freibeuter bist du, der bei der bloßen

Andeutung eines Risikos schon melancholisch wird wie eine alte Jungfer.»

«Andeutung?! Bloße Andeutung eines Risikos?» warf Chirk empört ein.

«Schluß jetzt damit. Jetzt hörst du mir aufmerksam zu, was du tun mußt, und schau, daß du nichts vergißt.»

«Ich habe mir ja gedacht, es wird nicht lange dauern, bevor Sie es sich in den Kopf setzen, daß ich einer von Ihren Kavalleristen bin», bemerkte Chirk aufrührerisch.

«Wenn auch nur einer meiner Kavalleristen je mit mir so gestritten hätte wie du, dann hätte ich ihn unter Bewachung gehabt, bevor er noch bis drei hätte zählen können. Halt jetzt den Mund! Ich habe Stogumber erzählt, daß du das Gold gefunden hast, aber daß ich dich das Versteck so lange nicht verraten lasse, bis meine Pläne ausgeführt sind. Ich habe ihm auch erzählt, daß Stornaway nichts als ein Schafskopf ist und nichts von dem Raubüberfall weiß. Ob er das glaubt oder nicht, ist gleichgültig. Er wird es schon noch glauben. Du wirst ihm erzählen, daß Stornaway bereitwillig zustimmte, als ich ihm klarmachte, daß Coate ihn als Werkzeug benützt hatte, sich bestens zu bemühen, das Versteck des Schatzes zu entdecken, und – wie du! – vermutete, die Höhle könnte der richtige Platz sein. Du wirst ihm weiter sagen, daß ich meine Falle gestellt habe, und wirst ihn zu der Höhle bringen. Er kann sich das Roß vom Wirt borgen. Ihr müßt eine volle Stunde vor acht Uhr dort sein. Du wirst schnell genug sehen, ob Coate in die Höhle gegangen ist. Wenn nicht, führe die Pferde weit weg, binde sie an, und ihr beide geht in Deckung, so aber, daß ihr den Höhleneingang sehen könnt. Und dann wartet! Wenn Coate die Höhle betritt, was er, wie ich überzeugt bin, tun wird, sobald ich einmal sicher drinnen bin, folgt ihr ihm, aber nicht so dicht, daß er euch sehen oder hören kann, bevor er die Hauptkammer erreicht hat. Verstehst du gut? Es würde mir überhaupt nicht in den Kram passen, wenn ihn Stogumber vor diesem Augenblick verhaftet.»

«Natürlich nicht!» stimmte Chirk mit trügerischer Herzlichkeit zu. «Denn wenn Stogumber und ich den Trick ausführen sollten, bevor er in die Höhle geht, dann wären Sie ja nicht imstande, mit einem derart schmutzigen Paar von Halsabschneidern, wie ich sie nur je erlebt habe, im Dunkel Verstecken zu spielen!»

«Stimmt genau!» sagte John ernst. «Aber siehst du, ich habe einen sehr guten Grund für das, was ich tue. Vergiß nicht, daß ich Coate erwarte und daher nicht überrascht werden kann. Solange er mich nicht deutlich sehen kann, wird er keinen Schuß auf mich riskieren, und du weißt, wie wenig Licht uns zwei Laternen dort unten gegeben haben. Sollte es zu einem Kampf kommen, nun, dann stelle ich mir vor, dürfte ich dem Burschen gewachsen sein. Los, versprich mir, daß du genau tun wirst, was dir befohlen ist! Wenn nicht, kannst du alles verderben!»

Nach einer langen Pause und mit allen Anzeichen des Zögerns gab ihm Chirk das verlangte Versprechen. John ergriff seine Hand und stand auf. «Bist ein vortrefflicher Kerl! Ich gehe jetzt, damit ich noch ein bißchen Schlaf bekomme. Ich wecke dich um sechs Uhr.»

Es gab einige Punkte, über die Mr. Chirk gern etwas näher aufgeklärt worden wäre, aber er hatte inzwischen den Charakter des Captains ziemlich gut kennengelernt und verlor keine Zeit damit, Fragen zu stellen, die, wie er sich düster bewußt war, nur abgewehrt werden würden. Er streckte sich auf seinem improvisierten Bett aus und schlief resigniert ein.

In wenigen Stunden war er schon auf seinem Weg ins Dorf; er war gerade aus der Küche geschlüpft, als Ben gähnend und sich die Augen reibend aus seinem Zimmer auftauchte.

Als Ben erfuhr, daß er vormittags das Tor hüten mußte, sagte er, Mr. Sopworthy habe ihn zum Dienst im «Blauen Eber» befohlen. Der Captain, der sehr gut wußte, daß Ben seine Arbeit im Gasthof viel angenehmer fand als Torhüten, sagte mißtrauisch: «Du gehst doch nicht an Sonntagen zu Sopworthy!»

«Es ist wegen des feinen Herrn, den sie im Gasthof bekommen haben», erklärte Ben tugendhaft. «Daher sagte ich Mr. Sopworthy, daß ich kommen werde, Chef. Ich habe es ihm sogar versprochen!»

«Na, tut mir leid, aber du kannst nicht gehen – ich brauche dich.»

«Mr. Sopworthy wird sich schön aufregen, wenn ich nicht komme.»

«Das wird er nicht. Ich richte das schon mit ihm.»

«Aber Jem, der Stallknecht, hat gesagt, daß ich ihm helfen darf, die Rösser von dem schicken Burschen putzen!» rief Ben kummervoll. «Jö, ist das ein prima Gespann!»

Der Captain lachte zwar, weigerte sich aber, nachzugeben. Statt daher das Frühstück mit harmlosem Geschwätz zu verschönen, verzehrte Ben ein herzhaftes Mahl in kaltem Schweigen – eine Strafe, die John in seiner Stimmung sehr willkommen war.

Da Chirk nicht mehr am Mauthaus erschien, wußte der Captain, daß Stogumber zugestimmt haben mußte, sich mit ihm vor der Höhle auf die Lauer zu legen. Er hatte Chirk angewiesen, nicht über die Straße, sondern quer über Huggates Felder zu reiten. Kurz vor acht Uhr brach er selbst auf und ging zu der Scheune, um Beau zu satteln. Da er sich erinnerte, wie lästig er seine Stiefel in der Höhle empfunden hatte, trug er sie nicht; und als er sich in den Sattel schwang, grinste er, als er sich Mr. Babbacombes entsetzte Empörung ausmalte, hätte dieser gewußt, daß sein Freund in sehr fleckigen Reithosen, einem Flanellhemd und einer Lederweste herumritt.

John erreichte den Feldweg einige Minuten vor Stornaway und ritt ihn langsam im Schritt entlang. Es dauerte nicht lange, bis das Geräusch eines trabenden Pferdes ihn den Kopf wenden ließ. Stornaway kam heran, in seinen Mantel mit den vielen Capes gehüllt und einem dicken Tuch um den Hals. Daß er äußerst nervös war, sah John auf einen Blick. Er begann sofort zu reden, klagte über die herbstkalte Luft und versicherte John, der gar keine Versicherung verlangt hatte, daß er einen schnarchenden Coate verlassen habe. John bemerkte, daß Henry ihn mehrmals verstohlen ansah, und erriet aus der Richtung der Blicke, daß er festzustellen versuchte, ob John Pistolen trage oder nicht. Ziemlich boshaft sagte er: «Nein, ich bin nicht bewaffnet, Mr. Stornaway. Warum auch?»

«Bewaffnet! So etwas habe ich nie gedacht! Ich dachte eher, soweit ich Sie kenne, daß Sie vorhaben, mich in der Höhle zu ermorden», sagte Stornaway, durch seine Verwirrung zu unkluger Rede verleitet.

«Warum sollte ich das?» fragte John.

Durch diese Frage noch konfuser geworden, verwickelte sich Stornaway in ein Gewirr halber Sätze, während John überlegte, daß eine so lockere Zunge ihn wirksam vor beabsichtigtem Unheil gewarnt hätte, wäre er sich dessen nicht schon bewußt gewesen. Stornaway schien unfähig, etwas bei sich zu behalten, und es dauerte nicht lange, bis er John eine der wenigen Auskünfte, die ihn noch interessieren konnten, verriet. «Sie sollten mich nicht Mister Stornaway nennen», sagte er. «Wissen Sie, ich bin jetzt Sir Henry Stornaway!»

«Meinen Glückwunsch», sagte John trocken. «Darf ich wissen, wann das passierte?»

«Oh, ich vermute, gegen fünf Uhr. Der Diener meines Großvaters – ein frecher Kerl – hat mich nicht geholt, daher weiß ich es nicht genau. Die Sache ist die, daß jetzt ich Herr auf Kellands bin, wie verschiedene Leute sehr bald merken werden!»

Es stimmte so sehr mit seinem Charakter überein, sich einen leichten Triumph über die Dienerschaft seines Großvaters zu erwarten, daß sich der Captain kaum ärgerte. Er gab eine gleichgültige Antwort. Und der Rest des Weges wurde von Henrys weitschweifigen Darlegungen verschönt, was er im Schloß zu tun beabsichtigte, sobald sein Großvater begraben war.

Das lenkte ihn von seinen gegenwärtigen Sorgen ab, aber als er John vom Feldweg zu der Höhle führte, kamen sie ihm wieder zu Bewußtsein, er war auffallend stumm, und das nervöse Gehaben seines Pferdes verriet unverkennbar, wie gespannt seine Nerven waren.

Der Zaun war fest über den Eingang der Höhle gebunden, und die verdorrten Ginsterbüsche verbargen ihn fast zur Gänze. Während Stornaway seine Lampe entzündete, stand John mit hocherhobenem Kopf still und horchte intensiv. Er hörte kein Geräusch von Pferdehufen, konnte aber nicht annehmen, daß Coate weit hinter ihnen war, und kam zu dem Schluß, daß der derbe Rasen das Geräusch seiner Annäherung dämpfen würde, sowie er einmal den Feldweg verlassen hatte.

«Haben Sie keine Laterne mit?» fragte Stornaway, der immer noch vor der seinen kniete.

Der Captain schaute auf ihn hinunter, schüttelte leicht den Kopf, und es funkelte in seinen Augen.

Stornaway schaute ziemlich erschrocken drein, sagte aber kurz darauf: «Sie hätten aber eine mitnehmen sollen! Es ist verteufelt finster drinnen, und Sie können leicht fehltreten, weil Sie mit dem Ort nicht vertraut sind. Am besten, Sie nehmen meine, weil ich nicht möchte, daß Sie sich ein Bein brechen, wie seinerzeit mein Vater.»

«Sie werden vorangehen», antwortete der Captain.

Stornaway zögerte und stand dann auf. Als der Höhleneingang freigelegt war, trat er ein, und der Captain folgte ihm. Außer daß er den Captain mahnte, sich zu bücken oder vorsichtig zu sein, wohin er den Fuß setzte, sprach er während des Abstiegs zur Hauptkammer kaum. John sagte überhaupt nichts, da er voll damit beschäftigt war, auf Geräusche verfolgender Schritte zu achten. Als er die derbe Treppe hinunterkletterte, drang wieder das stürzende Geräusch des Wassers an sein Ohr, und er wurde sich bewußt, daß es in dem beengten Raum laut genug war, um den leisesten Schritt zu übertönen. Das würde zwar Stogumber wesentlich helfen, aber seine eigene Lage um so gefährlicher machen, da er gezwungen sein würde, sich als Warnung vor Coates Ankunft auf die Chance zu verlassen, das Licht seiner Laterne zu erspähen, bevor Coate sie abblendete, was er zweifellos tun würde, sowie er die Hauptkammer erreichte. Es sah ganz so aus, als würde er tatsächlich in der Dunkelheit Verstecken spielen müssen, wie Chirk es prophezeit hatte. Aber eine drohende Gefahr hatte auf die Laune des Captains noch nie deprimierend gewirkt; sie hatte seine Fähigkeiten immer nur geschärft. Und er zögerte keinen Augenblick, weiterzugehen.

Als sie zur Hauptkammer kamen, führte Stornaway John sofort zu den Kisten und sagte: «Da sind sie. Sie können selbst sehen, daß nur eine geöffnet wurde. Es war Brean, der das gemacht hat. Er ist hergekommen, um uns zu bestehlen. Deshalb hat ihn Nat erstochen. Und jetzt zeige ich Ihnen, wo –»

«Alles zu seiner Zeit», unterbrach ihn John. «Ich will zunächst einen Blick in die offene Kiste tun, wenn's erlaubt ist.»

«Es ist nichts herausgenommen worden!»

«Trotzdem will ich das selbst feststellen», antwortete John und begann den Knoten aufzuknüpfen, den er selbst gebunden hatte.

Stornaway zappelte herum und protestierte streitsüchtig, dies sei Zeitverschwendung. Es war offenkundig, daß er bestrebt war, John aus der Hauptkammer herauszulotsen, bevor ein Widerschein des Lichts aus der Laterne, die Coate auf der Treppe benutzen mußte, durch die zackige Öffnung auf dem Abhang zur Treppe sichtbar würde. Wenn er meinte, daß John ihn nicht beobachtete, blickte er ständig zu der Öffnung hin; John tat zwar so, als beschäftigte er sich intensiv mit dem Inhalt der Kiste, beobachtete ihn jedoch ständig und spähte ebenfalls nach einem Lichtschimmer in der Finsternis. Plötzlich, und nach unendlicher Zeit, zuckte ein Funke durch die Dunkelheit, als hätte jemand jenseits der Öffnung unvorsichtig eine Laterne gedreht. Im gleichen Augenblick drehte sich Stornaway heftig herum, schob seine Gestalt in dem Kutschiermantel zwischen den Captain und den Lichtschimmer und sagte in einer unnatürlich lauten

Stimme: «Da! Sie sehen doch, daß die Kiste voll ist. Bleiben wir doch nicht länger hier! Ich werde mir in dieser gräßlichen Kälte noch den Tod holen! Sie haben mir das Versprechen abgenommen, daß ich Ihnen Breans Leiche zeige, und das will ich tun. Wir können die Kiste später verschnüren – lassen Sie das doch um Gottes willen!»

«Also gut», sagte der Captain. «Und wohin wollen Sie mich jetzt führen?»

«Hierher!» sagte Stornaway und ging auf den kürzeren Gang zu, der zum Fluß führte. «Wenn Sie doch auch eine Laterne mitgebracht hätten!»

Seine eigene warf ihr Licht nur durch die eine nicht abgeschirmte Seite, und der Captain zögerte nicht, ihm zu folgen, weil der Lichtstrahl nach vorn fiel und seine eigene Gestalt daher nicht scharf genug plastisch zu sehen war. Er trat schwer auf und ließ seine genagelten Schuhe auf dem schlüpfrigen Felsen kratzen und klappern. Während er so dahinging, überlegte er schnell, was am wahrscheinlichsten für ihn geplant worden war. Aus Stornaways dringendem Wunsch, ihn aus der großen Kammer wegzubringen, ging ziemlich sicher hervor, daß er nicht dort ermordet werden sollte, sondern entweder in dem Gang jenseits von ihr oder wo dieser eine plötzliche Krümmung machte und in den breiteren und höheren Gang mündete, durch den der Fluß strömte. Dann verwarf John völlig kühl diese Theorie. Stornaway hatte sich soeben bemüht, seinen Freund darauf aufmerksam zu machen, daß ihr Opfer keine Laterne trug. Und bestimmt hatte Coate erkannt, daß er sich für sein Ziel auf das Licht verlassen mußte, das Stornaways Laterne auf den Captain werfen würde. Aber der Mann, der die Laterne hielt, würde natürlich der Führer sein müssen, und so wenig es auch Coate schmecken mochte, Stornaway zum Komplicen zu haben, so würde er sich sicher bemühen, ihn am Leben zu erhalten, solange er ihn noch für den endgültigen Erfolg seiner Pläne brauchte. Er würde also in dem beschränkten Raum des Ganges keinen Schuß riskieren, entschied John, denn die geringste Abweichung vom Ziel konnte den Tod des falschen Mannes bedeuten. Ein Augenblick der Überlegung überzeugte ihn, daß der Flußgang fast ebenso riskant war, denn zwar war er viel breiter, aber das Wasser an der einen Seite unter der glitschigen Felswand nahm fast die Hälfte seiner Breite ein, so daß zwischen zwei Männern, die an seinem Rand standen, nur ein unbequem schmaler Raum übrigblieb.

Hätte er selbst eine Laterne getragen, dann hätte sich zweifellos Stornaway nach einem verabredeten Signal zu Boden werfen können. Da er aber seine Laterne so tragen mußte, daß ihr Strahl ständig auf John gerichtet blieb, war das unmöglich. Niemand, dachte John, würde das schneller erkennen und gegen eine solche Möglichkeit vorsorgen, als der tüchtige Mr. Coate. Außerdem zweifelte er sehr, ob dieser kühle Gentleman sich, wie immer die Umstände sein mochten, auf Stornaways Fähigkeit verließ, einen kühlen Kopf zu bewahren, wenn er sich in der leisesten Gefahr glaubte, erschossen zu werden.

Ich täte das auch nicht, dachte John, als er hinter Stornaway den schmalen Gang betrat. Warum also blendete Coate seine Lampe nicht ab und kam den Abhang zur Hauptkammer herunter, solange wir noch drin waren und er das Licht von Stornaways Laterne zur Führung hatte?

Dann erinnerte er sich an das Geröll und die Felsbrocken, die am Fuß der natürlichen Treppe lagen. Coate mußte gefürchtet haben, seine Anwesenheit zu verraten, wenn er in der Dunkelheit gestolpert wäre oder einige lockere Steine am Abhang losgetreten hätte. Und Coate wußte ja nicht, daß sein Opfer keine Pistolen trug.

Sehr klug! dachte der Captain anerkennend. Wenn er einen Schuß über diese Entfernung hin riskierte und mich verfehlt hätte, dann hätte ich ihm, wäre ich bewaffnet, eine Kugel hineinjagen können, bevor er noch die zweite Pistole abgefeuert hätte. Ja, ich würde genau dasselbe tun, was wahrscheinlich er plant: die große Kammer betreten, wenn ich außer Hör- und Sehweite bin, eine strategisch günstige Stellung in der Nähe des Eingangs in diesem Gang einnehmen und warten, bis Stornaway mich in die Kammer zurückführt. Allerdings nicht unmittelbar davor, denn Stornaways Laterne hätte ihn nur dann entdeckt, sondern an der Seite, und von keinem zu sehen, der durch den Gang kam. Sowie Stornaway einmal aus dem Gang getreten ist, wird er sich umdrehen, als wollte er zu mir sprechen, ich werde in die Hauptkammer treten, das Licht voll auf meinem Gesicht, und Coate wird das leichteste Ziel seines Lebens haben und mir eine Kugel durch die Schläfe jagen.

Als der Captain zu dieser heiteren Schlußfolgerung gekommen war, betraten sie den Flußgang. John blieb stehen und rief in gutgespielter Überraschung, er habe nicht gewußt, daß ein Fluß durch die Höhle floß. Aber während er darüber staunte und sich sogar niederbeugte, um die Temperatur des Wassers zu prüfen, rasten seine Gedanken weiter.

Kein Kies im Gang. Der Fels schlüpfrig, aber fest; sehr wenig Geröll in der Hauptkammer. Wenn ich mich nicht beeile, werde ich Stogumber hier haben, bevor ich ihn hierhaben will.

«Um Himmels willen, lassen Sie doch den Fluß!» rief Stornaway in nervöser Ungeduld. «Schauen Sie her!»

«Ja?» sagte der Captain und folgte dem Strahl der Laterne zu dem Steinhaufen am Ende des Ganges.

«Dort liegt Brean vergraben. Sie werden ihn bald genug finden.»

«Nicht ich!» sagte der Captain und tat, als erschauerte er stark. «Wenn er wirklich dort sein sollte, dann haben Sie diese Steine schon einmal von ihm weggeräumt und dürfen das wieder machen. Geben Sie mir die Laterne. Ich halte sie Ihnen.»

«Ich sage Ihnen, er ist dort! Ich will seine Leiche kein zweites Mal aufdecken – es ist gräßlich. Wenn Sie ihn unbedingt sehen müssen, dann tun Sie es selbst!»

«Nein, danke», sagte John nachdrücklich. «Wieso sind Sie plötzlich so zimperlich?»

Stornaway drückte ihm die Laterne in die Hand. «Verdammt, dann nehmen Sie sie also. Glauben Sie, ich lüge? Oh, Sie Narr, wie kann ich sehen, was ich tue, wenn Sie das Licht herumschwenken? Halten Sie es ruhig!»

Der Captain tat so, als interessiere er sich staunend für seine Umgebung, und ließ den Strahl über die Wand huschen. «Warten Sie mal! Ich war noch nie an so einem Ort!» sagte er und überschlug schnell die Entfernung von einer vorstehenden Felsbank zu der Öffnung im Gang. «Warum sind Sie so aufgeregt? Ein Toter tut Ihnen doch nichts mehr.» Er ging auf die Felsbank zu, die er bemerkt hatte, setzte sich nieder und richtete das Laternenlicht auf den Stein- und Geröllhaufen.

«Seien Sie doch endlich still!» sagte Stornaway hysterisch. Als er sich bückte, um einen Felsbrocken von dem Haufen zu heben, schaute er über die Schulter zurück. «Was tun Sie da?»

«Mir einen Stein aus dem Schuh nehmen», antwortete der Captain. «Was zum Teufel soll ich schon tun? Brr! Wie kalt es hier ist! Beeilen Sie sich, schauen wir, daß wir aus dieser Gruft herauskommen!»

«Sie halten die Laterne so hoch, daß ich nichts sehen kann!»

«Ist es so besser?» fragte John und stellte sie sachte auf den Felsen, von dem er sich erhoben hatte.

«Bringen Sie sie näher heran!» fuhr ihn Stornaway an.

«In Ordnung. Aber lassen Sie mich zuerst meinen Schuh anziehen», sagte John, den Blick aufmerksam auf Stornaways gebeugten Rücken gerichtet.

«So beeilen Sie sich doch!»

Aber darauf gab der Captain keine Antwort mehr, denn er hatte die Öffnung in den engeren Gang gefunden und stahl sich durch ihn fort, die linke Hand tastend an der Wand; seine Füße in Strümpfen machten kein Geräusch auf dem Felsboden. Er ging, so schnell er es nur wagte, denn Stornaway brauchte sich nur einmal umzublicken, dann entdeckte er seine Abwesenheit, und er mußte um jeden Preis aus dem Gang sein, wenn Henry Coate den unvermeidlichen Alarm zubrüllen würde. Das Rauschen des Wassers, das hier sehr laut war, machte es unnötig, daß er sich über ein mögliches Stolpern beunruhigte, und er wußte, daß in den Wänden keine Vertiefungen waren, die ihn hätten irreführen können. Vor ihm lag totale Finsternis: Coate mußte seine Laterne abgeblendet haben.

Na, dachte John, selbst wenn er doch unmittelbar vor der Öffnung stehen und ich mit ihm zusammenstoßen sollte – um so schlimmer für ihn. Ich muß jetzt schon fast am Ende des Ganges sein.

In diesem Augenblick verschwand die rauhe Wand unter seiner tastenden Hand. Er stand gerade nur so lange still, um die scharfe Kante zu ertasten, an der sie zurückwich, und wußte, daß er auf der Schwelle zur Hauptkammer stand. Mit schnellen, langen Schritten glitt er geradeaus. Er traf auf kein Hindernis, und das Knirschen eines kleinen Brocken Gerölls, auf den er trat, erreichte über den Lärm des Wassers kaum seine eigenen angestrengt lauschenden Ohren.

Er war noch keine fünf Schritte gegangen, als ein gellender Schrei hinter ihm erklang. Von weit her hörte er Stornaways Stimme in höchstem Entsetzen schreien: «Wo sind Sie? Wo sind Sie?!»

Das unmittelbare Ziel des Captains war, in Deckung der Schatzkisten zu kommen, bevor Coate seine Laterne aufblenden und die Kammer ableuchten konnte. Er schlug alle Vorsicht in den Wind, raste vor, weil er wußte, daß Coates Laterne die Dunkelheit nur auf wenige Meter Entfernung durchdringen konnte. Wieder schrillte Stornaways Stimme über den Lärm des Flusses durch die Felsen: «Nat! Nat!» kreischte er. «Er ist weg!»

Der Captain blieb stehen, drehte sich um und rückte nach links. Plötzlich leuchtete am andern Ende der Kammer ein gelbes Licht auf und erhellte einen Augenblick die Mündung des Ganges, bevor es in weitem Bogen auf ihn zu herumgeschwenkt wurde. Er sah, daß er außerhalb des Lichtkreises stand, merkte, daß er ziemlich nahe an der gegenüberliegenden Wand stehen mußte, und schlich schnell dorthin, wo seiner Meinung nach die Seitenwand sein mußte. Sowie er diese erreichte, würde er sehr schnell die Kisten finden, die, wie er wußte, dicht an sie herangestellt worden waren.

Plötzlich erschrak er, weil das Licht verschwand. Einen Augenblick konnte er sich nicht erklären, was geschehen war. Dann erinnerte er sich, daß ja nur Stornaway wußte, daß er unbewaffnet war, und erkannte, daß Coate, der nicht wußte, wo John sich eigentlich aufhielt, fürchtete, seine eigene Stellung zu verraten. In diesem Augenblick rannte er gegen die Wand, stieß sich den Fuß an und schürfte sich die ausgestreckte Hand auf. Wieder drehte er sich um und tastete sich mit der anderen Hand an ihr entlang, die Schuhe immer noch festhaltend und sie vor sich hergestreckt, um die Kiste zu ertasten, die hochgestellt war.

Wieder tauchte ein Licht auf, wackelnd und schwankend. Er wußte, daß es aus Stornaways Laterne kam, und war nicht überrascht, als er Coate wütend sagen hörte: «Blende deine Laterne ab, Narr! Willst du eine Zielscheibe aus dir machen?»

«Er hat keine Pistolen bei sich!» Stornaways Stimme, in äußerster Erregung, schien die ganze Decke entlang widerzuhallen.

Jetzt los! dachte John, fand in diesem Augenblick die Kisten und ließ sich hinter ihnen auf den Boden fallen. Neben der ersten, die seine Hand gestreift hatte und von der er wußte, daß sie hochstand, waren zwei weitere aufeinandergestellt, neben diesen hatte man die drei restlichen nebeneinander geschoben, die nicht hoch genug waren, um ihm Deckung zu geben. Er hockte sich also hinter die ersten, stellte endlich seine Schuhe nieder und wartete, bis Coate in seine Reichweite kommen würde. Er hörte den hastigen Tritt von beschuhten Füßen, sah das Licht sich nähern und machte sich sprungbereit. Das Licht glitt über die Wand am Ende der Kammer, fand den Eingang zum Abhang und blieb einen Augenblick dort hängen: Offenkundig war Coate die Möglichkeit eingefallen, daß John aus der Kammer fliehen konnte. Ein schneller Blick über die Schulter zeigte dem Captain, daß Stornaway noch immer am anderen Ende der Kammer stand und ziellos seine Laterne dahin und dorthin richtete. Während Coates Aufmerksamkeit immer noch auf den Fluchtweg geheftet war, erhob sich der Captain leise, trat neben die erste Kiste, und als der Lichtstrahl auf ihn zukam, warf er sich direkt auf ihn. Er erreichte Coate, bevor das Licht noch voll auf ihn fiel, stieß Brust an Brust mit ihm zusammen, warf einen Arm um ihn, fesselte die Linke seines Gegners, in der dieser die Laterne hielt, an seine Seite und packte Coates Rechte genau unterhalb des Ellbogens.

Die Laterne fiel klirrend zu Boden. Eine kleine Flamme flackerte über den Felsen und erlosch; in der Finsternis schwankten und kämpften die beiden Männer verzweifelt; John versuchte, Coate festzuhalten, während er seinen Griff auf dessen rechten Arm zum Handgelenk verlagerte und die ganze Zeit die Hand mit der Pistole nach oben gerichtet hielt, so daß sie keinen Schaden anrichten konnte. Coate kämpfte mit aller Macht, um sich dem ihn umklammernden Arm zu entwinden, der ihn in einer bärenstarken Umarmung festhielt.

Er war kleiner als John, aber stämmig und sehr stark, wie John bald entdeckte. Behindert durch die Notwendigkeit, seinen eisernen Griff an dem gefährlichen rechten Arm nicht zu lockern, mußte er jede Unze seiner großen Kraft aufwenden, um Coate weiterhin so dicht an sich gepreßt zu halten, daß er weder die linke Hand zur zweiten Pistole führen konnte, die John gegen seine Rippen bohren spürte, noch das Messer finden konnte, das er vermutlich irgendwo an sich trug. Sie kämpften Zoll um Zoll miteinander, schoben sich dahin und dorthin über den feuchten, unebenen Felsboden, und John rückte seinen Griff immer näher an Coates Handgelenk. Seine Füße in den Strümpfen, die einen festeren Halt auf dem schlüpfrigen Boden fanden als Coates Stiefel, gaben ihm einen kleinen Vorteil. Seine Zehen taten ihm weh, aber sie waren nun durch die Kälte so starr geworden, daß er es kaum spürte, wenn Coate drauftrat.

Eine Minute lang kämpften sie in völliger Finsternis, aber nun kam Stornaway eilig und stolpernd durch die Höhle und schwenkte seine Laterne wild herum in dem Versuch, zu entdecken, wo sie waren. Ihr schwankendes Licht, das verriet, wie sehr Stornaways Hand zittern mußte, fiel auf Coates Gesicht. Es war leichenblaß und schweißbedeckt, die Lippen waren zurückgezogen wie bei einem fletschenden Hund. Der Schein beleuchtete seinen hocherhobenen rechten Arm in Johns Griff; sein linker versuchte immer noch, sich aus der Umarmung zu befreien, die ihn an Johns Körper preßte. In tödlicher Unentschlossenheit taumelte Stornaway um das schwankende Paar, die Pistole in der Hand. Einmal hob er sie, aber gerade, als er es tat, änderte sich die Stelle des kämpfenden Paares, und es war nun Coates und nicht Johns Rücken, der sich ihm zukehrte. Seine Augen auf die beiden geheftet, wagte sich Henry näher. Der Captain bemerkte es; mit einer übermenschlichen Anstrengung, die seine Gelenke krachen ließ, schwang er Coate herum und stellte dessen Körper zwischen sich und Stornaway. Dieser schien kaum zu wissen, was er tun sollte, trat einen Schritt zurück und rannte um die Gruppe herum. Seine Aufmerksamkeit war so gefesselt, daß er nicht bemerkte, daß ein anderes Licht als das seine den Schauplatz erleuchtete. Er stand vor den Kämpfern, mit dem Rücken zum Eingang der Kammer, und daher merkte er Jeremy Chirks Ankunft nicht. Als der Straßenräuber auf halbem Weg über die gefährliche Treppe das Stampfen und Kratzen beschuhter Füße und die Schreie vor sich gehört hatte, die Stornaway ständig unbewußt ausstieß, ließ er alle Vorsicht fahren und kam den Rest des steilen Abstiegs mit rücksichtsloser Geschwindigkeit herunter, die seinen schwerfälligeren Gefährten weit zurückließ. Er raste den Abhang zum Eingang der Hauptkammer hinunter. Hier blieb er stehen, betrachtete kühl die drei Männer vor sich und hielt den Strahl seiner Laterne ruhig auf sie gerichtet.

Die Hand des Captains hatte Coates Handgelenk erreicht. Stornaway, der hinter ihm stand, hob seine Pistole und versuchte zu zielen. Seine Hand zitterte wie Espenlaub, so daß die Mündung jämmerlich wackelte. Einem ohrenbetäubenden Krach, als Coates Pistole explodierte, folgte so unmittelbar ein zweiter, daß es wie ein scharfes Echo klang, das rund um die gewölbte Decke der Kammer widerhallte. Einige Stalaktiten stürzten herab, und Coates leere Pistole fiel mit einem Krach zu Boden, gerade als Stornaway mit einem seltsamen Aufstöhnen niedersank und in einen leblosen Haufen zusammenbrach.

Der Captain ließ Coate plötzlich los, sprang zurück; seine breite Brust wogte, seine Fäuste waren geballt. Er begegnete einem wuchtigen Angriff mit seiner Linken, und ein mörderischer Schlag seiner Rechten warf Coate nieder. Augenblicklich war er wieder in der Höhe, eine Hand tastete an seiner Mitte herum. Der Captain sah im Laternenlicht den Stahl aufblitzen und warf sich mit einer solchen Wucht auf Coate, daß beide Männer niederstürzten. Aber der Captain lag oben, und seine Hände umklammerten Coates Hals. Als Mr. Chirk das sah und merkte, daß der keuchende Detektiv den Eingang erreicht hatte und neben ihm stand, lenkte er den Strahl auf Stornaways stille Gestalt.

Der atemlose Mr. Stogumber, verblüfft über das Ausmaß der Höhle und von einem Sturz auf der Treppe erschüttert, war zunächst leicht benommen und einige Augenblicke lang unfähig, seine Sinne zu sammeln. Er hatte etwas gehört, was wie zwei Schüsse klang, er hatte Coates Versuch mitangesehen, den Captain zu erstechen, und er hatte gesehen, wie die beiden Männer in einem wilden Durcheinander von Armen und Beinen im Kampf zu Boden gingen. Dann hatte sie die Finsternis verschluckt, und Stogumber entdeckte, daß er einen Toten auf dem Boden vor sich anstarrte. «Da!» stieß er hervor, «was – wie –?»

Unauffällig ließ Chirk seine Pistole mit langem Lauf in die weite Tasche seines Mantels gleiten. «Der arme Kerl wurde erschossen, als er dem Soldaten zu helfen versuchte», sagte er traurig. «Hat ihn wie eine Taube erwischt, dieser Coate! Na ja, hat keinen Sinn zu jammern, geschehen ist geschehen!»

«Geh mir aus dem Weg!» sagte Stogumber wild, stieß ihn beiseite und schwenkte die Laterne herum, um die Gestalten Coates und des Captains zu finden.

Chirk, dessen gespannt lauschende Ohren bereits das Geräusch erhascht hatten, auf das er gewartet hatte, machte keinen Versuch, ihn aufzuhalten, sondern richtete seine eigene Laterne ebenfalls auf die Stelle, wo er die beiden Männer auf dem Boden kämpfen gesehen hatte. Der Kampf war vorbei. Coate lag mit weitgespreizten Gliedern da. Neben ihm auf dem Knie, den Kopf vorgesunken, rang der Captain nach Atem.

«Bei Gott, der Kerl hat ihm das Messer doch hineingejagt!» rief Stogumber aus und rannte vorwärts. «Captain Staple, Sir! Hier,

Großer, lassen Sie mich schauen, wie schwer Sie verletzt sind. Bring das Licht näher, du da! Halt auch meine Laterne, damit ich die Hände frei habe! Na, vorwärts, mach schon!»

Der Captain hob den Kopf und wischte sich mit zitternder Hand über die triefnasse Stirn. «Ich bin nicht verletzt», sagte er heiser. «Nur außer Atem. Die Lederjacke hat mich gerettet. Habe mir gedacht, daß sie das wird.»

«Himmel, ich hab geglaubt, mit Ihnen ist es aus!» sagte Stogumber und wischte sich ebenfalls die Stirn. Er schaute auf Coate nieder, beugte sich hinunter und starrte ihn an. Er hob ihn an den Schultern hoch und ließ ihn wieder fallen. «Captain Staple», sagte er mit einer seltsamen Stimme und heftete seine Augen auf das Gesicht des Captains, «er hat sich das Genick gebrochen!»

«Ich fürchte, ja», stimmte ihm der Captain zu.

18

Lange herrschte Stille. Der Captain schaute in die harten kleinen Augen, die ihn mit einem Ausdruck anstarrten, der unmöglich zu erraten war; er erwiderte diesen Blick sekundenlang gleichmütig und drehte dann den Kopf Chirk zu. «Sei nett, Jerry, und hol mir meine Schuhe. Sie stehen hinter den Kisten. Meine Füße sind steifgefroren. Laß mir die eine Laterne da.»

Chirk reichte ihm Stogumbers Laterne und ging zu den Kisten. John schaute wieder den Detektiv an. «Na?»

«Großer», sagte Stogumber langsam, «das Genick von dem Kerl da ist nicht durch einen Unglücksfall gebrochen. Das haben Sie getan, und ich hab so eine Ahnung, warum! Ebenso weiß ich jetzt, warum Sie gar so drauf aus waren, daß ich nicht in dieser Höhle herinnen sein sollte, als Coate hereinkam. Ich habe Ihnen die Münchhausengeschichte nie geglaubt, die Sie mir über den jungen Stornaway erzählt haben, und auch jetzt glaub ich sie Ihnen nicht. Sie haben Coate das Genick gebrochen, weil Sie wußten, daß er Stornaway verpfeifen würde, wenn ich ihn hätte schnappen können.»

Der Captain hörte mit dem Ausdruck milden Interesses zu und sagte nachdenklich: «Na ja, Sie können diese Geschichte natürlich

Ihrem Vorgesetzten erzählen, wenn Sie wollen. Aber ich an ihrer Stelle tät es nicht.»

Wieder herrschte beredtes, gefühlsgeladenes Schweigen. Mr. Stogumbers Blick glitt vom Gesicht des Captain zu dessen Weste. Er entdeckte etwas. «Er hat Ihnen das Messer tatsächlich hineingerannt!»

«Ich habe es gespürt», stimmte John zu, «aber ich glaube, es ist kaum durch das Leder gedrungen.» Während er sprach, knöpfte er die Weste auf, und es zeigte sich ein Riß in seinem Hemd und ein roter Fleck. Er legte die Wunde bloß und wischte ein Blutgerinnsel ab. «Nur ein Kratzer», sagte er, «keinen halben Zoll tief.»

«Ah», sagte Stogumber. «Aber wenn Sie diese Lederweste nicht angehabt hätten, dann hätten wir Sie mit einer Schaufel zu Bett gebracht. Genau über dem Herzen! Ich muß schon sagen, ich kann mich nicht erinnern, daß ich je einem Burschen begegnet bin, der so voll Temperament ist wie Sie. Und dazu die Unverschämtheit, wenn Sie glauben, ich werde denen in der Bow Street erzählen, daß Stornaway nie etwas mit dem Raubüberfall zu tun gehabt hat!»

«Wie kommst du denn da drauf, Rotkehlchen?» erkundigte sich Chirk, der mit den Schuhen des Captains zurückkam. «Wenn ich doch hier mit angesehen habe, wie der arme Bursche niedergeschossen worden ist – was du nicht gesehen hast, weil du zu der Zeit noch weit hinter mir warst und ganz damit beschäftigt, die Treppe herunterzustolpern.»

«Gesehen hab ich's nicht, aber zwei Schüsse waren's, was ich gehört hab, und das weißt du sehr gut!» sagte Stogumber. «Ich sage ja nicht, daß ich dir einen Vorwurf mache, denn ich könnte schwören, daß er versucht hat, dem Großen da eine Kugel hineinzujagen. Aber es war nicht Coates Spritze, die ihn getötet hat – es war die deine.»

Chirk schüttelte den Kopf. «Das war das Echo, was du gehört hast», sagte er. «Wunderbar ist das hier! Hast du vielleicht gar daran gedacht, mir deine Klimperdinger um die Handgelenke zu legen?»

Stogumber schnaufte hörbar durch die Nase. «Nein, Strauchritter. Ich werde dich nicht eines verdammten Mordes beschuldigen, weil ich dir erstens verpflichtet bin, und zweitens sehe ich lieber diesen Hammelfresser hier liegen als den Großen! Aber ihr werdet mir nicht den Schwindel auftischen – keiner von euch beiden –, daß Mr. Henry

Stornaway kein verquerer Bursche war, wie ich nur je einen gesehen habe. Ich weiß, was ich weiß, und das heißt es denn doch ein bißchen zu stark auftragen!»

«Du geh und pflanz deinen Kohl an», empfahl ihm Chirk. «Mir scheint –»

«Genug jetzt!» Der Captain schaute von seinem angeschlagenen Fuß auf, den er nicht ohne Schwierigkeit in den Schuh zwängte, und sagte sehr energisch: «Wir sind noch nicht fertig. Ich will, daß Sie zuerst die Kisten inspizieren, Stogumber. Kommen Sie!»

«Eine von ihnen ist offen», sagte Chirk. «Haben Sie das gemacht, Soldat?»

«Ja, Stornaway und ich öffneten sie, um zu sehen, was drin ist, aber wir haben weder die Siegel verletzt noch das Schloß aufgebrochen. Jemand hat das schon vor uns gemacht, obwohl ich nicht glaube, daß Säcke herausgestohlen worden sind. Schauen Sie hinein!»

Mr. Stogumber ließ seinen Blick über die Kiste schweifen und sagte ehrfürchtig: «Alle! Alle sechse! Himmel, ich danke dir! Es schaut nicht so aus, daß etwas aus der hier weg ist. Sind Sie ganz sicher, daß es nicht Sie waren, der das Schloß aufgebrochen hat, Großer?»

«Ha, jetzt soll mich doch der Teufel holen!» rief Chirk aus. «Jetzt setzt er es sich noch in seinen Dickschädel, daß der Soldat ein Dieb ist, ja? Wenn das nicht dem Faß den Boden ausschlägt! Vielleicht möchten Sie auch gern, daß ich meine Taschen umdrehe?»

«Ich beschuldige keinen von euch beiden mit so was», sagte Stogumber und schloß sorgfältig die Kiste. «Alles, was ich sage, ist, wenn der Captain tatsächlich das Schloß aufgebrochen hat, um nachzuschauen, was in der Kiste ist – das hätte jeder getan, obwohl er das vielleicht nicht gern erwähnt hätte. Und das einzige, was ich aus der deinen Tasche sehen möchte, Querschädel, ist der langnasige Schießprügel von dir!» Er begann die Kiste wieder zuzuschnüren und fügte freimütig hinzu: «Und ich weiß nicht, ob ich auch den gar so gerne sehen möchte – so wie die Dinge liegen. Wenn Sie dieses Schloß nicht aufgebrochen haben, Großer – wer dann?»

Der Captain, der sich auf eine der Kisten gesetzt hatte, sagte ziemlich müde: «Ich vermute, der Zollwärter. Ich habe Ihnen ja gesagt, wir sind noch nicht fertig.»

«Der Zollwärter!» sagte Stogumber und überlegte sich das. «Beim

Himmel, Sie haben da sehr wahrscheinlich das Richtige getroffen. Ist hergekommen, um sich zu dem Zaster zu verhelfen und – wir müssen hier Durchsuchung halten.»

«Was für eine Schnüffelnase du doch bist, Rotkehlchen!» sagte Chirk bewundernd. «Kein Mensch würde das für möglich halten, wenn man dich so anschaut.»

«Du heb deine Glimmlampe hoch, Frechdachs, und komm und hilf mir, mich in diesem Erdloch umsehen!» sagte Stogumber.

Der Captain stand auf und folgte ihnen etwas hinkend. Der Gang zum Fluß war bald entdeckt, und kurz darauf ließ Stogumber, der verblüfft den Fluß angestarrt hatte, das Licht seiner Laterne die Kammer entlangschweifen und erblickte die Leiche des ermordeten Zollwärters. Sie war zum Teil wieder ausgegraben worden und sah so entsetzlich aus, daß Chirk, der nicht erwartet hatte, sie offen daliegen zu sehen, scharf den Atem anhielt und unwillkürlich zurücktaumelte. Mr. Stogumber jedoch taumelte nicht zurück. Er ging unerschüttert hin und betrachtete sie in phlegmatischem Schweigen. «Erstochen», sagte er und schaute über die Schulter zurück. «Weiß einer von euch Burschen, ob die Leiche Brean ist?»

«Ja, das ist er», sagte Chirk kurz. «Und wenn es dir nichts ausmacht, Rotkehlchen, dann wäre es sehr freundlich von dir, wenn du damit aufhörtest, ihn mit deiner Funzel anzuleuchten.»

«Gerne», antwortete der Detektiv feierlich. Er kam zu John zurück, der, die Schulter an die Wand gelehnt, dastand. «Wenn Sie, Großer», sagte er, «diesen armen Kerl so, wie wir ihn hier sehen, schon vorher gesehen haben – wohlgemerkt, das ist keine Frage! –, dann kann ich nur sagen, wenn ja, dann mache ich Ihnen keinen Vorwurf, wenn Sie Coate das Genick gebrochen haben, und verdammich, ich möchte diese große Pranke von Ihnen schütteln. Obwohl es mir gegen die Nieren geht, daß ich ihn nicht an den Galgen bringen kann», fügte er bedauernd hinzu, seine vierschrötige Hand in der des Captain. «Das beste, was wir jetzt tun können, ist abhauen. Ich muß um meine Patrouille schicken, und es schaut mir danach aus, als ob Sie ein bißchen erledigt wären, Captain Staple.»

«Ich bin nicht müde, aber meine Füße tauen auf, und einer von ihnen ist teuflisch angeschlagen», sagte John. «Gehen wir in die Hauptkammer zurück – aber so können wir die Höhle nicht zurücklassen.»

«Um Himmels willen, Soldat, haben Sie noch nicht genug gehabt?» fragte Chirk gereizt.

«Nein. Es ist noch viel Unbereinigtes an dieser Sache, und ich mag Unordnung nicht. Ich muß alles für Stogumber in Ordnung bringen.»

«Ich bin Ihnen sehr verbunden», sagte der Detektiv nachdrücklich. «Ich beklage mich ja nicht, aber je mehr ich darüber nachdenke, um so mehr frage ich mich, was die da oben im Hauptquartier sagen werden, wenn sie erfahren, daß ich Sie in diese Höhle ohne mich kommen ließ und zugelassen habe, daß Sie dem Coate das Genick gebrochen haben, statt das dem Henker zu überlassen.»

Sie waren wieder in die Hauptkammer gelangt. John ging voraus, stand einen Augenblick lang still und schaute Coates Leiche an. «Ich war ja überhaupt nicht da», sagte er.

«Waaas?» stieß Stogumber verblüfft hervor.

Der Captain wandte sich ab, hinkte zu den Kisten, stellte die Laterne, die er Chirk abgenommen hatte, auf die umgedrehte und setzte sich auf eine andere. «Ich glaube, ich hatte überhaupt sehr wenig mit der Sache zu tun.»

«*Wenig* damit zu tun?» sagte Stogumber atemlos. «Aber –»

«Du halt den Schnabel, Rotkehlchen, und spitz die Löffel!» unterbrach ihn Chirk. «Wenn Sie nicht da waren, Soldat, wer hat dann Coate das Genick gebrochen?»

«Niemand», antwortete der Captain. «Er stürzte auf den Stufen, als er zu fliehen versuchte.»

«Das hat er!» sagte Chirk. «Außerdem habe ich ihn mit diesen meinen Augen gesehen! Wir legen ihn hier so ganz natürlich hin, so daß die Leute, die Mr. Stogumber zum Wegholen dieser Leichen herbringt, ihn genauso da finden werden, wie er ihnen sagt, daß sie ihn finden werden!»

«Es hätte sich ja wirklich so abspielen können», gab Stogumber vorsichtig zu.

«Es hat sich so abgespielt, also disputieren wir nicht lang drum herum!» bat Chirk. «Was ich wissen möchte, ist, wer diese Höhle und alles das Geld entdeckt hat?»

«Du natürlich. Wir haben das bereits entschieden, also laß mich jetzt kein langes Herumdisputieren von dir hören! Ich hatte meine eigenen Gründe, bei dem Abenteuer ein bißchen nachzuhelfen, und ich will nichts von der Belohnung. Ich stelle mir vor, die gehört dir und Stogumber.»

«Es wird genug für drei geben», sagte Stogumber.

«Schön, aber ich will sie nicht und hätte lieber meinen Namen aus der Sache herausgehalten.» Er saß da und starrte stirnrunzelnd in die Finsternis. «Ich frage mich nur, was Coate heute hergeführt hat?» sagte er.

«Wenn es dazu kommt, Soldat, dann möchte ich gern ein bißchen wissen, was Stornaway hergeführt hat!» gestand Chirk kläglich.

«Na, mich verblüfft das nicht!» sagte Stogumber heftig. «Ich habe euch schon gesagt, ich will nicht –»

«Stornaway kam mit dir und Stogumber», sagte der Captain, ohne die Unterbrechung zu beachten. «Stogumber konnte ihn kaum überzeugen, daß sein Freund ein solcher Schurke war. Ja, er hätte es nicht geglaubt, wenn er es nicht mit eigenen Augen gesehen hätte. Deshalb habt ihr ihn hergebracht und ihm den Schatz und Breans Leiche gezeigt.»

«Ich habe noch nie einen Burschen derart bestürzt gesehen!» bekräftigte Chirk.

«Halt den Mund, Jerry!» befahl der Captain. «Natürlich sehe ich, was sich abgespielt haben muß: Stornaway war ein derartiger Tropf, daß er Coates Verdacht erregte, er habe die Wahrheit entdeckt. Als Coate draufkam, daß er das Haus heimlich verlassen hatte, ging er ihn hier suchen, weil es ja in erster Linie Stornaway war, der ihm von dieser Höhle erzählt hatte!»

«Das», sagte Stogumber verbittert, «ist das einzige Wahre, was Sie bisher gesagt haben, Captain Staple!»

«Wenn ich je einen solchen Dummschädel gesehen habe!» rief der unverbesserliche Chirk aus. «Nichts paßt ihm!»

«Also schön», sagte der Captain und stand auf. «Wenn Ihnen nur die Wahrheit gut genug ist, dann sagen wir die Wahrheit – aber die ganze! Sie sind bequem im ‹Blauen Eber› gesessen, während ich Coate eine Falle gestellt habe. Sie haben Ihre Patrouille nicht gerufen, weil ich Ihnen gesagt habe, Sie sollen es nicht tun. Sie haben sich mit einem Strauchritter zusammengetan und haben zugelassen, daß er Sie überredet, die Höhle nicht zu betreten, bis ich getan hatte, was ich hier zu tun hatte; Sie –»

«Schluß jetzt!» sagte Stogumber. «Man kann die Wahrheit so und so erzählen! Und während Sie schon die Dinge aufzählen, die ich gemacht habe, vergessen Sie nicht, wer Coate das Genick gebrochen hat, Großer, sonst muß ich Sie daran erinnern!»

«Oh, das vergesse ich nicht!» versprach ihm der Captain. «Ich war allein und unbewaffnet – und meine Reserven sind nicht dahergekommen! –, und ich hatte einen verzweifelten Kampf mit einem Mann, der eine geladene Pistole hielt. Wenn er sich, als wir miteinander auf diesen Felsboden gestürzt sind, das Genick gebrochen hat, wird niemand, stelle ich mir vor, mir einen Vorwurf daraus machen!»

Alle schwiegen. Chirk hüstelte flehend. «Ich war zwar nie einer, der Leuten Hindernisse in den Weg stellt, wie dieser prima Spitzel da, Soldat, aber ich muß schon sagen, ich bin nicht gerade so sehr darauf aus, daß Sie und er unbedingt die ganze Wahrheit herausplappern!»

Der Captain lachte. «Ich auch nicht, Jerry! Los, Stogumber, schauen Sie – was ist schon damit gewonnen, den Namen dieser elenden Kreatur anzuschwärzen? Sie haben keinen Beweis in der Hand, daß er an diesem Verbrechen beteiligt war, und obwohl Sie sagen, er hätte mich fast in den Rücken geschossen, so wissen Sie auch das nicht, denn Sie waren ja nicht dabei. Er lebt nicht mehr, um sich zu verantworten – lassen Sie ihn also ruhen!»

Stogumber schaute unter gerunzelten Brauen zu ihm auf. «Sie würden auch noch in den Zeugenstand gehen und beschwören, daß er Ihnen als anständiger Mann bekannt war, was, Captain Staple?» knurrte er. «Unter Eid auch noch, zweifellos, was?»

«Stogumber, was bliebe mir auch anderes übrig? Seine Cousine ist meine Frau!»

Chirk ließ einen langen Pfiff ertönen. «So, so? Sicher, Sie haben zwar nach April und Mai geduftet, seit ich Sie kennengelernt hab, aber ich hab nie vermutet, daß Sie verheiratet sind!»

«Seit vorgestern abend, in der Anwesenheit des Squire. Er lag im Sterben, und ich habe ihm mein Wort gegeben, daß ich seinen Namen reinhalten werde.»

Wieder folgte Schweigen. «Wenn wir schon Coates Leiche wegrücken müssen», sagte Stogumber plötzlich einigermaßen heftig, «warum tun wir's eigentlich nicht, statt quatschend da herumzustehen? Und du, Freibeuter, leuchtest uns und bringst die Pistole mit, die er hat fallen lassen! Und wenn ich noch irgendeine Frechheit von dir höre, dann wird es dir leid tun!»

Zwanzig Minuten später kamen sie aus der Höhle und standen einige Minuten vom Sonnenlicht geblendet da. Chirk blies sich auf die starren Finger und sagte sarkastisch: «Und da gibt's Leute, die zahlen dafür, daß sie in solche Löcher hinunter dürfen! Mir wird es nicht gerade das Herz brechen, wenn ich nie wieder eine sehe!»

«Mir auch nicht», stimmte ihm Stogumber zu. «Ziemlich gespenstisch war's mir, und ich gestehe es offen. Verschließen wir sie lieber, bis ich mit meiner Patrouille wiederkomme.»

Als sie das getan hatten, ließ der Captain den Detektiv zurück, damit er den Zaun wieder an die Klammern festbinden konnte, und ging mit Chirk Mollie und das Pferd des Wirts von dem Bergvorsprung holen, hinter dem sie angebunden waren. Sobald sie außer Hörweite Stogumbers waren, sagte der Captain streng: «Chirk, wie hast du nur gewagt, das zu tun?»

Chirk tat erst gar nicht so, als mißverstehe er ihn. Er sagte bloß: «Jetzt wären Ihre Patschen statt den seinen aufgestellt, wenn ich es nicht getan hätte, Soldat.»

«Unsinn! Ich bin zwar überzeugt, der wäre sehr froh gewesen, wenn er mich hätte erschießen können – wenn er nur den Mut dazu aufgebracht hätte; aber ob er seine Hand hätte ruhig halten können, ist eine andere Frage. Guter Gott, der war verschreckt wie ein Kaninchen! Man hätte ihn nur anbrüllen müssen, seine Pistole fallen zu lassen, und er hätte es getan – und sich gleich selbst dazugelegt, ohnmächtig vor Entsetzen. Das hast du genau gewußt!»

«Wenn das nicht die Höhe ist!» bemerkte Chirk. «Und ich habe Sie nicht mit Ihren Pranken um Coates Blasebalg gesehen, was? Ich habe den Knacks nicht gehört, als ihm das Genick brach, nein?»

«Ja, ich habe Coate umgebracht, und ohne Gewissensbisse!» sagte der Captain. «Drei Unglückliche verdanken ihm ihren Tod und ein alter Mann dazu, dessen letzte Erdentage Coates Komplott qualvoll gemacht hat. Aber Stornaway war nichts als ein Werkzeug in seinen Händen, und das hast du gewußt!»

«Na ja», sagte Chirk, durchaus nicht erschüttert von dieser Strenge, «in Anbetracht dessen, daß Sie darauf abzielten, Miss Nell zu heiraten, Soldat, schien mir, Sie wären weit besser dran ohne einen Verrückten wie den, der Vetter zu Ihnen sagt!»

«Natürlich bin ich das», gab der Captain offen zu. «Ich bin überzeugt, ich hätte ihn um meiner Frau willen ziemlich oft aus den Folgen seiner eigenen Torheit heraushauen müssen. Aber du hast mir das Gefühl gegeben, als hätte ich das Vertrauen des Squire getäuscht, Jerry, und das gefällt mir nicht!»

«Sie haben keinen Grund, sich darüber aufzuregen», sagte Chirk. «Soviel mir Rose erzählt hat, hätte der Squire gesagt, ich habe es richtig gemacht. Ihn jedenfalls hätte es nicht gekümmert, wie bald sein kostbarer Enkel abgeschrieben war, solange er keinen häßlichen Staub aufgewirbelt hätte.»

Der Captain dachte an den Squire und lächelte wider Willen. «Ich glaube, das stimmt.»

«Außerdem», sagte Chirk, zog seinen Mantel von Mollies Rücken und fuhr hinein, «wo wir schon dabei waren, wäre es eine himmelschreiende Sünde gewesen, nicht richtig aufzuräumen. Zerbrechen Sie sich nur ja nicht den Kopf über dieses junge Wiesel, Soldat, weil der einzige Unterschied zwischen ihm und Coate der war, daß er ein Hasenherz war und Coate nicht!» Er schwang sich in den Sattel. «Ich bin überzeugt, das Roß wird unter Ihnen nicht zusammenbrechen, wenn Sie Ihr Bein drüberschwingen», bemerkte er und übergab John die Zügel des stämmigen Pferdes. «Zumindest nicht, bevor wir zum Rotkehlchen zurückkommen, obwohl ich von dem Gaul nicht verlangen möchte, Sie weiter zu tragen, weil ich ein barmherziger Mensch bin.»

«Hattest du irgendwelche Schwierigkeiten mit Stogumber?» fragte John, als er das Pferd bestieg.

«Nicht der Rede wert, nein, außer, wie ihn über eine Hecke bringen, weil er das nicht gewöhnt ist. Wenn es Ihnen nichts ausmacht, Soldat, nehmen wir ihn über die Straße mit zurück.» Er sagte über die Schulter, als sich die Stute in Bewegung setzte: «Er ist kein schlechter Bursche – für einen Spitzel! Er und ich sind ins Gespräch gekommen, während wir auf Sie und Stornaway gewartet haben, und ich muß sagen, er hat eine Menge nützlicher Ideen in seinem Schädel. Wir haben alles bombensicher abgesprochen, wie es gekommen ist, daß ich in diese Geschichte verwickelt wurde, und es ist eine seltene Schwindelgeschichte außerdem! Weil das Rotkehlchen nicht will, daß meine Profession bekannt wird, und ich ja auch nicht.» Wieder schaute er über die Schulter zurück. «Himmel, zu denken, daß ich mich redlich niederlasse, mit Rose, bevor man noch bis drei zählen kann! Als mir das Rotkehlchen erzählte, wieviel Moneten die Kerle in Lunnon auf den Tisch legen werden dafür, daß sie die Kisten zurückbekommen, wär ich fast verrückt geworden, weil ich so was nicht erwartet habe, aber schon gar nicht! Mir scheint, sie zahlen zehn Prozent; was, ich muß schon sagen, sehr schön von ihnen ist. Und ich verdanke das alles Ihnen, Soldat, und deshalb hab ich Stornaway auch zur ewigen Ruhe geschickt, weil mir sonst einfach nichts anderes eingefallen ist, was ich hätte für Sie tun können!»

Darüber mußte John lachen; und er lachte immer noch, als sie wieder zu Stogumber am Höhleneingang kamen. Dieser Gentleman sagte, als er sein Reitpferd von ihm entgegennahm, streng, daß er sich zwar freue, ihn so aufgekratzt zu sehen, aber wenig daran zweifle, daß er selbst auf seinem Weg zum Galgen noch etwas fände, das ihn amüsieren würde. «Wo Sie sich, nach dem, was ich von Ihnen erlebt habe, ja doch noch eines Tages befinden werden!» fügte er hinzu, kletterte mühsam in den Sattel und angelte nach seinen Steigbügeln. «Und ich werde diesen Gaul da über keine Böschungen mehr hochzerren, nehmen Sie das zur Kenntnis!»

«Nein, nein, wir reiten über die Straße zurück!» sagte John besänftigend. «Los, ich weiß nicht, wie lange wir in der Höhle waren, aber mir kommt es wie hundert Jahre vor, seit ich hineinging. Außerdem habe ich Ben auf die Schranke aufpassen lassen, also bin ich überzeugt, daß ich jetzt schon in seinem Strafbüchel stehe.»

Als sie aber in Sicht des Mauttors kamen, war nichts von Ben zu sehen. Eine lebhaft bewegte Gruppe stand um die untadelige Gestalt des Mr. Babbacombe versammelt; sie bestand aus einem dürren Mann im Sonntagsanzug, aus einem stämmigen Bauern, der eine Kuh mit ihrem Kalb trieb, einem Reitknecht mit einem Gig, Rose Durward und Nell. Die meisten dieser Personen schienen in eine erbitterte Diskussion verwickelt zu sein, aber die Annäherung einer Kavalkade aus drei Reitern und zwei mitgeführten Pferden veranlaßte sie, ihren Zank einzustellen. Sie drehten sich alle um, neugierig, wer da wohl in solcher Stärke an die Schranke herankäme.

«Was, zum Teufel, ist denn hier los?» fragte der Captain, stieg ab und stieß die Schranke auf, damit Stogumber und Chirk, der Stornaways Pferd führte, durchreiten konnten.

Ein empörter Schrei entfuhr dem Mann in Schwarz. «Also genau, wie ich es mir gedacht habe! Wie wagst du nur, Bursche, dieses Tor zu öffnen? Wie wagst du nur, sage ich?!»

«Warum denn nicht?» fragte John. «Ich bin doch sein Wärter!»

«O nein, das bist du nicht!» erklärte der Magere wütend. «Du bist ein Betrüger und ein Schurke! Und was diesen unverschämten Gekken da betrifft, so ist mir's ganz klar, daß er ein falscher Taler ist oder noch was Schlimmeres!»

«Dann laß mich dir sagen, du häßliche, verrückte, alte Vogelscheuche», mischte sich Rose mit funkelnden Augen und hochroten Wangen ein, «daß es mir ganz klar ist, daß du ein ordinärer, unhöflicher Stänkerer bist, und wenn dir niemand sonst eine langt, dann tu ich's!»

«Aber Rose, bitte, sei still!» bat Nell, zwischen Vergnügen und Ärger schwankend. «Um Himmels willen, John –!»

«Ich lang ihm eine für Sie, Miss Durward, und gern auch noch dazu!» erbot sich der Bauer. «Was hat der auch für einen Grund, daherzukommen und seine spitze Nase in etwas zu stecken, was ihn nichts angeht? Threepence pro Kopf für Hornvieh, so heißt's auf dem schwarzen Brett, und Threepence habe ich dem Herrn bezahlt! Und außerdem werde ich ihm noch Threepence zahlen, wenn einer von euch ein Horn auf dem Kopf von dem Kalb da findet!»

«Verflucht, Jack, ich hab doch gewußt, ich hol mir kalte Füße, wenn ich es zulasse, daß du mich einwickelst und ich hierbleibe!» sagte der geplagte Mr. Babbacombe. «Wo warst du? Nein, erzähl mir das nicht jetzt! Was soll man dem Burschen da für sein Kalb berechnen? Ich will gehenkt werden, wenn ich das weiß! Man kommt nicht drum herum: tatsächlich keine Spur von Horn auf dem Kalbskopf!»

«Haarspalterei! Nichts als Haarspalterei!» schrie der Magere. «Ihr seid in einem Komplott, Betrug der Zollbehörden! Erzählt mir nichts!»

«Ich jedenfalls glaube, das ist ein Spitzel!» sagte der Bauer und starrte den Mageren sehr böse an. «Packen wir ihn und tauchen wir ihn in Huggates Ententümpel, Chef!»

An diesem Punkt schritt der Captain ein, der bisher umsonst versucht hatte, sich Gehör zu verschaffen. Er stieß das Tor noch weiter auf und wandte sich an den Bauer: «Du zieh ab mit deinem Hornvieh!» sagte er. «Ich berechne dir nichts für das Kalb, obwohl ich bestimmt unrecht habe.»

«Du hast unrecht!» versicherte der Magere und tanzte vor Wut auf einem Bein herum. «Ich heiße Willitoft, Sir! Willitoft!»

«Schön, aber reg dich nur nicht darüber auf!» empfahl ihm Chirk und befestigte den Zügel von Coates Pferd an dem Torpfosten. «Niemand macht dir einen Vorwurf draus!»

Rose, die ihn in den letzten paar Minuten angestarrt hatte, als traute sie ihren Augen nicht, rief schwach aus: «Du bist's wirklich! Wohin geraten wir?!» Und setzte sich plötzlich auf die Bank hinter sich.

«Willitoft!» wiederholte der Magere. «Ich repräsentiere die Kuratoren der Zollbehörden von Derbyshire!»

«O Himmel!» stieß der Captain kläglich hervor. «Jetzt ist alles aus!»

«Jawohl, Bursche, das ist es! Das ist es wirklich!» sagte Mr. Willitoft. «Wie wagst du nur, diese Leute ohne Bezahlung durch die Maut zu lassen? Noch dazu zwei ledige Pferde! Drei Gauner – Gauner, sage ich! – und –»

«Gib ihm ein paar Mautzettel, Bab!» sagte der Captain.

«Sie behalten Ihre Mautzettel für die, die sie brauchen!» warf Stogumber ein, der immer noch auf dem Pferd des Wirts saß. «Ich bin in einer Regierungsangelegenheit hier, und ich zahle keine Maut, in keinem Land!»

«Das glaube ich nicht!» erklärte Mr. Willitoft, schnaubend vor Mißtrauen. «Du bist ein ganz abgefeimter Schurke! Ich habe dich in dem Moment als Spitzbuben erkannt, in dem ich dich gesehen habe!»

«Ho!» sagte Stogumber. «Hast du das, ja? Dann wirst du vielleicht so freundlich sein und deine Schielaugen auf das hier werfen, bevor du noch etwas sagst, was dir nachher leid tut!»

Nachdem Mr. Willitoft das schmierige Blatt Papier gelesen hatte, das ihm heruntergereicht worden war, sah er sehr verblüfft, ja sogar etwas eingeschüchtert aus. In sanfterem Ton rief er aus: «Bow Street! Gott schütze meine Seele! Sehr schön, von Ihnen verlange ich keine Maut. Aber dieser Kerl hier, bei dem ist das was anderes!» fügte er hinzu und schaute Chirk mißgünstig an.

«Bei dem auch nicht», sagte Stogumber. «Der arbeitet für mich.»

«Miss Nell», sagte Rose mit hohler Stimme, «ich kriege einen Anfall! Ich spüre schon, wie er kommt!»

«Oh, nicht!» sagte John, der seine Pferde angebunden hatte und herangehinkt war. Er nahm Nells Hände und hielt sie tröstend fest. «Mein armes Mädchen!» sagte er sanft. «Ich wollte, ich wäre bei dir gewesen, als es geschah!»

«Du weißt es also schon? Ich bin hergekommen, um es dir zu sagen und dich zu fragen, was ich jetzt tun soll. Ganz zum Schluß erkannte er mich und lächelte, und oh, John, er zwinkerte mir sogar zu, mit einem solchen Blick in den Augen!»

«Wirklich? Was für ein prächtiger Mensch er doch war!» sagte John warm. «Er hatte sich entschlossen, so lange zu leben, bis er eine bestimmte Aufgabe durchgeführt haben würde, und beim Zeus, er hat sie ausgeführt! Du mußt dich nicht kränken, mein Liebes: Er wußte, daß alles in Ordnung kam, und war froh, daß sein Leben zu Ende war.»

«Das hab ich ihr auch gesagt, Sir», stimmte ihm Rose zu. «Nicht einmal Mr. Winkfield wünschte, daß er sich noch länger hinschleppen sollte. Oh, um Himmels willen, Sir, was tut nur mein Jerry, frech wie ein Spatz! Ich kriege davon solches Herzklopfen, daß ich sehr wahrscheinlich ohnmächtig werde!»

«Das ist nicht nötig. Er ist redlich geworden und eben dabei, sich als Bauer niederzulassen. Mrs. Staple und ich kommen auf eurer Hochzeit tanzen.»

«O Rose, ich freue mich!» sagte Nell. «Aber ist dieser Mann wirklich aus der Bow Street, John? Was hast du in seiner Gesellschaft getrieben, und warum hinkst du? Guter Gott – kann es sein – John, was soll das bedeuten?»

«Nichts Unangenehmes», versicherte er ihr. «Es ist eine zu lange Geschichte, als daß ich sie dir jetzt erzähle, aber du brauchst dich vor nichts mehr zu fürchten, mein tapferes Mädchen! Ich erzähle es dir später, aber ich glaube, ich muß lieber zuerst diesen lästigen Kerl loswerden, der nach meinem Blut lechzt, nicht?»

Sie mußte unwillkürlich lachen. «Der arme Mr. Babbacombe versuchte sein Bestes, ihn abzuwehren, und ich auch, aber es war unmöglich, ihn dazu zu bringen, daß er auf ein einziges Wort von uns hörte. Und dann kam Tisbury mit seiner Kuh daher, und sie stritten seinetwegen. Mister Babbacombe sagte Willitoft, wenn er schon so viel über Zölle wisse, dann solle doch er sich um die Schranke kümmern, und gern noch dazu! Ich habe schon geglaubt, Willitoft kriegt Krämpfe – er war so bös!»

Mr. Willitoft schien immer noch in dieser Verfassung zu sein. Als John zu ihm zurückhinkte, streckte er ihm anklagend den Zeigefinger entgegen und sagte: «Du hast kein Recht, hier zu sein! Du bist ungeeignet, das Tor zu hüten! Du hast keine Befugnis dazu! Du bist ein Eindringling und ein Betrüger, und ich lasse dich verhaften!»

«Schön, Befugnis habe ich keine», gab John zu, «aber ich glaube nicht, daß ich es verdiene, verhaftet zu werden! Ich habe die Kuratoren nämlich nicht beraubt. Ja, wenn Sie die Kasse mitnehmen wollen, hole ich sie Ihnen heraus.»

«Hören Sie einmal her, Mr. Willipop!» sagte Stogumber streng. «Ich würde Ihnen raten, nichts mehr über ungeeignete Leute zu sagen, die dieses Tor da hüten, weil Ihre Kuratoren nämlich einen Burschen angestellt und befugt haben, der wirklich höchst ungeeignet war, es für Sie zu hüten. Er ist jetzt hin, aber vielleicht möchten Sie ganz gern erfahren, daß er ein Herz und eine Seele mit denen war, die vor nicht allzu langer Zeit einen gewagten Raubüberfall in dieser Gegend ausgeführt haben – und das nämlich werde ich in meinem Bericht festhalten!»

Mr. Willitoft schaute auf diese Mitteilung hin völlig konfus drein, aber nachdem er zuerst den Detektiv, dann John und – haßerfüllt – Babbacombe angestarrt hatte, sagte er, für diese Beschuldigung müsse er erst einen Beweis haben. «Und ich verstehe nicht, was das damit zu tun haben soll, daß ich diesen Stutzer hier vorfinde! Ich sage noch einmal – ich erlaube es nicht, daß er hierbleibt!»

«Nun ja, ich will ja gar nicht bleiben», sagte Mr. Babbacombe. «Und wenn Sie mich noch einmal einen Stutzer nennen, Sie antiquierter alter Zappelphilipp, dann schmeiße ich meine Jacke hin und zeige Ihnen einmal, wieviel von einem Stutzer ich bin!»

«Beamter!» schrie Mr. Willitoft. «Sie sind mein Zeuge, daß dieser Bursche mich mit Gewalttätigkeiten bedroht hat!»

«Wenden Sie sich lieber nicht an mich», antwortete Stogumber. «Ich jedenfalls habe nie gehört, daß er Sie mit Gewalttätigkeit bedroht hat. Wäre ja noch schöner, wenn ein Bursche seine Jacke nicht ausziehen dürfte, ohne daß sich ein dummer Gockel gleich an uns Detektive wendet, damit er's nicht tut!»

«So ist's richtig!» sagte Chirk beifällig. «Ich will verflixt sein, wenn du nicht ein großartiger Kerl bist, Rotkehlchen!»

«Unverschämtheit!» schäumte Mr. Willitoft.

Stogumber machte John mit dem Kinn ein Zeichen, der höchst amüsiert zu ihm hinging.

«Wir wollen keine Schwierigkeiten mit diesem Willipop», sagte Stogumber halblaut. «Sie lassen mich ihn zum ‹Blauen Eber› mitnehmen, Captain! Ich muß ihm erzählen, warum Sie hiergeblieben sind, so wie Sie das getan haben, und ich bin überzeugt, Sie wollen das gar nicht.»

«Kein bißchen! Ich wäre Ihnen sehr dankbar, wenn Sie ihn mitnähmen. Er ist ein lästiger Bursche!»

Mr. Stogumber nickte und wandte sich an Mr. Willitoft. «Ich bin verantwortlich dafür, daß der Captain hiergeblieben ist, um auf die Maut aufzupassen, und er war sehr hilfreich. Wenn Sie zu meinem einstweiligen Hauptquartier mitkommen, was der Gasthof die Straße hinunter ist, erzähle ich Ihnen etwas, was Sie diese Sache in einem ganz anderen Licht sehen läßt, Mr. Willipop.»

«Mein Name», sagte der gereizte Mr. Willitoft, «ist nicht Willipop, sondern Willitoft! Und ich werde dieser Person unter keinen Umständen erlauben, das Tor zu hüten!»

«Wenn Sie mich damit meinen», sagte der Captain, «so kann ich es ohnehin nicht weiter hüten. Ich verlasse es heute – ja sogar sofort!»

Diese unerwartete Ankündigung brachte Mr. Willitoft aus dem Gleichgewicht. «Du kannst nicht einfach fortgehen und das Tor ohne Aufsicht lassen!» sagte er empört.

«Nicht nur kann, sondern will sogar», sagte John heiter.

«Aber das ist doch die Höhe! Meiner Seel, eine solche Frechheit habe ich noch nie erlebt! Du wirst bleiben, bis die Kuratoren jemanden an Breans Stelle ernennen!»

«O nein, das werde ich nicht. Ich hab das Torhüten satt», antwortete John. «Außerdem mag ich Sie nicht und fühle mich überhaupt nicht geneigt, Ihnen einen Gefallen zu tun.»

«Gefallen – also – aber jemand muß doch hierbleiben!»

«Schon gut, alte Blase!» sagte Chirk. «Ich werde es also für dich hüten. Aber beeil dich, einen Neuen herzuschicken, weil es mir nicht passen tät, mich lange hier aufzuhalten. Torhüten ist eine mindere Beschäftigung, und ich bin ein vermögender Mann.»

«Jetzt bekomm ich aber wirklich einen Anfall!» stieß Rose hervor.

Mr. Willitoft sah nicht so aus, als sei er mit dieser Lösung seines

Problems sehr zufrieden, da sich aber nichts Besseres bot, mußte er, wie ungnädig auch immer, zustimmen. Dann kletterte er in das Gig und wurde nach Crowford zurückgebracht. Stogumber sagte John nur noch schnell, daß er später wiederkommen würde, und folgte ihm; und Mr. Babbacombe hatte endlich die Möglichkeit, seine freie und wenig schmeichelhafte Bewertung des Charakters seines besten Freundes loszuwerden.

«Also das ist doch das Infamste!» protestierte John. «*Ich* habe dich doch nie darum gebeten, dich heute um das Tor zu kümmern! Warum, zum Teufel, hast du das nicht dem Jungen überlassen? Wo ist Ben überhaupt?»

«Gut, daß du fragst», sagte Mr. Babbacombe. «Alles, was ich weiß, ist, daß er hier war, als ich vor mehr als einer Stunde hier eintraf. Ich ging hinein, um auf dich zu warten, und da muß er weggegangen sein, denn ich war keine fünfzehn Minuten in dem verflixten Haus, als schon irgendein Kerl da draußen anfing, Tor zu rufen. Nachdem er es dutzendmal gebrüllt hat, hätte ich ihn erwürgen können. Habe ihm das auch gesagt. Praktisch hatten wir eine kleine Rauferei.»

«Willst du mir damit sagen, daß du mit jedem gerauft hast, der durch das Tor wollte?» fragte John.

«Nein, nicht mit jedem. Dem Kerl habe ich eine gelangt, aber das war wirklich alles.»

«Außer daß Sie dem Diener des Doktors gesagt haben, Sie hätten Besseres zu tun, als ständig die Schranke aufzumachen», mischte sich Nell mit einem spitzbübischen Blick ein. «Und ich habe das wieder gutmachen müssen. Ich fürchte, Ben hat die Gelegenheit ergriffen, zu schwänzen, John.»

«Der Wurm! Wahrscheinlich hat er sich davongemacht, um dem Stallknecht deine Pferde putzen zu helfen, Bab. Das wollte er nämlich tun, als ich ihm hierzubleiben befahl.»

«Was?!» stieß Mr. Babbacombe höchst verärgert hervor.

«Oh, keine Angst! Er ist sehr gut zu Pferden. Zu allen Tieren, wie mir Huggate sagt. Ich werde versuchen müssen, ob ich einen meiner Pächter dazu bringe, ihn in Obhut zu nehmen, bis er alt genug ist, unter Cocking zu arbeiten», sagte John stirnrunzelnd. «Ich möchte wissen –»

«Wenn es Ihnen nichts ausmacht, Soldat», unterbrach ihn Chirk, «da sein Vater tot ist und sein Bruder ihn wohl kaum haben will, selbst wenn er heimkommen sollte, was er, wie ich überzeugt bin, nicht wollen wird, dann nehme ich den jungen Ben und ziehe ihn anständig auf. Er ist ein nettes Kerlchen, und wenn er nicht gewesen wäre, der mir die Tür aufgemacht hat, gleich an dem ersten Abend, als ich Sie kennenlernte, Soldat, dann hätte ich Sie überhaupt nie gesehen, und daher würde ich mich jetzt nicht ehrlich niederlassen und auch Rose nicht heiraten können. Wenn daher Rose nichts dagegen hat, nehmen wir Benny mit.»

«Sicher werden wir das!» sagte Rose mit einem kriegerischen Funkeln in den Augen. «Seit seine Mutter starb, habe ich ihn schon oft gründlich waschen wollen, den armen kleinen Burschen, und seine Kleider flicken und ihm Manieren beibringen.»

«Na ja, das wird ihm ja vielleicht nicht allzusehr schmecken», sagte John grinsend, «aber es steht außer Zweifel, daß er bei Jerry viel lieber sein wird als bei mir.»

«John», sagte Nell, die stirnrunzelnd die Pferde betrachtet hatte, «warum hast du diese zwei Pferde hierhergebracht? Dieser Braune gehört meinem Vetter, und der Rotfuchs gehört Coate.»

«Ja, also, Liebste, die Sache ist die – aber gehen wir hinein. Zumindest muß ich zuerst Beau unterbringen.»

«Das mache ich», sagte Chirk. «Und da ich ohnehin hierbleibe, nehme ich auch gleich Mollie mit.»

«Vielleicht», schlug Nell vor, «würde Rose gern mitgehen, um Huggate die Sache zu erklären.»

«Ich glaube, das sollte sie», stimmte der Captain zu. Komm ins Haus, Jerry, damit wir beide auf unsere Gesundheit trinken können!» Er ließ seine Frau und seinen Freund eintreten, während er sprach, und als er sie beide sicher in der Küche hatte, sagte er rundheraus: »Ich muß euch sofort sehr viel erzählen, aber für den Augenblick nur eine wichtige Mitteilung: Coate und Stornaway sind tot.»

Nell konnte ihn nur blinzelnd ansehen, Mr. Babbacombe aber war in keinerlei Stimmung, sich eine solche Behandlung gefallen zu lassen, und sagte ziemlich scharf: «Oh, sind sie das, ja? Dann kannst du uns aber auch verdammt gleich sagen, wie das gekommen ist und was du damit zu tun gehabt hast, Jack! Ich brauch dich nur anzuschauen, um zu wissen, daß du hinter irgend etwas Haarsträubendem her warst – also heraus damit!»

«Oh, später, später, Bab!» sagte der Captain und schaute ihn finster an. «Was ich jetzt nötig habe, ist ein Bier!»

«Sehr gut», sagte Nell und nahm ihm den Maßkrug ab, den er vom Bord geholt hatte. «Ich schenke dir zwar das Bier ein, aber du bekommst keinen einzigen Schluck, bevor du nicht getan hast, was dir Mr. Babbacombe sagt! Er hat sehr recht! Und wenn Sie glauben, Sir, daß Sie da hereinkommen können mit einer Schramme auf der Stirn, Blut an der Weste und hinkend, ohne vor allem mir zu erklären, wie Sie zu alldem kommen – dann wirst du schnell eines Besseren belehrt werden!»

«Guter Gott, ich habe einen Weibsteufel geheiratet!» sagte der Captain und suchte Zeit zu gewinnen, während er im Geist gewisse Punkte seiner Geschichte strich und andere sehr wesentlich revidierte.

«John, wie hat mein Vetter den Tod gefunden?»

«Er wurde erschossen, als Coates Pistole losging.»

«Hast du ihn getötet?»

«Nein, Nell, auf mein Ehrenwort: nein!»

«Es hätte mir keinen Deut ausgemacht, wenn du es getan hättest», sagte sie ruhig. «Hast du Coate umgebracht?»

«Coate hat sich das Genick gebrochen – als er von einer Felstreppe fiel. Ich wollte, du gäbst mir endlich mein Bier!»

Sie schaute Mr. Babbacombe fragend an. «Sie kennen ihn viel besser als ich – glauben Sie, daß er Coate getötet hat?»

«Natürlich hat er!» sagte Mr. Babbacombe wegwerfend. «Wußte es sofort, als er uns sagte, der Kerl sei tot. Wahrscheinlich aber hat nicht er Ihren Vetter getötet. Schien mir keine solche Idee im Kopf zu haben, als er mit mir darüber sprach.»

Sie gab dem Captain den Bierkrug, nahm seine freie Hand und hob sie an ihre Wange. «Ich wollte nur, Großpapa hätte das noch erlebt», sagte sie einfach. «Er wäre so begeistert gewesen! Und jetzt erzähle uns, bitte, John, wie sich das eigentlich alles zugetragen hat!»

rororo neu

SIMONE DE BEAUVOIR, Eine gebrochene Frau [1489]
TRUMAN CAPOTE, Kaltblütig [1176]
JOHN LE CARRÉ, Eine kleine Stadt in Deutschland / Roman [1511]
NIK COHN, AWopBopaLooBop ALopBamBoom / Pop History [1542]
KATHLEEN CONLON, Rosalind, laß ab mein Kind / Roman [1473]
GERALD DURRELL, Eine Verwandte namens Rosy / Eine fast wahre Geschichte [1510]
ALICE M. EKERT-ROTHOLZ, Elfenbein aus Peking [1277]
SUMNER LOCKE ELLIOTT, Leise, er könnte dich hören / Roman [1269]
JENNY FABIAN / JOHNNY BYRNE, Groupie [1477]
THOMAS FALL, Der Clan der Löwen / Roman [1309]
PAUL GALLICO, Freund mit Rolls-Royce / Roman [1387]
GROBIAN GANS, Die Ducks / Psychogramm einer Sippe [1481]
JOHN GORDON-DAVIS, Die Beute / Roman [1379]
ROBERT GOVER, Ein Hundertdollar Mißverständnis / Roman [1449]
SHIRLEY ANN GRAU, Die Hüter des Hauses / Roman [1464]
HANS GRUHL, Fünf tote alte Damen / Roman. Illustrationen: Dietrich Lange [1423]
ERNEST HEMINGWAY, Paris – ein Fest fürs Leben [1438]
GEORGETTE HEYER, Die Liebesschule / Roman [1515]
MAREK HLASKO, Folge ihm durchs Tal / Roman [1479]
JO IMOG, Die Wurliblume / Roman [1471]
LADISLAV MNACKO, Die Nacht von Dresden [1485]
ALBERTO MORAVIA, Der Ungehorsam / Roman [1238]
FRANZ HUGO MÖSSLANG, Deutschland deine Bayern / Die weißblaue Extrawurscht [1352]
PETER O'DONNELL, Modesty Blaise – Ein Gorilla für die Lady / Roman [1493]
ANNE PHILIPE, Morgenstunden des Lebens / Roman [1468]
CHARLES PORTIS, Die mutige Mattie / Roman [1483]
MARIO PUZO, Der Pate / Roman [1442]
FELIX REXHAUSEN, Germania unter der Gürtellinie / Ein satirisches Geschichtsbuch [1516]
GREGOR VON REZZORI, Neue maghrebinische Geschichten [1475]
CHRISTIANE ROCHEFORT, Frühling für Anfänger / Roman [1490]
ERNST VON SALOMON, Die schöne Wilhelmine / Ein Roman aus Preußens galanter Zeit [1506]
FROMA SAND, Das Apartmenthaus / Roman [1440]
HERMANN SCHIEFER / KURT HALBRITTER, Die Kunst, Lehrer zu ärgern / Mit 21 Illustr. von Kurt Halbritter [1472]
JOHANNES MARIO SIMMEL, Begegnung im Nebel / Erzählungen [1248]
TERRY SOUTHERN / MASON HOFFENBERG, Candy oder Die sexte der Welten / Nachwort: Martin Esslin [1482]
JUNICHIRO TANIZAKI, Der Schlüssel / Roman [1463]
THADDÄUS TROLL, Deutschland deine Schwaben / Vordergründig und hinterrücks betrachtet. Mit 31 Illustr. von Günter Schöllkopf [1226]
BORIS UXKULL, Armeen und Amouren / Ein Tagebuch aus napoleonischer Zeit [1215]

B2/VII

rororo GEORGETTE HEYER

Die bezaubernde Arabella [357]
Die Vernunftehe [477]
Die drei Ehen der Grand Sophy [531]
Geliebte Hasardeurin [569]
Der Page und die Herzogin [643]
Die spanische Braut [698]
Venetia und der Wüstling [728]
Penelope und der Dandy [736]
Die widerspenstige Witwe [757]
Frühlingsluft [790]
April Lady [854]
Falsches Spiel [881]
Serena und das Ungeheuer [892]
Lord «Sherry» [910]
Ehevertrag [949]
Liebe unverzollt [979]
Barbara und die Schlacht von Waterloo [1003]
Der schweigsame Gentleman [1053]
Heiratsmarkt [1104]
Die galante Entführung [1170]
Die Jungfernfalle [1289]
Brautjagd [1370]
Verlobung zu dritt [1416]
Verführung zur Ehe [1212]
Damenwahl [1480]
Die Liebesschule [1515]

Gesamtauflage der Werke von Georgette Heyer in den rororo Taschenbüchern: über 2,6 Millionen Exemplare

66/21

Heitere rororo Taschenbücher

MANFRED BACHER, Immer bin ich's gewesen [1375]
Mit erfrischendem Humor und der ganzen treuherzigen Festigkeit des Bajuwarischen, dessen erheiternde Wirkung wir von Ludwig Thoma her kennen, erzählt hier ein neuer Lausbub von seinen unschuldigen Streichen und ihren verheerenden Folgen. Die Strafe für seine Untaten ereilte ihn spät: er wurde Lehrer und heißt Manfred Bacher.

GERALD DURRELL, Zoo unterm Zeltdach. Als Tierfänger in Kamerun [1366]
Der durch seinen frisch-fröhlichen Bestseller «Eine Verwandte namens Rosy» und liebenswerte Tier- und Reisegeschichten bekannte Autor erzählt hier fesselnd und mit unwiderstehlichem Humor seine erstaunlichen Erlebnisse und aufregenden Abenteuer als Tierfänger.

PAUL GALLICO, Freund mit Rolls-Royce [1387]
Nicht jeden Tag wird eine Putzfrau Abgeordnete im britischen Unterhaus! Doch die lebenskluge und warmherzige Ada Harris schafft es! Tapfer und schlagfertig hält sie sich vor Mikrofon und Kameras. Eine köstliche Geschichte, voll der komischsten Situationen, in der sich Ernst mit Humor und Ironie verbindet.

HANS GRUHL, Fünf tote alte Damen [1423]
Ein junger, verliebter Arzt stößt auf die Spuren einer seltsamen Mordserie. Fünf alte Damen, ehemalige Klassenkameradinnen, haben im Lotto gewonnen und für den Todesfall vereinbart, den Rest des Anteils auf die Überlebenden zu verteilen. Nachdem die erste eines natürlichen Todes gestorben ist, werden nach und nach drei der Freundinnen auf listige Weise ermordet. Ein ungewöhnlicher Krimi, dessen heiter-humorvoller Ton in vergnüglichem Gegensatz zu dem mörderischen Geschehen steht.

JAROSLAV HAŠEK, Schwejkiaden. Geschichten vom Autor des braven Soldaten Schwejk [1424]
Die Handwerker, Drogisten, Lehrer, Wirte und Viehhändler in diesen Erzählungen schlagen sich bauernschlau, dreist und pfiffig wie der berühmte Schwejk durchs Leben, und verunsichern mit gespieltem Untertanengehorsam die hohe Obrigkeit.

172/10

486/10